U0921532

东周列国志精编

[明]冯梦龙◎著
杨占军◎编

江苏人民出版社

图书在版编目（CIP）数据

东周列国志精编 /（明）冯梦龙著；杨占军编．—
南京：江苏人民出版社，2022.7
ISBN 978-7-214-27001-6

Ⅰ．①东… Ⅱ．①冯… ②杨… Ⅲ．①章回小说—中
国—明代 Ⅳ．① I242.4

中国版本图书馆 CIP 数据核字 (2022) 第 005985 号

书　　名　东周列国志精编
著　　者　［明］冯梦龙
编　　者　杨占军
责任编辑　胡海弘
装帧设计　凤凰含章
出版发行　江苏人民出版社
地　　址　南京市湖南路 1 号 A 楼，邮编：210009
印　　刷　天津旭丰源印刷有限公司
开　　本　710 mm × 1 000 mm　1/16
印　　张　22
插　　页　4
字　　数　314 000
版　　次　2022 年 7 月第 1 版
印　　次　2022 年 7 月第 1 次印刷
标准书号　ISBN 978-7-214-27001-6
定　　价　49.80 元
（江苏人民出版社图书凡印装错误可向承印厂调换）

序言

春秋战国时代既是一个混战不休的时代，也是一个人才辈出的时代，更是一个政治、文化空前繁荣的时代。其间涌现出的历史名人和相关典故历来为人们所津津乐道。明代著名文学家冯梦龙所创作的长篇历史演义小说《东周列国志》，则是对这段历史最完整、最精彩的呈现。

《东周列国志》取材于《左传》《国语》《史记》等历史典籍，考核翔实，言之有据。全书描写了从西周王朝衰亡，到秦始皇统一六国建立秦帝国这五百多年间的历史，时间跨度之长、出场人物之多，为古典小说所罕有。从“春秋五霸”到“战国七雄”，历史的每一个印记都清晰可见。管仲、晏婴、孙武、卫鞅、乐毅、白起……一个个英雄人物轮番登场，各显其能，共同描绘了一幅气势恢宏的历史画卷。

本书在通行本的基础上进行了适度的缩编，在确保保留原著文风的基础上，力求让读者更轻松地把握原著之精髓，品味那段波澜壮阔的历史。研读中华传统的国学精华，品悟经世流传的至上真理，含英咀华，对现代人尤其是青少年学生来说，称得上是一次精神上的洗礼。希望本书如春风化雨，帮助读者陶冶情操，锤炼心志，充盈智慧。

目录

第一回
周宣王闻谣轻杀 杜大夫化厉鸣冤

话说周朝，自武王伐纣，即天子位，成、康继之，那都是守成令主。又有周公、召公、毕公、史佚等一班贤臣辅政，真个文修武偃，物阜民安。自武王八传至于夷王，觐礼不明，诸侯渐渐强大。到九传厉王，暴虐无道，为国人所杀。此乃千百年民变之始。又亏周、召二公同心协力，立太子靖为王，是为宣王。那一朝天子，却又英明有道，任用贤臣方叔、召虎、尹吉甫、申伯、仲山甫等，复修文、武、成、康之政，周室赫然中兴。

至三十九年，姜戎抗命，宣王御驾亲征，败绩于千亩，车徒大损。思为再举之计，又恐军数不充，亲自料民于太原。那太原，即今固原州，正是邻近戎狄之地。料民者，将本地户口，按籍查阅，观其人数之多少，车马粟刍之饶乏，好做准备，征调出征。太宰仲山甫进谏不听。

再说宣王在太原料民回来，忽见市上小儿数十为群，拍手作歌，其声如一。歌曰："月将升，日将没；檿弧箕箙，几亡周国。"宣王甚恶其语。使御者传令，尽拘众小儿来问。宣王问曰："此语何人所造？"年长的答曰："非出吾等所造。三日前，有红衣小儿，到于市中，教吾等念此四句。"宣王嘿然良久，叱去众儿。

次日早朝，三公六卿，齐集殿下。宣王将所闻小儿之歌，述于众臣。召虎对曰："檿，山桑木名，可以为弓，故曰檿弧。箕，草名，可结之以为箭袋，故曰箕箙。据臣愚见：国家恐有弓矢之变。"太史伯阳父奏曰："上天儆戒人君，命荧惑星化为小儿，造作谣言，使群儿习之，谓之童谣。今曰亡国之谣，乃天所以儆王也。"宣王曰："朕今赦姜戎之罪，罢太原之兵，将武库内所藏弧矢，尽行焚弃，再令国中不许造卖，其祸可息乎？"伯阳父答曰："臣观天象，其兆已成。似在王宫之内，非关外间弓矢之事，必主后世有女主乱国之祸。”宣王又曰：“女祸从何而来耶？”伯阳父答曰：“谣言‘将升’‘将没’原非目前之事。况‘将’之为言，且然而未必之词。王今修德以禳之，自然化凶为吉。弧矢不须焚弃。”宣王且信且疑，起驾回宫。

宣王将群臣之语，备细述于姜后。姜后曰：“宫中有一异事，正欲启奏。今有先王手内老宫人，年五十余，自先朝怀孕，到今四十余年，昨夜方生一女。”宣王大惊，问曰：“此女何在？”姜后曰：“妾思此乃不祥之物，已令人将草席包裹，抛弃于二十里外清水河中矣。”

次日早朝，召太史伯阳父问之。伯阳父布卦已毕。因繇词又有“檿弧箕箙”之语，遂命下大夫左儒，督令司市官巡行廛肆，不许造卖山桑木弓，箕草箭袋，违者处死。

有一妇人，抱着几个箭袋，正是箕草织成。一男子背着山桑木弓十来把，跟随于后。尚未进城门，被司市官劈面撞见，喝声：“拿下！”手下胥役，先将妇人擒住。那男子见不是头，抛下桑弓在地，飞步走脱。司市官将妇人锁押，连桑弓箕袋，一齐解到下大夫左儒处。左儒想：“所获二物，正应在谣言。况太史言女人为祸，今已拿到妇人，也可回复王旨。”宣王命将此女斩讫。

再说逃走那男子，次日方知妻子已死。独自来到清水河边，远远望见百鸟飞鸣，近前观看，乃是一个草席包儿，浮于水面。男子取起席包，原来是一个女婴。遂解下布衫，将此女婴包裹，抱于怀中。思想避难之处，乃望褒城投奔相识而去。

宣王自诛了卖桑弓箕袋的妇人，以为童谣之言已应，心中坦然，也不复议太原发兵之事。自此连年无话。到四十三年，时当大祭，宣王宿于斋宫。夜漏二鼓，人声寂然。忽见一美貌女子，自西方走入太庙之中，大笑三声，又大哭三声，将七庙神主，做一束儿捆着，望东而去。王起身自行追赶，忽然惊醒，乃是一梦。自觉心神恍惚，勉强入庙行礼。九献已毕，回至斋宫更衣，遣左右密召太史伯阳父，告以梦中所见。伯阳父奏曰："主有女祸，妖气未除。"宣王沉吟不语。忽然想起三年前，曾命上大夫杜伯查访妖女，全无下落。

宣王还朝，问杜伯："妖女消息，如何久不回话？"杜伯奏曰："臣体访此女，并无影响。以为妖妇正罪，童谣已验。诚恐搜索不休，必然惊动国人，故此中止。"宣王大怒曰："分明是怠弃朕命。押出朝门，斩首示众！"吓得百官面如土色。左儒连声曰："不可，不可！吾王若杀了杜伯，臣恐国人将妖言传播。外夷闻之，亦起轻慢之心。望乞恕之！"宣王怒犹未息，喝教："快斩！"武士将杜伯推出朝门斩了。左儒回到家中，自刎而死。

再说宣王次日，闻左儒自刎，亦有悔杀杜伯之意。遂得一恍惚之疾，语言无次，每每辍朝。至四十六年秋七月，玉体稍豫，意欲出郊游猎。行不上三四里，宣王在玉辇之上，打个眼眯，忽见远远一辆小车，当面冲突而来。车上站着两个人，宣王定睛看时，乃上大夫杜伯，下大夫左儒。宣王吃这一惊不小，抹眼之间，人车俱不见。问左右人等，都说："并不曾见。"宣王正在惊疑，那杜伯、左儒又驾着小车子，往来不离玉辇之前。只见杜伯、左儒齐声骂曰："无道昏君！你不修德政，妄戮无辜。今日大数已尽，吾等专来报冤。还我命来！"话未绝声，挽起朱弓，搭上赤矢，望宣王心窝内射来。宣王大叫一声，昏倒于玉辇之上。众人当下飞驾入城，扶着宣王进宫。

第二回

褒人赎罪献美女 幽王烽火戏诸侯

话说宣王自东郊游猎，得疾回宫，未几而崩。太子宫涅即位，是为幽王。立申伯之女为王后，子宜臼为太子，进后父申伯为申侯。幽王为人，暴戾寡恩，耽于声色。时岐山地震，幽王全不在意，仍命左右访求美色，以充后宫。大夫赵叔带上表劝阻，幽王遂将其免官。叔带携家竞往晋国，是为晋国大夫赵氏之祖。大夫褒垧自褒城来，闻赵叔带被逐，忙入朝进谏。幽王大怒，命囚拘于狱中。

话分两头。却说卖桑弓箕袋的男子，怀抱妖女，逃奔褒地。该地有位妇人，生女不育，就送些布匹之类，转乞此女过门。抚养成人，取名褒姒。有如花如月之容，倾国倾城之貌。褒珦之子洪德，偶因收敛来到乡间。凑巧褒姒门外汲水，虽然村妆野束，不掩国色天姿。洪德大惊，遂以布帛三百匹买得褒姒回家。香汤沐浴，食以膏粱之味，饰以文绣之衣，教以礼数，携至镐京。献与幽王，以赎父罪。幽王龙颜大喜。四方虽贡献有人，不及褒姒万分之一。遂不通申后得知，留褒姒于别宫，降旨赦褒珦出狱，复其官爵。

幽王自得了褒姒，迷恋其色，居之琼台。约有三月，更不进申后之宫。早有人报知申后，申后不胜其愤。忽一日引着宫娥，径到琼台，正遇幽王与褒姒联膝而坐，并不起身迎接。申后忍气不过，骂了一场，恨恨而去。太子宜臼得知，亦怀不平，誓欲为母出气。次日恰逢朔日，幽王不得不视朝。太子故意遣数十宫人，往琼台之下，将花乱摘，惊动褒妃出外观看。太子突然而至，赶上一步，揪住乌云宝髻，大骂一通，捻着拳便打。众宫娥一齐跪下求饶，太子亦恐伤命，即时住手。褒妃含羞忍痛，回入台中。待幽王退朝而归，少不得呜呜咽咽，哭诉缘由。幽王遂以太子宜臼好勇无礼为由，将其发去申国，听申侯教训。太子诉求无门，只得驾车自往申国去讫。

却说褒姒怀孕十月，生下一子。幽王爱如珍宝，名曰伯服，遂有废嫡立庶之意。奈事无其因，难于启齿。虢石父揣知王意，遂与尹球商议，暗通褒姒，言愿扶伯服为太子。褒姒大喜，自此密遣心腹左右，日夜伺申后之短。宫门内外，俱置耳目，风吹草动，无不悉知。再说申后独居无侣，终日流泪。有一年长宫人，知其心事，跪而奏曰："娘娘既思殿下，何不修书一封，密寄申国，使殿下上表谢罪？若得感动万岁，召还东宫，母子相聚，岂不美哉！"申后曰："此言固好，但恨无人传寄。"宫人曰："妾母温媪，颇知医术。娘娘诈称有病，召媪入宫看脉，令带出此信，使妾兄送去，万无一失。"申后依允，遂修书一封，内中大略言："天子无道，宠信妖婢，使我母子分离。今妖婢生子，其宠愈固。汝可上表佯认己罪，若天赐还朝，母子重逢，别作计较。"修书已毕，假称有病卧床，召温媪看脉。

早有人报知褒妃，褒妃料必有传递消息之事。候温媪出宫，命人搜检其身，果得书信。褒妃拆书观看，心中大怒，命将温媪锁禁空房，不许走漏消息。却将申后赠予温媪彩缯二匹，手自剪扯，裂为寸寸。幽王进宫，见破缯满案，问其来历。褒姒含泪作答，又将书呈与幽王观看。幽王认得申后笔迹，问其通书之人。褒妃曰："现有温媪在此。"幽王即命牵出，不由分说，拔剑挥为两段。

次日，幽王宣公卿上殿，问曰："王后嫉妒怨望，咒诅朕躬，难为天下之母，可以拘来问罪？"虢石父奏曰："王后六宫之主，虽然有罪，不可拘问。如果德不称位，但当传旨废之。另择贤德，母仪天下，实为万世之福。"尹球奏曰："臣闻褒妃德性贞静，堪主中宫。"幽王曰："太子在申，若废申后，如太子何？"虢石父奏曰："臣闻母以子贵，子以母贵。今太子避罪居申，温凊之礼久废。况既废其母，焉用其子？臣等愿扶伯服为东宫。社稷有幸！"幽王大喜，传旨将申后退入冷宫，废太子宜臼为庶人，立褒妃为后，伯服为太子。如有进谏者，即系宜臼之党，治以重辟。两班文武，心怀不平。群臣弃职归田者甚众，朝中惟尹球、虢石父、祭公易一班佞臣在侧。幽王朝夕与褒妃在宫作乐。

褒妃虽篡位正宫，有专席之宠，从未开颜一笑。幽王问曰："爱卿恶闻音乐，所好何事？"褒妃曰："妾无好也。曾记昔日手裂彩缯，其声爽然可听。"幽王即命司库日进彩缯百匹，使宫娥有力者裂之，以悦褒妃。可怪褒妃虽好裂缯，依旧不见笑脸。幽王遂出令："不拘宫内宫外，有能致褒后一笑者，赏赐千金。"虢石父献计曰："先王昔年因西戎强盛，恐彼入寇，乃于骊山之下，置烟墩二十余所，又置大鼓数十架。但有贼寇，放起狼烟，直冲霄汉，附近诸侯，发兵相救。又鸣起大鼓，催趱前来。今数年以来，天下太平，烽火皆熄。吾主若要王后启齿，必须同后游玩骊山，夜举烽烟，诸侯援兵必至。至而无寇，王后必笑无疑矣。”

幽王曰：“此计甚善！”乃同褒后并驾往骊山游玩，至晚设宴骊宫，传令举烽。霎时鼓声如雷，火光烛天。畿内诸侯，疑镐京有变，一个个即时领兵点将，连夜赶至骊山。幽王与褒妃饮酒作乐，使人谢诸侯曰：“幸无外寇，不劳跋涉。”诸侯面面相觑，卷旗而回。褒妃在楼上，凭栏望见诸侯忙去忙回，并无一事，不觉抚掌大笑。幽王曰：“爱卿一笑，百媚俱生，此虢石父之力也！”遂以千金赏之。至今俗语相传“千金买笑”，盖本于此。

却说申侯闻知幽王废申后立褒妃，上疏谏曰：“昔桀宠妹喜以亡夏，纣宠妲己以亡商。王今宠信褒妃，废嫡立庶，既乖夫妇之义，又伤父子之情。桀纣之事，复见于今；夏商之祸，不在异日。望吾王收回乱命，庶可免亡国之殃也。”幽王览奏，拍案大怒，下令削去申侯之爵。命石父为将，简兵蒐乘，欲举伐申之师。

第三回

犬戎主大闹镐京　周平王东迁洛邑

话说申侯进表之后，有人在镐京探信。闻知幽王意欲伐申，星夜奔回，报知申侯。申侯大惊，恐难以抵御王师，遂采纳大夫吕章建议，先发制人。备下金缯一车，遣人赍书与犬戎借兵，许以破镐之日，府库金帛，任凭搬取。戎主遂发戎兵一万五千，申侯亦起本国之兵相助，浩浩荡荡，杀奔镐京而来。出其不意，将王城围绕三匝，水泄不通。幽王闻变大惊，忙遣人举烽。诸侯之兵，无片甲来者，盖因前被烽火所戏，是时又以为诈，所以皆不起兵也。幽王见救兵不至，犬戎日夜攻城，只得派虢公领兵出战。虢公本非能战之将，斗不上十合，即被戎将斩于车下。戎兵一齐杀入城中，逢屋放火，逢人举刀，连申侯也阻挡不住，只得任其所为，城中大乱。

幽王见势头不好，以小车载褒姒和伯服，开后门出走。司徒郑伯友自后赶上，护着王驾望骊山而去。途中又遇尹球来到，言："犬戎焚烧宫室，抢掠库藏，祭公已死于乱军之中矣。"幽王心胆俱裂。郑伯友再令举烽，烽烟透入九霄，救兵依旧不到。戎兵追至骊山之下，将骊宫团团围住。郑伯自引幽王从宫后冲出，手持长矛，当先开路。尹球保着褒后母子，紧随幽王之后。约行半里，背后喊声忽起，犬戎大军追来。郑伯叫尹球保驾先行，亲自断后，且战且走。却被犬戎铁骑横冲，分为两截。郑伯困在垓心，全无惧怯，这根矛神出鬼没，但当先者无不着手。犬戎主教四面放箭，箭如雨点，不分玉石，可怜一国贤侯，今日死于万镞之下。戎兵掳住幽王车仗，犬戎主就车中一刀砍死幽王，并杀伯服。褒姒美貌饶死，以轻车载之，带归毡帐取乐。尹球躲在车厢之内，亦被戎兵牵出斩之。申侯闻听幽王已被戎主所杀，大惊曰："孤初心止欲纠正王慝，不意遂及于此。后世不忠于君者，必以孤为口实矣！"亟令从人收殓其尸，备礼葬之。

申侯回到京师，安排筵席，款待戎主。库中宝玉，搬取一空，又敛聚金缯十车为赠，指望他满欲而归。谁想戎主终日饮酒作乐，绝无还军归国之意。百姓皆归怨申侯。申侯无可奈何，乃写密书三封，发人往三路诸侯处，约会勤王。那三路诸侯，北路晋侯姬仇，东路卫侯姬和，西路秦君嬴开。又遣人到郑国，将郑伯死难之事，报知世子掘突，教他起兵复仇。四路人马会于镐京城外。是夜，分兵东南北三路攻城，引戎主从西门出奔，却教郑世子伏兵彼处。申侯在城中以为内应，只等攻城，便大开城门。戎兵未曾提防，被杀得四散乱窜，大败而走。褒姒不及随行，自缢而亡。

四路诸侯遂迎太子宜臼即位，是为平王。平王升殿，令申伯复侯爵；卫侯和进爵为公；晋侯仇加封河内之地；郑伯友死于王事，赐谥为桓，世子掘突袭爵为伯，加封祊田千顷；秦君原是附庸，加封秦伯，列于诸侯；申后号为太后；褒姒与伯服，俱废为庶人；虢石父、尹球、祭公，姑念其先世有功，兼死于王事，止削其本身爵号，仍许子孙袭位。次日，平王再封卫侯为司徒，郑伯为卿士，留朝辅政。申、晋二君，以本国迫近戎狄，拜辞而归。申侯见郑伯年方二十三岁，身长八尺，英毅非常，以女妻之，是为武姜。此话搁过不提。

却说犬戎自到镐京扰乱一番，识熟了道路。虽则被诸侯驱逐出城，其锋未曾挫折。遂大起戎兵，侵占周疆，岐、丰之地，半为戎有，渐渐逼近镐京，连月烽火不绝。又宫阙自焚烧之后，十不存五，颓墙败栋，光景甚是凄凉。平王一来府库空虚，无力建造宫室，二来怕犬戎早晚入寇，遂萌迁都之念。盖洛邑乃天下之中，昔成王命召公相宅，周公兴筑，号曰东都，宫室制度，与镐京同。平王乃命太史择日东行，迁都于洛，自此西周遂亡。

第四回
秦文公郊天应梦　郑庄公掘地见母

秦襄公嬴开闻平王东迁，亲自领兵护驾，直至洛阳。平王曰：“今岐、丰之地，半被犬戎侵据。卿若能驱逐犬戎，此地尽以赐卿，少酬扈从之劳，永作西藩。”秦襄公稽首受命而归，整顿戎马，不及三年，杀得犬戎七零八落，戎主远遁西荒。岐、丰一片，尽为秦有，辟地千里，遂成大国。定都于雍，始与诸侯通聘。

再说郑世子掘突嗣位，是为武公。武公乘周乱，并有东虢及郐地，迁都于郐，谓之新郑。郑自是亦遂强大，与卫武公同为周朝卿士。平王十二年，卫武公薨，郑武公独秉周政。却说郑武公夫人姜氏，所生二子，长曰寤生，次曰段。姜氏心中偏爱次子段，屡次向武公称道次子之贤，宜立为嗣。武公不许，仍立寤生为世子，只以小小共城，为段之食邑，号曰共叔。及武公薨，寤生即位，是为郑庄公，仍代父为周卿士。姜氏见共叔无权，心中怏怏，乃乞庄公以京城封之，庄公只得应允。共叔入宫来辞姜氏，姜氏屏去左右，私谓段曰：“汝兄不念同胞之情，待汝甚薄。今日之封，我再三恳求，虽则勉从，心中未必和顺。汝到京城，宜聚兵蒐乘，阴为准备。倘有机会可乘，我当相约。汝兴袭郑之师，我为内应，国可得也。汝若代了寤生之位，我死无憾矣！”共叔领命，遂往京城居住。自此国人改口，俱称为京城太叔。

太叔托名射猎，逐日出城训练士卒，并收西鄙、北鄙之众，一齐造入军册。又假出猎为由，袭取鄢及廪延。两处邑宰逃入郑国，奏闻庄公，庄公微笑不言。上卿公子吕奏请伐段，庄公不从。公子吕遂依大夫祭足之言，直叩宫门，私见庄公。庄公乃以心腹之言告之曰：“段虽不道，尚未显然叛逆。我若加诛，姜氏必从中阻挠，徒惹外人议论。不惟说我不友，又说我不孝。我今置之度外，任其所为，彼恃宠得志，肆无忌惮。待其造逆，那时明正其罪，则国人必不敢助，而姜氏亦无辞矣。”公子吕曰：“主

公远见，非臣所及。但恐日复一日，养成势大，如蔓草不可芟除。主公若必欲俟其先发，宜挑之速来。”庄公然其语，遂与公子吕定下一计。

次日早朝，庄公假传一令，使大夫祭足监国，自己往周朝面君辅政。姜氏闻之大喜，遂写密信一通，遣心腹送到京城，约太叔兴兵袭郑。公子吕预先差人伏于要路，获住赍书之人，登时杀了，将书密送庄公。庄公启缄看毕，重加封固，别遣人假作姜氏所差，送达太叔。索有回书，以五月初五日为期，要立白旗一面于城楼，便知接应之处。庄公得书，入宫辞别姜氏，只说往周，却望廪延一路徐徐而进。公子吕率车二百乘，于京城邻近埋伏。那太叔接了姜氏密信，尽率京城二鄙之众，扬扬出城。公子吕预遣兵车十乘，扮作商贾模样，潜入京城，只等太叔兵动，便于城楼放火。公子吕望见火光，即便杀来。城中之人，开门纳之，不劳余力，得了京城。即时出榜安民，榜中备说庄公孝友，太叔背义忘恩之事，满城人都说太叔不是。

太叔闻听京城失事，星夜回辕，屯扎城外，打点攻城，只见手下士卒纷纷耳语。原来军伍中有人接了城中家信，言：“庄公如此厚德，太叔不仁不义。”一人传十，十人传百，都道：“我等背正从逆，天理难容。”哄然而散。太叔点兵，去其大半，知人心

已变，急望鄢邑奔走，再欲聚众。不道庄公兵已在鄢，遂走入共城，闭门自守。庄公引兵攻之，那共城区区小邑，怎当得两路大军？如泰山压卵一般，须臾攻破。太叔闻庄公将至，自刎而亡。庄公抚段之尸，大哭一场。简其行装，姜氏所寄之书尚在。将太叔回书，总作一封，使人驰至郑国，教祭足呈与姜氏观看。即命将姜氏送去颍地安置，遗以誓言曰："不及黄泉，无相见也！"姜氏见了二书，羞惭无措，即时离了宫门，出居颍地。庄公回至国都，目中不见姜氏，不觉良心顿萌，叹曰："吾不得已而杀弟，何忍又离其母？诚天伦之罪人矣！"

却说颍谷封人，名曰颍考叔，为人正直无私，素有孝友之誉。见庄公设下黄泉之誓，悔之无及，特献一计。庄公闻之大喜，遂命考叔发壮士五百人，于曲洧牛脾山下，掘地深十余丈，泉水涌出，因于泉侧架木为室。室成，设下长梯一座。考叔往见武姜，曲道庄公悔恨之意，如今欲迎归孝养。武姜且悲且喜。考叔先奉武姜至牛脾山地室中，庄公乘舆亦至，从梯而下，拜倒在地，口称："寤生不孝，久缺定省，求国母恕罪！"武姜曰："此乃老身之罪，与汝无与。"用手扶起，母子抱头大哭。遂升梯出穴，庄公亲扶武姜登辇，自己执辔随侍。国人见庄公母子同归，无不以手加额，称庄公之孝。此皆考叔调停之力也。庄公感考叔全其母子之爱，赐爵大夫，与公孙阏同掌兵权。

第五回
宠虢公周郑交质
助卫逆鲁宋兴兵

却说周平王因郑庄公久不在位，偶因虢公忌父来朝，言语相投，遂有意委政虢公。郑庄公闻之，即日驾车如周，伏乞拜还卿士之爵，退就藩封。平王知庄公此举皆因虢公之事，心惭面赤，只得善言相留，更欲使太子狐为质于郑，以彰其信。群臣恐此有乖臣子之义，遂献君臣交质之法，郑世子忽质于周，周太子狐亦如郑为质，如此方可两释猜忌。平王从之。

自交质以后，郑伯留周辅政，一向无事。平王在位五十一年而崩，郑伯与周公黑肩同摄朝政。使世子忽归郑，迎回太子狐来周嗣位。太子狐痛父之死，哀痛过甚，到周而薨。其子林嗣立，是为桓王。桓王伤其父以质郑身死，且见郑伯久专朝政，心中疑惧，遂谓郑伯曰："卿乃先王之臣，朕不敢屈在班僚，卿其自安。"庄公愤愤出朝，即日驾车回国。郑国众官员闻之，俱有不平之意。庄公遂纳大夫祭足之计，命其领一支军马，便宜行事。祭足巡到温、洛界首，以本国岁凶乏食为由，遣士卒各备镰刀，将田中之麦尽行割取，满载而回。再巡至成周地方，将田中早稻掠取一空。两处守将知郑兵强盛，不敢相争。桓王闻之大怒，欲兴兵问罪，幸得周公黑肩极力劝阻，方才作罢。郑伯见周王全无责备之意，心怀不安，遂定入朝之议。正欲起行，忽报齐僖公遣使至此，约郑伯至石门相会。庄公正欲与齐相结，遂赴石门之约。二君相见，歃血订盟，约为兄弟，有事相偕。齐侯知郑世子忽尚未婚娶，欲以女妻之。郑庄公向忽言之，忽对曰："妻者齐也，今郑小齐大，孩儿不敢仰攀。"庄公曰："请婚出于彼意，若与齐为甥舅，每事可以仰仗，吾儿何以辞之？"忽又对曰："丈夫志在自立，岂可仰仗于婚姻耶？"庄公喜其有志，遂不强之。

忽一日，郑庄公正与群臣商议朝周之事，适有卫桓公讣音到来。庄公诘问来使，备知公子州吁弑君之事。

且说那州吁乃卫桓公之庶弟，暴戾好武，任意妄为。桓公生性懦弱，大夫石碏知其不能有为，告老在家，不与朝政。石碏之子石厚与州吁交好，二人密谋，适桓公如周之际，设饯于西门，伺机刺之。州吁托言桓公暴疾，代立为君，拜石厚为上大夫。桓公之弟晋，逃奔邢国去了。

州吁即位三日，闻外边沸沸扬扬，尽传说弑兄之事。乃召上大夫石厚商议曰："欲立威邻国，以胁制国人，问何国当伐？"石厚奏："主公若用兵，非郑不可。"州吁曰："齐、郑有石门之盟，卫若伐郑，齐必救之。"石厚奏曰："当今异姓之国，惟宋称公为大；同姓之国，惟鲁称叔父为尊。主公可遣使于宋、鲁，求其出兵相助，并合陈、蔡之师，五国同事，何忧不胜？"州吁曰："陈、蔡小国，素顺周王。郑与周新隙，陈、蔡必知，呼使伐郑，不愁不来。若宋、鲁大邦，焉能强乎？"石厚又奏曰："主公但知其一，不知其二。昔宋穆公受位于其兄宣公，穆公将死，思报兄之德，乃舍其子冯，而传位于兄之子与夷。冯怨父而嫉与夷，出奔于郑。郑伯纳之，常欲为冯起兵伐宋，夺取与夷之位。今日勾连伐郑，正中其怀。若鲁之国事，乃公子翚秉之。翚兵权在手，觑鲁君如无物。如以重赂结公子翚，鲁兵必动无疑矣。"州吁大悦，即日遣使往四国去讫。

宋、鲁、陈、蔡如期而至，五国甲车将郑东门围得水泄不通。郑庄公使人护送公子冯往长葛，宋殇公遂移兵去围长葛。蔡、陈、鲁三国之兵，见宋兵移动，俱有返旆之意。公子吕出东门单搦卫战，诈败而走。石厚遂将东门外禾稻尽行芟刈，以劳军士，传令班师。

第六回

卫石碏大义灭亲
郑庄公假命伐宋

话说石厚才胜郑兵一阵，便欲传令班师。州吁心疑，召厚问之。厚对曰："郑兵素强，今为我所胜，足以立威。主公初立，国事未定，若久在外方，恐有内变。"少顷，鲁、陈、蔡三国，俱来贺胜，各请班师。遂解围而去。石厚自矜有功，令三军齐唱凯歌，拥卫州吁扬扬归国。

州吁恐国人不服，欲征石碏入朝议事，以定其位。石碏托言病笃，坚辞不受。石厚乃回家见父，致新君敬慕之意，并求良策。石碏曰："诸侯即位，以禀命于王朝为正。新主若能觐周，奉命为君，国人更有何说？"石厚曰："此言甚当。但无故入朝，周王必然起疑，必先得人通情于王方可。"石碏曰："今陈侯忠顺周王，朝聘不缺，王甚嘉宠之。吾国与陈素相亲睦，若新主亲往朝陈，央陈侯通情周王，然后入觐，有何难哉？"石厚将父碏之言，述于州吁。州吁大喜。当备玉帛礼仪，命石厚护驾，往陈国进发。

石碏与陈国大夫子鍼，素相厚善。乃割指沥血，写下一书，密遣心腹人，竟到子鍼处，托彼呈达陈桓公，定下擒州吁之计。却说州吁同石厚到陈，未曾防备，俱被甲士拿下。陈侯将君臣二人监禁，遣人星夜驰报卫国，竟投石碏。石碏请诸大夫朝中相见，将陈侯书信启看，知吁、厚已拘执在陈，专等卫大夫到，公同议罪。百官齐声曰："此社稷大计，全凭国老主持。"石碏曰："二逆罪俱不赦，明正典刑，以谢先灵。"诸大夫皆曰："首恶州吁既已正法，石厚从逆，可从轻议。"石碏大怒曰："州吁之恶，皆逆子所酿成。诸君请从轻典，得无疑我有舐犊之私乎？"乃使人往陈国，并斩吁、厚。整备法驾，迎公子晋于邢。晋即侯位，是为宣公，尊石碏为国老，世世为卿。

却说郑庄公见五国兵解，又闻州吁被杀，卫已立新君，乃曰："州吁之事，与新君无干。但主兵伐郑者，宋也，寡人当先伐之。”祭足奏曰：“宋爵尊国大，不可轻伐。主公宜先入周，朝见周王。然后假称王命，号召齐、鲁，合兵加宋。兵至有名，万无不胜矣。”郑庄公大喜，遂命世子忽监国，自与祭足如周，朝见周王。桓王素不喜郑，又想起侵夺麦禾之事，怒气勃勃，谓庄公曰：“卿国今岁收成何如？”庄公对曰：“托赖吾王如天之福，水旱不侵。”桓王曰：“幸而有年，温之麦、成周之禾，朕可留以自食矣。”庄公见桓王言语相侵，当下辞退。桓王也不设宴，也不赠贿，使人以黍米十车遗之曰：“聊以为备荒之资。”庄公甚悔此来。忽报周公黑肩相访，私以彩缯二车为赠。庄公不知何意，祭足曰：“周王有二子，长曰沱，次曰克。周王宠爱次子，属周公使辅翼之，将来必有夺嫡之谋。故周公今日先结好我国，以为外援。主公受其彩缯，正有用处。”庄公曰：“何用？”祭足曰：“郑之朝王，邻国莫不知之。今将周公所赠彩帛，分布于十车之上，外用锦袱覆盖。出都之日，宣言‘王赐’。再加彤弓弧矢，假说：‘宋公久缺朝贡，主公亲承王命，率兵讨之！’以此号召列国，诸侯必然信从。”庄公大喜。

庄公出了周境，一路宣扬王命，声播宋公不臣之罪，闻者无不以为真。庄公又遣使至鲁，许以用兵之日，侵夺宋地，尽归鲁国。公子翚乃贪横之徒，欣然诺之。奏过鲁君，转约齐侯。齐侯使其弟夷仲年为将，出车三百乘。鲁侯使公子翚为将，出车

二百乘，前来助郑。郑庄公亲统着一班将士，自为中军。夷仲年将左军，公子翚将右军，扬威耀武，杀奔宋国。

却说宋殇公闻三国兵已入境，惊得面如土色，急召司马孔父嘉问计。孔父嘉奏曰："郑君亲将在此，车徒必盛，其国空虚。主公诚以重赂，遣使告急于卫，使纠合蔡国，轻兵袭郑。郑君闻己国受兵，必返旆自救。郑师既退，齐、鲁能独留乎？"殇公即简车徒二百乘，命孔父嘉为将，携重礼星夜来到卫国，求卫君出师袭郑。卫宣公受了礼物，遣右宰丑率兵同孔父嘉从间道出其不意，直逼郑都。世子忽同祭足急忙传令守城，已被宋、卫之兵，在郭外大掠一番，掳去人畜辎重无算。右宰丑便欲攻城，孔父嘉曰："凡袭人之兵，不过乘其无备，得利即止。若顿师坚城之下，郑伯还兵来救，我腹背受敌，是坐困耳。不若借径于戴，全军而返。度我兵去郑之时，郑君亦当去宋矣。"右宰丑从其言，使人假道于戴。戴人疑其来袭己国，闭上城门。孔父嘉大怒，离戴城十里下寨，准备攻城。戴人固守，屡次出城交战，互有斩获。孔父嘉遂遣使往蔡国乞兵相助。此时颍考叔等已打破郜城，公孙阏等亦打破防城，各遣人向郑伯报捷。恰好世子忽告急文书到来。

第七回
公孙阏争车射考叔　公子翚献谄贼隐公

话说郑庄公得了世子忽告急文书，即时传令班师。行至中途，得知宋、卫已移兵向戴，遂心生一计。乃传令四将，分为四队，各各授计，衔枚卧鼓，并望戴国进发。再说宋、卫合兵攻戴，又请得蔡国领兵助战，满望一鼓成功。忽闻公子吕领兵救戴，戴君开门接入去了。少顷，只听连珠炮响，戴城上遍插郑国旗号，公子吕倚着城楼外槛，高声叫曰："多赖三位将军气力，寡君已得戴城。"原来郑庄公设计，假称公子吕领兵救戴，实亲在戎车之中。待哄进戴城，就将戴君逐出，并了戴国之军。孔父嘉见郑伯白占了戴城，愤气填胸，欲与郑决战。是夜，庄公巧用疑兵之计，杀得宋、卫、蔡大败而走。孔父嘉弃了乘车，徒步奔脱。右宰丑阵亡。三国车徒，悉为郑所俘获。

因传檄讨宋之时，郕、许小国，公然不至。郑庄公遂遣使告于齐侯，约定问罪郕、许之事。齐侯欣然听允，遣夷仲年将兵伐郕，郑遣大将公子吕率兵助之，直入其都。郕人大惧，请成于齐，齐侯受之。庄公乃约齐、鲁共商伐许之事，时周桓王八年之春也。是夏，郑庄公大阅军马，聚诸将于教场。制大旗，建于大车之上，传令："有能手执大旗，步履如常者，拜为先锋，即以辂车赐之。"且说班中有一少年将军名唤公孙阏，为郑庄公所宠。平日恃宠骄横，兼有勇力，与颍考叔素不相睦。此番二人争车，颍考叔挟车以走，公孙阏拔戟逐之，弗及，恨恨而返。至七月，郑、齐、鲁三军协力伐许。颍考叔奋勇当先，早登许城。公孙阏眼明手快，见考叔先已登城，忌其有功，飕的发一冷箭，正中考叔后心。可怜一国贤臣，竟死于暗箭之下。

且说三军攻破许城，许庄公易服，杂于军民中，逃奔卫国去了。齐侯出榜安民，郑庄公乃以许庄公之弟新臣居许。三君各自归国。

却说鲁先君惠公元妃早薨，宠妾仲子立为继室，生子名轨，欲立为嗣。鲁侯乃他

妾之子也。惠公薨，群臣以鲁侯年长，奉之为君。鲁侯每言：“国乃轨之国也，因其年幼，寡人暂时居摄耳。”公子翚求为太宰之官，鲁侯曰：“俟轨居君位，汝自求之。”公子翚反疑鲁侯有忌轨之心，密奏鲁侯曰：“主公已嗣爵为君，国人悦服。千岁而后，便当传之子孙。今轨年长，恐将来不利于主，臣请杀之，为主公除此隐忧。”鲁侯掩耳曰：“汝非痴狂，安得出此乱言？吾已使人筑下宫室，为养老计，不日当传位于轨矣。”翚默然而退，自悔失言。诚恐鲁侯将此一段话告轨，轨即位，必当治罪。遂夤夜往见轨，反说：“主公见汝年齿渐长，恐来争位。今日召我入宫，密嘱行害于汝。”轨惧而问计，翚曰：“他无仁，我无义。公子必欲免祸，非行大事不可。”轨依其计，果弑鲁侯。翚遂立轨为君，是为桓公。桓公遣使至郑，欲修先君之好，庄公许之。自是鲁、郑信使不绝。

第八回
立新君华督行赂 败戎兵郑忽辞婚

话说宋殇公与夷，自即位以来，屡屡伐郑，只为公子冯在郑。太宰华督素与公子冯有交，见殇公用兵于郑，口中虽不敢谏阻，心上好生不乐。孔父嘉是主兵之官，华督如何不怪他？自伐戴一出，全军覆没，孔父嘉只身逃归，国人颇有怨言。华督又使心腹人于里巷布散流言，说："屡次用兵，皆出孔司马主意。"国人信以为然，皆怨司马。华督正中其怀，遂设计杀之。孔父嘉止一子，名木金父，年尚幼，其家臣抱之奔鲁。后来以字为氏，曰孔氏。孔圣仲尼，即其六世之孙也。

且说宋殇公闻司马被杀，大怒，欲正华督之罪。华督乃于孔氏之门设下伏兵，只等宋公一到，鼓噪而起。殇公遂死于乱军之手。华督闻报，衰服而至，举哀者再。乃鸣鼓以聚群臣，胡乱将军中一二人坐罪行诛，以掩众目。华督遣使往郑报丧，且迎公子冯。公子冯回宋，华督奉之为君，是为庄公。华督仍为太宰，分赂各国，无不受纳。齐侯、鲁侯、郑伯同会于稷，以定宋公之位，使华督为相。

齐僖公自会稷回来，中途接得警报："今有北戎主，遣元帅大良、小良，帅戎兵一万来犯齐界。已破祝阿，直攻历下。守臣不能抵当，连连告急。"僖公分遣人于鲁、卫、郑三处借兵。郑庄公乃选车三百乘，使世子忽为大将，高渠弥副之，祝聃为先锋，星夜进发，径来历下相见。时鲁、卫二国之师，尚未曾到。僖公感激无已，亲自出城犒军，与世子忽商议退戎之策。世子忽曰："戎性轻而不整，贪而无亲，胜不相让，败不相救，是可诱而取也。况彼恃胜，必然轻进。若以偏师当敌，诈为败走，戎必来追，吾预伏兵以待之。追兵遇伏，必骇而奔，奔而逐之，必获全胜。"僖公曰："此计甚妙。齐兵伏于东，以遏其前；郑兵伏于北，以逐其后。首尾攻击，万无一失。"

世子忽领命自去北路，分作两处埋伏去了。僖公使公子元领兵伏于东门，又使公

孙戴仲引一军诱敌。戎帅小良出寨迎敌，两下交锋约二十合，戴仲气力不加，回车便走，绕城向东路而去。小良不舍，尽力来追。大良见戎兵得胜，尽起大军随后。将近东门，忽然炮声大震，茨苇中都是伏兵。小良知中计，拨回马头便走，反将大良后队冲动。公孙戴仲与公子元合兵追赶。大良吩咐小良上前开路，自己断后，且战且走。落后者俱被齐兵擒斩。戎兵行至鹊山，回顾追军渐远，喘息方定。正欲埋锅造饭，山坳里喊声大举，高渠弥领一支军马冲出。大良、小良慌忙上马，无心恋战，夺路奔逃，高渠弥随后掩杀。约行数里之程，前面喊声又起，却是世子忽引兵杀到。后面公子元率领齐兵亦至，杀得戎兵七零八落，四散逃命。小良被祝聃一箭，正中脑袋，坠马而死。大良匹马溃围而出，正遇着世子忽戎车，措手不及，亦被世子忽斩之。生擒甲首三百，死者无算。

僖公大喜，遣使止住鲁、卫之兵，免劳跋涉。命大排筵席，专待世子忽。席间又说起："小女愿备箕帚。"世子忽再三谦让。僖公不知世子何意，乃使夷仲年私谓高渠弥，望其能玉成此事。高渠弥领命，来见世子，备道齐侯相慕之意："若谐婚好，异日得此大国相助，亦是美事。"世子忽曰："昔年无事之日，蒙齐侯欲婚我，我尚然不敢仰攀。今奉命救齐，幸而成功，乃受室而归，外人必谓我挟功求娶，何以自明？"高渠弥再三撺掇，只是不允。次日，齐僖公又使夷仲年来议婚，世子忽辞曰："未禀父命，私婚有罪。"即日辞回本国。齐僖公怒曰："吾有女如此，何患无夫？"

第九回
齐侯送文姜婚鲁 祝聃射周王中肩

话说齐僖公生有二女，皆绝色也。长女嫁于卫，即卫宣姜，另有表白在后。单说次女文姜，生得秋水为神，芙蓉如面，真乃绝世佳人，古今国色。兼且通今博古，出口成文，因此号为文姜。世子诸儿，原是个酒色之徒，与文姜虽为兄妹，各自一母。诸儿长文姜只二岁，自小在宫中同行同坐。二人年岁渐长，竟私通情愫，成禽兽之行。因鲁桓公即位之时，尚未聘有夫人，遂遣使求婚于齐。齐僖公以文姜许之。自此齐、鲁亲密，不在话下。

话分两头。再说周桓王自闻郑伯假命伐宋，心中大怒。竟使虢公林父独秉朝政，不用郑伯。郑庄公闻知此信，心怨桓王，一连五年不朝。桓王乃召蔡、卫、陈三国，一同兴师伐郑。是时陈侯鲍方薨，其弟公子佗弑太子免而自立，谥鲍为桓公。国人不服，纷纷逃散。周使征兵，公子佗初即位，不敢违王之命，只得纠集车徒，遣人统领，望郑国进发。蔡、卫各遣兵从征。

郑庄公闻王师将至，乃集诸大夫问计。群臣莫敢先应。忽疆吏报："王师已至繻葛，三营联络不断。"庄公曰："但须破其一营，余不足破也。"乃分三军以迎敌，将近繻葛，扎住营寨。桓王在中军，闻敌营鼓声震天，知是出战，准备相持。只见士卒纷纷耳语，队伍早乱。原来望见溃兵，知左右二营有失，连中军也立脚不住。却被郑兵如墙而进，杀得车倾马毙，将陨兵亡。桓王传令速退，亲自断后，且战且走。祝聃望见绣盖之下，料是周王，尽着眼力觑真，一箭射去，正中周王左肩。幸裹甲坚厚，伤不甚重。祝聃催车前进，正在危急，却得虢公林父前来救驾，与祝聃交锋。忽闻郑中军鸣金甚急，遂各收军。桓王引兵退三十里下寨。

祝聃等回军，见郑庄公曰："臣已射王肩，周王胆落，正待追赶，生擒那厮。何

以鸣金?”庄公曰:“本为天子不明,将德为怨,今日应敌,万非得已。赖诸卿之力,社稷无陨足矣,何敢多求。依你说取回天子,如何发落?即射王亦不可也。万一重伤殒命,寡人有弑君之名矣。”祭足曰:“主公之言是也。今吾国兵威已立,料周王必当畏惧。宜遣使问安,稍与殷勤,使知射肩非出主公之意。”庄公曰:“此行非卿不可。”命备牛十二头,羊百只,粟刍之物共百余车,连夜到周王营内。祭足叩首再三,口称:“死罪臣寤生,不忍社稷之陨,勒兵自卫。不料军中不戒,有犯王躬。寤生不胜战兢觳觫之至!谨遣陪臣足,待罪辕门,敬问无恙。不腆敝赋,聊充劳军之用。惟天王怜而赦之!”

桓王默然,自有惭色。虢公林父从旁代答曰:“寤生既知其罪,当从宽宥,来使便可谢恩。”祭足再拜稽首而出,遍历各营,俱问安否。

桓王兵败归周,不胜其忿。便欲传檄四方,共声郑寤生无王之罪。虢公林父谏曰:“王轻举丧功。若传檄四方,是自彰其败也。诸侯自陈、卫、蔡三国而外,莫非郑党。征兵不至,徒为郑笑。且郑已遣祭足劳军谢罪,可借此赦宥,开郑自新之路。”桓王默然。自此更不言郑事。

第十回
楚熊通僭号称王
郑祭足被胁立庶

却说蔡侯因遣兵从周伐郑，探听得陈国篡乱，人心不服公子佗，于是引兵袭陈。俟佗出猎，伏兵杀之。陈桓公之庶子名跃，系蔡姬所出，乃蔡侯之甥。因太子免已死，蔡侯遂立跃为君，是为厉公。此周桓王十四年之事也。陈自公子跃即位，与蔡甚睦，数年无事。这段话缴过不提。

且说南方之国曰楚，芈姓，熊氏，子爵。楚君熊通强暴好战，有僭号称王之志。见诸侯戴周，朝聘不绝，以此犹怀观望。及周桓王兵败于郑，熊通益无忌惮，僭谋遂决。令尹斗伯比进曰："今欲称王，恐骇观听，必先以威力制服诸侯方可。"熊通曰："其道如何？"伯比对曰："汉东之国，惟随为大。若随服，则汉淮诸国，无不顺矣。"熊通从之，乃亲率大军，屯于瑕，遣使求成于随。随有一贤臣，名曰季梁，又有一谀臣，名曰少师。随侯喜谀而疏贤，所以少师有宠。及楚使至随，少师自请往探楚军，见戈甲朽敝，人或老或弱，不堪战斗，遂有矜高之色，实不知已堕斗伯比之计矣。少师还见随侯，述楚军羸弱之状，欲追而击之。幸得季梁劝阻，遂不追楚师。

斗伯比闻计败，又生一计，奏请熊通遍告汉东诸国会盟于沈鹿。随侯不至，熊通乃率师伐随。少师以楚军势弱，请与之战。随侯遂不听季梁之言，亲自出师御楚，不想被楚军杀得大败。少师被楚将斩于车下，季梁保着随侯，微服混于小军之中，杀条血路，方脱重围。随侯谓季梁曰："孤不听汝言，以至于此！如此，计将安出？"季梁曰："为今之计，作速请成为上。"随侯乃遣季梁入楚军求成。熊通许之，乃使随侯以汉东诸侯之意，颂楚功绩，请王室以王号假楚，弹压蛮夷。桓王不许。熊通闻之，怒曰："吾先人有辅导二王之劳，仅封微国，远在荆山。今地辟民众，蛮夷莫不臣服，而王不加位，是无赏也；郑人射王肩，而王不能讨，是无罚也。无赏无罚，何以为王？"

遂自立为楚武王。汉东诸国，各遣使称贺。桓王虽怒楚，无如之何。自此周室愈弱，而楚益无厌。熊通卒，传子熊赀，迁都于郢，役属群蛮，骎骎乎有侵犯中国之势。

周桓王十九年夏，郑庄公有疾，召祭足至床头，谓曰：“寡人有子十一人，自世子忽之外，子突、子亹、子仪，皆有贵征。子突才智福禄，似又出三子之上。三子皆非令终之相也。寡人意欲传位于突，何如？”祭足曰：“子忽嫡长，久居储位，且屡建大功，国人信从。废嫡立庶，臣不敢奉命。”庄公曰：“突志非安于下位者，若立忽，惟有出突于外家耳。”祭足曰：“惟君命之。”庄公叹曰：“郑国自此多事矣！”乃使公子突出居于宋。五月，庄公薨，世子忽即位，是为昭公。使诸大夫分聘各国，祭足聘宋，因便察子突之变。却说公子突之母，乃宋雍氏之女。雍氏宗族，多仕于宋，宋庄公甚宠任之。公子突被出在宋，与雍氏商议归郑之策。宋公闻之，许为之计。适祭足行聘至宋，宋公乃将祭足拘执，要其废忽立突。祭足不敢不从。宋公使子突立下誓约，许割三城，并白璧百双，黄金万镒，每岁输谷三万钟，以为酬谢之礼。又要突将国政尽委祭足。突急于得国，无不应承。宋公闻祭足有女，使许配雍氏之子雍纠，教带雍纠归国成亲，仕以大夫之职。

公子突与雍纠皆微服，诈为商贾，驾车随祭足至郑，藏于祭足之家。祭足伪称有疾，不能趋朝。诸大夫俱至祭府问安。祭足伏死士百人于壁衣之中，请诸大夫至内室相见，言明废立之事。高渠弥素与子忽有隙，挺身抚剑而言曰：“相君此言，社稷之福。”

众人窥见壁衣有人，各怀悚惧，齐声唯唯。祭足预先写就联名表章，使人上之，言：“宋人以重兵纳突，臣等不能事君矣。”又自作密启，启中言：“宋囚臣而纳突，要臣以盟，臣恐身死无益于君，已口许之。今兵将及郊，群臣畏宋之强，协谋往迎。主公不若从权，暂时避位，容臣乘间再图迎复。”郑昭公接了表文及密启，自知孤立无助，出奔卫国去了。祭足奉公子突即位，是为厉公。公子亹、公子仪二人心怀不平，恐厉公加害。是月，公子亹奔蔡，公子仪奔陈。宋公闻子突定位，遣人致书来贺。

第十一回
宋庄公贪赂构兵　郑祭足杀婿逐主

却说宋庄公遣人致书称贺，就索取三城，及白璧、黄金、岁输谷数。厉公召祭足商议。厉公曰：“当初急于得国，以此恣其需索，不敢违命。今寡人即位方新，就来责偿。若依其言，府库一空矣。况嗣位之始，便失三城，岂不贻笑邻国?”祭足曰：“可辞以‘人心未定，恐割地生变，愿以三城之贡赋，代输于宋。’其白璧、黄金，姑与以三分之一，婉言谢之。岁输谷数，请以来年为始。”厉公从其言，作书报之，先贡上白璧三十双，黄金三千镒，其三城贡赋，约定冬初交纳。使者还报，宋庄公大怒，遣使往郑坐索，必欲如数。且立要交割三城，不愿输赋。厉公又与祭足商议，再贡去谷二万钟。宋公仍不肯罢休。厉公遂依祭足之计，遣使往齐、鲁，求其宛转。

齐僖公向以败戎之功，感激子忽。今闻郑国废忽立突，大为不悦，不肯助突。惟有鲁侯于中周旋，为郑求宽。然宋公十分固执，遣使至郑督促财贿，不绝于道。鲁侯大怒，遂与郑连兵伐宋。宋庄公闻齐侯不肯助突，乃遣人往齐结好。宋、齐之兵不敌鲁、郑之兵，大败而归。此周桓王二十二年也。齐僖公怀愤成疾，不日病逝。世子诸儿即位，是为襄公。

宋庄公恨郑入骨，复遣使将郑国所纳金玉，分赂齐、蔡、卫、陈四国，乞兵复仇。郑厉公欲战，祭足谏止，发令使百姓守城，有请战者罪之。郑伯为祭足所制，郁郁不乐，于是阴有杀祭足之意。明年春三月，周桓王病笃，召周公黑肩于床前，曰：“立子以嫡，礼也。然次子克，朕所钟爱，今以托卿。异日兄终弟及，惟卿主持。”言讫遂崩。周公遵命，奉世子佗即王位，是为庄王。郑厉公闻周有丧，欲遣使行吊。祭足固谏，以为：“周乃先君之仇，祝聃曾射王肩。若遣人往吊，只取其辱。”厉公虽然依允，心中愈怒。

一日，厉公游于后圃，只有大夫雍纠相从。厉公见飞鸟翔鸣，凄然而叹，曰：“百鸟飞鸣自由，全不受制于人。寡人反不如鸟也。”雍纠曰：“主公所虑，岂非秉钧之人耶？”厉公嘿然。雍纠又曰：“吾闻‘君犹父也，臣犹子也’。子不能为父分忧，即为不孝；臣不能为君排难，即为不忠。倘主公不以纠为不肖，有事相委，不敢不竭死力！”厉公屏去左右，谓雍纠曰：“卿非仲之爱婿乎？”纠曰：“婿则有之，爱则未也。纠之婚于祭氏，实出宋君所迫，非祭足本心。足每言及旧君，犹有依恋之心，但畏宋不敢改图耳。”厉公问计，雍纠曰：“主公可命祭足往东郊安抚居民，臣当于东郊设享，以鸩酒毒之。”

雍纠归家，见其妻祭氏，不觉有皇遽之色。祭氏心疑，乃醉纠以酒，乘其昏睡，尽知其谋。祭氏遂先一日回至父家，以雍纠之谋，密告父母。祭足曰：“汝等勿言，临时吾自能处分。”至期，祭足使心腹带勇士十余人，暗藏利刃跟随，再命人率家甲百余，郊外接应防变。祭足行至东郊，雍纠半路迎迓，设享甚丰。雍纠满斟大觥，跪于祭足之前，满脸笑容，口称百寿。祭足假作相搀，将右手握纠之臂，左手接杯浇地，火光迸裂，大喝曰：“匹夫何敢弄吾？”叱左右：“为我动手！”众勇士一拥而上，擒雍纠缚而斩之。厉公伏有甲士在于郊外，亦被祭足家甲杀得七零八落。厉公闻之，大惊曰：“祭仲不吾容也！”乃出奔蔡国。祭足闻厉公已出，乃使人往卫国迎昭公忽复位，曰：“吾不失信于旧君也！”

第十二回
卫宣公筑台纳媳 高渠弥乘间易君

却说卫宣公名晋，为人淫纵不检。自为公子时，与其父庄公之妾名夷姜者私通，生一子曰急子，寄养于民间。宣公即位之日，许立急子为嗣，属之于右公子职。时急子长成，已一十六岁，为之聘齐僖公长女。使者返国，宣公闻齐女有绝世之姿，心贪其色。乃构名匠筑高台于淇河之上，名曰新台。先以聘宋为名，遣开急子。然后使人迎姜氏径至新台，自己纳之，是为宣姜。急子自宋归国，宣公命以庶母之礼谒见姜氏。急子全无几微怨恨之意。

宣公与齐姜连生二子，长曰寿，次曰朔。宣公因偏宠齐姜，将昔日怜爱急子之情，都移在寿与朔身上，心中便想百年之后，传位与寿、朔兄弟。只因公子寿天性孝友，与急子如同胞一般相爱，每在父母面前，周旋其兄。那急子又温柔敬慎，无有失德，所以宣公未曾显露其意。私下将公子寿嘱托左公子泄，异日扶他为君。那公子朔虽与寿一母所生，贤愚迥然不同。天生狡猾，恃其母之得宠，阴蓄死士，心怀非望。不惟憎嫌急子，并亲兄公子寿，也像赘疣一般。公子朔常以话挑激母亲，二人合谋，每每进谗，定要宣公杀急子，以绝后患。宣公乃遣急子如齐，授以白旄。一面密告公子朔，使伏死士于要路莘野，假装盗贼，只认白旄一到，便一齐下手。公子朔处分已定，回复齐姜，齐姜心下十分欢喜。

却说公子寿得知此计，私下来见急子，劝其出奔他国。急子曰："为人子者，以从命为孝。即欲出奔，将安往哉？"遂束装下舟，毅然就道。公子寿泣劝不从，于是别以一舟载酒，亟往河下，请急子饯别。公子寿有心留量，急子到手便吞，不觉尽醉。公子寿即取急子手中白旄，故意建于舟首，即命发舟。行至莘野，那些埋伏的死士，望见白旄，一声呼哨，挺刀便砍。可怜公子寿引颈受刀。贼党取头，盛于木匣，一齐下船。急子酒醒，方知公子寿代己赴死，遂催趱舟人速行。途中正遇贼党乘舟归来。急子见公子寿已遭不测，仰天大哭曰：“天乎冤哉！我乃真急子也。此吾弟寿也，何罪而杀之？可速断我头，归献父亲，可赎误杀之罪。”众贼遂将急子斩首。公子朔得知一箭射了双雕，正中隐怀。母子商量，且教慢与宣公说知。

却说右公子职，原受急子之托；左公子泄，原受公子寿之托。起先未免各为其主，至此同病相怜，合在一处商议。候宣公早朝，二人直入朝堂，拜倒在地，放声大哭，将急子与公子寿被杀情由，细述一遍。宣公闻二子同时被害，吓得面如土色，半晌不言。痛定生悲，泪如雨下，即令拘拿杀人之贼。公子朔口中应承，哪肯献出贼党？宣公自受惊之后，又想念公子寿，感成一病，半月而亡。公子朔发丧袭位，是为惠公，将左右二公子罢官不用。公子泄与公子职怨恨惠公，每思为急子及公子寿报仇，未得其便。

却说卫侯朔初即位之年，闻郑厉公出奔，郑国迎故君忽复位，心中大喜。即发车徒，护送昭公还国。高渠弥素失爱于昭公，及昭公复国，恐为所害，阴养死士，为弑忽立亹之计。时郑厉公占了栎地，大治甲兵，将谋袭郑。昭公乃命大夫傅瑕屯兵大陵，以遏厉公来路。厉公知郑有备，遣人转央鲁侯，谢罪于宋。许以复国之后，仍补前赂未纳之数。宋庄公贪心又起，结连蔡、卫共纳厉公。时卫侯朔有送昭公复国之劳，昭公并不修礼往谢，所以亦怨昭公，反与宋公协谋，自将而往。乘此良机，公子泄、公子职暗约急子、寿子原旧一班从人，假传谍报，只说：“卫侯伐郑，兵败身死。”遂迎公子黔牟即位，宣播卫朔构陷二兄，致父忿

死之恶。遣使告立君于周。

且说宋、鲁、蔡、卫四国合兵伐郑，不能取胜，只得引回。卫侯朔回至中途，闻二公子作乱，已立黔牟，乃出奔于齐。齐襄公曰："吾甥也。"乃厚其馆饩，许以兴兵复国。是时，齐侯求婚于周，周王允之，使鲁侯主婚，要以王姬下嫁。鲁侯欲亲至齐，面议其事。襄公想起妹子文姜，久不相会，遂遣使至鲁，并迎文姜。诸大夫请问伐卫之期，襄公曰："黔牟亦天子婿也。寡人方图婚于周，此事姑且迟之。"

话分两头。再说郑祭足因子突在栎，终为郑患，思一制御之策。今新君嗣位，正好与齐修睦。又闻鲁侯为齐主婚，齐、鲁之交将合。于是奏知昭公，自赍礼帛，往齐结好，因而结鲁。若得二国相助，可以敌宋。自古道："智者千虑，必有一失。"祭足但知防备厉公，却不知高渠弥毒谋已就，只虑祭足多智，不敢动手。今见祭足远行，肆无忌惮。乃密使人迎公子亹在家，乘昭公冬行蒸祭，伏死士于半路，突起弑之，托言为盗所杀。遂奉公子亹为君。使人以公子亹之命，召祭足回国，与高渠弥并执国政。

第十三回
鲁桓公夫妇如齐
郑子亹君臣为戮

却说齐襄公见祭足来聘，欣然接之。正欲报聘，忽闻高渠弥弑了昭公，援立子亹，心中大怒，便有兴兵诛讨之意。因鲁侯夫妇将至齐国，且将郑事搁起，亲至泺水迎候。鲁侯致周王之命，将婚事议定。齐侯十分感激，先设大享，款待鲁侯夫妇。然后迎文姜至于宫中，只说与旧日宫嫔相会。谁知襄公预造下密室，另治私宴，与文姜叙情。两下迷恋不舍，遂留宿宫中，成苟且之事。次日，鲁侯情知不做好事，即遣人告辞齐侯。

却说齐襄公一来舍不得文姜回去，二来惧鲁侯怀恨成仇。遂请鲁侯于牛山一游，并吩咐公子彭生待席散之后，送鲁侯回邸，要在车中结果鲁侯性命。彭生依计而行，托言鲁侯醉后暴薨。鲁之从人回国，备言车中被弑之由。公子庆父，乃桓公之庶长子，欲伐齐声罪。大夫申繻问计于谋士施伯，对曰："此暧昧之事，不可闻于邻国。况鲁弱齐强，伐未可必胜，反彰其丑。不如含忍，姑请究车中之故，使齐杀公子彭生，以解说于列国。齐必听从。"申繻遂遣人如齐，致书迎丧。齐襄公览毕，果斩彭生于市曹。襄公一面遣人往周王处谢婚，并订娶期；一面遣人送鲁侯丧车回国，文姜仍留齐不归。

鲁世子同嗣位，是为庄公。时周庄王之四年也。鲁使大夫颛孙生至周，为齐迎婚。周庄王择人使鲁，周公黑肩愿行，庄王不许，别遣大夫荣叔。原来庄王之弟王子克，有宠于先王，周公黑肩曾受临终之托。庄王疑黑肩有外心，恐其私交外国，树成王子克之党，所以不用。黑肩知庄王疑己，夜诣王子克家，商议欲乘嫁王姬之日，聚众作乱，弑庄王而立子克。大夫辛伯闻其谋，以告庄王。乃杀黑肩，而逐子克。子克奔燕。此事表过不提。

且说颛孙生送王姬至齐，就奉鲁侯之命，迎夫人姜氏归鲁。齐襄公十分难舍，碍

于公论，只得放回。姜氏一者贪欢恋爱，不舍齐侯；二者背理贼伦，羞回故里。车至禚地，见行馆整洁，叹曰：“此地不鲁不齐，正吾家也！”鲁侯知其无颜归国，乃筑馆于祝丘，迎姜氏居之。姜氏遂往来于两地。

再说齐襄公拉杀鲁桓公，国人沸沸扬扬。襄公心中暗愧，欲行一二义举，以服众心。想：“郑弑其君，卫逐其君，两件都是大题目。但卫公子黔牟乃周王之婿，未可便与作对。不若先讨郑罪，诸侯必然畏服。”又恐起兵伐郑，胜负未卜，乃佯遣人致书子亹，相约会盟。子亹大喜，携高渠弥同往。齐襄公一并擒而杀之，遣使告于郑。诸大夫欲迎厉公，祭足曰：“出亡之君，不可再辱宗庙。”遂迎公子仪于陈。子仪即位，委国于祭足，恤民修备，遣使修聘于齐、陈诸国。厉公无间可乘，自此郑国稍安。

第十四回 卫侯朔抗王入国 齐襄公出猎遇鬼

却说王姬至齐，与襄公成婚。备闻襄公淫妹之事，郁郁成疾，不及一年遂卒。襄公自此益无忌惮。心下思想文姜，伪以狩猎为名，不时往禚。遣人往祝丘，密迎文姜到禚，昼夜淫乐。恐鲁庄公发怒，欲以兵威胁之，乃亲率重兵袭纪。纪与鲁有婚姻之好，遂遣人往鲁求救。鲁庄公遣使往郑乞援。郑伯子仪因厉公在栎，不敢出师。鲁侯孤掌难鸣，惧齐兵威，不敢与战。纪遂为齐所灭，时周庄王七年也。齐襄公灭纪凯旋，卫侯朔迎贺灭纪之功，再请伐卫之期。襄公曰："今王姬已卒，此举无碍。"遂约会宋、鲁、陈、蔡四国之君，一同伐卫，共纳惠公。卫侯遣使告急于周。然五国兵强，王师一到，即被杀得七零八落。卫城遂破，公子泄、公子职被杀。公子黔牟是周王之婿，齐襄公赦之不诛，放归于周。卫侯朔鸣钟击鼓，重登侯位。

却说齐襄公自败王师、放黔牟之后，诚恐周王来讨，乃使大夫连称为将军，管至父为副，领兵戍葵丘，以遏东南之路。二将临行，请于襄公曰："戍守劳苦，臣不敢辞，以何期为满？"时襄公方食瓜，乃曰："今此瓜熟之时，明岁瓜再熟，当遣人代汝。"二将往葵丘驻扎，不觉一年光景。

忽一日，戍卒进瓜尝新，二将想起瓜熟之约："此时正该交代，如何主公不遣人来？"特差心腹往国中探信，闻齐侯在谷城与文姜欢乐，有一月不回。连称大怒。管至父恐襄公忘之，乃使人献瓜于襄公，因求交代。襄公怒曰："代出孤意，奈何请耶？再候瓜一熟，可也。"使人回报，连称恨恨不已，谓管至父曰："今欲行大事，计将安出？"管至父曰："凡举事必先有所奉。公孙无知乃公子夷仲年之子。自主公即位，因无知向在宫中，与主公角力，无知足勾主公仆地，主公不悦。一日，无知又与大夫雍廪争道，主公怒其不逊，遂疏黜之。无知衔恨于心久矣。我等不若密通无

知，内应外合，事可必济。”连称曰：“当于何时？”管至父曰：“主上性喜用兵，又好游猎。但得预闻出外之期，方不失机会也。”连称曰：“吾妹在宫中，失宠于主公，亦怀怨望。今嘱无知阴与吾妹合计，伺主公之间隙，星夜相闻，可无误事。”于是再遣心腹，致书于公孙无知。无知得书大喜，阴使女侍通信于连妃，且以连称之书示之：“若事成之日，当立为夫人。”连妃许之。

周庄王十一年冬十月，齐襄公知姑棼之野有山名贝丘，禽兽所聚，可以游猎。乃使人整顿车徒，将于次月往彼田狩。连妃遣宫人送信于公孙无知。无知星夜传信葵丘，通知连、管二将军，约定十一月初旬举事。连称曰：“主上出猎，国中空虚，吾等率兵直入都门，拥立公孙何如？”管至父曰：“主上睦于邻国，若乞师来讨，何以御之？不若伏兵于姑棼，先杀昏君，然后奉公孙即位，事可万全也。”那时葵丘戍卒，因久役在外，无不思家。连称密传号令，各备干粮，往贝丘行事，军士人人乐从。不在话下。

再说齐襄公驾车出游，宿于姑棼离宫。适二更时分，连称与管至父引着众军士，杀入离宫。襄公惊惶无措，幸臣孟阳曰：“臣愿以身代，不敢恤死。”即卧于床，以面向内。襄公亲解锦袍覆之，伏身户后。连称杀入寝室，见团花帐中，卧着一人，锦袍

遮盖。手起剑落，头离枕畔，举火烛之，年少无须。连称曰："此非君也。"使人遍搜房中，并无踪影。连称自引烛照之，忽见户槛之下，露出丝文屦一只，知户后藏躲有人。打开户后看时，那昏君做一堆儿蹲着。连称认得诸儿，一把提出户外，掷于地下，砍为数段。以床褥裹其尸，与孟阳同埋于户下。

连称、管至父重整军容，长驱齐国。公孙无知预集私甲，一闻襄公凶信，引兵开门，接应连、管二将入城。二将托言："曾受先君僖公遗命，奉公孙无知即位。"立连妃为夫人。连称为正卿，号为国舅。管至父为亚卿。诸大夫虽勉强排班，心中不服。惟雍廪再三稽首，谢往日争道之罪，极其卑顺。无知赦之，仍为大夫。高、国称病不朝，无知亦不敢黜之。

第十五回
雍大夫计杀无知
鲁庄公乾时大战

却说管夷吾字仲，生得相貌魁梧，精神俊爽。博通坟典，淹贯古今，有经天纬地之才，济世匡时之略。与鲍叔牙为生死之交。值襄公即位，长子曰纠，鲁女所生；次子小白，莒女所生。虽皆庶出，俱已成立，欲为立傅以辅导之。管夷吾谓鲍叔牙曰："君生二子，异日为嗣，非纠即白。吾与尔各傅一人。若嗣立之日，互相荐举。"叔牙然其言。于是管夷吾同召忽为公子纠之傅，叔牙为公子小白之傅。襄公欲迎文姜至禚相会。叔牙谓小白曰："有奇淫者，必有奇祸。吾当与子适他国，以俟后图。"乃奔莒国。襄公闻之，亦不追还。及公孙无知篡位，来召管夷吾。夷吾曰："此辈兵已在颈，尚欲累人耶?"遂与召忽共计，奉纠奔鲁。

却说雍廪怀匕首直叩宫门，见了无知，奏言："公子纠率领鲁兵，旦晚将至，幸早图应敌之计。"无知问："国舅何在?"雍廪曰："国舅与管大夫郊饮未回，百官俱集朝中，专候主公议事。"无知信之，方出朝堂，尚未坐定，诸大夫一拥而前，雍廪自后刺之，血流公座，登时气绝。计无知为君，才一月余耳。哀哉！连夫人闻变，自缢于宫中。雍廪与诸大夫一面遣人于姑棼离宫，取出襄公之尸，重新殡殓。一面遣人于鲁国迎公子纠为君。

鲁庄公闻之，大喜。亲率兵车三百乘，护送公子纠入齐。管夷吾谓鲁侯曰："公子小白在莒，莒地比鲁为近，倘彼先入，主客分矣。乞假臣良马，先往邀之！"鲁侯从其言。却说公子小白闻国乱无君，与鲍叔牙计议，向莒子借得兵车百乘，护送还齐。管夷吾引兵昼夜奔驰，正遇莒兵停车造饭。管夷吾见小白端坐车中，蓦地弯弓搭箭，觑定小白，飕的射来。小白大喊一声，口吐鲜血，倒于车上。鲍叔牙急忙来救，管夷吾加鞭飞跑去了。谁知这一箭只射中小白的带钩。小白知夷吾妙手，恐他又射，一时急智，嚼破舌尖，喷血诈倒。鲍叔牙曰：“夷吾虽去，恐其又来，此行不可迟也。”乃使小白变服，从小路疾驰。将近临淄，鲍叔牙单车先入城中，遍谒诸大夫，盛称公子小白之贤。于是迎小白入城即位，是为桓公。鲁庄公知小白未死，大怒，不肯退兵。齐军遂于乾时设伏以待。鲁兵不能抵当，大败而走。

齐侯小白早朝，百官称贺。鲍叔牙进曰：“子纠在鲁，有管夷吾、召忽为辅，鲁又助之，心腹之疾尚在，未可贺也。”齐侯小白曰：“为之奈何？”鲍叔牙曰：“臣当统三军之众，压鲁境上，请讨子纠，鲁必惧而从也。”齐侯曰：“寡人请举国以听子。”鲍叔牙乃简阅车马，率领大军，直至汶阳，清理疆界。遣公孙隰朋，致书于鲁侯。隰朋临行，鲍叔牙嘱之曰：“管夷吾天下奇才，吾言于君，将召而用之，必令无死。”隰朋曰：“倘鲁欲杀之如何？”鲍叔曰：“但提起射钩之事，鲁必信矣。”隰朋唯唯而去。

第十六回

释槛囚鲍叔荐仲
战长勺曹刿败齐

却说鲁庄公得鲍叔牙之书，即召施伯计议曰：“今杀纠与存纠孰利？”施伯曰：“小白初立，即能用人。况齐兵压境，不如杀纠，与之讲和。”鲁庄公乃使人杀公子纠，执召忽、管仲至鲁。将纳槛车，召忽仰天大恸曰：“为子死孝，为臣死忠，分也。忽将从子纠于地下，安能受桎梏之辱？”遂以头触殿柱而死。管夷吾曰：“自古人君，有死臣必有生臣。吾且生入齐国，为子纠白冤。”便束身入槛车之中。行至堂阜，鲍叔牙先在，见夷吾如获至宝，迎之入馆。

却说齐桓公欲拜鲍叔牙为上卿，任以国政。鲍叔牙曰：“夫治国家者，内安百姓，外抚四夷，勋加于王室，泽布于诸侯，国有泰山之安，君享无疆之福，功垂金石，名播千秋。此帝臣王佐之任，臣何以堪之？”桓公不觉欣然动色，促膝而前曰：“如卿所言，当今亦有其人否？”鲍叔牙曰：“君不求其人则已，必求其人，其管夷吾乎？”桓公乃命太卜择吉日，郊迎管子。鲍叔牙仍送管夷吾于郊外公馆之中。至期，三浴而三衅之。衣冠袍笏，比于上大夫。桓公亲自出郊迎之，与之同载入朝。百姓观者如堵，无不骇然。

管夷吾已入朝，稽首谢罪。桓公亲手扶起，赐之以坐。夷吾曰：“臣乃俘戮之余，得蒙宥死，实为万幸。敢辱过礼？”桓公曰：“寡人有问于子，子必坐，然后敢请。”夷吾再拜就坐。桓公曰：“如何而能使民？”夷吾对曰：“欲使民者，必先爱民，而后有以处之。”桓公曰：“爱民之道若何？”对曰：“公修公族，家修家族，相连以事，相及以禄，则民相亲矣。赦旧罪，修旧宗，立无后，则民殖矣。省刑罚，薄税敛，则民富矣。卿建贤士，使教于国，则民有礼矣。出令不改，则民正矣。此爱民之道也。”桓公曰：“爱民之道既行，处民之道若何？”对曰：“士、农、工、商，谓之四民。士之子常为士，农之子常为农，工、商之子常为工、商，习焉安焉，不迁其业，则民自安矣。”桓公曰：“民既安矣，甲兵不足，奈何？”对曰：“欲足甲兵，当制赎刑，重罪赎以犀甲一戟，轻罪赎以鞼盾一戟，小罪分别入金，疑罪则宥之。讼理相等者，令纳束矢，许其平。金既聚矣，美者以铸剑戟，试诸犬马。恶者以铸锄斤欘，试诸壤土。”桓公曰：“甲兵既定，财用不足如何？”对曰：“销山为钱，煮海为盐，其利通于天下。因收天下百物之贱者而居之，以时贸易。为女闾三百，以安行商。商旅如归，百货骈集，因而税之，以佐军兴。如是而财用可足矣。”桓公曰：“财用既足，然军旅不多，兵势不振，如何而可？”对曰：“兵贵于精，不贵于多；强于心，不强于力。君若正卒伍，修甲兵，天下诸侯皆将正卒伍，修甲兵，臣未见其胜也。君若强兵，莫若隐其名而修其实。臣请作内政而寄之以军令焉。”桓公曰：“兵势既强，可以征天下诸侯乎？”对曰：“未可也。周室未屏，邻国未附，君欲从事于天下诸侯，莫若尊周而亲邻国。”桓公曰：“其道若何？”对曰：“审吾疆场，而反其侵地，重为皮币以聘问，而勿受其资，则四邻之国亲我矣。请以游士八十人，奉之以车马衣裘，多其资帛，使周游于四方，以号召天下之贤士。又使人以皮币玩好，鬻行四方，以察其上下之所好。择其瑕

者而攻之，可以益地；择其淫乱篡弑者而诛之，可以立威。如此，则天下诸侯，皆相率而朝于齐矣。然后率诸侯以事周，使修职贡，则王室尊矣。方伯之名，君虽欲辞之，不可得也。”桓公与管夷吾连语三日三夜，字字投机，全不知倦。桓公大悦。乃复斋戒三日，告于太庙，拜管夷吾为相国。

却说鲁庄公闻齐国拜管仲为相，大怒曰：“悔不从施伯之言，反为孺子所欺！”乃简车蒐乘，谋伐齐。桓公遂拜鲍叔牙为将，率师直犯长勺。鲍叔牙闻鲁侯引兵而来，乃严阵以待。庄公亦列阵相持。鲍叔牙有轻鲁之心，下令击鼓进兵，先陷者重赏。庄公闻鼓声震地，亦教鸣鼓对敌。曹刿止之曰：“齐师方锐，宜静以待之。”传令军中：“有敢喧哗者斩。”齐兵来冲鲁阵，阵如铁桶不能冲动，只得退后。少顷，对阵鼓声又震。鲁军寂如不闻，齐师又退。鲍叔牙曰：“鲁怯战耳。再鼓之，必走。”曹刿又闻鼓响，谓庄公曰：“败齐此其时矣，可速鼓之！”论鲁是初次鸣鼓，论齐已是第三通鼓了。齐兵见鲁兵两次不动，以为不战。谁知鼓声一起，突然而来，刀砍箭射，势如疾雷不及掩耳，杀得齐兵七零八落，大败而奔。庄公欲行追逐，曹刿曰：“未可也，臣当察之。”乃下车，将齐兵列阵之处，周围看了一遍，复登车轼远望。良久曰：“可追矣。”庄公乃驱车而进，追三十余里方还，所获辎重甲兵无算。

第十七回 宋国纳赂诛长万 楚王杯酒虏息妫

话说鲁庄公大败齐师，乃问于曹刿曰："卿何以一鼓而胜三鼓？"曹刿曰："夫战以气为主，气勇则胜，气衰则败。一鼓气方盛，再鼓则气衰，三鼓则气竭。吾不鼓以养三军之气，彼三鼓而已竭，我一鼓而方盈，以盈御竭，不胜何为？"庄公曰："齐师既败，始何所见而不追，继何所见而追？"曹刿曰："齐人多诈，恐有伏兵。吾视其辙迹纵横，军心已乱；又望其旌旗不整，急于奔驰，是以逐之。"庄公曰："卿可谓知兵矣！"乃拜为大夫。

齐师败归，桓公遂遣使乞师于宋，同谋伐鲁。宋师失利，主将南宫长万被擒。齐遂全军而返。是年，齐桓公遣使告即位于周，且求婚焉。明年，周使鲁庄公主婚，将王姬下嫁于齐。徐、蔡、卫各以其女来媵。因鲁有主婚之劳，故此齐、鲁复通，约为兄弟。其秋，宋大水，鲁庄公曰："齐既通好，何恶于宋？"使人吊之。宋感鲁恤灾之情，亦遣人来谢，因请南宫长万。鲁庄公释之归国。自此三国和好，各消前隙。

再说周庄王十五年，王有疾，崩。太子胡齐立，是为僖王。讣告至宋。时宋闵公与宫人游于蒙泽，使南宫长万掷戟为戏。闵公曰："周已更立新王，即当遣使吊贺。"长万奏曰："臣未睹王都之盛，愿奉使一往。"闵公笑曰："宋国即无人，何至以囚奉使？"宫人皆大笑。长万面颊发赤，羞变成怒，大骂曰："无道昏君，汝知囚能杀人乎？"闵公亦怒曰："贼囚，怎敢无礼！"便去抢长万之戟，欲以刺之。长万也不来夺戟，径提博局，把闵公打倒。再复挥拳，呜呼哀哉，闵公死于长万拳下。

长万遂奉闵公之从弟公子游为君。群公子出奔萧，公子御说奔亳。长万曰："御说文而有才，且君之嫡弟，今在亳，必有变。若杀御说，群公子不足虑也。"乃使其子南宫牛率师围亳。冬十月，萧叔大心率众，合曹国之师救亳。公子御说悉起亳人，

开城接应。内外夹攻，南宫牛大败被杀，宋兵尽降于御说。戴叔皮献策于御说："即用降兵旗号，假称南宫牛已克亳邑，擒了御说，得胜回朝。"先使数人一路传言，南宫长万信之，不做准备。群公子兵到，赚开城门，一拥而入。长万仓忙无计，急奔朝中，欲奉子游出奔。见满朝俱是甲士填塞，有内侍走出，言："子游已被众军所杀。"长万长叹一声，翻身至家，扶母登辇。斩门而出，径望陈国而去。

却说群公子奉公子御说即位，是为桓公。桓公遣使至陈，以重宝献于陈宣公。宣公贪其赂，许送长万。又虑长万绝力难制，乃使公子结谓长万曰："寡君得吾子，犹获十城。宋人虽百请，犹不从也。寡君恐吾子见疑，使结布腹心。"长万泣曰："君能容万，万又何求？"公子结乃携酒为欢，结为兄弟。明日，长万亲至公子结之家称谢。公子结复留款，长万欢饮大醉，卧于坐席。公子结使力士以犀草包裹，用牛筋束之，并囚其老母，星夜传至于宋。宋桓公命绑至市曹，剁为肉泥。八十岁老母，亦并诛之。桓公以萧叔大心有救亳之功，升萧为附庸，称大心为萧君。

却说蔡哀侯献舞，与息侯同娶陈女为夫人。息夫人妫氏有绝世之貌，因归宁于陈，道经蔡国。蔡哀侯使人要至宫中款待，语及戏谑，全无敬客之意。息妫大怒而

去。及自陈返息，遂不入蔡国。息侯闻蔡侯怠慢其妻，思有以报之。乃遣使入贡于楚，因密告楚文王曰："蔡恃中国，不肯纳款。若楚兵加我，我因求救于蔡，蔡君勇而轻，必然亲来相救。我因与楚合兵攻之，献舞可虏也。既虏献舞，不患蔡不朝贡矣。"楚文王大喜，乃兴兵伐息。息侯求救于蔡，蔡哀侯果起大兵，亲来救息。安营未定，楚伏兵齐起，哀侯不能抵当，急走息城。息侯闭门不纳，乃大败而走。楚兵从后追赶，直至莘野，活虏哀侯归国。蔡哀侯始知中了息侯之计，恨之入骨。

楚文王回国，欲杀蔡哀侯烹之，以飨太庙。鬻拳谏曰："王方有事中原，若杀献舞，诸侯皆惧矣。不如归之，以取成焉。"楚王遂释蔡侯归国，大排筵席，为之饯行，席中盛张女乐。有弹筝女子，仪容秀丽，楚王指谓蔡侯曰："此女色技俱胜，可进一觞。"即命此女以大觥送蔡侯，蔡侯一饮而尽。还斟大觥，亲为楚王寿。楚王笑曰："君生平所见，有绝世美色否？"蔡侯想起息侯导楚败蔡之仇，乃曰："天下女色，未有如息妫之美者，真天人也。"楚王曰："其色何如？"蔡侯曰："目如秋水，脸似桃花，举动生态，目中未见其二。"楚王曰："寡人得一见息夫人，死不恨矣！"

楚王思蔡侯之言，欲得息妫，假以巡方为名，来至息国。息侯迎谒道左，极其恭敬。亲自辟除馆舍，设大飨于朝堂。息侯执爵而前，为楚王寿。楚王接爵在手，微笑而言曰："昔者寡人曾效微劳于君夫人，今寡人至此，君夫人何惜为寡人进一觞乎？"息侯惧楚之威，不敢违拒，连声唯唯，即时传语宫中。不一时，但闻环珮之声，夫人妫氏盛服而至，别设毯褥，再拜称谢。楚王答礼不迭。妫氏取白玉卮满斟以进，素手与玉色相映，楚王视之大惊。果然天上徒闻，人间罕见，便欲以手亲接其卮。那妫氏不慌不忙，将卮递与宫人，转递楚王。楚王一饮而尽。妫氏复再拜请辞回宫。楚王心念息妫，反未尽欢。席散归馆，寝不能寐。

次日，楚王亦设享于馆舍，名为答礼，暗伏兵甲。息侯赴席，酒至半酣，楚王假醉，谓息侯曰："寡人有大功于君夫人，今三军在此，君夫人不能为寡人一犒劳乎？"息侯辞曰："敝邑褊小，不足以优从者，容与寡小君图之。"楚王拍案曰："匹夫背义，敢巧言拒我？左右何不为我擒下！"息侯正待分诉，伏甲猝起，就席间擒息侯而絷之。楚王自引兵径入息宫，来寻息妫。息妫欲投井而死，楚王以好言抚慰，许以不杀息侯，不斩息祀。遂即军中立息妫为夫人。楚王安置息侯于汝水，封以十家之邑，使守息祀。息侯忿郁而死。

第十八回
曹沫手剑劫齐侯 桓公举火爵宁戚

齐桓公设朝，群臣拜贺已毕，问管仲曰："寡人承仲父之教，更张国政。今国中兵精粮足，百姓皆知礼义，意欲立盟定伯，何如？"管仲对曰："今庄王初崩，新王即位，宋国近遭南宫长万之乱，贼臣虽戮，宋君未定。君可遣使朝周，请天子之旨，大会诸侯，立定宋君。宋君一定，然后奉天子以令诸侯，内尊王室，外攘四夷。列国之中，衰弱者扶之，强横者抑之，昏乱不共命者，率诸侯讨之。海内诸侯，皆知我之无私，必相率而朝于齐。不动兵车，而霸可成矣。"桓公大悦。于是遣使至洛阳朝贺僖王，因请奉命为会，以定宋君。僖王曰："伯舅不忘周室，朕之幸也。泗上诸侯，惟伯舅左右之，朕岂有爱焉？"使者回报桓公。桓公遂以王命布告宋、鲁、陈、蔡、卫、郑、曹、邾诸国，约以三月朔日，共会北杏之地。

至期，宋、陈、邾、蔡四君皆到。四国见齐无兵车，乃各将兵车退在二十里之外。三月朔，昧爽，五国诸侯聚集于坛下。相见礼毕，桓公拱手告诸侯曰："王政久废，叛乱相寻。孤奉周天子之命，会群公以匡王室。今日之事，必推一人为主，然后权有所属，而政令可施于天下。"陈宣公曰："天子以纠合之命，属诸齐侯，谁敢代之？宜推齐侯为盟会之主。"诸侯皆曰："非齐侯不堪此任也。"桓公再三谦让，然后登坛。五国排列已定，鸣钟击鼓，先于天子位前行礼，然后交拜，叙兄弟之情。

诸侯献酬甫毕，管仲历阶而上曰："鲁、卫、郑、曹，故违王命，不来赴会，不可不讨。"陈、蔡、邾三君齐声应曰："敢不率敝赋以从。"惟宋桓公嘿然。是晚，宋公登车而去。齐桓公闻宋公背会逃归，大怒，欲遣人追之。管仲曰："追之非义，可请王师伐之，乃为有名。然事更有急于此者。"桓公曰："何事更急于此？"管仲曰："宋远而鲁近，且王室宗盟，不先服鲁，何以服宋？"桓公曰："伐鲁当从何路？"管仲曰："济之东北有遂者，乃鲁之附庸，国小而弱。若以重兵压之，可不崇朝而下。遂下，鲁必悚惧而求盟。平鲁之后，移兵于宋，此破竹之势也。"桓公乃亲自率师至遂城，一鼓而下。鲁庄公果惧。

鲁庄公将往会齐侯，问："群臣谁能从者？"曹沫请往。至于柯地，齐侯将雄兵布列坛下，传令："鲁君若到，止许一君一臣登坛，余人息屏坛下。"曹沫衷甲，手提利剑，紧随着鲁庄公。庄公一步一战，曹沫全无惧色。两君相见，各叙通好之意。三通鼓毕，对香案行礼。隰朋将玉盂盛血，跪而请歃。曹沫右手按剑，左手揽桓公之袖，怒形于色。管仲急以身蔽桓公，问曰："大夫何为者？"曹沫曰："齐恃强欺弱，夺我汶阳之田，今日请还，吾君乃就歃耳。"管仲顾桓公曰："君可许之。"桓公曰："大夫休矣，寡人许子。"曹沫乃释剑，代隰朋捧盂以进。两君俱已歃讫。明日，桓公复置酒公馆，与庄公欢饮而别。即命将原侵汶阳田，尽数交割还鲁。

诸侯闻盟柯之事，皆服桓公之信义。于是卫、曹二国，皆遣人谢罪请盟。桓公约以伐宋之后，相订为会。桓公兵至宋界，陈宣公、曹庄公先在，随后周大夫单蔑兵亦至。相见已毕，商议攻宋之策。宁戚进曰："依臣愚见，且不必进兵。臣虽不才，请掉三寸之舌，前去说宋公行成。"桓公大悦，传令扎寨于界上，命宁戚入宋。戚乃乘

一小车，与从者数人，直至睢阳。宋公知其来游说，吩咐武士伺候。宁戚宽衣大带，昂然而入，向宋公长揖。宋公端坐不答，戚乃仰面长叹曰：“危哉乎，宋国也！”宋公骇然曰：“孤位备上公，忝为诸侯之首，危何从至？”戚曰：“明公自比与周公孰贤？”宋公曰：“周公圣人也，孤焉敢比之？”戚曰：“周公在周盛时，天下太平，四夷宾服，犹且吐哺握发，以纳天下贤士。明公以亡国之余，处群雄角力之秋，继两世弑逆之后，即效法周公，卑躬下士，犹恐士之不至。乃妄自矜大，简贤慢客，虽有忠言，安能至明公之前乎？不危何待！”

宋公愕然，离坐曰：“孤嗣位日浅，未闻君子之训，先生勿罪！不知先生此来，何以教我？”戚曰：“天子失权，诸侯星散，君臣无等，篡弑日闻。齐侯不忍天下之乱，恭承王命，以主夏盟。明公列名于会，以定位也。若又背之，犹不定也。今天子赫然震怒，特遣王臣，驱率诸侯，以讨于宋。明公既叛王命于前，又抗王师于后，不待交兵，臣已卜胜负之有在矣。以臣愚计，勿惜一束之贽，与齐会盟。兵甲不动，宋国安于泰山。”宋公曰：“今齐方加兵于我，安肯受吾之贽？”戚曰：“齐侯宽仁大度，不录人过，不念旧恶。鲁不赴会，一盟于柯，遂举侵田而返之。况明公在会之人，焉有不纳？”宋公大悦，遣使至齐军中请成。桓公乃使宋公修聘于周，然后再订会期。单蔑辞齐侯而归，齐与陈、曹二君各回本国。

第十九回
擒傅瑕厉公复国 杀子颓惠王反正

齐桓公归国，管仲奏曰："东迁以来，莫强于郑。昔庄公伐宋兼许，抗拒王师，今又与楚为党。楚，僭国也，地大兵强，吞噬汉阳诸国，与周为敌。君若欲屏王室而霸诸侯，非攘楚不可。欲攘楚，必先得郑。"桓公曰："吾知郑为中国之枢，久欲收之，恨无计耳！"宁戚进曰："郑公子突为君二载，祭足逐之而立子忽，高渠弥弑忽而立子亹，我先君杀子亹，祭足又立子仪。祭足以臣逐君，子仪以弟篡兄，犯分逆伦，皆当声讨。今子突在栎，日谋袭郑。况祭足已死，郑国无人。主公命一将往栎，送突入郑，则突必怀主公之德，北面而朝齐矣。"桓公然之。遂命宾须无引兵车二百乘，屯于栎城二十里之外。郑厉公突先闻祭足死信，密差心腹到郑国打听消息。忽闻齐侯遣兵送己归国，心中大喜，出城远接，大排宴会。

宾须无与郑伯突定计，夜袭大陵。大陵既破，傅瑕只得下车投降。郑伯突衔傅瑕十七年相拒之恨，咬牙切齿，叱左右："斩讫报来！"傅瑕大呼曰："君若赦臣一命，臣愿枭子仪之首。"且指天日为誓。郑伯突乃纵之。傅瑕至郑，夜见叔詹曰："齐侯欲正郑位，命大将宾须无统领大军，送公子突归国。大陵已失，瑕连夜逃命至此。齐兵旦晚当至，事在危急。子能斩子仪之首，开城迎之，富贵可保，亦免生灵涂炭。"詹闻言嘿然，良久曰："吾向日原主迎立故君之议，为祭仲所阻。今祭仲物故，是天助故君。"遂从瑕之谋，密使人致书于突。傅瑕然后参见子仪，诉以齐兵助突，大陵失陷之事。子仪大惊曰："孤当以重赂求救于楚，待楚兵到日，内外夹攻，齐兵可退。"叔詹故缓其事，过二日，尚未发使往。时栎军已至城下，叔詹曰："臣当引兵出战，君同傅瑕登城固守。"子仪信以为然。

却说郑伯突引兵先到，叔詹略战数合，宾须无引齐兵大进，叔詹回车便走。傅瑕

从城上大叫曰："郑师败矣！"子仪素无胆勇，便欲下城。瑕从后刺之，子仪死于城上。叔詹叫开城门，郑伯同宾须无一同入城。傅瑕先往清宫，遇子仪二子，俱杀之。迎突复位。国人素附厉公，欢声震地。

再说周僖王在位五年崩，子阆立，是为惠王。惠王之二年，楚文王熊赀淫暴无政，喜于用兵。先年，曾与巴君同伐申国，而惊扰巴师。巴君怒，趁乱袭楚。楚军大败，楚王面颊中箭而奔。楚王以此行无功，又移兵伐黄。是夜宿于营中，梦息侯盛怒而至。楚王大叫一声，醒来箭疮迸裂，血流不止，夜半而薨。鬻拳迎丧归葬。长子熊囏嗣立。

郑厉公闻楚文王凶信，大喜曰："吾无忧矣！"叔詹进曰："今立国于齐、楚之间，不辱即危，非长计也。先君桓、武及庄，三世为王朝卿士，是以冠冕列国，征服诸侯。今新王嗣统，君不若朝贡于周。若赖王之宠，以修先世卿士之业，虽有大国，不足畏也。"厉公曰："善。"乃遣大夫师叔如周请朝。师叔回报："周室大乱。昔周庄王

嬖妾姚姬，生子颓，庄王爱之，使大夫蒍国为之师傅。子颓性好牛，尝养牛数百，亲自喂养，饲以五谷，被以文绣，谓之‘文兽’。凡有出入，仆从皆乘牛而行，践踏无忌。又阴结大夫蒍国、边伯、子禽、祝跪、詹父，往来甚密。僖王之世，未尝禁止。今新王即位，子颓骄横益甚。新王恶之，乃裁抑其党。故五大夫作乱，奉子颓为君以攻王。赖周公忌父同召伯廖等死力拒敌，众人不能取胜，乃出奔于苏。先周武王时，苏忿生为王司寇有功，谓之苏公，授以南阳之田为采地。忿生死，其子孙为狄所制，乃叛王而事狄，又不缴还采地于周。桓王八年，乃以苏子之田，畀我先君庄公，易我近周之田。于是苏子与周嫌隙益深。卫侯朔恶周之立黔牟，亦有夙怨。苏子因奉子颓奔卫，同卫侯帅师伐王城。周公忌父战败，同召伯廖等奉王出奔于鄢。五大夫等尊子颓为王，人心不服。君若兴兵纳王，此万世之功也。”

厉公曰：“子颓懦弱，所恃者卫、燕之众耳，五大夫无能为也。寡人再使人以理谕之，若悔祸反正，免动干戈，岂不美哉？”一面使人如鄢迎王，暂幸栎邑。因厉公向居栎十七年，宫室齐整故也。一面使人致书于王子颓。子颓得书，犹豫未决。五大夫曰：“骑虎者势不能复下。岂有尊居万乘，而复退居臣位者？此郑伯欺人之语，不可听之。”颓遂逐郑使。郑厉公乃遣人约会西虢公，同起义兵纳王。虢公许之。郑、虢二君，同伐王城。郑厉公亲率兵攻南门，虢公率兵攻北门。蒍国忙叩宫门，来见子颓。子颓因饲牛未毕，不即相见。蒍国曰：“事急矣！”乃假传子颓之命，使边伯、子禽、祝跪、詹父登陴守御。周人不顺子颓，闻王至，欢声如雷，争开城门迎接。蒍国方草国书，谋遣人往卫求救。书未写就，人报：“旧王已入城坐朝矣！”蒍国自刎而死，祝跪、子禽死于乱军之中，边伯、詹父被周人绑缚献功。子颓出奔西门，使石速押文牛为前队，牛体肥行迟，悉为追兵所获，与边伯、詹父一同斩首。惠王复位，赏郑虎牢以东之地，及后之鞶鉴。赏西虢公以酒泉之邑，及酒爵数器。二君谢恩而归。郑厉公于路得疾，归国而薨。群臣奉世子捷即位，是为文公。

第二十回
晋献公违卜立骊姬 楚成王平乱相子文

周惠王十年，徐、戎俱已臣服于齐。郑文公见齐势愈大，恐其侵伐，遣使请盟。乃复会宋、鲁、陈、郑四君，同盟于幽，天下莫不归心于齐。

话分两头。却说晋国姬姓，侯爵。自周成王时，剪桐叶为珪，封其弟叔虞于此。传至称代，凡立三十九年，薨，子佹诸立，是为晋献公。献公为世子时，娶犬戎主之侄女曰狐姬，生子曰重耳。小戎允姓之女，生子曰夷吾。后又与齐姜生子曰申生。献公即位之年，立齐姜为夫人，申生为世子。时重耳已二十一岁矣。献公十五年，兴兵伐骊戎。骊戎乃请和，纳其二女于献公，长曰骊姬，次曰少姬。那骊姬生得貌比息妫，妖同妲己，智计千条，诡诈百出。在献公前，小忠小信，贡媚取怜。献公宠爱无二,一饮一食，必与之俱。逾年，骊姬生一子，名曰奚齐。又逾年，少姬亦生一子，名曰卓子。献公既心惑骊姬，又喜其有子，遂忘齐姜一段恩情，择日告庙，立骊姬为夫人，少姬封为次妃。

却说楚熊囏、熊恽兄弟，虽同是文夫人所生，熊恽才智胜于其兄，为文夫人所爱，国人亦推服之。熊囏既嗣位，心忌其弟，每欲因事诛之，以绝后患。左右多有为熊恽周旋者，是以因循不决。熊恽嫌隙已成，私畜死士，乘其兄出猎，袭而杀之，以病薨告于文夫人。文夫人虽则心疑，不欲明白其事，遂使诸大夫拥立熊恽为君，是为成王。以熊囏未尝治国，不成为君，号为“堵敖”，不以王礼葬之。任其叔王子善为令尹，即子元也。子元自其兄文王之死，便有篡立之意。兼慕其嫂息妫，天下绝色，欲与私通。

适文夫人有小恙，子元假称问安，来至王宫。遂移卧具寝处宫中，三日不出。家甲数百，环列宫外。大夫斗廉闻之，闯入宫门，直至卧榻，见子元方对镜整鬓，让之曰：“此岂人臣栉沐之所耶？令尹宜速退!”子元曰：“此吾家宫室，与射师何与？”斗廉曰：“王侯之贵，弟兄不得通属。令尹虽介弟，亦人臣也。人臣过阙则下，过庙则趋，咳唾其地，犹为不敬，况寝处乎？且寡夫人密迩于此，男女别嫌，令尹岂未闻耶？”子元大怒曰：“楚国之政，在吾掌握，汝何敢多言！”命左右梏其手，拘于庑下，不放出宫。文夫人使侍人告急于斗伯比之子斗谷於菟，使其入宫靖难。斗谷於菟密奏楚王，约会斗梧、斗御疆及其子斗班，半夜率甲以围王宫，将家甲乱砍。子元方拥宫人醉寝，梦中惊起，仗剑而出。恰遇斗班，亦仗剑而入。子元喝曰：“作乱乃孺子耶！”斗班曰：“我非作乱，特来诛乱者耳。”两下就在宫中争战。不数合，斗御疆、斗梧齐到。子元夺门欲走，被斗班一剑砍下头来。斗谷於菟将斗廉开梏放出，一齐至文夫人寝室之外，稽首问安而退。次早，楚成王熊恽御殿，百官朝见已毕。楚王命灭子元之家，榜其罪状于通衢。

子元死，令尹官缺。楚王欲用斗廉。斗廉辞曰：“方今与楚为敌者，齐也。齐用管仲、宁戚，国富兵强。臣才非管、宁之流明矣。王欲改纪楚政，与中原抗衡，非斗谷於菟不可。”百官齐声保奏：“必须此人，方称其职。”楚王准奏，遂拜斗谷於菟为令尹。楚王曰：“齐用管仲，号为仲父。今谷於菟尊显于楚，亦当字之。”乃呼为子文而不名。子文既为令尹，倡言曰：“国家之祸，皆由君弱臣强所致。凡百官采邑，皆以半纳还公家。”子文先于斗氏行之，诸人不敢不从。又以郢城南极湘潭，北据汉江，形胜之地，自丹阳徙都之，号曰郢都。治兵训武，进贤任能，以公族屈完为贤，使为大夫。族人斗章才而有智，使与诸斗同治军旅。以斗班为申公。楚国大治。

第二十一回

管夷吾智辨俞儿 齐桓公兵定孤竹

话说山戎乃北戎之一种，国于令支，屡犯中国。闻齐侯图伯，遂侵扰燕国。燕庄公抵敌不住，遣人告急于齐。齐桓公问于管仲，管仲对曰："方今为患，南有楚，北有戎，西有狄，此皆中国之忧，盟主之责也。即戎不病燕，犹思膺之。况燕人被师，又求救乎？"桓公乃率师救燕。

却说令支子名密卢，闻齐师大至，解围而去。桓公兵至蓟门关，燕庄公出迎，谢齐侯远救之劳。燕庄公曰："此去东八十里，国名无终。可以招致，使为向导。"桓公使人召之，无终子即遣大将虎儿斑，率骑兵前来助战。桓公使为前队。兵行至葵兹，桓公将辎重资粮，分其一半，屯聚于此。令士卒伐木筑土为关，留鲍叔牙把守。只用精壮，兼程而进。又东进三十里，地名伏龙山，桓公和燕庄公结寨于山上。王子成父、宾须无立二营于山下。

次日，令支子密卢前来挑战，大败而回。速买献计曰："齐欲进兵，必由黄台山谷口而入，吾以重兵守之。伏龙山二十余里皆无水泉，必仰汲于濡水。若将濡流坝断，彼军中乏水饮，必乱。"密卢大喜，依计而行。

管仲见戎兵退后，一连三日不见动静，心下怀疑，使谍者探听。牙将连挚禀道："戎主断吾汲道，军中乏水，如何？"桓公传令，教军士凿山取水，先得水者重赏。公孙隰朋进曰："臣闻蚁穴居知水，当视蚁垤处掘之。蚁冬则就暖，居山之阳。夏则就凉，居山之阴。今冬月，必于山之阳。"军士如其言，果于山腰掘得水泉，其味清冽。

密卢打听得齐军未尝乏水，大骇。速买曰："齐兵虽然有水，然涉远而来，粮必不继。吾坚守不战，彼粮尽自然退矣。"密卢从之。管仲使宾须无假托转回葵兹取粮，却用虎儿斑领路，引一军取芝麻岭进发，以六日为期。教牙将连挚，日往黄台山挑战，以缀密卢之兵。如此六日，密卢忽闻齐军杀入，连忙跨马迎敌。速买知小路有失，无心恋战，保着密卢望东南而走，径投孤竹。桓公入城安民，吩咐不许杀戮降夷一人，戎人大悦。桓公即于降戎中挑选精壮千人，付虎儿斑帐下。休兵三日，然后起程。

再说密卢等行至孤竹，见其主答里呵，泣曰："齐兵恃强，侵夺我国，意欲乞兵报仇。"答里呵曰："此处有卑耳之溪，深不可渡。俺将竹筏尽行拘回港中，齐兵插翅亦飞不过。俟他退兵之后，俺和你领兵杀去。"

再说齐桓公大军起程，行过了几处山头，只见前面大小车辆，俱壅塞不进。桓公面有惧色，忽见山凹里走出一件东西来。似人非人，似兽非兽，约长一尺有余，向桓公面前再三拱揖，然后以右手抠衣，竟向石壁疾驰而去。桓公大惊，问管仲曰："卿有所见乎？"管仲曰："臣无所见。"桓公述其形状。管仲曰："臣闻北方有登山之神，名曰'俞儿'，有霸王之主则出见。君之所见，其殆是乎？抠衣者，示前有水也。右手者，水右必深，教君以向左也。既有水阻，且屯军山上，使人探明水势，然后进兵。"探水者去之良久，回报："下山不五里，即卑耳溪，溪水大而且深。右去水愈深，若从左而行，约去三里，水面虽阔而浅，涉之没不及膝。"

虎儿斑请率本部兵先涉，管仲乃令军人伐竹，以藤贯之，顷刻之间，成筏数百。下了山头，将军马分为两队：王子成父同高黑引着一军，从右乘筏而渡为正兵。宾须无同虎儿斑引着一军，从左涉水而渡为奇兵。

却说答里呵差小番到溪中打听，知满溪俱是竹筏，兵马纷纷而渡。答里呵大惊，即令黄花元帅率兵五千拒敌，密卢曰："俺在此无功，愿引速买为前部。"黄花元帅曰："屡败之人，难与同事。"跨马径行。答里呵谓密卢曰："西北团子山，乃东来要路，相烦贤君臣把守，就便接应。"密卢口虽应诺，心中颇有不悦之意。

却说黄花元帅与齐军交战，死伤甚众。黄花单骑奔逃，将近团子山，见兵马如林，乃是宾须无等涉水而渡，先据了团子山。黄花不敢过山，弃了马匹，扮作樵采之人，从小路爬山得脱。齐桓公大胜。

却说密卢引军刚到马鞭山，前哨报道："团子山已被齐兵所占。"只得就马鞭山屯扎。黄花元帅逃命至马鞭山，密卢曰："元帅屡胜之将，何以单身至此？"黄花羞惭无极。回至无棣城，见答里呵，请兵报仇。宰相兀律古进曰："国之北有地名曰旱海，乃砂碛之地。风沙刮起，咫尺不辨。若误入迷谷，谷路纡曲难认，急不能出。诚得一

人诈降，诱至彼地，不须厮杀，管取死亡八九。”黄花元帅欣然愿往。更与骑兵千人，依计而行。

却说密卢正与齐兵相持未决，喜黄花救兵来到，欣然出迎。黄花出其不意，即于马上斩密卢之首。速买大怒，绰刀上马来斗黄花。速买料不能胜，径奔虎儿斑营中投降。虎儿斑不信，叱军士缚而斩之。黄花元帅并有密卢之众，直奔齐军，献上密卢首级，备言：“国主倾国逃去砂碛，与外国借兵报仇。”桓公见了密卢首级，只道黄花真心归降。即用其为前部，引大军进发，直抵无棣，果是个空城。桓公诚恐答里呵去远，止留燕庄公兵一支守城，其余尽发，连夜追袭。黄花请先行探路，大军继后。已到砂碛，桓公催军速进。行了许久，不见黄花。但见白茫茫一片平沙，寒气逼人。

时桓公与管仲并马而行，仲谓桓公曰：“臣久闻北方有旱海，是极厉害之处，恐此是也，不可前行。”桓公急教传令收军，前后队已自相失。管仲保着桓公，带转马

头急走。只见天昏地惨，东西南北，茫然不辨。不知走了多少路，空中现出半轮新月。众将闻金鼓之声，追随而至，屯扎一处。挨至天晓，计点众将不缺，只不见隰朋一人。管仲见山谷险恶，绝无人行，急教寻路出去。奈东冲西撞，盘盘曲曲，全无出路。桓公心下早已着忙。管仲进曰：“臣闻老马识途，可使虎儿斑择老马数头，观其所往而随之，宜可得路也。”桓公依其言，取老马数匹，纵之先行，委委曲曲，遂出谷口。

却说黄花计已成，答里呵再整军容，来夺无棣城。燕庄公因兵少城空，不能固守，令人四面放火，乘乱杀出，直退回团子山下寨。

再说齐桓公大军出了迷谷，遇见一支军马，使人探之，乃公孙隰朋也。于是合兵一处，径奔无棣城来。一路看见百姓扶老携幼，纷纷行走。管仲使人问之，答曰：“孤竹主逐去燕兵，已回城中，吾等向避山谷，今亦归井里耳。”管仲曰：“吾有计破之矣！”乃使虎儿斑选心腹军士数人，假扮作城中百姓，随着众人，混入城中，只待夜半举火为应。管仲与齐桓公离城十里下寨。时答里呵方救灭城中之火，招回百姓复业。是夜黄昏时候，忽闻炮声四举，齐兵已将城门围住。黄花大吃一惊，驱率军民，登城守望。延至半夜，城中四五路火起。虎儿斑率十余人，径至南门，将城门砍开，放齐军人来。黄花元帅死战良久，力尽被杀。答里呵为王子成父所获。至天明，迎接桓公入城。桓公数答里呵助恶之罪，亲斩其首，悬之北门，以警戎夷。

燕庄公闻齐侯兵胜入城，亦自团子山飞马来会。桓公曰：“令支、孤竹，辟地五百里，然寡人非能越国而有之也，请以益君之封。”燕庄公曰：“寡人借君之灵，得保宗社足矣，敢望益地？惟君建置之。”桓公曰：“北陲僻远，若更立夷种，必然复叛，君其勿辞。东道已通，勉修先召公之业，贡献于周，长为北藩，寡人与有荣施矣。”燕伯乃不敢辞。

桓公即无棣城大赏三军，虎儿斑拜谢先归。桓公休兵五日而行，再渡卑耳之溪。鲍叔牙自葵兹关来迎，桓公又吩咐燕伯设戍葵兹关，遂将齐兵撤回。燕伯送桓公出境，恋恋不舍，不觉送入齐界，去燕界五十余里。桓公曰：“自古诸侯相送，不出境外。寡人不可无礼于燕君。”乃割地至所送之处界燕，以为谢过之意。燕伯苦辞不允，只得受地而还。桓公还至鲁济，鲁庄公迎劳于水次，设飨称贺。桓公以庄公亲厚，特分二戎卤获之半以赠鲁。时周惠王之十五年也。是年秋八月，鲁庄公薨，鲁国大乱。

第二十二回

公子友两定鲁君 齐皇子独对委蛇

话说公子庆父字仲，鲁庄公之庶兄，其同母弟名牙字叔，则庄公之庶弟。庄公之同母弟曰公子友，字季，谓之季友。虽则兄弟三人同为大夫，一来嫡庶之分，二来惟季友最贤，所以庄公独亲信季友。庄公即位之三年，曾游郎台，于台上窥见党氏之女孟任，容色殊丽，遂载回宫。岁余生下一子，名般。庄公欲立孟任为夫人，请命于母文姜。文姜不许，遂定下襄公始生之女为婚。只因姜氏年幼，直待二十岁上，方才娶归。姜氏久而无子，其娣叔姜从嫁，生一子曰启。先有妾风氏，生一子名申。姜氏虽为夫人，庄公念是杀父仇家，外虽礼貌，心中不甚宠爱。公子庆父生得魁伟轩昂，姜氏遂与庆父私通，情好甚密。因与叔牙为一党，相约异日共扶庆父为君，叔牙为相。

却说庄公疾笃，心疑庆父。故意先召叔牙，问以身后之事。叔牙果盛称庆父之才。叔牙出，复召季友问之。季友对曰："庆父残忍无亲，非人君之器。叔牙私于其兄，不可听之，臣当以死奉般。"庄公点首。季友出宫，使叔牙待于大夫鍼季之家，即有君命来到。叔牙果往鍼氏。季友乃封鸩酒一瓶，使鍼季毒死叔牙。是夕，庄公薨，季友奉公子般主丧。

至冬十月，子般闻外祖党臣病死，往临其丧。庆父密使圉人荦夤夜奔党大夫家行刺。般中胁而死，季友出奔陈国以避难。庆父佯为不知，归罪于圉人荦，灭其家。姜氏欲立庆父。庆父曰："二公子犹在，不尽杀绝，未可代也。不如立启。"乃为子般发丧，立子启为君。时年八岁，是为闵公。闵公内畏哀姜，外畏庆父。故使人订齐桓公，会于落姑之地。桓公曰："今者鲁大夫谁最贤？"闵公曰："惟季友最贤。"桓公乃使人召季友于陈。闵公载季友归国，立为相。托言齐侯所命，不敢不从。

是冬，齐侯使大夫仲孙湫来候问。闵公见了仲孙湫，流涕不能成语。后见公子申，与之谈论鲁事，甚有条理。仲孙嘱季友善视之。仲孙辞闵公归，谓桓公曰："不去庆父，鲁难未已也！"桓公曰："寡人以兵去之，何如？"仲孙曰："庆父凶恶未彰，讨之无名。臣观其志，不安于为下，必复有变。乘其变而诛之，此霸王之业也。"桓公曰："善。"

忽一日，大夫卜齮来见庆父，诉曰："我有田与太傅慎不害田庄相近，被慎不害用强夺去。主公偏护师傅，反劝我让他。特来求于主公前一言。"庆父谓卜齮曰："主公年幼无知，虽言不听。子若能行大事，我为子杀慎不害何如？"卜旖乃使勇士伏于武闱，候闵公夜出，突起杀之。庆父杀慎不害于家。季友闻变，夜叩公子申之门，两人同奔邾国避难。国人闻鲁侯被杀，相国出奔，皆怨卜齮而恨庆父。是日国中罢市，一聚千人，先围卜齮之家，满门遭戮。将攻庆父，聚者益众。庆父遂微服扮作商人，出奔莒国。夫人姜氏乃奔邾国，求见季友。季友拒之弗见。季友闻庆父、姜氏俱出，使人告难于齐。齐桓公乃命上卿高傒，率甲士三千人，相机而动。高傒来至鲁国，恰好公子申、季友亦到。高傒遂与季友定计，拥立公子申为君，是为僖公。季友使人如莒，要假手莒人以戮庆父，啖以重赂。

却说庆父奔莒之时，载有鲁国宝器，献于莒子。莒子纳之。至是复贪鲁重赂，下令逐之。庆父乃自邾如齐。齐疆吏不敢擅纳，乃寓居于汶水之上。恰好公子奚斯还至汶水，与庆父相见。庆父曰："子鱼能为我代言，乞念先君一脉，愿留性命。"奚斯至鲁复命，遂致庆父之言。僖公欲许之。季友私谓奚斯曰："庆父若自裁，尚可为立后，不绝世祀也。"奚斯领命，再往汶上，乃于门外号啕大哭。庆父闻其声，知是奚斯，乃解带自缢于树而死。僖公叹息不已。忽报："莒子遣其弟嬴拿，领兵临境，特索谢赂。"季友率师迎敌，大败莒军，唱凯还朝。僖公亲自迎之于郊，立为上相。僖公以公孙敖继庆父之后，是为孟孙氏。庆父本曰仲孙，因讳庆父之恶，改为孟也。以公孙兹继叔牙之后，是为叔孙氏。季友食采于费，加封以汶阳之田，是为季孙氏。于是季、孟、叔三家，鼎足而立，并执鲁政，谓之"三桓"。

齐桓公知姜氏在邾，乃使竖貂往邾，送姜氏归鲁。姜氏行至夷，宿馆舍，竖貂曰："夫人与弑二君，何面目见太庙乎？不如自裁，犹可自盖也。"姜氏闻之，闭门哭泣，至半夜寂然。竖貂启门视之，已自缢死矣，乃飞报僖公。僖公迎其丧以归，葬之成礼。谥之曰哀，故曰哀姜。

却说齐桓公自救燕定鲁以后，威名愈振。一日，猎于大泽之陂，桓公忽然停目而

视，若有惧容。竖貂问曰："君何所视也？"桓公曰："寡人适见一鬼物。殆不祥乎！"乃趋驾归，心怀疑惧，是夜遂大病如疟。明日，管仲与诸大夫问疾。桓公召管仲，与之言见鬼："寡人心中畏恶，不能出口，仲父试道其状。"管仲不能答，曰："容臣询之。"桓公病益增。管仲忧之，悬书于门："如有能言公所见之鬼者，当赠以封邑三分之一。"有一人，求见管仲。管仲揖而进之。其人曰："君病见鬼乎？"管仲曰："然。子能言鬼之状否？吾当与子共家。"其人曰："请见君而言之。"

管仲见桓公于寝室，曰："君之病，有能言者。臣已与之俱来，君可召之。"桓公召入。见其荷笠悬鹑，心殊不喜。遽问曰："仲父言识鬼者乃汝乎？"对曰："公则自伤耳。鬼安能伤公？"桓公曰："然则有鬼否？"对曰："有之。水有'罔象'，丘有'峷'，山有'夔'，野有'彷徨'，泽有'委蛇'。"桓公曰："汝试言'委蛇'之状。"对曰："夫'委蛇'者，其大如毂，其长如辕，紫衣而朱冠。其为物也，恶闻轰车之声，闻则捧其首而立。此不轻见，见之者必霸天下。"桓公辴然而笑，顿觉精神开爽，不知病之何往矣。

桓公曰："子何名？"对曰："臣名皇子，齐西鄙之农夫也。"桓公欲爵为大夫，皇子固辞。桓公乃赐之粟帛，复重赏管仲。

时周惠王十七年。狄人侵犯邢邦，又移兵伐卫。卫懿公使人如齐告急。诸大夫请救之，桓公曰："伐戎之役，疮痍未息。且俟来春，合诸侯往救可也。"其冬，卫大夫宁速至齐，言："狄已破卫，杀卫懿公。今欲迎公子毁为君。"齐侯大惊曰："不早救卫，孤罪无辞矣。"

第二十三回
卫懿公好鹤亡国 齐桓公兴兵伐楚

话说卫惠公之子懿公，不恤国政，最好的是羽族中一物，其名曰鹤。懿公所畜之鹤，皆有品位俸禄。养鹤之人，亦有常俸。厚敛于民，以充鹤粮。民有饥冻，全不抚恤。大夫石祁子，乃石碏之后，为人忠直有名，与宁庄子名速，同秉国政，皆贤臣也。二人进谏屡次，俱不听。公子毁知卫必亡，托故如齐。齐桓公妻以宗女，竟留齐国。毁有贤德，卫人阴归附之。

单说北狄主名曰瞍瞒，常有迭荡中原之意。及闻齐伐山戎，瞍瞒乃驱胡骑二万伐邢，残破其国。闻齐谋救邢，遂移兵向卫。卫懿公大惊，即时敛兵授甲，为战守计。百姓皆逃避村野。懿公使司徒拘而问之，众人曰："君用一物，足以御狄，安用我等？"懿公问："何物？"众人曰："鹤。"懿公曰："鹤何能御狄耶？"众人曰："鹤既不能战，是无用之物。君敝有用以养无用，百姓所以不服也。"懿公曰："寡人知罪矣。"乃使人纵鹤。

狄兵杀至荧泽，懿公乃使石祁子代理国政，亲将大军以往。行近荧泽，狄人诈败，引入伏中，一时呼哨而起，将卫兵截做三处。卫兵尽弃车仗而逃，懿公被狄兵围之数重。须臾，卫兵前后队俱败，懿公被害，全军俱没。宁速与石祁子闻之，引着卫侯宫眷及公子申，乘夜乘小车出城东走。国人闻二大夫已行，各各携男抱女，随后逃命，哭声震天。狄兵直入卫城。石祁子保宫眷先行，宁速断后，且战且走。将及黄河，喜得宋桓公遣兵来迎。狄兵方才退去，将卫国府库及民间存留，劫掠一空，堕其城郭，满载而归。

却说石祁子与宁速于漕邑创立庐舍，扶立公子申为君，是为戴公。戴公先已有疾，立数日遂薨。宁速如齐，迎公子毁嗣位。齐桓公乃遗以良马一乘，祭服五称，

牛、羊、豕、鸡、狗各三百只。又以鱼轩赠其夫人，兼美锦三十端。命公子无亏帅车三百乘送之。公子毁至漕邑即位，是为文公。公子无亏辞归齐国，留甲士三千人，协戍漕邑，以防狄患。

忽邢国遣人告急于齐，言：“狄兵又到，势不能支，伏望救援！”桓公即传檄宋、鲁、曹、邾各国，合兵救邢。宋、曹二国兵先到，桓公托言待鲁、邾兵到，乃屯兵于聂北。狄兵攻邢，昼夜不息，约及两月。邢人力竭，溃围而出，俱投奔齐营求救。内一人哭倒在地，乃邢侯叔颜也。桓公扶起，即日拔寨都起。狄主瞍瞒闻三国大兵将至，放起一把火，望北飞驰而去。桓公传令将火扑灭，问叔颜：“故城尚可居否？”叔颜曰：“百姓逃难者，大半在夷仪地方，愿迁夷仪，以从民欲。”桓公乃命三国各具版筑，筑夷仪城，使叔颜居之。更为建立朝庙，添设庐舍，牛马粟帛之类，皆从齐国运至。事毕，桓公欲为卫定都，乃令三国之兵，俱往楚丘兴工，谓之“封卫”。

时楚成王熊恽，任用令尹子文图治，有志争霸。闻齐侯救邢存卫，心甚不乐。子文曰：“郑居南北之间，为中原屏蔽。王若欲图中原，非得郑不可。”成王遂遣大夫斗章领兵，长驱至郑。却说郑伯探知楚国兴师，使人星夜告急于齐。管仲进曰：“君若救郑，不如伐楚，伐楚必须大合诸侯。蔡人得罪于君，君欲讨之久矣。楚、蔡接壤，诚以讨蔡为名，因而及楚。”桓公乃遍约宋、鲁、陈、卫、曹、许之君，俱要如期起兵，名为讨蔡，实为伐楚。

明年春，齐桓公命管仲为大将，出车三百乘，甲士万人，分队进发。竖貂请先率一军，潜行掠蔡，桓公许之。蔡穆公晓得竖貂是宵小之辈，乃使人密送金帛一车，求其缓兵。竖貂受了，遂私将军机，备细泄漏于蔡。蔡侯大惊，当夜率领宫眷，开门出奔楚国。楚成王闻言，传令简阅兵车，准备战守。数日后，齐侯兵至上蔡。七路诸侯陆续俱到，一个个躬率车徒，前来助战，军威甚壮。诸侯之师望南而进，直达楚界。只见界上，早有一人衣冠整肃，停车道左，磬折而言曰："来者可是齐侯？可传言楚国使臣奉候久矣。"那人姓屈名完，乃楚之公族，官拜大夫。

桓公曰："楚人何以预知吾军之至也？"管仲曰："此必有人漏泄消息。"乃乘车而出，与屈完车上拱手。屈完曰："齐居于北海，楚近于南海，虽风马牛不相及也，不知君何以涉于吾地？"管仲对曰："寡君奉命主盟，修复先业。尔楚国于南荆，当岁贡包茅，以助王祭。自尔缺贡，寡人是征。尔其何辞？"屈完对曰："周失其纲，朝贡废缺，天下皆然，岂惟南荆？虽然，包茅不入，寡君知罪矣。完将复于寡君。"言毕，麾车而退。桓公乃传令八军同发，直至陉山。管仲令就此屯扎，不可前行。

却说楚成王已拜斗子文为大将，蒐甲厉兵，屯子汉南。谍报："八国之兵，屯驻陉地。"子文进曰："管仲知兵。今逗留不进，是必有谋。当遣使再往，察其意向，或战或和，决计未晚。"成王曰："何人可使？"子文曰："屈完既与夷吾识面，宜再遣之。"屈完遂再至齐军。

第二十四回
盟召陵礼款楚大夫
会葵丘义戴周天子

话说屈完再至齐军，见齐桓公再拜。桓公答礼，问其来意。屈完曰："寡君以不贡之故，致干君讨，寡君已知罪矣。君若肯退师一舍，寡君敢不惟命是听！"桓公曰："大夫能辅尔君以修旧职，俾寡人有辞于天子，又何求焉？"屈完称谢而去，归报楚王。少顷，八路军马，拔寨俱起，退三十里，在召陵驻扎。楚王乃命屈完赍金帛八车，再往召陵犒师，复备菁茅一车，如周进贡。屈完见齐侯陈上犒军之物，桓公命分派八军。次日，立坛于召陵。桓公执牛耳为主盟，屈完称楚君之命，同立载书："自今以后，世通盟好。"礼毕，屈完再拜致谢。管仲下令班师。

陈大夫辕涛涂闻班师之令，与郑大夫申侯商议曰："师若取道于陈、郑，粮食衣屦，所费不赀，国必甚病。不若东循海道而归，使徐、莒承供给之劳。"申侯曰："善，子试言之。"涛涂言于桓公曰："君北伐戎，南伐楚，若以诸侯之众，观兵于东夷，东方诸侯，畏君之威，敢不奉朝请乎？"桓公曰："大夫之言是也。"少顷，申侯请见，进曰："臣闻师不逾时，惧劳民也。今师力疲矣，若出于东方，倘东夷梗路，恐不堪战，将若之何？涛涂自恤其国，非善计也。君其察之！"桓公乃命执涛涂于军，使郑伯以虎牢之地，赏申侯之功。郑伯虽然从命，自此心中有不乐之意。陈侯遣使纳赂，再三请罪。桓公乃赦涛涂，诸侯各归本国。

楚王见诸侯兵退，不欲贡茅。屈完曰："不可失信于齐。且楚惟绝周，故使齐得私之以为重。若假此以自通于周，则我与齐共之矣。"楚王遂遣屈完为使，赍菁茅十车，加以金帛，贡献天子。周惠王乃告于文武之庙，因以胙赐楚。屈完再拜稽首而退。屈完方去，齐桓公遣隰朋随至。隰朋因请见世子，惠王有不乐之色，乃使次子带与世子郑一同出见。

隰朋自周归，谓桓公曰："周将乱矣。周王长子名郑，先皇后姜氏所生，已正位东宫矣。姜后薨，次妃陈妫有宠，立为继后，有子名带。周王爱之，呼为太叔，遂欲废世子而立带。"桓公乃召管仲谋之。管仲对曰："世子危疑，其党孤也。君今具表周王，言：'诸侯愿见世子，请世子出会诸侯。'世子一出，君臣之分已定，王虽欲废立，亦难行矣。"桓公乃传檄诸侯，以明年夏月会于首止。再遣隰朋如周表奏，周惠王只得许诺。

次年夏五月，齐、宋、鲁、陈、卫、郑、许、曹八国诸侯并集首止。世子郑亦至，停驾于行宫。是夜，子郑使人邀桓公至于行宫，诉以太叔带谋欲夺位之事。桓公曰："小白当与诸臣立盟，共戴世子，世子勿忧也。"子郑感谢不已，遂留于行宫。诸侯亦不敢归国。子郑恐久劳诸国，便欲辞归京师。桓公曰："所以愿与世子留连者，欲使天王知吾等爱戴世子，不忍相舍之意。稍俟秋凉，当送驾还朝耳。"遂预择盟期，用秋八月之吉。

却说周惠王见世子郑久不还辕，知是齐侯推戴，心中不悦。乃为玺书一通，封函甚固，密授太宰周公孔，使其通于郑伯。宰孔不知书中何语，使人星夜达于郑伯。郑文公启函读之，言："子郑违背父命，不堪为嗣。朕意在次子带也，叔父若能舍齐从楚，共辅少子，朕愿委国以听。"郑伯喜，托言国中有事，不辞而行。齐桓公大怒，便欲奉世子以讨郑。管仲进曰："俟成盟而后图之。"桓公曰："善。"即首止旧坛，歃血为盟。次日，世子郑欲归，各国各具车徒护送。齐桓公同卫侯亲自送出卫境，世子郑垂泪而别。

却说楚成王闻郑不与首止之盟，遂遣使通于申侯，欲与郑修好。申侯密言于郑伯曰："非楚不能敌齐，况王命乎？"郑文公惑其言，乃阴遣申侯输款于楚。周惠王二十三年，齐桓公率同盟诸侯伐郑，围新密。楚王亲将伐许，亦围许城。诸侯闻许被围，果去郑而救许，楚师遂退。申侯归郑，自以为有全郑之功，扬扬得意，满望加封。郑伯以虎牢之役，谓申侯已过分，不加爵赏。申侯口中不免有怨望之言。明年春，齐桓公复率师伐郑。

陈大夫辕涛涂，与申侯有隙，乃致书孔叔。孔叔以书呈于郑文公。郑伯乃召申侯责之曰："汝言惟楚能抗齐，今齐兵屡至，楚救安在？"申侯方欲措辩，郑伯喝教武士推出斩之。函其首，使孔叔献于齐军曰："寡君昔者误听申侯之言，不终君好。今谨

行诛，使下臣请罪于幕下，惟君侯赦宥之！”齐侯素知孔叔之贤，乃许郑平。遂会诸侯于宁母。郑文公终以王命为疑，不敢公然赴会，使其世子华代行，至宁母听命。子华既见齐桓公，请屏去左右，然后言曰：“郑国之政，皆听于泄氏、孔氏、子人氏三族。若除此三臣，我愿以郑附齐。”桓公问计于管仲。管仲曰：“不可。诸侯所以服齐者，礼与信也。臣闻此三族皆贤大夫，郑人称为‘三良’。以臣观之，子华且将不免，君其勿许。”桓公从其言，子华遂辞归郑。管仲恶子华之奸，故泄其语于郑人。郑伯闻言，将子华囚禁于幽室之中。子华穴墙谋遁，郑伯杀之。

是冬，周惠王崩。子郑与周公孔、召伯廖商议，且不发丧，星夜遣人密报于齐侯。齐侯乃大合诸侯于洮，郑文公亦亲来受盟。同歃者，齐、宋、鲁、卫、陈、郑、曹、许，共八国诸侯。各各修表，遣其大夫如周。八国大夫假以问安为名，集于王城之外。诸大夫固请谒见新王，周、召二公遂请王世子嗣位，百官朝贺，是为襄王。惠后与叔带暗暗叫苦，不敢复萌异志矣。

襄王元年，春祭毕，命宰周公孔赐胙于齐，以彰翼戴之功。齐桓公复大合诸侯于葵丘。时齐桓公偶与管仲论及周事。管仲曰：“周室嫡庶不分，几至祸乱。今君储位尚虚，亦宜早建，以杜后患。今番会盟，君试择诸侯中之最贤者，以世子托之。”桓公点首。时宋桓公御说薨，世子兹父即位，是为襄公。襄公墨衰赴会，桓公命管仲私

诣宋襄公馆舍，致齐侯之意。襄公亲自来见齐侯，齐侯谆谆以公子昭嘱之。至会日，诸侯先让天使升坛，然后以次而升。宰周公孔捧胙东向而立，传新王之命。桓公疾趋下阶，再拜稽首，然后登堂受胙。桓公因诸侯未散，复申盟好，诸侯无不信服。盟事已毕，桓公既归，自谓功高无比，益治宫室，务为壮丽。凡乘舆服御之制，比于王者。管仲乃于府中筑台三层，号为“三归之台”，言民人归，诸侯归，四夷归也。又树塞门，以蔽内外。设反坫，以待列国之使臣。

话分两头。却说周太宰孔自葵丘辞归，于中途遇见晋献公亦来赴会。宰孔曰：“会已撤矣。”献公顿足恨曰：“敝邑辽远，不及观衣裳之盛，何无缘也？”宰孔曰：“夫月满则亏，水满则溢。齐之亏且溢，可立而待，不会亦何伤乎？”献公乃回辕西向，于路得疾，回至晋国而薨，晋乃大乱。

第二十五回
智荀息假途灭虢
穷百里饲牛拜相

话说晋献公内蛊于骊姬，外惑于“二五”，益疏太子，亲爱奚齐。一日，骊姬夜半而泣，献公惊问其故。骊姬对曰：“妾闻申生为人，外仁而内忍。申生每为人言：君惑于妾，必乱国。君何不杀妾，以谢申生。勿以一妾乱百姓。”献公曰：“申生仁于民，岂反不仁父乎？”骊姬对曰：“妾闻匹夫为仁，与在上不同。匹夫以爱亲为仁，在上者以利国为仁。苟利于国，何亲之有？”献公意悚然，曰：“夫人言是也。若何而可？”骊姬曰：“今赤狄皋落氏屡侵吾国，君何不使之将兵伐狄，以观其能用众与否也。若其不胜，罪之有名。”献公乃传令使申生率曲沃之众，以伐皋落氏。申生与皋落大战于稷桑之地，皋落氏败走，申生献捷于献公。

时有虞、虢二国，乃是同姓比邻，唇齿相依，其地皆连晋界。虢公好兵而骄，屡侵晋之南鄙。献公谋欲伐虢，骊姬请曰：“何不更使申生？”献公踌躇未决，问于大夫荀息。荀息对曰：“臣闻虢公淫于色。君诚求美女，以进于虢，虢公必喜而受之。我更行赂犬戎，使侵扰虢境，然后乘隙而图之。”献公用其策，以女乐遗虢，虢公受之。自此，视朝稀疏矣。未几，犬戎贪晋之赂，果侵扰虢境，兵至渭汭，为虢兵所败。犬戎主遂起倾国之师。虢公率兵拒之，相持于桑田之地。

献公复问于荀息曰：“今戎、虢相持，寡人可以伐虢否？”荀息对曰：“臣有一策，可以今日取虢，而明日取虞。君密使北鄙之人，生事于虢。虢之边吏，必有责言，吾因以为名。君厚赂虞，而假道以伐虢。”献公又用其策，虢之边吏，果来责让，两下遂治兵相攻。虢公方有犬戎之患，不暇照管。虞公素爱璧、马，献公遂以垂棘之璧、屈产之乘交付荀息，使如虞假道。

虞公初闻晋来假道，意甚怒。及见璧、马，不觉回嗔作喜，问曰：“此乃汝国至宝，天下罕有，奈何以惠寡人？”荀息曰：“寡君慕君之贤，畏君之强，故不敢自私其宝，愿邀欢于大国。虢人屡侵我南鄙，寡君欲假道以请罪焉。倘幸而胜虢，所有卤获，尽以归君。寡君愿与君世敦盟好。”虞公大悦。宫之奇谏曰：“君勿许也！谚云‘唇亡齿寒’，晋吞噬同姓，非一国矣，独不敢加于虞、虢者，以有唇齿之助耳。虢今日亡，则明日祸必中于虞矣！”虞公曰：“晋强于虢十倍，失虢而得晋，何不利焉？”宫之奇再欲进谏，百里奚牵其裾，乃止。宫之奇遂尽族而行，不言所之。

晋献公遂拜里克为大将，荀息副之，率车四百乘伐虢，先使人报虞以兵至之期。虞公曰：“寡人辱受重宝，无以为报，愿以兵从。”荀息曰：“君以兵从，不如献下阳之关。”虞公曰：“下阳，虢所守也。寡人安得献之？”荀息曰：“臣闻虢君方与犬戎大战于桑田，君托言助战，以车乘献之，阴纳晋兵，则关可得也。”虞公从其计。守将舟之侨信以为然，开关纳车。车中藏有晋甲，入关后一齐发作。里克驱兵直进，舟之侨恐虢公见罪，遂降晋。

却说虢公闻晋师破关，急急班师，被犬戎兵掩杀一阵，大败而走。奔至上阳守御，茫然无策。晋兵至，筑长围以困之。自八月至十二月，城中樵采俱绝，连战不胜。里克使舟之侨为书，射入城中，谕虢公使降。虢公乘夜开城，率家眷奔京师去讫。里克亦不追赶，安集百姓，秋毫无犯，留兵戍守。将府库宝藏，尽数装载，以十

分之三，并女乐献于虞公。虞公大喜。

里克托言有疾，休兵城外，俟病愈方行。虞公不时馈药，候问不绝。如此月余。忽谍报："晋侯兵在郊外。"虞公慌忙郊迎致饩，两君相见，彼此称谢。献公约与虞公较猎于箕山。虞公欲夸耀晋人，尽出城中之甲及坚车良马，与晋侯驰逐赌胜。是日，忽有人报："城中火起。"大夫百里奚密奏曰："传闻城中有乱，君不可留矣。"虞公乃辞晋侯先行，半路见人民纷纷逃窜，言："城池已被晋兵乘虚袭破。"虞公大怒。来至城边，只见城楼上一员大将，向虞公言曰："前蒙君假我以道，今再假我以国，敬谢明赐。"

虞公正欲攻门，城头上一声梆响，箭如雨下。虞公正在危急之际，见后有单车驱至，视之，乃虢国降将舟之侨也。侨曰："君误听弃虢，失已在前。今日之计，与其出奔他国，不如归晋。晋君必无相害。"虞公踌躇未决。晋献公随后来到，使人请虞公相见。虞公不得不往。献公笑曰："寡人此来，为取璧、马之值耳。"命以后车，载虞公宿于军中。舟之侨荐百里奚之贤。献公欲用奚，使侨通意。奚曰："终旧君之世乃可。"侨去，奚叹曰："君子违，不适仇国，况仕乎？吾即仕，不于晋也。"

时秦穆公任好即位六年，尚未有中宫，使大夫公子絷求婚于晋，欲得晋侯长女伯姬为夫人。献公许之。公子絷归复命，路遇公孙枝，字子桑，乃晋君之疏族也。絷曰："以子之才，何以屈于陇亩？肯从我游于秦乎？"公孙枝曰："若能见挈，固所愿也。"絷与之同载归秦。言于穆公，穆公使为大夫。穆公闻晋已许婚，复遣公子絷如晋纳币，遂迎伯姬。晋侯问媵于群臣，舟之侨进曰："百里奚不愿仕晋，其心不测，不如远之。"乃用奚为媵。

却说百里奚是虞国人，字井伯，年三十余，娶妻杜氏，生一子。奚家贫不遇，欲出游，念其妻子无依。杜氏曰："妾闻男子志在四方，君岂可守妻子坐困乎？妾能自给，毋相念也。"奚遂去。游于齐，求事襄公，无人荐引。久之，穷困乞食于铚，时奚年四十矣。铚人有蹇叔者，叩其姓名，因留饭，与谈时事，奚应对如流。遂留奚于家，结为兄弟。值公孙无知弑襄公，新立为君，悬榜招贤。奚欲往应招。蹇叔曰："无知非分窃立，终必无成。"奚乃止。后闻周王子颓好牛，乃辞蹇叔如周。奚以饲牛之术进，颓大喜，欲用为家臣。蹇叔自铚而至，奚与之同见子颓。退谓奚曰："颓志大而才疏，吾立见其败也，不如去之。"奚因久别妻子，意欲还虞。蹇叔曰："虞有贤臣宫之奇者，吾之故人也。相别已久，吾亦欲访之。弟若还虞，吾当同行。”遂与奚同至虞国。时奚妻杜氏，贫极不能自给，已流落他方，不知去处。

蹇叔与宫之奇相见，因言百里奚之贤。宫之奇遂荐奚于虞公，虞公拜奚为中大夫。蹇叔辞去，奚遂留事虞公。及虞公失国，奚周旋不舍。至是，晋用奚为媵于秦。奚行至中途而逃。将适宋，道阻，乃适楚。及宛城，宛之野人出猎，疑为奸细，执而缚之。奚曰：“我虞人也，因国亡逃难至此。”野人问：“何能？”奚曰：“善饲牛。”野人释其缚，使之喂牛，牛日肥泽。野人大悦，闻于楚王。楚王乃使为圉人，牧马于南海。

却说秦穆公见晋媵有百里奚之名，而无其人，怪之。公子絷曰：“故虞臣也，今逃矣。”穆公谓公孙枝曰：“子桑在晋，必知百里奚之略，是何等人也？”公孙枝对曰：“贤人也。其人有经世之才，但不遇其时耳。”穆公曰：“寡人安得百里奚而用之？”公孙枝曰：“臣闻奚之妻子在楚，其亡必于楚，何不使人往楚访之？”使者往楚，还报：“奚在海滨，为楚君牧马。”穆公曰：“孤以重币求之，楚其许我乎？”公孙枝曰：“百里奚不来矣！楚之使奚牧马者，为不知奚之贤也。君以重币求之，是告以奚之贤也。楚知奚之贤，必自用之。君不若以逃媵为罪，而贱赎之。”穆公乃使人持羖羊之皮五，进于楚王曰：“敝邑有贱臣百里奚者，逃在上国。寡人欲得而加罪，以警亡者。请以五羊皮赎归。”楚王乃使人囚百里奚以付秦人。

百里奚将及秦境，秦穆公使公孙枝往迎于郊。先释其囚，然后召而见之。问：“年几何？”奚对曰：“才七十岁。”穆公叹曰：“惜乎老矣！”奚曰：“使奚逐飞鸟，搏猛兽，则臣已老。若使臣坐而策国事，臣尚少也。昔吕尚年八十，钓于渭滨，文王载之以归，拜为尚父，卒定周鼎。臣今日遇君，较吕尚不更早十年乎？”穆公壮其言，正容而问曰：“敝邑介在戎狄，不与中国会盟，叟何以教寡人，俾敝邑不后于诸侯。幸甚！”奚对曰：“夫雍、岐之地，文、武所兴。周不能守，而以畀之秦，此天所以开秦也。今西戎之间，为国不啻数十，并其地足以耕，籍其民可以战。君以德抚而以力征，既全有西陲，然后扼山川之险，以临中国，俟隙而进，则恩威在君掌中，而伯业成矣。”穆公不觉起立曰：“孤之有井伯，犹齐之得仲父也。”一连与语三日，言无不合。遂爵为上卿，任以国政。因此秦人都称奚为“五羖大夫”。

第二十六回
歌扊扅百里认妻 获陈宝穆公证梦

话说秦穆公深知百里奚之才，欲爵为上卿。百里奚辞曰：“臣之才，不如臣友蹇叔十倍。君欲治国家，请任蹇叔而臣佐之。”穆公乃遣公子絷假作商人，以重币聘蹇叔于宋。百里奚另自作书致意。公子絷驾车，径投鸣鹿村来。见数人息耕于陇上，相赓而歌。絷在车中，听其音韵，有绝尘之致。乃下车，问耕者曰：“蹇叔之居安在?”耕者指示曰：“前去竹林深处，左泉右石，中间一小茅庐，乃其所也。”絷拱手称谢。复登车，来至其处。絷停车于草庐之外，使从者叩其柴扉。有一小童子，启门而问曰：“佳客何来?”絷曰：“吾访蹇先生来也。”童子曰：“吾主与邻叟观泉于石梁，少顷便回。”絷坐于石上以待之。须臾之间，见一大汉，从田塍西路而来。絷见其容貌不凡，起身迎之，叩其姓名，大汉答曰：“某蹇氏，丙名，字白乙。”絷曰：“蹇叔是君何人?”对曰：“乃某父也。”絷重复施礼，口称：“久仰。有故人百里奚，今仕于秦，有书信托某奉候尊公。”蹇丙曰：“先生请入草堂少坐，吾父即至矣。”言毕，推开双扉，让公子絷先入。公子絷与蹇丙谈论些农桑之事，因及武艺。丙讲说甚有次第，絷暗暗称奇。献茶方罢，蹇丙使童子往门首伺候其父。少顷，童子报曰：“翁归矣！”

蹇丙趋出门外，先道其故。蹇叔进入草堂，曰：“适小儿言吾弟井伯有书，乞以见示。”公子絷遂将百里奚书信呈上。蹇叔启缄观之，曰：“井伯何以见知于秦君也?”公子絷将百里奚相秦之始末，叙述一遍：“今寡君欲爵以上卿，井伯自言不及先生，必求先生至秦，方敢登仕。”言讫，即唤左右于车厢中取出征书礼币。蹇叔沉吟半晌，叹曰：“井伯怀才未试，求仕已久，今适遇明主。吾勉为井伯一行，不久仍归耕于此耳。”公子絷夸白乙之才，亦要他同至秦邦。蹇叔许之。蹇叔登车，公子絷另自一车，并驾而行。

蹇叔既至，穆公降阶加礼，赐坐而问之曰："井伯数言先生之贤，先生何以教寡人乎？"蹇叔对曰："秦地险而兵强，进足以战，退足以守。所以不列于中华者，威德不及故也。"穆公曰："威与德二者孰先？"蹇叔对曰："德为本，威济之。"穆公曰："寡人欲布德而立威，何道而可？"蹇叔对曰："臣请为君先教化而后刑罚。教化既行，民知尊敬其上，然后恩施而知感，刑用而知惧。管夷吾节制之师，所以号令天下而无敌也。"穆公曰："诚如先生之言，遂可以霸天下乎？"蹇叔对曰："未也。夫霸天下者有三戒：毋贪、毋忿、毋急。贪则多失，忿则多难，急则多蹶。君能戒此三者，于霸也近矣。"穆公大悦曰："寡人得二老，真庶民之长也！"乃封蹇叔为右庶长，百里奚为左庶长，位皆上卿，谓之"二相"。并召白乙丙为大夫。自二相兼政，立法教民，兴利除害，秦国大治。

却说百里奚之妻杜氏，自从其夫出游，纺绩度日。后遇饥荒，携其子趁食他乡。辗转流离，遂入秦国，以浣衣为活。其子名视，字孟明，日与乡人打猎角艺，不肯营生。杜氏屡谕不从。及百里奚相秦，杜氏闻其姓名，曾于车中望见，未敢相认。因府中求浣衣妇，杜氏自愿入府浣衣。一日，奚坐于堂上，乐工在庑下作乐。杜氏向府中人曰："老妾颇知音律，愿引至庑，一听其声。"府中人引至庑下，言于乐工，问其所习，杜氏曰："能琴亦能歌。"乃以琴授之。杜氏援琴而鼓，其声凄怨。乐工俱倾耳静听，自谓不及。再使之歌，杜氏曰："老妾自流移至此，未尝发声。愿言于相君，请得升堂而歌之。"乐工禀知百里奚，奚命之立于堂左。杜氏低眉敛袖，扬声而歌。百里奚闻歌愕然，召至前询之，正其妻也。遂相持大恸。良久，问："儿子何在？"杜氏曰："村中射猎。"使人召之。穆公闻百里奚妻子俱到，赐以粟千钟、金帛一车。次日，奚率其子孟明视朝见谢恩。穆公亦拜视为大夫，与西乞术、白乙丙并号将军，谓之"三帅"，专掌征伐之事。

姜戎子吾离，桀骜侵掠，三帅统兵征之。吾离兵败奔晋。时西戎主赤斑见秦人强盛，使其臣繇余聘秦，以观穆公之为人。穆公与之游于苑囿，繇余曰："君之为此者，役鬼耶，抑役人耶？役鬼劳神，役人劳民。"穆公异其言，曰："汝戎夷无礼乐法度，何以为治？"繇余笑曰："礼乐法度，此乃中国所以乱也。自上圣创为文法，以约束百姓，仅仅小治。其后日渐骄淫，借礼乐之名，以粉饰其身；假法度之威，以督责其下。人民怨望，因生篡夺。若戎夷则不然，无形迹之相欺，无文法之相扰，不见其

治，乃为至治。”

穆公默然，退而述其言于百里奚，曰：“今繇余贤而用于戎，将为秦患，奈何？”奚对曰：“内史廖多奇智，君可谋之。”穆公即召内史廖，告以其故。廖对曰：“戎主僻处荒徼，未闻中国之声。君试遗之女乐，以夺其志。留繇余不遣，以爽其期。”穆公乃与繇余同席而坐，共器而食，居常使蹇叔、百里奚、公孙枝等，轮流作伴，叩其地形险夷，兵势强弱之实。一面装饰美女，遣内史廖至戎报聘，以女乐献之。戎主赤斑大悦，遂疏于政事。繇余留秦一年乃归。戎主疑其有二心于秦，意颇疏之。繇余见戎主耽于女乐，不理政事，不免苦口进谏。戎主拒而不纳。穆公因密遣人招之。繇余弃戎归秦，即擢亚卿，与二相同事。繇余遂献伐戎之策。三帅兵至戎境，宛如熟路。戎主赤斑不能抵敌，遂降于秦。

穆公论功行赏，大宴群臣。群臣更番上寿，不觉大醉，回宫一卧不醒。世子䓨召太医入宫诊脉，脉息如常，但闭目不能言动。欲命内史廖行祷，内史廖曰：“此是尸厥，必有异梦。须俟其自复，不可惊之。”世子䓨守于床席之侧，寝食俱不敢离。直候至第五日，穆公方醒。䓨跪而问曰：“君睡已越五日，得无有异梦乎？”穆公惊问曰：“汝何以知之？”世子营曰：“内史廖固言之。”穆公乃召廖至榻前，言曰：“寡人

今者梦一妇人，手握天符，言奉上帝之命，来召寡人。寡人从之。至一宫阙，妇人引寡人拜于阶下。有王者冕旒华衮，凭玉几上坐，传命：‘赐醴！’有如内侍者，以碧玉斝赐寡人酒。王者以一简授左右，即闻堂上大声呼寡人名曰：‘任好听旨，尔平晋乱！’如是者再。妇人遂教寡人拜谢，复引出宫阙。寡人问妇人何名。对曰：‘妾乃宝夫人也，居于太白山之西麓。君能为妾立祠，当使君霸，传名万载。’已闻鸡鸣，声大如雷霆，寡人遂惊觉。不知此何祥也？”

廖对曰：“晋侯方宠骊姬，疏太子，保无乱乎？天命及君，君之福也。”穆公曰：“宝夫人何为者？”廖对曰：“臣闻先君文公之时，有陈仓人于土中得一异物。谋献之先君，中途遇二童子，拍手笑曰：‘汝虐于死人，今乃遭生人之手乎？’陈仓人请问其说，二童子曰：‘此物名猬，在地下惯食死人之脑，得其精气，遂能变化。汝谨持之！’猬亦张喙忽作人言曰：‘彼二童子者，一雌一雄，名曰陈宝，乃野雉之精。得雄者王，得雌者霸。’陈仓人遂舍猬而逐童子，二童子忽化为雉飞去。夫陈仓正在太白山之西，君试猎于两山之间，以求其迹，则可明矣。”次日，穆公遂命驾车，猎于太白山。迤逦而西，将至陈仓山，猎人举网得一雉鸡，须臾化为石鸡。猎者献于穆公。穆公大悦，命沐以兰汤，覆以锦衾，盛以玉匮。即日鸠工伐木，建祠于山上，名其祠曰：宝夫人祠。

第二十七回
骊姬巧计杀申生　献公临终嘱荀息

话说晋献公既并虞、虢二国，群臣皆贺，惟骊姬心中不乐。乃与优施相议，言：“里克乃申生之党，功高位重，我无以敌之，奈何？”优施曰：“若求荀息为奚齐、卓子之傅，则可以敌里克有余矣。”骊姬请于献公，遂使荀息傅奚齐、卓子。骊姬又谓优施曰：“荀息已入我党矣。里克在朝，必破我谋，克去而申生乃可图也。”优施曰：“里克为人，外强而中多顾虑。诚以利害动之，彼必持两端，然后可收而为我用。”骊姬曰：“善。”

优施预请予里克曰：“施有一杯之献，愿取闲邀大夫片刻之欢，何如？”里克许之。乃携酒至克家。酒至半酣，施起舞为寿，因谓曰：“我有新歌，名《暇豫》，大夫得此事君，可保富贵也。”乃顿嗓而歌。歌讫，遂出门。里克心中怏怏。是夕，左思右想，捱至半夜，遂吩咐左右：“密唤优施到此问话。”优施跟着来人直达寝所，里克问曰：“汝必有所闻，可与我详言，不可隐也。”施乃俯首就枕畔低语曰：“君已许夫人，杀太子而立奚齐，有成谋矣。”里克曰：“从君而杀太子，我不忍也。辅太子以抗君，我不及也。中立而两无所为，可以自脱否？”施对曰：“可。”

施退，里克坐以待旦。次日，造大夫丕郑父之家，屏去左右告之曰：“夜来优施告我曰：‘君将杀太子而立奚齐也。’”丕郑父曰：“子何以复之？”里克曰：“我告以中立。”军郑父叹曰：“太子孤矣，祸可立而待也。”里克别去登车，诈坠于车下。次日遂称伤足，不能赴朝。

优施回复骊姬，骊姬大悦。乃夜谓献公曰：“太子久居曲沃，君何不召之。”献公乃召申生。申生先见献公，礼毕，入宫参见骊姬。骊姬设飨待之，言语甚欢。次日，申生入宫谢宴，骊姬又留饭。是夜，骊姬复向献公垂泪言曰：“妾欲回太子之心，故召而礼之。不意太子无礼更甚。妾留太子午餐，索饮，半酣，戏谓妾曰：'我父老矣，若母何?' 妾怒而不应。太子欲前执妾手，妾拒之乃免。君若不信，妾试与太子同游于囿，君从台上观之，必有睹焉。”及明，骊姬召申生同游于囿。骊姬预以蜜涂其发，蜂蝶纷纷，皆集其鬓。姬曰：“太子盍为我驱蜂蝶乎?”申生从后以袖麾之。献公望见，心中大怒。遂使申生还曲沃，而使人阴求其罪。

过数日，献公出田于翟桓。骊姬与优施商议，使人谓太子曰：“君梦齐姜诉曰：'苦饥无食。'必速祭之。”申生乃设祭，使人送胙于献公。献公未归，乃留胙于宫中。六日后，献公回宫。骊姬以鸩入酒，以毒药傅肉。献公取觯，欲尝酒。骊姬跪而止之曰：“酒食自外来者，不可不试。”献公乃以酒沥地，地即坟起。又呼犬，取一脔肉掷之，犬啖肉立死。骊姬佯为不信，再呼小内侍，使尝酒肉。小内侍才下口，七窍流血亦死。骊姬佯大惊，跪于献公之前，带噎而言曰：“太子所以设此谋者，徒以妾母子故也。妾宁代君而死，以快太子之志!”即取酒欲饮。献公夺而覆之。骊姬哭倒在地，恨曰：“太子真忍心哉!”献公半晌方言，以手扶骊姬曰：“尔起。孤便当暴之群臣，诛此贼子。”当时出朝，召诸大夫议事。

献公以申生逆谋，告诉群臣。群臣不敢置对。东关五进曰：“太子无道，臣请为君讨之。”献公乃使东关五为将，梁五副之，率车二百乘，以讨曲沃。狐突闻“二五”戒车，急使人密报太子申生。申生以告太傅杜原款。原款曰：“胙已留宫六日，其为宫中置毒明矣。子必以状自理，毋束手就死为也。”申生曰：“我自理而不明，是增罪也。幸而明，君护姬，未必加罪，又以伤君之心。不如我死。”于是北向再拜，自缢而死。死之明日，东关五兵到，知申生已死，乃执杜原款囚之，以报献公。献公使原款证成太子之罪。原款大呼曰：“天乎冤哉!原款所以不死而就俘者，正欲明太子之心也。胙留宫六日，岂有毒而久不变者乎?”骊姬从屏后急呼曰：“原款辅导无状，何不速杀之?”献公使力士以铜锤击破其脑而死。

梁五、东关五谓优施曰：“重耳、夷吾与太子一体也。太子虽死，二公子尚在，我窃忧之。”优施言于骊姬。骊姬夜半复泣诉献公曰：“妾闻重耳、夷吾，实同申生之谋。申生之死，二公子归罪于妾，终日治兵，欲袭晋而杀妾，以图大事。君不可不察。”献公意犹未信。早朝，近臣报：“蒲、屈二公子来觐，已至关。闻太子之变，即时俱回辕去矣。”献公曰：“不辞而去，必同谋也。”乃遣寺人勃鞮率师往蒲，擒拿公

子重耳；贾华率师往屈，擒拿公子夷吾。狐突唤其次子狐偃至前，谓曰："重耳状貌伟异，又素贤明，他日必能成事。汝可速往蒲，与汝兄毛，同心辅佐。"狐偃星夜奔蒲城来投重耳。重耳大惊，与狐毛、狐偃方商议出奔之事，勃鞮已攻入蒲城。重耳与毛、偃趋后园，勃鞮挺剑逐之。毛、偃先逾墙出，推墙以招重耳。勃鞮执重耳衣袂，剑起袂绝，重耳得脱去。三人遂奔翟国。

翟君见晋公子来到，欣然纳之。须臾，城下有小车数乘，叫开城甚急。重耳疑是追兵，便教城上放箭。城下大叫曰："我等非追兵，乃晋臣愿追随公子者。"重耳登城观看，认得为首一人，姓赵，名衰，字子余，仕晋朝为大夫。重耳即命开门放入，余人乃胥臣、魏犨、狐射姑、颠颉、介子推、先轸，皆知名之士。翟君教开门放入，众人进见。重耳泣曰："诸君子能协心相辅，如肉傅骨，生死不敢忘德。"魏犨攘臂前曰："公子居蒲数年，蒲人咸乐为公子死。若借助于狄，以用蒲人之众，杀入绛城，以除君侧之恶，安社稷而抚民人，岂不胜于流离道途为逋客哉？"重耳曰："子言虽壮，然震惊君父，非亡人所敢出也。"魏犨乃一勇之夫，见重耳不从，遂咬牙切齿，以足顿地曰："公子畏骊姬辈如猛虎蛇蝎，何日能成大事乎？"狐偃谓犨曰："公子非畏骊姬，畏名义耳。"犨乃不言。

重耳自幼谦恭下士，凡朝野知名之士，无不纳交。故虽出亡，患难之际，豪杰愿从者甚众。惟大夫郤芮，与吕饴甥腹心之契，虢射是夷吾之母舅，三人独奔屈以就夷吾。相见之间，告以："贾华之兵，旦暮且至。"夷吾即令敛兵为城守计。贾华故缓其围，使人阴告夷吾曰："公子宜速去。不然，晋兵继至，不可当也。"夷吾乃奔梁国。贾华佯追之不及，以逃奔复命。

献公疑群公子多重耳、夷吾之党，异日必为奚齐之梗，乃下令尽逐群公子。晋之公族，无敢留者。于是立奚齐为世子。百官自"二五"及荀息之外，无不人人扼腕，多有称疾告老者。时周襄王之元年也。

是秋九月，献公赴葵丘之会不果，于中途得疾，至国还宫。献公召荀息至于榻前，曰："寡人欲以弱孤累大夫，大夫其许我乎？"荀息稽首对曰："敢不竭死力！"献公不觉堕泪，骊姬哭声闻幕外。数日，献公薨。骊姬抱奚齐以授荀息，时年才十一岁。荀息遵遗命，奉奚齐主丧。骊姬亦以遗命，拜荀息为上卿，梁五、东关五加左右司马，敛兵巡行国中，以备非常。国中大小事体，俱关白荀息而后行。以明年为新君元年，告讣诸侯。

第二十八回
里克两弑孤主 穆公一平晋乱

话说荀息拥立公子奚齐，百官都至丧次哭临，惟狐突托言病笃不至。里克私谓丕郑父曰："孺子遂立矣，其若亡公子何？"丕郑父曰："此事全在荀叔，姑与探之。"二人登车，同往荀息府中。息延入，里克告曰："主上晏驾，重耳、夷吾俱在外。叔不迎长公子嗣位，何以服人？"荀息曰："我受先君遗托而傅奚齐，则奚齐乃我君矣。此外不知更有他人。"二人再三劝谕，荀息心如铁石，乃相辞而去。二人密约，使心腹力士，变服杂于侍卫服役之中，刺杀奚齐于丧次。时优施在旁，亦被杀，一时幕间大乱。荀息闻变大惊，疾忙趋入，抚尸大恸，便欲触柱而死。骊姬急使人止之。荀息乃与百官会议，更扶卓子为君，时年才九岁。梁五曰："孺子之死，实里、丕二人为先太子报仇也。请以兵讨之。"荀息曰："二人者，晋之老臣，根深党固。不如姑隐之，俟丧事既毕，改元正位，然后乃可图矣。"梁五退谓东关五曰："荀卿忠而少谋，做事迂缓，不可恃也。可伏甲东门，视克送葬，突起攻之，此一夫之力也。"东关五曰："善。"乃召屠岸夷而语之。

夷密以其谋告于骓遄，问："此事可行否？"遄曰："故太子之冤，皆因骊姬母子之故。汝若辅佞仇忠，我等必不容汝。"夷曰："大夫之教是也。"夷去，遄即与丕郑父言之，郑父亦言于里克，各整顿家甲，约定送葬日齐发。至期，里克称病不会葬。东关五与屠岸夷甲士三百，伪围里克之家。里克故意使人如墓告变。荀息草草毕葬，即使"二五"勒兵助攻。东关五之兵先至东市，屠岸夷来见，托言禀事，猝以臂拉其颈，颈折坠。屠岸夷大呼曰："公子重耳，引秦、翟之兵，已在城外。我奉里大夫之命，为故太子申生伸冤，诛奸佞之党，迎立重耳为君。"军士闻重耳为君，无不踊跃愿从者。梁五闻东关五被杀，急趋朝堂，却被屠岸夷追及。里克、丕郑父、骓遄各率家甲，一时亦到。梁五拔剑自刎。屠岸夷就荀息手中夺来卓子，掷之于阶。荀息大怒，挺佩剑来斗里克，亦被屠岸夷斩之。遂杀入宫中。骊姬走入后园，从桥上投水中而死。里克命戮其尸。尽灭“二五”及优施之族。

里克大集百官于朝堂，议曰：“今庶孽已除，公子中惟重耳最长且贤，当立。诸大夫同心者，请书名于简。”丕郑父曰：“此事非狐老大夫不可。”里克即使人以车迎之。狐突辞曰：“老夫二子从亡，若与迎，是同弑也。突老矣，惟诸大夫之命是听。”里克遂执笔先书己名，以下共三十余人。屠岸夷奉表往翟，奉迎公子重耳。重耳见表上无狐突名，疑之。乃谢曰：“重耳得罪于父，逃死四方。何敢乘乱而贪国！大夫其更立他子，重耳不敢违。”屠岸夷还报，里克欲遣使再往，大夫梁繇靡曰：“公子孰非君者，盍迎夷吾乎？”众人俱唯唯。里克不得已，乃使屠岸夷辅梁繇靡迎夷吾于梁。

且说公子夷吾在梁，梁伯以女妻之，生一子，名曰圉。夷吾闻献公已薨，奚齐、卓子被杀，诸大夫往迎重耳，遂与虢射、郤芮商议，要来争国。忽见梁繇靡等来迎，不觉喜形于色。郤芮进曰：“重耳非恶得国者，其不行必有疑也，君勿轻信。方今晋臣用事，里、丕为首，君宜捐厚赂以啖之。君欲入国，非借强国之力为助不可。子盍遣使卑辞以求纳于秦乎？”夷吾用其言，乃许里克以汾阳之田百万，许丕郑父以负蔡之田七十万，皆书契而缄之。先使屠岸夷还报，留梁繇靡使达手书于秦，并道晋国诸大夫奉迎之意。

秦穆公谓蹇叔曰：“寡人闻重耳、夷吾皆贤公子也。寡人将择而纳之，未知孰胜？”蹇叔曰：“君何不使人往吊，以观二公子之为人？”穆公乃使公子絷先吊重耳，次吊夷吾。公子絷至翟，见公子重耳，以秦君之命称吊。礼毕，重耳即退。絷使阍者传语：“公子宜乘时图入，寡君愿以敝赋为前驱。”重耳以告赵衰。赵衰曰：“却内之迎，而借外宠以求入，虽入不光矣。”重耳乃出见使者曰：“君惠吊亡臣重耳，辱以后命。父死之谓何，而敢有他志？”遂伏地大哭，稽颡而退。公子絷见重耳不从，心知其贤，叹息而去。遂吊夷吾于梁，礼毕，絷亦以“乘时图入”相劝。夷吾稽颡称谢，握其手谓曰：“苟假君之宠，入主社稷，惟是河外五城，所以便君之东游者，东尽虢地，南及华山，内以解梁为界，愿入之于君，以报君德于万一。”公子絷方欲谦让，夷吾又曰：“亡人另有黄金四十镒，白玉之珩六双，愿纳于公子之左右。”公子絷乃皆受之。

縶返命于穆公，备述两公子相见之状。穆公曰：“重耳之贤，过夷吾远矣。必纳重耳。”公子縶对曰：“君如忧晋，则为之择贤君。第欲成名于天下，则不如置不贤者。”穆公乃使公孙枝出车三百乘，以纳夷吾。时齐桓公闻晋国有乱，乃遣公孙隰朋会周、秦之师，同纳夷吾。夷吾即位，是为惠公，立子圉为世子。使梁繇靡从王子党如周，韩简从隰朋如齐，各拜谢纳国之恩。惟公孙枝以索取河西五城之地，尚留晋国。惠公有不舍之意，乃集群臣议之。吕饴甥进曰：“君所以赂秦者，为未入，则国非君之国也。今既入矣，国乃君之国矣，虽不畀秦，秦其奈君何？”惠公乃命吕饴甥作书辞秦。惠公问：“谁人能为寡人谢秦者？”丕郑父愿往，惠公从之。

原来惠公曾许丕郑父负蔡之田七十万，惠公既不与秦城，安肯与里、丕二人之田？郑父口虽不言，心中怨恨，特地讨此一差，欲诉于秦耳。郑父至秦，呈上国书。穆公览毕，拍案大怒。郑父曰：“晋之诸大夫，无不感君之恩，愿归地者。惟吕饴甥、郤芮二人从中阻挠。君若重币聘问，而以好言召此二人，二人至，则杀之。君纳重耳，臣与里克逐夷吾，为君内应，请得世世事君。何如？”穆公遂遣大夫泠至行聘于晋，欲诱吕饴甥、郤芮而杀之。

第二十九回
晋惠公大诛群臣 管夷吾病榻论相

话说里克主意，原要奉迎公子重耳，因重耳辞不肯就，夷吾又以重赂求人，因此只得随众行事。谁知惠公即位之后，所许之田，分毫不给。又任用虢射、吕饴甥、郤芮一班私人，将先世旧臣，一概疏远，里克心中已自不服。及劝惠公畀地于秦，分明是公道话，郤芮反说他为己而设，好生不忿，忍了一肚子气，不免露些怨望之意。及军郑父使秦，郤芮等恐其与里克有谋，私下遣人窥瞰。郑父亦虑有人伺察，遂不别里克而行。里克知郑父已出城，自往追之，不及而还。早有人报知郤芮。芮求见惠公，奏曰："里克谓君夺其权政，又不与汾阳之田，心怀怨望。不若赐死，以绝其患。"惠公许之。郤芮遂诣里克之家，谓里克曰："晋侯有命：'微子，寡人不得立，寡人不敢忘子之功。虽然，子弑二君，杀一大夫，为尔君者难矣！寡人奉先君之遗命，不敢以私劳而废大义，惟子自图之。'"克遂自刎而死。

惠公杀了里克，群臣多有不服者。惠公曰："秦夫人有言，托寡人善视贾君，而尽纳群公子。何如？"郤芮曰："群公子谁无争心，不可纳也。善视贾君，以报秦夫人可矣。"惠公乃入见贾君。时贾君色尚未衰，惠公忽动淫心，谓贾君曰："秦夫人属寡人与君为欢，君其无拒。"即往抱持贾君，贾君勉强从命。事毕，贾君垂泪言曰："妾身不足惜，但闻先太子尚藁葬新城，君必迁冢而为之立谥，亦国人之所望于君者也。"惠公乃使人往曲沃择地改葬，以其孝敬，谥曰"共世子"。

却说丕郑父同秦大夫泠至行及绛郊，忽闻诛里克之信。郑父意欲转回秦国，又念其子豹在绛城，踌躇不决。恰遇大夫共华在于郊外，遂邀与相见。郑父曰："吾今犹可入否？"共华曰："里克同事之人尚多，今止诛克一人，其余并不波及。子如惧而不入，是自供其罪矣。"郑父乃催车入城，引泠至朝见，呈上国书礼物。惠公看见礼币

隆厚，又且缴还地券，心中甚喜，便欲遣吕饴甥、郤芮报秦。郤芮私谓饴甥曰：“秦使此来，不是好意。今群臣半是里、军之党，且先归秦使而徐察之。”饴甥乃言于惠公，先遣泠至回秦，言：“晋国未定，稍待二臣之暇，即当趋命。”泠至只得回秦。

吕、郤二人使心腹每夜伏于丕郑父之门，伺察动静。郑父密请祁举、共华、贾华、骓遄等，夜至其家议事。心腹回报所见。郤芮乃与饴甥商议，使人请屠岸夷至，谓曰：“子祸至矣！子前助里克弑幼君，今克已伏法，君将有讨于子。”屠岸夷泣曰：“夷乃一勇之夫，不知罪之所在。惟大夫救之。”郤芮曰：“君怒不可解也。今丕郑父党于里克，有迎立之心，与七舆大夫阴谋作乱，欲逐君而纳公子重耳。子诚伪为惧诛者，而见郑父，与之同谋。若尽得其情，先事出首，吾即以所许郑父负蔡之田，割三十万以酬子功。”夷喜曰：“夷死而得生，大夫之赐也。然不善为辞，奈何？”吕饴甥乃拟为问答之语，使夷熟记。

是夜，夷遂叩丕郑父之门，言有密事。郑父起初未信，夷以饴甥所教之言相告，

郑父方才信之。约次日三更，再会定议。至期，屠岸夷复往。则祁举、共华、贾华、骓遄皆先在，又有叔坚、累虎、特宫、山祈四人，皆故太子申生门下，与郑父、屠岸夷共是十人，重复对天歃血，共扶公子重耳为君。夷索郑父手书，往迎重耳。郑父已写就了，简后署名，共是十位。夷亦请笔书押。郑父缄封停当，交付夷手。屠岸夷得书，如获至宝，一径投郤芮家。芮乃匿夷于家，将书怀于袖中，同吕饴甥往见国舅虢射。虢射夜叩宫门，见了惠公，细述丕郑父之谋。次日，惠公早朝，吕、郤等预伏武士于壁衣之内。惠公召丕郑父问曰："知汝欲逐寡人而迎重耳，寡人敢请其罪！"郑父方欲致辩，郤芮仗剑大喝曰："汝遣屠岸夷将手书迎重耳，屠岸夷已被吾等伺候于城外拿下，搜出其书。同事共是十人。"惠公将原书掷于案下。吕饴甥拾起，按简呼名，命武士擒下。惠公喝教："押出朝门斩首！"丕豹闻父遭诛，飞奔秦国逃难。惠公进屠岸夷为中大夫，赏以负蔡之田三十万。

却说丕豹至秦，见了穆公，伏地大哭。穆公问其故，丕豹将其父被害缘由细述一遍。穆公问于群臣，蹇叔对曰："以丕豹之言而伐晋，是助臣伐君，于义不可。"百里奚曰："若百姓不服，必有内变，君且俟其变而图之。"穆公深以为然。丕豹遂留仕秦为大夫。时周襄王之三年也。

是年，周王子带以赂结好伊、雒之戎，使伐京师，而己从中应之。戎遂入寇，围王城。周公孔与召伯廖悉力固守。襄王遣使告急于诸侯。秦穆公、晋惠公皆欲结好周王，各率师伐戎以救周。戎知诸侯兵至，焚掠东门而去。时齐桓公亦遣管仲将兵救周。闻戎兵已解，乃遣人诘责戎主。戎主惧齐兵威，使人谢曰："尔甘叔招我来耳。"襄王于是逐王子带。子带出奔齐国。戎主使人诣京师，请罪求和，襄王许之。

是冬，管仲病，桓公亲往问之，执其手曰："仲父之疾甚矣。不幸而不起，寡人将委政于鲍叔牙，何如？"仲对曰："鲍叔牙，君子也。虽然，不可以为政。其人善恶过于分明，见人之一恶，终身不忘，是其短也。"桓公曰："隰朋何如？"仲对曰："庶乎可矣。隰朋不耻下问，居其家不忘公门。天生隰朋，以为夷吾舌也。身死，舌安得独存？恐君之用隰朋不能久耳。"桓公曰："然则易牙何如？"仲对曰："君即不问，臣亦将言之。彼易牙、竖刁、开方三人，必不可近也！"桓公曰："此三人事寡人久矣。仲父平日何不闻一言乎？"仲对曰："臣之不言，将以适君之意也。譬之于水，臣为之堤防焉，勿令泛溢。今堤防去矣，将有横流之患，君必远之！"桓公默然而退。

第三十回

秦晋大战龙门山
穆姬登台要大赦

话说管仲于病中，嘱桓公斥远易牙、竖刁、开方三人，荐隰朋为政。逾一日，桓公复往视仲，仲已不能言。是夜，仲卒。桓公哭之恸，曰："哀哉，仲父！是天折吾臂也。"使上卿高虎董其丧，殡葬从厚。生前采邑，悉与其子，令世为大夫。桓公使公孙隰朋为政。未一月，隰朋病卒。桓公使鲍叔牙代朋之位，牙固辞。桓公曰："今举朝无过于卿者，卿欲让之何人？"牙对曰："臣之好善恶恶，君所知也。君必用臣，请远易牙、竖刁、开方，乃敢奉命。"桓公即日罢斥三人，不许入朝相见。鲍叔牙乃受事。

话分两头。却说晋自惠公即位，连岁麦禾不熟。至五年，复大荒，仓廪空虚，民间绝食，惠公欲乞籴于秦。郤芮进曰："吾非负秦约也，特告缓其期耳。若乞籴而秦不与，秦先绝我，我乃负之有名矣。"惠公乃使大夫庆郑，持宝玉如秦告籴。穆公集群臣计议。蹇叔、百里奚同声对曰："天灾流行，何国无之，救灾恤邻，理之常也。顺理而行，天必福我。"穆公遂运粟数万斛于渭水，舳舻相接，命曰泛舟之役，以救晋之饥。晋人无不感悦。

明年冬，秦国年荒，晋反大熟。穆公乃使泠至赍宝玉，如晋告籴。虢射进曰："去岁天饥晋以授秦，秦弗知取，而贷我粟，是甚愚也。今岁天饥秦以授晋，晋奈何逆天而不取？以臣愚意，不如约会梁伯，乘机伐秦。"惠公从其言，乃辞泠至。泠至曰："寡君济君之急，而不得报于君，下臣难以复命。"吕饴甥、郤芮大喝曰："汝前与军丕父合谋，以重币诱我。今番又来饶舌！可归语汝君，要食晋粟，除非用兵来取。"泠至含愤而退。

泠至回复秦君。穆公大怒曰："人之无道，乃至出于意料若此！"遂大起三军，共车四百乘，浩浩荡荡，杀奔晋国来。

晋之西鄙，告急于惠公。庆郑进曰："依臣愚见，只宜引罪请和，割五城以全信，免动干戈。"惠公大怒，喝令："先斩庆郑，然后发兵迎敌。"虢射曰："未出兵，先斩将，于军不利。姑赦令从征，将功折罪。"惠公准奏。当日大阅车马，选六百乘，离绛州望西进发。晋侯所驾之马，名曰"小驷"，乃郑国所献。其马身材小巧，惠公甚爱之。庆郑又谏曰："古者出征大事，必乘本国出产之马。其马生在本土，遇战随人所使，无不如志。今君临大敌，而乘异产之马，恐不利也。"惠公叱曰："此吾惯乘，汝勿多言。"

却说秦兵已渡河东，三战三胜，直至韩原下寨。晋兵离韩原十里下寨。晋惠公用家仆徒为车右，而使郤步扬御车，逆秦师于韩原。穆公于龙门山下，整列以待。须臾，晋兵亦布阵毕。两阵对圆，中军各鸣鼓进兵。屠岸夷恃勇，先撞入对阵。正遇白乙丙，两下交战，约莫五十余合，杀得性起，各跳下车来。互相扭结，拳捶脚踢，直扭入阵后去了。晋惠公见屠岸夷陷阵，急叫韩简、梁繇靡引军冲其左，自引家仆徒等冲其右，约于中军取齐。穆公亦分作两路迎敌。

且说惠公之车，正遇见公孙枝。公孙枝横戟大喝曰："会战者一齐上来！"只这一声喝，把虢射吓得伏于车中，不敢出气。那小驷未经战阵，亦被惊吓，向前乱跑，遂陷于泥泞之中。正在危急，恰好庆郑之车，从前而过。惠公呼曰："郑速救我！"郑曰："君稳乘小驷，臣当报他人来救也。"遂催辕转左而去。

再说韩简一军冲入，与秦将西乞术交战，三十余合，未分胜败。晋将蛾晰引军又到，两下夹攻，西乞术不能当，被韩简一戟刺于车下。梁繇靡大叫："败将无用之物，可协力擒捉秦君。"韩简不顾西乞术，驱率晋兵，来捉穆公。穆公叹曰："我今日反为晋俘，天道何在？"才叹一声，只见正西角上，一队勇士，约三百余人，高叫："勿伤吾恩主！"穆公抬头看之，见那三百余人，如混世魔王手下鬼兵一般。韩简与梁繇靡慌忙迎敌。又见一人飞车从北而至，乃庆郑也，高叫："勿得恋战，主公已被秦兵困于龙门山泥泞之中，可速往救驾。"韩简等无心厮杀，遂奔龙门山来救晋侯。谁知晋惠公已被公孙枝所获，并家仆徒、虢射、步扬等，一齐就缚，已归大寨去了。梁繇靡遂与韩简各弃兵仗，来投秦寨。秦兵乘胜掩杀，晋兵大溃，六百乘得脱者，十分中之二三耳。庆郑闻晋君见擒，遂偷出秦军，与蛾晰同回晋国。

却说秦穆公还于大寨，那壮士三百余人，一齐到营前叩首。穆公问曰："汝等何人，乃肯为寡人出死力耶？"壮士对曰："君不记昔年亡善马乎？吾等皆食马肉之人也。"原来穆公曾出猎于梁山，夜失良马数匹。寻至岐山之下，有野人三百余，群聚而食马肉。穆公乃索军中美酒数十瓮，使人赍往岐下，宣君命而赐之。野人感其恩。至是，闻穆公伐晋，皆舍命趋至韩原，前来助战。穆公仰天叹曰："野人且有报德之义，晋侯独何人哉？"乃问众人："有愿仕者，寡人能爵禄之。"壮士齐声应曰："吾侪野人，但报恩主一时之惠，不愿仕也。"穆公各赠金帛，野人不受而去。

穆公点视将校不缺，单不见白乙丙一人。使军士遍处搜寻，见白乙丙与屠岸夷相持滚入窟中，各各力尽气绝，尚扭定不放手。军士将两下拆开，抬放车上，载回本寨。穆公叹曰："两人皆好汉也！"问左右："有识晋将姓名者乎？"公子縶奏曰："此乃屠岸夷也。"穆公曰："此人可留为秦用乎？"公子縶曰："弑卓子，杀里克，皆出其手。今日正当顺天行诛。"穆公乃下令将屠岸夷斩首。亲解锦袍，以覆白乙丙，命百里奚先以温车载回秦国就医。半年之后，方才平复。此是后话。

再说穆公大获全胜，拔寨都起。使公孙枝率车百乘，押送晋君至秦。虢射、韩简、梁繇靡等，皆披发垢面，草行露宿相随，如奔丧之状。秦兵回至雍州界上，穆公集群臣议曰："今晋君背寡人之德，即得罪于上帝也。寡人欲用晋君，郊祀上帝，何如?"公孙枝进曰："不可。晋，大国也。吾俘虏其民，已取怨矣。又杀其君，以益其忿。晋之报秦，将甚于秦之报晋也!"公子絷曰："将以公子重耳代之，杀无道而立有道，又何怨焉?"公孙枝曰："公子重耳，仁人也。重耳不肯以父丧为利，其肯以弟死为利乎？如其肯入，必且为弟而仇秦。"穆公乃安置惠公于灵台山之离宫，以千人守之。

穆公发遣晋侯，方欲起程。忽见一班内侍，皆服衰绖而至。那内侍口述夫人之命，曰："上天降灾，使秦、晋两君，弃好即戎。晋君之获，亦婢子之羞也。若晋君朝入，则婢子朝死；夕入，则婢子夕死。今特使内侍以丧服迎君之师，惟君裁之。"穆公大惊，问："夫人在宫作何状?"内侍奏曰："夫人携太子服丧服，徒步出宫，至于后园崇台之上，立草舍而居。台下俱积薪数十层，吩咐："只待晋君入城，便自杀于台上。"穆公使内侍去其衰绖，以报穆姬曰："寡人不日归晋侯也。"穆姬方才回宫。

第三十一回

晋惠公怒杀庆郑
介子推割股啖君

话说晋惠公囚于灵台山，只道穆姬见怪，全不知衰绖逆君之事。未几，穆公使公孙枝至灵台山问候晋侯，许以复归。公孙枝曰："寡君独以君夫人登台请死之故，不敢伤婚姻之好。前约河外五城，可速交割，再使太子圉为质，君可归矣。"惠公愧惭无地，即遣人归晋，吩咐割地质子之事。穆公命孟明往定五城之界，设官分守。迁晋侯于郊外之公馆，以宾礼待之。馈以七牢，遣公孙枝引兵护送晋侯归国。

惠公自九月战败，囚于秦，至十一月才得释。与难诸臣，一同归国。惟虢射病死于秦，不得归。惠公将至绛，太子圉率领众臣，出郊迎接。惠公在车中望见庆郑，怒从心起，使梁繇靡代数其罪。庆郑陈词一番，引颈受戮。惠公既归国，遂使世子圉随公孙枝入秦为质。因请屠岸夷之尸，葬以上大夫之礼，命其子嗣为中大夫。惠公谓郤芮曰："寡人在秦三月，所忧者惟重耳。"郤芮曰："必除了此人，方绝后患。寺人勃鞮，曾斩重耳之衣袂，常恐重耳入国，或治其罪。君欲杀重耳，除非此人可用。"惠公召勃鞮，与其黄金百镒，使购求力士，自去行事。狐突闻勃鞮挥金如土，购求力士，密地里访问其故。闻谋大惊，即时密写一信，遣人星夜往翟，报与公子重耳知道。

却说重耳是日，正与翟君猎于渭水之滨。忽有一人冒围而入，求见狐氏兄弟，说："有老国舅家书在此。"毛、偃启函读之，大惊，将书禀知重耳。重耳曰："吾妻子皆在此，此吾家矣。欲去将何之？"狐偃曰："吾之适此，非以营家，使暂休足于此。今为日已久，宜徙大国。"重耳曰："即行，适何国为可？"狐偃曰："齐侯虽耄，伯业尚存。公子若至齐，齐侯必然加礼。"重耳以为然。乃罢猎归，告其妻季隗曰："晋君将使人行刺于我，恐遭毒手，将远适大国，结连秦、楚，为复国之计。子宜尽心抚育二子。"季隗泣曰："男子志在四方，非妾敢留。妾自当待子，子勿虑也。"

次早，重耳命壶叔整顿车乘，守藏小吏头须收拾金帛。正吩咐间，只见狐毛、狐偃仓皇而至，言："父亲见勃鞮受命次日，即便起身。诚恐公子未行，难以提防，不及写书，又遣能行快走之人，星夜赶至，催促公子速速逃避，勿淹时刻。"重耳闻信，不及装束，遂与二狐徒步出于城外。壶叔见公子已行，止备犊车一乘，追上与公子乘坐。赵衰、臼季诸人，陆续赶上，不及乘车，都是步行。重耳问："头须如何不来？"有人说："头须席卷藏中所有逃去，不知所向。"重耳已失窠巢，又没盘费，好不愁闷。公子出城半日，翟君始知，欲赠资装，已无及矣。比及勃鞮到翟，访问公子消息，公子已不在了。只得怏怏而回，复命于惠公。惠公没法，只得暂时搁起。

再说公子重耳一心要往齐邦，却先要经由卫国。数日，至于卫界，关吏叩其来历。赵衰曰："吾主乃晋公子重耳，避难在外，今欲往齐，假道于上国耳。"吏开关延入，飞报卫侯。卫文公曰："寡人立国楚丘，并不曾借晋人半臂之力。卫、晋虽为同姓，未通盟好。若迎之，必当设宴赠贿，不如逐之。"乃吩咐守门阍者，不许放晋公子入城。重耳乃从城外而行。

是日，公子君臣，尚未早餐，忍饥而行。看看过午，到一处地名五鹿，见一伙田夫，同饭于陇上。重耳令狐偃问之求食。田夫笑曰："堂堂男子，不能自资，而问吾求食耶？吾等乃村农，饱食方能荷锄，焉有余食及于他人？"偃曰："纵不得食，乞赐一食器。"田夫乃戏以土块与之曰："此土可为器也。"魏犨大骂："村夫焉敢辱吾！"夺其食器，掷而碎之。重耳亦大怒，将加鞭扑。偃急止之曰："得饭易，得土难。土地，国之基也。天假手野人，以土地授公子，此乃得国之兆，又何怒焉？公子可降拜受之。"重耳果依其言，下车拜受。田夫不解其意，乃群聚而笑曰："此诚痴人耳！"

再行十余里，从者饥不能行，乃休于树下。众人争采蕨薇煮食，重耳不能下咽。忽见介子推捧肉汤一盂以进，重耳食之而美。食毕，问："此处何从得肉？"介子推曰："臣之股肉也。今公子乏食，臣故割股以饱公子之腹。"重耳垂泪曰："亡人累子甚矣！将何以报？"子推曰："但愿公子早归晋国，以成臣等股肱之义。臣岂望报哉！"良久，赵衰始至。众人问其行迟之故，衰曰："被棘刺损足胫，故不能前。"乃出竹筥中壶餐，以献于重耳。重耳曰："子余不苦饥耶？何不自食？"衰对曰："臣虽饥，岂敢背君而自食耶？"重耳即以壶浆赐赵衰，衰汲水调之，遍食从者。重耳君臣一路觅食，半饥半饱，至于齐国。

齐桓公素闻重耳贤名，一知公子进关，即遣使往郊，迎入公馆，设宴款待。席间问："公子带有内眷否？"重耳对曰："亡人一身不能自卫，安能携家乎？"桓公曰："寡人独处一宵，如度一年。公子绌在行旅，而无人以侍巾栉，寡人为公子忧之。"于是择宗女中之美者，纳于重耳。赠马二十乘。桓公又使廪人致粟，庖人致肉，日以为常。重耳大悦，叹曰："向闻齐侯好贤礼士，今始信之。"其时周襄王之八年也。

桓公自从前岁委政鲍叔牙，一依管仲遗言，将竖刁、易牙、开方三人逐去，食不甘味，夜不酣寝，口无谑语，面无笑容。长卫姬进曰："君逐竖刁诸人，容颜日悴，何不召之？"桓公曰："寡人亦思念此三人，召之恐拂鲍叔牙之意也。"长卫姬曰："君但以调味，先召易牙，则开方、竖刁可不烦招而致也。"桓公从其言。鲍叔牙谏曰："君岂忘仲父遗言乎？"桓公曰："此三人有益于寡人，无害于国。仲父之言，无乃太过。"遂不听叔牙之言，并召开方、竖刁。三人皆令复职。鲍叔牙愤郁发病而死，齐事从此大坏矣。

第三十二回
晏蛾儿逾墙殉节　群公子大闹朝堂

话说鲍叔牙发病而死，三人益无忌惮，欺桓公老耄无能，遂专权用事。时有郑国名医，姓秦名缓，字越人。古时有个扁鹊，精于医药。人见其手段高强，遂比之古人，亦号为扁鹊。一日，扁鹊游至临淄，谒见齐桓公，奏曰："君有病在腠理，不治将深。"桓公曰："寡人不曾有疾。"扁鹊出。后五日复见，奏曰："君病在血脉，不可不治。"桓公不应。后五日又见，奏曰："君之病已在肠胃矣，宜速治也。"桓公复不应。过五日，扁鹊又求见，望见桓公之色，退而却走。桓公使人问其故。曰："君之病在骨髓矣。夫腠理，汤熨之所及也。血脉，针砭之所及也。肠胃，酒醪之所及也。今在骨髓，虽司命其奈之何！臣是以不言而退也。"又过五日，桓公果病，使人召扁鹊。其馆人曰："秦先生五日前已束装而去矣。"桓公懊悔无已。

桓公先有三位夫人，皆无子。以下又有如夫人六位，各生一子。第一位长卫姬，生公子无亏。第二位少卫姬，生公子元。第三位郑姬，生公子昭。第四位葛嬴，生公子潘。第五位密姬，生公子商人。第六位宋华子，生公子雍。那六位如夫人中，惟长卫姬事桓公最久。六位公子中，亦惟无亏年齿最长。内中只公子雍出身微贱，安分守已。其他五位公子，各树党羽，互相猜忌。桓公做了多年的侯伯，志足意满，且是耽于酒色之人。到今日衰耄之年，但知乐境无忧境，不听忠言听谀言。那五位公子，各使其母求为太子，桓公也一味含糊答应，全没个处分的道理。

忽然桓公疾病，卧于寝室。雍巫见扁鹊不辞而去，料也难治。遂与竖刁商议，假传桓公之语，悬牌宫门，写道："寡人有怔忡之疾，恶闻人声。不论群臣子姓，一概不许入宫。一应国政，俱俟寡人病痊日奏闻。"巫、刁二人把住宫门，单留公子无亏，住长卫姬宫中。他公子问安，不容入宫相见。过三日，桓公未死，巫、刁将他左右侍

卫之人，尽行逐出，把宫门塞断。又于寝室周围，筑起高墙三丈，内外隔绝。止存墙下一穴，早晚使小内侍钻入，打探生死消息。

再说桓公伏于床上，呼唤左右，不听得一人答应。只听扑蹋一声，似有人自上而坠。须臾推窗入来，乃贱妾晏蛾儿也。桓公曰：“我腹中觉饿，正思粥饮，为我取之。”蛾儿对曰：“易牙与竖刁作乱，守禁宫门，筑起三丈高墙，隔绝内外，饮食从何处而来？”桓公曰：“汝如何得至于此？”蛾儿对曰：“妾曾受主公一幸之恩，逾墙而至，欲以视君之瞑也。”桓公曰：“太子昭安在？”蛾儿对曰：“被二人阻挡在外，不得入宫。”桓公连叫数声，吐血数口，叹曰：“我有宠妾六人，子十余人，无一人在目前者。我死若有知，何面目见仲父于地下？”乃以衣袂自掩其面，连叹数声而绝。晏蛾儿痛哭一场，乃解衣以覆桓公之尸，复肩负窗槅二扇以盖之，权当掩覆之意。向床下叩头曰：“君魂且勿远去，待妾相随！”遂以头触柱，脑裂而死。

是夜，小内侍钻墙穴而入，方知桓公已死。竖刁与雍巫商议，先定了长公子的君位，然后发丧。二人禀明长卫姬后，各率宫甲数百，杀入东宫，来擒世子。且说世子昭是夕方挑灯独坐，恍惚之间，见一妇人前来谓曰：“太子还不速走，祸立至矣！妾乃晏蛾儿也，奉先公之命，特来相报。”昭忽然惊醒，不见了妇人。忙呼侍者取行灯相随，开了便门，步至上卿高虎之家，诉称如此。忽阍人传报：“宫甲围了东宫。”吓得世子昭面如土色。高虎使昭变服，与从人一般，差心腹人相随，出了东门，望宋国急急而去。

却说巫、刁二人不见世子昭的踪影，看看鼓打四更，雍巫曰：“不如且归宫，拥立长公子。”二人收甲，未及还宫，但见朝门大开，百官纷纷而集。众官员闻说巫、刁二人，率领许多甲士出宫，都到朝房打听消息。又闻东宫被围，三三两两，正商议去救护世子。恰好巫、刁二人兵转，大夫管平挺身出曰：“今日先打死这两个奸臣，除却祸根，再作商议。”手挺牙笏，望竖刁顶门便打。竖刁用剑架住，雍巫大喝曰：“甲士们，今番还不动手？”数百名甲士，一齐发作，将众官员乱砍。众人手无兵器，况且寡不敌众，弱不敌强，死于乱军之手者，十分之三。其余带伤者甚多，俱乱窜出朝门去了。

再说巫、刁二人，杀散了百官，天已大明，遂于宫中扶出公子无亏，至朝堂即位。阶下拜舞称贺者，刚刚只有雍巫、竖刁二人。无亏又惭又怒。雍巫奏曰：“大丧

未发，此事必须召国、高二老入朝，方可号召百官，压服人众。”无亏准奏，即遣内侍分头宣召右卿国懿仲、左卿高虎。国懿仲与高虎闻内侍将命，知齐侯已死，且不具朝服，即时披麻戴孝，入朝奔丧。巫、刁二人，急忙迎住于门外，谓曰：“今日新君御殿，老大夫权且从吉。”国、高二老齐声答曰：“未殡旧君，先拜新君，非礼也。谁非先公之子，老夫何择，惟能主丧者，则从之。”巫、刁语塞。国、高乃就门外，望空再拜，大哭而出。竖刁曰：“主上但据住正殿，臣等列兵两庑，俟公子有入朝者，即以兵劫之。”无亏从其言。且说卫公子开方，独与公子潘相善。闻巫、刁拥立无亏，乃悉起家丁死士，列营于右殿。公子商人与公子元亦各起家甲，成队而来。公子元列营于左殿，公子商人列营于朝门，相约为掎角之势。

众官知世子出奔，皆闭门不出。惟有老臣国懿仲、高虎心如刀刺，未得其策。如此相持，不觉两月有余。高虎曰：“吾等且奉公子无亏主丧何如？”懿仲曰：“立子以长，立无亏不为无名。”于是招呼群臣，同去哭灵。国懿仲与高虎直至朝堂，告无亏曰：“臣等闻为人子者，生则致敬，死则殡葬。未闻父死不殓，而争富贵者。今先君已死六十七日矣，尚未入棺。公子虽御正殿，于心安乎？”言罢，群臣皆伏地痛哭。无亏亦泣下曰：“孤非不欲成丧礼，其如元等之见逼何？”国懿仲曰：“公子若能主丧事，收

殓先君，大位自属。公子元等，老臣当以义责之。”无亏下拜曰：“此孤之愿也。”

却说桓公尸在床上，日久无人照顾，皮肉皆腐，虫攒尸骨。惟晏蛾儿面色如生，形体不变。高虎等知为忠烈之妇，叹息不已，亦命取棺殓之。公子元、公子潘、公子商人，闻桓公已殡，群臣俱奉无亏主丧，戴以为君。知不能与争，乃各散去兵众，俱衰麻入宫奔丧。兄弟相见，各各大哭。

却说齐世子昭逃奔宋国，见了宋襄公，哭拜于地，诉以雍巫、竖刁作乱之事。襄公曰：“寡人以仁义为主，不救遗孤，非仁也。受人嘱而弃之，非义也。”遂以纳太子昭传檄诸侯，约以来年春正月，共集齐郊。周襄王十年，宋襄公亲合卫、曹、邾三国之师，奉世子昭伐齐，屯兵于郊。无亏使雍巫统兵出城御敌，竖刁居中调度。高、国二卿分守城池。高虎谓国懿仲曰：“巫、刁专权乱政，必为齐患。不若乘此除之，迎世子奉以为君。”懿仲曰：“易牙统兵驻郊，吾召竖刁，托以议事，因而杀之。谅易牙无能为也。”高虎曰：“此计大妙！”乃伏壮士于城楼，托言机密重事，使人请竖刁相会。

第三十三回
宋公伐齐纳子昭
楚人伏兵劫盟主

话说高虎使人请竖刁议事，竖刁昂然而来。高虎置酒楼中相待，三杯之后，高虎开言：“今宋公纠合诸侯，起大兵送太子到此。众寡不敌，老夫欲借子之头，以谢罪于宋耳！”刁愕然遽起。虎顾左右喝曰：“还不下手？”壁间壮士突出，执竖刁斩之。虎遂大开城门，使人传呼曰：“世子已至城外，愿往迎者随我！”国人素恶雍巫、竖刁之为人，无不攘臂乐从，随行者何止千人。无亏闻竖刁被杀，大怒，愤然出宫，下令欲发丁壮授甲，亲往御敌。内侍辈东唤西呼，国中无一人肯应，反叫出许多冤家出来。这些冤家，无非是众官员子姓。当初被雍巫、竖刁杀害的，其家属人人含怨。及闻高老相国杀了竖刁，往迎太子，无不喜欢。齐带器械防身，到东门打探消息。恰好撞见无亏乘车而至，遂将其围住。无亏抵挡不住，被众人所杀。国懿仲将无亏尸首抬至别馆殡殓，一面差人飞报高虎。再说雍巫在军中，闻听无亏、竖刁俱死，高虎率领国人，迎接太子昭为君，遂连夜逃奔鲁国去讫。天明，高虎至郊外，迎接世子昭，与宋、卫、曹、邾四国请和。四国退兵。高虎奉世子昭行至临淄城外，暂停公馆。使人报国懿仲整备法驾，同百官出迎。

却说公子元、公子潘闻知其事，约会公子商人，一同出郭奉迎新君。公子商人咈然曰：“诸侯之兵已退，我等不如各率家甲，声言为无亏报仇，逐杀子昭。”公子元乃入宫禀知长卫姬。长卫姬命纠集无亏旧日一班左右，合着三位公子之党，同拒世子。竖刁手下也来相助，分头据住临淄城各门。高虎谓世子昭曰：“无亏、竖刁虽死，余党尚存，况有三公子为主，闭门不纳。不如仍走宋国求救为上。”乃奉世子昭复奔宋国。宋襄公即命大将公孙固增添车马，亲将中军，护送世子，直逼临淄下寨。

宋襄公见国门紧闭，吩咐三军准备攻城器具。是夜，三公子率四家之众，来劫宋

寨。两下混战，直至天明。四家人众，被宋兵杀得七零八落。公子元逃奔卫国避难去讫。公子潘、公子商人收拾败兵入城，宋兵紧随其后，不能闭门，崔夭为世子昭御车，长驱直入。国懿仲闻四家兵散，世子已进城，乃聚集百官，同高虎拥立世子昭即位，是为孝公。孝公嗣位，大出金帛，厚犒宋军。时鲁僖公起大兵来救无亏，闻孝公已立，中道而返。公子潘与公子商人计议，将出兵拒敌之事，都推在公子元身上。国、高二国老，明知四家同谋，欲孝公释怨修好，单治首乱雍巫、竖刁二人之罪，尽诛其党，余人俱赦不问。是秋八月，葬桓公于牛首堈之上，以晏蛾儿附葬于旁。

话分两头。却说宋襄公自败了齐兵，纳世子昭为君，便想号召诸侯，代齐桓公为盟主。又恐大国难致，先约滕、曹、邾、鄫小国，为盟于曹国之南。曹、邾二君到后，滕子婴齐方至。宋襄公不许婴齐与盟，拘之一室。鄫君惧宋之威，亦来赴会，已逾期二日矣。宋襄公问于群臣曰："寡人甫倡盟好，鄫小国，辄敢怠慢，后期二日，不重惩之，何以立威!"乃使人执鄫子杀而烹之。滕子婴齐大惊，使人以重赂求释，乃解婴齐之囚。曹大夫僖负羁谓曹共公襄曰："宋躁而虐，事必无成，不如归也。"共公辞归。襄公大怒，使公子荡将兵车三百乘，伐曹，围其城。僖负羁与公子荡相持三月，荡不能取胜。是时，郑文公约鲁、齐、陈、蔡四国之君，与楚成王为盟于齐境。宋襄公闻之大惊，乃召荡归。曹共公亦恐宋师再至，遣人至宋谢罪。

宋襄公见小国诸侯纷纷不服，大国反远与楚盟，心中愤急。公子荡进曰："当今大国，无过齐、楚。齐纷争方定，君诚不惜卑词厚币，以求诸侯于楚。借楚力以聚诸侯，复借诸侯以压楚，此一时权宜之计也。"襄公即命公子荡以厚赂如楚，楚成王许以明年之春，相会于鹿上之地。襄公复遣使如齐修聘，述楚王期会之事。齐孝公亦许之。时周襄王之十二年也。

至期，宋、齐、楚三君共登鹿上之坛。襄公毅然以主盟自居，先执牛耳。楚成王心中不悦，勉强受歃。襄公拱手言曰："兹父欲修举盟会之政，借重二君之余威，以合诸侯于敝邑之盂地，以秋八月为期。二君若不弃寡人，请同署之。"乃出征会之牍，先送楚成王求署。楚成王举目观览，牍中叙合诸侯修会盟之意，效齐桓公衣裳之会，不以兵车。牍尾宋公先已署名。楚王笑而署名，以笔授孝公。孝公曰："有楚不必有齐。寡人流离万死之余，幸社稷不陨，得从末歃为荣，何足重轻。"坚不肯署。论齐孝公心事，却是怪宋襄公先送楚王求署，识透他重楚轻齐，所以不署。宋襄公却认孝公是衷肠之语，遂收牍而藏之。楚成王既归，大夫成得臣进曰：“宋公为人好名而无实，若伏甲以劫之，其人可虏也。”楚王曰：“寡人意正如此。”乃使成得臣、斗勃二人为将，各选勇士五百人，预定劫盟之计。

且说宋襄公归自鹿上，欣然有喜色。公子目夷谏曰：“楚，蛮夷也，其心不测。臣恐君之见欺也。”襄公不听，传檄征会。先遣人于盂地筑起坛场，增修公馆，务极华丽。至期，宋、楚、陈、蔡、许、曹、郑七国之君，如期而至。惟齐孝公心怀怏怏，鲁僖公未与楚通，二君不到。是早，襄公且循地主之礼，揖让了一番，分左右两阶登坛。右阶宾登，众诸侯不敢僭楚成王，让之居首。左阶主登，单只宋襄公及公子目夷君臣二人。既登盟坛之上，陈牲歃血，要天矢日，列名载书，便要推盟主为尊了。宋襄公指望楚王开口，以目视之。楚王低头不语。襄公忍不住了，乃昂然而出曰：“今日之举，寡人欲修先伯主齐桓公故业，尊王安民，息兵罢战，诸君以为何如？”诸侯尚未答应，楚王挺身而前曰：“君言甚善！但不知主盟今属何人？”襄公曰：“有功论功，无功论爵。”楚王曰：“寡人冒爵为王久矣，告罪占先了。”便立在第一个位次。襄公谓楚王曰：“君言冒爵，乃僭号也。奈何以假王而压真公乎？”成得臣在旁大喝曰：“今日之事，只问众诸侯，为楚来乎？为宋来乎？”陈、蔡各国，平素畏服于楚，齐声曰：“吾等实奉楚命，不敢不至。”襄公正在踌躇，只见成得臣、斗勃卸去礼服，内穿重铠，腰间各插小红旗一面，将旗向坛下一招，那跟随楚王人众，何止千人，一个个俱脱衣露甲，手执暗器，飞奔上坛。成得臣先把宋襄公两袖紧紧捻定，同斗勃指挥众甲士，掳掠坛上所陈设玉帛器皿之类。宋襄公见公子目夷紧随在旁，低声谓曰：“速归守国，勿以寡人为念。”目夷乃乘乱逃回。

第三十四回
宋襄公假仁失众
齐姜氏乘醉遣夫

话说楚成王假饰乘车赴会，拿住了宋襄公。乃邀众诸侯至于馆寓，面数宋襄公之罪，曰："寡人今日统甲车千乘，踏碎睢阳城，为齐、鄫各国报仇。诸君但少驻车驾，看寡人取宋而回。"众诸侯莫不唯唯。须臾，楚国大兵聚集。楚成王带了宋襄公，杀向睢阳城来。

却说公子目夷逃回本国，向司马公孙固说知宋公被劫一事。公孙固乃向群臣言："我等宜推戴公子目夷，以主国事。"群臣知目夷之贤，无不欣然。公子目夷告于太庙，南面摄政。方才安排停当，楚王大军已到。将军斗勃向前打话，言："尔君已被我拘执在此，早早献土纳降，保全汝君性命。"公孙固在城楼答曰："赖社稷神灵，国人已立新君矣。生杀任你，欲降不可得也。"斗勃曰："某等愿送汝君归国，何以相酬？"公孙固曰："故君被执，已辱社稷，虽归亦不得为君矣。若要决战，我城中甲车未曾损折，情愿决一死敌。"斗勃回报楚王。楚王大怒，喝教攻城。连攻三日，不能取胜。

楚王曰："彼国既不用宋君，杀之何如？"成得臣对曰："杀宋公犹杀匹夫耳，不能得宋，而徒取怨，不如释之。今不与盂之会者，惟齐、鲁二国。齐与我已两次通好，且不必较。鲁一向目中无楚，若以宋之俘获献鲁，请鲁君于亳都相会，鲁必恐惧而来。鲁侯甚贤，必然为宋求情，我因以为鲁君之德，是我一举而兼得宋、鲁也。"楚王乃退兵屯于亳都，用宜申为使，将虏获数车，如曲阜献捷。鲁僖公大惊，只得至亳都赴会。其时，陈、蔡、郑、许、曹五位诸侯，俱自盂地来会，和鲁僖公共是六位，聚于一处商议。郑文公开言，欲尊楚王为盟主，诸侯嗫嚅未应。鲁僖公奋然曰："盟主须仁义布闻，人心悦服。楚若能释宋公之囚，终此盟好，寡人敢不惟命是听！"

众诸侯皆曰："鲁侯之言甚善。"楚王乃于亳郊，更筑盟坛。约会已定，先一日，将宋公释放，与众诸侯相见。宋襄公且羞且愤，却又不得不向诸侯称谢。至日，郑文公拉众诸侯，敦请楚成王登坛主盟。襄公敢怒而不敢言。事毕，诸侯各散。公子目夷遣使迎襄公以归，目夷退就臣列。

宋襄公被楚人捉弄一场，怨恨之情，痛入骨髓，但恨力不能报。又怪郑伯倡议，尊楚王为盟主，正要与郑国作对。时周襄王之十四年春三月，郑文公如楚行朝礼，宋襄公遂起倾国之兵，亲讨郑罪。郑文公闻之大惊，急遣人告急于楚。成得臣进曰："救郑不如伐宋。"楚王即命得臣为大将，斗勃副之，兴兵伐宋。宋襄公正与郑相持，得了楚兵之信，兼程而归，列营于泓水之南以拒楚。公孙固谓襄公曰："楚师之来，为救郑也。吾以释郑谢楚，楚必归。不可与战。"襄公曰："楚兵甲有余，仁义不足。寡人兵甲不足，仁义有余。"乃命建大旗一面于辂车，旗上写"仁义"二字。公孙固暗暗叫苦。且说楚将成得臣屯兵于泓水之北，天明，甲乘始陆续渡水。公孙固请于襄公曰："我今乘其半渡，突前击之，是吾以全军而制楚之半也。"襄公指大旗曰："汝见'仁义'二字否？寡人堂堂之阵，岂有半济而击之理？"须臾，楚兵尽济。公孙固又请于襄公曰："楚方布阵，尚未成列，急鼓之必乱。"襄公唾其面曰："汝贪一击之利，不顾万世之仁义耶？"公孙固又暗暗叫苦。楚兵阵势已成，宋兵皆有惧色。襄公自挺长戈，催车直冲楚阵。公孙固随后赶上护驾，杀入重围。见襄公身被数创，右股中箭，不能起立。乃扶襄公于自己车上，以身蔽之，奋勇杀出。成得臣乘胜追之，宋军大败。公孙固同襄公连夜奔回。宋兵死者甚众，其父母妻子，皆相讪于朝外。

且说郑文公的夫人芈氏，正是楚成王之妹，是为文芈。因楚兵大获全胜，郑文公夫妇同至柯泽称贺，大出金帛，犒赏三军。郑文公敦请楚王来日赴宴。文芈所生二女，曰伯芈、叔芈，未嫁在室。文芈率之以甥礼见舅，楚王大喜。郑文公同妻女更番进寿，自午至戌，吃得楚王酩酊大醉。楚王谓文芈曰："妹与二甥，送我一程何如？"文芈曰："如命。"文芈及二女，与楚王并驾而行，直至军营。原来楚王看上了二甥美貌，是夜拉入寝室，遂成枕席之欢。次日，楚王将军获之半，赠予文芈，载其二女以归，纳之后宫。

再表晋公子重耳，前后留齐共七年了。遭桓公之变，国内大乱。及至孝公嗣位，附楚仇宋，纷纷多事，诸侯多与齐不睦。赵衰等私议曰："今嗣君失业，诸侯皆叛，

不如更适他国，别作良图。”乃相与见公子，欲言其事。公子重耳溺爱齐姜，不问外事。众豪杰伺候十日，尚不能见。乃共出东门外里许，其地名曰桑阴。一望都是老桑，绿荫重重，日色不至。赵衰等九位豪杰，打一圈儿席地而坐。狐偃曰：“公子之行，在我而已。我等只说邀他郊外打猎，出了齐城，大家齐心劫他上路便了。但不知此行，得力在于何国？”赵衰曰：“宋方图伯，盍往投之？如不得志，更适秦、楚，必有遇焉。”众人商议许久方散。其时姜氏的婢妾十余人，正在树上采桑喂蚕，见众人环坐议事，停手而听之，尽得其语。回宫时，如此恁般，都述于姜氏知道。姜氏喝道：“那有此话，不得乱道！”乃命蚕妾十余人，幽之一室，至夜半尽杀之，以灭其口。蹴公子重耳起，告之曰：“从者将以公子更适他国，有蚕妾闻其谋，吾恐泄漏其机，或有阻当，今已除却矣。公子宜早定行计。”重耳曰：“人生安乐，谁知其他。吾将老此，誓不他往。”姜氏曰：“自公子出亡以来，晋国未有宁岁。公子此行，必得晋国，万勿迟疑！”重耳迷恋姜氏，犹弗肯。

次早，赵衰、狐偃、臼季、魏犨四人，立宫门之外，传语：“请公子郊外射猎。”重耳尚高卧未起。齐姜急使人单召狐偃入宫，屏去左右，曰：“汝等欲劫公子逃归，吾已尽知，不得讳也。吾夜来亦曾苦劝公子，奈彼执意不从。今晚吾当设宴，灌醉公

子。汝等以车夜载出城，事必谐矣。”狐偃辞出，与赵衰等说知其事。是晚，姜氏置酒宫中，与公子把盏。重耳不觉酩酊大醉，倒于席上。姜氏使人召狐偃，狐偃急引魏犨、颠颉二人入宫，和衾连席，抬出宫中，安顿车上停当。狐偃拜辞姜氏，姜氏不觉泪流。狐偃等催趱车马，连夜驱驰。约行五六十里，东方微白。重耳方才在车上翻身，唤宫人取水解渴。时狐偃执辔在傍，对曰：“要水须待天明。”重耳自觉摇动不安，曰：“可扶我下床。”狐偃曰：“非床也，车也。”重耳心下恍然，知为偃等所算。推衾而起，大骂曰：“汝等将我出城，意欲何为？”狐偃曰：“将以晋国奉公子也。”重耳勃然发怒，见魏犨执戈侍卫，乃夺其戈以刺狐偃。

第三十五回
晋重耳周游列国
秦怀嬴重婚公子

话说公子重耳夺戈以刺偃，偃急忙下车走避，重耳亦跳下车挺戈逐之。赵衰等一齐下车解劝，并进曰："今日之事，实出吾等公议，非子犯一人之谋。"魏犨亦厉声曰："大丈夫当努力成名，奈何恋恋儿女子目前之乐？"重耳改容曰："事既如此，惟诸君命。"众人再整轮辕，望前进发。不一日行至曹国。

却说曹共公为人，专好游嬉，不理朝政。朝中服赤芾乘轩车者，三百余人，皆里巷市井之徒，胁肩谄笑之辈。见晋公子带领一班豪杰到来，唯恐其久留曹国，都阻挡曹共公不要延接他。大夫僖负羁谏曰："晋公子贤德闻于天下，且重瞳骈胁，大贵之征，不可以寻常子弟视也。"曹共公道："重瞳寡人知之，未知骈胁如何。姑留馆中，俟其浴而观之。"乃使馆人自延公子进馆，以水饭相待，不讲宾主之礼。重耳怒而不食。馆人进澡盆请浴，重耳乃解衣就浴。曹共公与嬖幸数人，微服至馆，突入浴堂，迫近公子，看他的骈胁，言三语四，嘈杂一番而去。狐偃等闻嬉笑之声，询问馆人，乃曹君也。君臣无不愠怒。

却说僖负羁归到家中，将晋公子过曹，曹君不礼之事告于其妻吕氏。吕氏曰："妾观晋公子从行者数人，皆英杰也。晋公子必能光复晋国，子当私自结纳可也。妾已备下食品数盘，可藏白璧于中，子宜速往。"僖负羁从其言，夜叩公馆。重耳闻曹大夫僖负羁求见馈飧，乃召之入。负羁再拜，先为曹君请罪，然后述自家致敬之意。重耳大悦，叹曰："不意曹国有此贤臣。亡人幸而返国，当图相报。"重耳进食，得盘中白璧，谓负羁曰："大夫惠顾亡人，使不饥饿于土地足矣，何用重贿？"再三不受。负羁退而叹曰："晋公子其志不可量也！"次日，重耳即行，负羁私送出城十里方回。

重耳去曹适宋。宋襄公闻晋公子远来，不胜之喜。其奈伤股未痊，遂命公孙固郊迎授馆，待以国君之礼，馈之七牢，又以马二十乘相赠。重耳感激不已。住了数日，馈问不绝。狐偃见宋襄公病体没有痊好之期，私与公孙固商议复国一事。公孙固曰：“公子若惮风尘之劳，敝邑虽小，亦可以息足。如有大志，敝邑新遭丧败，力不能振，更求他大国，方可济耳。”狐偃即日告知公子，束装起程。宋襄公闻公子欲行，复厚赠资粮衣履之类，从人无不欢喜。自晋公子去后，襄公不久而薨。世子王臣主丧即位，是为成公。

再说重耳去宋，将至郑国，早有人报知郑文公。文公谓群臣曰：“重耳叛父而逃，列国不纳。此不肖之人，不必礼之。”乃传令门官，闭门勿纳。重耳见郑不相延接，遂驱车竟过。行至楚国，谒见楚成王。成王亦待以国君之礼，设享九献。终席，楚王恭敬不衰，重耳言词亦愈逊。由此两人甚相得，重耳遂安居于楚。一日，楚王谓重耳曰：“公子若返晋国，何以报寡人？”重耳曰：“子女玉帛，君所余也；羽毛齿革，则楚地之所产。若以君王之灵，得复晋国，愿同欢好，以安百姓。倘不得已，与君王以兵车会于平原广泽之间，请避君王三舍。”当日饮罢，楚将成得臣怒言于楚王曰：“重耳出言不逊，异日归晋，必负楚恩，臣请杀之。”楚王曰：“晋公子贤，其从者皆国器，似有天助。楚其敢违天乎？”于是待晋公子益厚。

话分两头。却说周襄王十五年，晋惠公抱病在身，不能视朝。其太子圉，久质秦国。闻惠公有疾，思想逃归侍疾，以安国人之心。乃夜与其妻怀嬴说明其事。怀嬴泣下，对曰：“子一国太子，乃拘辱于此，其欲归不亦宜乎？寡君使婢子侍巾栉，今从子而归，背弃君命，妾罪大矣。妾不敢从。亦不敢泄子之语于他人也。”太子圉遂逃归于晋。秦穆公闻子圉不别而行，大怒，乃使人访重耳踪迹，知其在楚已数月矣。于是，遣公孙枝聘于楚王，因迎重耳至秦，欲以纳之。重耳假意谓楚王曰：“亡人委命于君王，不愿入秦。”楚王曰：“楚、晋隔远，秦与晋接境，朝发夕到。且秦君素贤，又与晋君相恶，此公子天赞之会也。”重耳拜谢。楚王厚赠金帛车马，以壮其行色。

秦穆公闻重耳来信，郊迎授馆，礼数极丰。秦夫人穆姬，亦敬爱重耳，而恨子圉，劝穆公以怀嬴妻重耳，结为姻好。穆公乃使公孙枝通语于重耳。重耳恐干碍伦理，欲辞不受。赵衰进曰：“吾闻怀嬴美而才，秦君及夫人之所爱也。不纳秦女，无以结秦欢。成大事而惜小节，后悔何及？”重耳意乃决，择吉布币，就公馆中成婚。秦穆公素重晋公子之品，又添上甥舅之亲，情谊愈笃。三日一宴，五日一飨。秦世子

亦敬事重耳，时时馈问。赵衰、狐偃等因与秦臣蹇叔、百里奚、公孙枝等深相结纳，共踌躇复国之事。

再说太子圉自秦逃归，是秋九月，晋惠公病笃，托孤于吕省、郤芮二人，使辅子圉："群公子不足虑，只要谨防重耳。"吕、郤二人，顿首受命。是夜，惠公薨，太子圉主丧即位，是为怀公。怀公恐重耳在外为变，乃出令："凡晋臣从重耳出亡者，限三个月内俱要唤回。若过期不至，禄籍除名，丹书注死。父子兄弟坐视不召者，并死不赦。"老国舅狐突二子狐毛、狐偃，俱从重耳在秦。郤芮私劝狐突作书，狐突再三不肯。怀公使人召狐突，曰："寡人有令：'过期不至者，罪及亲党。'老国舅岂不闻乎？"突对曰："臣二子委质重耳，非一日矣。忠臣事君，有死无二。即使逃归，臣犹将数其不忠，戮于家庙。况召之乎？"怀公大怒，命斩于市曹。狐氏家臣，急忙逃奔秦国，报与毛、偃知道。

第三十六回
晋吕郤夜焚公宫 秦穆公再平晋乱

话说狐毛、狐偃兄弟，闻知父亲狐突被子圉所害，捶胸大哭。遂同赵衰等来见重耳。重耳即时驾车来见穆公，诉以晋国之事。穆公曰："此天以晋国授公子，不可失也！"重耳辞回甥馆，只见门官通报："晋国有人到此，说有机密事，求见公子。"公子召入，其人拜而言曰："臣乃晋大夫栾枝之子栾盾也。因新君性多猜忌，以杀为威，百姓胥怨，群臣不服。臣父已约会郤溱、舟之侨等，只等公子到来，便为内应。"重耳大喜，与之订约，以明年岁首为期。栾盾辞去。重耳乃入朝谒秦穆公，穆公曰："寡人知公子急于归国，当亲送公子至河。"重耳拜谢而出。丕豹闻穆公将纳公子重耳，愿为先锋效力，穆公许之。太史择吉于冬之十二月。先三日，穆公设宴，赠以白璧十双，马四百匹，帷席器用，百物俱备，粮草自不必说。重耳君臣俱再拜称谢。至日，穆公自统谋臣、大将，率兵车四百乘，送公子重耳离了雍州城，望东进发。行至黄河岸口，渡河船只，俱已预备齐整。穆公重设饯筵，分军一半，命公子絷、丕豹护送公子济河，自己大军屯于河西。

却说壶叔主公子行李之事，今日渡河之际，收拾行装，将日用的坏笾残豆、敝席破帷，件件搬运入船。重耳见了，喝教抛弃于岸。狐偃私叹曰："公子未得富贵，先忘贫贱，他日怜新弃旧，可不枉了这十九年辛苦！不如辞之。"乃跪于重耳之前曰："公子今已渡河，便是晋界。臣之一身，相从无益，愿留秦邦，为公子外臣。"重耳大惊曰："孤方与舅氏共享富贵，何出此言？"狐偃曰："臣奔走数年，心力并耗，譬之余笾残豆，不可再陈，敝席破帷，不可再设。留臣无益，去臣无损，臣是以求去耳。"重耳垂泪，即命壶叔将已弃之物，一一取回。复向河设誓曰："孤返国，若忘了舅氏之劳，不与同心共政者，子孙不昌！"

重耳济了黄河，先破令狐，桑泉、臼衰望风迎降。晋怀公闻谍报大惊，即命吕省为大将，郤芮副之，屯于庐柳，以拒秦兵。公子絷乃为秦穆公书，使人送吕、郤军中，劝二人倒戈来迎。吕、郤二人遂与狐偃、公子絷讲和，立誓共扶重耳为君。怀公大惊，急集朝臣计议。那一班朝臣，都是向着公子重耳的，一个个托辞。怀公无奈，只得命勃鞮为御，出奔高梁。重耳入绛城即位，是为文公。时年已六十二岁矣。文公既立，遣人至高梁刺杀怀公。勃鞮收而葬之，然后逃回。文公宴劳秦将公子絷等，厚犒其军。有丕豹哭拜于地，请改葬其父。文公许之。文公欲留用丕豹，豹辞曰："臣已委质于秦庭，不敢事二君也。"乃随公子絷到河西，回复秦穆公。穆公班师回国。

却说吕省、郤芮迫于秦势，虽然一时迎降，到底不能释然。乃相与计较，欲率家甲造反，焚烧公宫，弑了重耳，别立他公子为君。思想："惟寺人勃鞮，乃重耳之深仇，可邀与共事。"使人招之。三人歃血为盟，约定二月晦日会齐，夜半一齐举事。勃鞮虽然当面应承，心中不以为然，遂于深夜往见狐偃，曰："某有机密事来告，必面见主公，方可言之。"狐偃大惊，入见文公，述勃鞮求见之语。文公意犹未释，乃使近侍传语责之。勃鞮呵呵大笑曰："先君献公，与君父子；惠公，则君之弟也。勃鞮小臣，昔时惟知有献、惠，安知有君哉？但恐臣去，而君之祸不远也。"文公乃召勃鞮入宫。勃鞮将吕、郤之谋，如此恁般，细述一遍："主公不若乘间与狐国舅微服

出城，往秦国起兵。臣请留此，为诛二贼之内应。”狐偃曰：“事已迫矣！臣请从行。国中之事，子余必能料理。”文公叮嘱勃鞮：“凡事留心，当有重赏！”勃鞮叩首辞出。文公与狐偃商议了多时，召心腹内侍，吩咐如此如此，不可泄漏。至五鼓，托言感寒疾腹病，使小内侍执灯如厕，遂出后门，与狐偃登车出城而去。离了晋界，直入秦邦，遣人致密书于秦穆公，约于王城相会。穆公闻晋侯微行来到，即日命驾，竟至王城。相见之间，说明来意。穆公乃遣大将公孙枝屯兵河口，打探绛都消息。晋侯权住王城。

至二月晦日晚，郤芮、吕省命家众各带兵器火种，于宫门放起火来。吕、郤二人仗剑直入寝宫，来寻文公，并无踪影。忽闻外面喊声大举，勃鞮仓忙来报曰：“狐、赵、栾、魏等各家，悉起兵众前来救火。我等不如乘乱出城，候至天明，再作区处。”吕、郤只得号召其党，杀出朝门而去。二人屯兵郊外，打听得晋君未死，欲奔他国。勃鞮绐之曰：“二位与秦君原有旧识，今假说公宫失火，重耳焚死。去投秦君，迎公子雍而立之。吾当先往道意。”勃鞮遂渡河，求见公孙枝，说出真情。公孙枝曰：“既贼臣见投，当诱而诛之。”乃为书托勃鞮往召吕、郤。吕、郤欣然而往。公孙枝设席相款，一面遣人报知秦穆公。吕、郤等留连三日，行至王城。穆公伏晋文公于围屏之后。吕、郤等继至，谒见已毕，说起迎立子雍之事。穆公曰：“公子雍已在此了。”只见围屏后一位贵人，不慌不忙，叉手步出。吕、郤睁眼看之，乃文公重耳也。吓得魂不附体，叩头不已。文公大骂，喝叫武士拿下，就命勃鞮监斩。须臾，二颗人头献于阶下。文公即遣勃鞮，将吕、郤首级往河西招抚其众，一面将捷音驰报国中。赵衰等忙备法驾，往河东迎接晋侯。

第三十七回
介子推守志焚绵上　太叔带怙宠入宫中

话说晋文公在王城诛了吕省、郤芮，向秦穆公再拜称谢。因以亲迎夫人之礼，请逆怀嬴归国。穆公大喜，亲送其女，至于河上，以精兵三千护送。赵衰诸臣，早备法驾于河口，迎接夫妇升车。文公至绛，国人无不额手称庆。遂立怀嬴为夫人。文公追恨吕、郤二人，欲尽诛其党。赵衰谏曰："惠、怀以严刻失人心，君宜更之以宽。"文公乃颁行大赦。吕、郤之党甚众，虽见赦文，犹不自安，讹言日起，文公心以为忧。忽一日，小吏头须叩宫门求见。文公怒曰："此人窃吾库藏，今日尚何见为？"阍人如命辞之。头须曰："头须此来，有安晋国之策。君必拒之，头须从此逃矣。"阍人遽以其言告于文公。文公乃召头须入见。头须叩头请罪讫，然后言曰："臣之获罪，国人尽知。若主公出游而用臣为御，使举国之人，皆知主公之不念旧恶，而群疑尽释矣。"文公乃托言巡城，用头须为御。自是讹言顿息。

文公先为公子时，初娶徐嬴早卒。再娶偪姞，生一子一女，子名驩，女曰伯姬。偪姞亦薨于蒲城。文公出亡时，子女俱幼，弃之于蒲，亦是头须收留。一日，乘间言于文公。文公大惊曰："寡人以为死于兵刃久矣。何不早言？"头须奏曰："君周游列国，所至送女，生育已繁。未卜君意何如，是以不敢遽白耳。"文公即命头须往蒲，迎其子女以归，使怀嬴母之。遂立驩为太子，以伯姬赐与赵衰为妻，谓之赵姬。翟君闻晋侯嗣位，送季隗归晋。齐孝公亦遣使送姜氏于晋。文公将齐、翟二姬平昔贤德，述于怀嬴。怀嬴称赞不已，固请让夫人之位于二姬。于是立齐女为夫人，翟女次之，怀嬴又次之。赵姬闻季隗之归，亦劝其夫赵衰，迎接叔隗母子以归。赵姬以内子之位让翟女，赵衰不可。文公遂宣叔隗母子入朝，立叔隗为内子，立其子盾为嫡子。

再说晋文公欲行复国之赏，乃大会群臣，无采地者赐地，有采地者益封。受赏者无不感悦。惟魏犨、颠颉二人，自恃才勇，见赵衰、狐偃都是文臣，其赏却在己上，心中不悦。又有介子推，为人狷介无比。托病居家，甘守清贫，躬自织屦，以侍奉其老母。晋侯论功行赏，不见子推，偶尔忘怀，竟置不问了。邻人解张，见国门之上，悬有诏令："倘有遗下功劳未叙，许其自言。"特地叩子推之门，报此消息。子推乃负其母奔绵上，结庐于深谷之中。解张乃作书夜悬于朝门。近臣收得此书，献于文公。文公览毕，大惊曰："今寡人大赏功臣，而独遗子推，寡人之过何辞？"即使人往召子推，子推已不在矣。解张进曰："子推耻于求赏，负其母隐于绵上深谷之中。小人恐其功劳泯没，是以悬书代为白之。"文公遂拜解张为下大夫，即日驾车，亲往绵山，访求子推。文公命停车于山下，使人遍访，数日不得。文公面有愠色，谓解张曰："吾闻子推甚孝，若举火焚林，必当负其母而出矣。"乃使军士于山前山后，周围放火。火烈风猛，延烧数里，三日方息。子推终不肯出，子母相抱，死于枯柳之下。军士寻得其骸骨。文公见之，为之流涕。命葬于绵山之下，立祠祀之。改绵山曰介山。焚林之日，乃三月五日清明之候。国人思慕子推，不忍举火，为之冷食一月。后渐减至三日。因以清明前一日为寒食节，遇节，家家插柳于门，以招子推之魂。

文公既定君臣之赏，大修国政，举善任能，省刑薄敛，国中大治。周襄王使太宰周公孔，赐文公以侯伯之命。襄王自此疏齐而亲晋。

是时郑文公臣服于楚，不通中国，恃强凌弱。怪滑伯事卫不事郑，乃兴师伐之。卫文公诉郑于周。周襄王使大夫游孙伯、伯服至郑，为滑求解。郑文公命拘游孙伯、伯服于境上，俟破滑凯旋，方可释之。襄王大怒，乃使颓叔、桃子如翟，借兵伐郑。翟君欣然奉命，攻破栎城，以兵戍之，遣使告捷于周。周襄王大喜，复命颓叔、桃子往翟求婚。翟人送叔隗至周，襄王遂以叔隗主中宫之政。说起那叔隗，虽有韶颜，素无闺德。在本国专好驰马射箭，今日嫁与周王，居于深宫，甚不自在。一日，请于襄王曰："妾幼习射猎，今郁郁宫中，四肢懈倦。王何不举大狩，使妾观之？"襄王遂大集车徒，较猎于北邙山。有司张幕于山腰，襄王与隗后坐而观之。打围良久，诸将各献所获之禽，或一十，或二十。惟有一位贵人，所献逾三十之外。那贵人乃襄王之庶弟，名曰带，国人皆称曰太叔，爵封甘公。先年出奔齐国。因惠后再三辩解求恕，襄王不得已，召而复之。隗后见甘公带才貌不凡，十分心爱，遂言于襄王曰："妾意欲自打一围，以健筋骨。"襄王即命将士重整围场。隗后曰："车行不如骑迅。妾随行诸婢，凡翟国来的，俱惯驰马。请于王前试之。"襄王问同姓诸卿中："谁人善骑？保护王后下场。"甘公带奏曰："臣当效劳。"隗后要在太叔面前，施逞精神。太叔亦要在隗后面前，夸张手段。未试弓箭，且试跑马。隗后将马连鞭几下，那马腾空一般去了。太叔亦跃马而前。转过山腰，刚刚两骑马，讨个并头。隗后夸奖甘公曰："久慕王子大才，今始见之。太叔明早可到太后宫中问安，妾有话讲。"言犹未毕，侍女数骑俱到。隗后以目送情，甘公轻轻点头，各勒马而回。

次日，甘公带至惠后宫中问安。其时隗后已先在矣，遂与太叔眉来眼去，两下意会，托言起身，遂私合于侧室之中。太叔连宵达旦，潜住宫中，只瞒得襄王一人。甘公带与隗后私通，渐渐不避耳目，自然败露出来。

却说宫婢中有个小东，颇有几分颜色，善于音律。太叔一夕欢宴之际，使小东吹玉箫，太叔歌而和之。是夕开怀畅饮，醉后不觉狂荡，便按住小东求欢。小东惧怕隗后，解衣脱身。太叔大怒，欲寻小东杀之。小东竟奔襄王别寝，叩门哭诉，说太叔如此恁般。襄王大怒，取了床头宝剑，趋至中宫，要杀太叔。

第三十八回
周襄王避乱居郑 晋文公守信降原

话说周襄王来杀太叔，才行数步，忽然转念："太叔乃太后所爱，外人不知其罪。不如暂时隐忍，俟明日询有实迹。"复回寝宫，使随身内侍，打探太叔消息。回报太叔已脱身出宫去矣。次早，襄王命拘中宫侍妾审问，遂将前后丑情，一一招出。襄王将隗后贬入冷宫，太叔带逃奔翟国去了。颓叔、桃子闻变大惊，即日乘轻车疾驰，赶上太叔，做一路商量。不一日，行到翟国，太叔停驾于郊外。颓叔、桃子先入城见了翟君，告诉道："当初我等原为太叔请婚，周王闻知美色，乃自取之，立为正宫。只为往太后处问安，与太叔相遇，偶然叙起前因，说话良久，被宫人言语诬谤。周王轻信，将王后贬入冷宫，太叔逐出境外。乞假一旅之师，杀入王城，扶立太叔为王，救出王后。"翟君遂拨步骑五千，使大将赤丁同颓叔、桃子，奉太叔以伐周。

周襄王闻翟兵临境，遣大夫谭伯为使，至翟军中。赤丁杀之，驱兵直逼王城之下。襄王大怒，乃拜卿士原伯贯为将，率车三百乘，出城御敌。伯贯中计被擒，翟军大获全胜，遂围王城。周襄王大惊，谓周、召二公曰："太叔此来，为隗后耳。若取隗氏，必惧国人之谤，不敢居于王城。二卿为朕缮兵固守，以待朕之归可也。"周、召二公顿首受命。襄王问于富辰曰："周之接壤，惟郑、卫、陈三国，朕将安适？"富辰对曰："陈、卫弱，不如适郑。王以翟伐郑，郑心不平，固日夜望翟之背周，以自明其顺也。"襄王意乃决。富辰乃尽召子弟亲党，约数百人，开门直犯翟营，牵住翟兵。襄王同简师父、左鄢父等十余人，出城望郑国而去。富辰与赤丁大战，力尽而死。

富辰死后，翟人方知襄王已出王城。太叔命释原伯贯之囚，使于门外呼之。周、召二公立于城楼之上，谓太叔曰："本欲开门奉迎，恐翟兵入城剽掠，是以不敢。"太叔请于赤丁，求其屯兵城外。赤丁许之。太叔遂入王城，先至冷宫，放出隗后，然后

往谒惠太后。太后喜之不胜，一笑而绝。太叔且不治丧，先与隗后宫中聚阔。欲寻小东杀之，小东已投井自尽矣。次日，太叔假传太后遗命，自立为王，以叔隗为王后，临朝受贺。发府藏大犒翟军，然后为太后发丧。太叔知众论不服，恐生他变，乃与隗氏移驻于温。王城内国事，悉委周、召二公料理。原伯贯逃往原城去了。

且说周襄王避出王城，行至汜地。襄王借宿于农民封氏草堂之内。大夫左鄢父进曰："吾主作速告难于诸侯，料诸侯必不坐视。"简师父奏曰："今日诸侯有志图伯者，惟秦与晋。他国非所望也。"襄王乃命简师父告于晋，使左鄢父告于秦。

且说郑文公闻襄王居汜，即日使工师往汜地创立庐舍，亲往起居。鲁、宋诸国，亦遣使问安，各有馈献。惟卫文公不至。

再说简师父奉命告晋。晋文公乃大阅车徒，分左右二军，使赵衰将左军，魏犨佐之；郤溱将右军，颠颉佐之。文公引狐偃、栾枝等，左右策应。

临发时，河东守臣报称：“秦伯亲统大兵勤王，已在河上。”文公一面使狐偃之子狐射姑，行赂于戎、狄，以求东道。一面使胥臣往河上辞秦。秦穆公乃遣公子絷随左鄢父至汜，问劳襄王。穆公班师而回。文公使右军将军郤溱等围温，左军将军赵衰等迎襄王于汜。襄王复至王城，周、召二公迎之入朝。

温人闻周王复位，乃群聚攻颓叔、桃子，杀之，大开城门以纳晋师。太叔带忙携隗后登车，却得魏犨追到。太叔被魏犨一刀斩之。军士擒隗氏来见，犨命众军乱箭攒射。魏犨带二尸以报郤溱，溱乃埋二尸于神农涧之侧。晋文公亲至王城，朝见襄王奏捷。襄王设醴酒以飨之，割畿内温、原、阳樊、攒茅四邑，以益其封。文公谢恩而退，使魏犨定阳樊之田，颠颉定攒茅之田，栾枝定温之田，亲率赵衰定原之田。

却说文公同赵衰略地至原。原伯贯绐其下曰：“晋兵围阳樊，尽屠其民矣。”原人恐惧，共誓死守。赵衰曰：“民所以不服晋者，不信故也。请下令，军士各持三日之粮，若三日攻原不下，即当解围而去。”文公依其言。到第三日夜半，有原民缒城而下，言：“城中已探知阳樊之民，未尝遭戮，相约于明晚献门。”文公曰：“寡人原约攻城以三日为期，三日不下，解围去之。今满三日矣，寡人明早退师。”黎明，即解原围。原民争建降旗于城楼，缒城以追文公之军者，纷纷不绝。原伯贯不能禁止，只得开城出降。文公以单车直入原城，百姓鼓舞称庆。原伯贯来见，文公待以王朝卿士之礼，迁其家于河北。文公使赵衰为原大夫，兼领阳樊。以郤溱为温大夫，兼守攒茅。各留兵二千戍其地而还。

第三十九回
柳下惠授词却敌 晋文公伐卫破曹

话说齐孝公欲用兵中原，以振先业，乃亲率车徒二百乘，欲侵鲁之北鄙。边人告急，大夫臧孙辰言于鲁僖公曰："齐挟忿深入，请以辞令谢之。臣举一人，乃先朝司空无骇之子，展氏获名，字子禽，官拜士师，食邑柳下。因居官执法，不合于时，弃职归隐。"僖公使人召之，展获辞以病不能行。臧孙辰曰："禽有从弟名喜，颇有口辩。可令喜就获之家，请其指授。"僖公从之。展喜至柳下，道达君命。展获曰："夫图伯莫如尊王，若以先王之命责之，何患无辞？"展喜复于僖公。僖公已具下犒师之物，交与展喜。喜至汶南地方，刚遇齐兵前队，乃崔夭为先锋。展喜先将礼物呈送崔夭。崔夭引至大军，谒见齐侯，呈上犒军礼物。孝公曰："鲁人闻寡人兴师，亦胆寒乎？"喜答曰："敝邑别无所恃，所恃者先王之命耳。昔周先王封太公于齐，封我先君伯禽于鲁，使周公与太公割牲为盟，誓曰：'世世子孙，同奖王室，无相害也。'敝邑恃此不惧。"孝公曰："寡人愿修睦，不复用兵矣。"即日传令班师。臧孙辰曰："齐师虽退，然其意实轻鲁。臣请如楚，乞师伐齐，使齐侯不敢正眼觑鲁。"僖公乃使人行聘于楚。

楚成王大喜，即拜成得臣为大将，率兵伐齐。取阳谷之地，奏凯还朝。令尹子文时已年老，请让政于得臣。楚王乃以得臣为令尹，掌中军元帅事。明日，楚王拜得臣为大将，亲统大兵，纠合陈、蔡、郑、许四路诸侯，一同伐宋。宋成公使司马公孙固如晋告急。狐偃进曰："若兴师以伐曹、卫，楚必移兵来救，则齐、宋宽矣。"晋文公曰："作三军，必须立元帅，谁堪其任？"赵衰对曰："夫为将者，臣所见惟郤縠一人耳。"文公乃召郤縠为元帅。择日，大蒐于被庐，作中上下三军。郤縠将中军，郤溱佐之。狐毛将上军，狐偃佐之。栾枝将下军，先轸佐之。荀林父御戎，魏犨为车右，赵衰为大司马。郤縠登坛发令。三通鼓罢，操演阵法。一连操演三日，奇正变化，指挥如意。众将无不悦服。方欲鸣金收军，忽将台之下，起一阵旋风，竟将大帅旗杆，吹为两段，众皆变色。郤縠曰："帅旗倒折，主将当应之。吾不能久与诸子同事，然主公必成大功。"时周襄王十九年也。

明年春，晋文公使人如卫假道伐曹。卫成公不许。文公乃命迂道南行。渡了黄河，行至五鹿之野。五鹿百姓，不意晋兵猝然来到，争先逃窜，守臣禁止不住。先轸兵到，一鼓拔之。遣人报捷于文公。郤縠忽然得病，文公亲往视之。郤縠曰："臣死在旦夕，尚有一言奉启。君之伐曹、卫，本谋固以致楚也。君还遣一使结好齐侯，愿与结盟。倘得齐侯降临，则卫、曹必惧而请成，因而收秦。此制楚之全策也。"文公遂遣使通好于齐。时齐孝公已薨，国人推立其弟潘，是为昭公。潘正欲结晋以抗楚，闻知晋侯屯军敛盂，即日命驾至卫地相会。楚丘城中，讹传晋兵将到，一夕五惊。卫成公乃使大夫元咺同其弟叔武摄国事，自己避居襄牛之地。一面使大夫孙炎，求救于楚。

是月，郤縠卒于军。晋文公使人护送其丧归国，以先轸升为元帅，用胥臣佐下军。三月，晋师围曹。曹大夫于朗进曰："臣请诈为密书，约以黄昏献门。预使精兵挟弓弩，伏于城内。哄得晋侯入城，将悬门放下，万矢俱发，不愁不为齑粉。"曹共公从其计。晋侯欲进城，先轸曰："臣请试之。"乃择军中长须伟貌者，穿晋侯衣冠代行。寺人勃鞮自请为御。假晋侯引着五百余人，长驱而入。未及一半，但闻梆声乱响，箭如飞蝗射来。可惜勃鞮及三百余人，死做一堆。晋侯怒上加怒，攻城愈急。于朗又献计曰："可将射死晋兵，暴尸于城上，此乃摇动军心之计也。"曹共公从之。晋军见城头悬尸，口中怨叹不绝。先轸曰："曹国坟墓，俱在西门之外。请列营于墓地，若将发掘者，城中必惧。"文公乃令军中扬言："将发曹人之墓。"曹共公使人于城上大叫："休要发墓，今番真正愿降。"先轸亦使人应曰："汝能殡殓死者，以棺送还吾军，吾当敛兵而退矣。"曹人覆曰："既如此，请宽限三日。"曹共公果然收取城上尸骸，各备棺木。先轸定下计策，预令狐毛、狐偃、栾枝、胥臣整顿兵车，分作四路埋伏。到第四日，城门开处，棺车分四门推出。才出得三分之一，四路伏兵一齐发作，城门被丧车填塞，急切不能关闭，晋兵乘乱攻入。晋文公率众将登城楼受捷，面数曹伯之罪，喝教："幽于大寨，俟胜楚之后，待听处分。"时僖负羁已除籍为民，家住北门，环北门一带，传令："不许惊动，如有犯僖氏一草一木者斩首！"

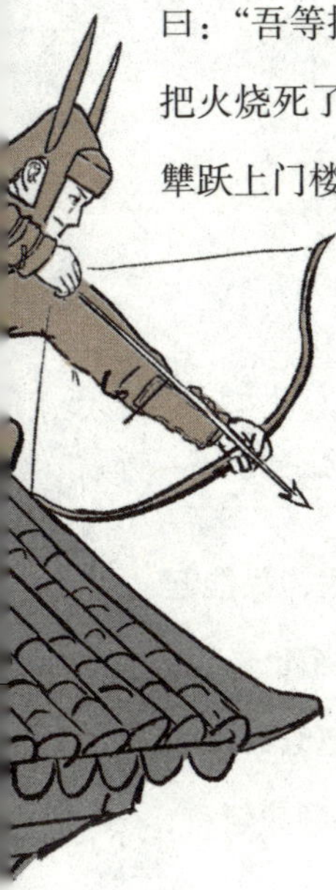

却说魏犨、颠颉二人，素有挟功骄恣之意。今日见晋侯保全僖氏之令，魏犨愤然曰："吾等擒君斩将，主公并无一言褒奖。些须盘飧，如此用情。"颠颉曰："不如一把火烧死了他。"二人候至夜静，私领军卒，围住僖负羁之家，前后门放起火来。魏犨跃上门楼，欲寻僖负羁杀之。谁知失脚坠地，一根败栋正打在胸脯上，登时口吐鲜血。只得挣扎起来，盘旋而出。狐偃、胥臣见僖负羁家中被火，急教军士扑灭。僖负羁率家人救火，触烟而倒，比及救起，已不省人事。其妻乃抱五岁孩儿僖禄奔后园，立污池中得免。狐偃、胥臣访知是魏犨、颠颉二人放的火，大惊，不敢隐瞒，飞报文公。文公先到北门来看僖负羁，负羁张目一看，遂瞑。负羁妻抱着五岁孩儿僖禄，哭拜于地。文公亦为垂泪，即怀中拜为大夫，厚赠金帛，殡葬负羁。文公欲诛魏犨、颠颉。赵衰奏曰："魏犨材勇，杀之诚为可惜。臣以为借颠颉一人，亦足警众。"文公曰："闻魏犨伤胸不能起，何惜此旦暮将死之人，而不以行吾法乎？"赵衰曰："臣请以君命问之。"文公乃使赵衰视魏犨之病。

第四十回

先轸诡谋激子玉 晋楚城濮大交兵

话说赵衰奉命来看魏犨，魏犨如常装束而出。赵衰问曰：“闻将军病，犹能起乎？”魏犨曰：“君命至此，不敢不敬，故勉强束胸以见吾子。犨自知有罪当死，万一获赦，尚将以余息报君父之恩，其敢自逸！”于是距跃者三，曲踊者三。赵衰乃复命于文公，言：“魏犨虽伤，尚能跃踊，且不失臣礼，不忘报效。”文公乃将颠颉斩首，革魏犨之职。

话分两头。却说楚成王伐宋，直至睢阳。忽闻卫国告急，楚王乃留元帅成得臣及一班将佐，同各路诸侯围宋。自统中军，亲往救卫。行至半途，闻晋兵已移向曹国。正议救曹，未几，报至：“晋兵已破曹，执其君。”楚王大惊，遂遣人往谷，以谷地仍复归齐，与齐讲和。又遣人往宋，取回成得臣之师。成得臣自恃其才，谓众诸侯曰：“宋城旦暮且破，奈何去之？”遂使斗越椒回见楚王，曰：“愿少待破宋，奏凯而回。如遇晋师，请决一死战。”楚王吩咐越椒，戒得臣勿轻战，可和则和。成得臣攻宋愈急，昼夜不息。

宋成公心下转慌，乃籍库藏中宝玉重器之数，造成册籍，献于晋侯，以求进兵。宋大夫门尹般、华秀老二人，缒城而出，见了晋侯，涕泣而言。文公谓先轸曰：“宋事急矣！郤縠曾为寡人策之，非合齐、秦为助不可。今楚归谷地于齐，与之通好。秦、楚又无隙，未肯合谋，将若之何？”先轸对曰：“使宋以赂晋之物，分赂齐、秦，求二国向楚宛转，乞其解围。楚若不从，则齐、秦之隙成矣。”文公乃使门尹般以宝玉重器之数，分作二籍，转献齐、秦二国。齐昭公乃命崔夭为使，秦穆公亦遣公子絷为使，俱如楚军与得臣讨情。文公又命狐偃同门尹般收取卫田，命胥臣同华秀老收取曹田，把两国守臣，尽行赶逐。崔夭、公子絷正在成得臣幕下替宋讲和，恰好那些被逐的守臣，纷纷来诉。得臣大怒，谓齐、秦使者曰：“宋人如此欺负曹、卫，岂像个

讲和的？不敢奉命，休怪，休怪！”崔夭和公子慭即时辞回。晋侯遣人于中途邀迎二国使臣，到于营中，盛席款待，诉以：“楚将骄悍无礼，即日与晋交战，望二国出兵相助。”崔夭、公子慭领命去了。

且说楚将宛春献策曰：“可遣一使至晋军，好言讲解，要晋复了曹、卫之君，还其田土。我这里亦解宋围，大家罢战休兵，岂不为美？”得臣乃缓宋国之攻，命宛春为使，乘单车直造晋军，谓文公曰：“楚之有曹、卫，犹晋之有宋也。君若复卫封曹，得臣亦愿解围去宋。”先轸曰：“且请暂住后营，容我君臣计议施行。”栾枝引宛春归于后营。先轸曰：“宛春此来，盖子玉奸计。为今之计，不如私许曹、卫，以离其党。再拘执宛春，以激其怒。得臣性刚而躁，必移兵索战于我，是宋围不求解而自解也。”文公遂命栾枝押送宛春于五鹿，交付守将郤步扬小心看管。其原来车骑从人，尽行驱回。文公使人告曹共公曰：“君若遣一介告绝于楚，以明君之与晋，即当送君还曹耳。”曹共公信以为然，遂为书遗得臣。文公又使人往襄牛见卫成公，亦以复国许之。成公亦致书得臣。时得臣方闻宛春被拘之报，正在发怒。又得曹、卫二国书札，俱是从晋绝楚的话头，气得心头一片无明火，直透上三千丈不止。遂吩咐大小三军，撤了宋围，且去寻晋重耳做对。斗越椒曰：“吾王曾叮咛不可轻战。况齐、秦二国，必然遣兵助晋。我国必须入朝请添兵益将，方可赴敌。”得臣从之。越椒往见楚王，奏知请兵交战之意。楚王乃使斗宜申将西广之兵而往。成得臣之子成大心，聚集宗人之兵，约六百人，自请助战。楚王许之。斗宜申同越椒领兵至宋，得臣看兵少，心中愈怒。即日约会四路诸侯之兵，拔寨都起。直逼晋侯大寨，做三处屯聚。

晋文公集诸将问计。狐偃曰：“主公昔日在楚君面前，曾有一言：‘他日治兵中原，请避君三舍。’若我退，楚亦退，必不能复围宋矣。如我退而楚进，则以臣逼君，其曲在彼。”文公乃传令：“三军俱退！”直退到九十里之程，地名城濮，方教安营息马。时齐昭公、秦穆公各遣人领兵，协同晋师战楚，俱于城濮下寨。宋围已解，宋成公亦遣司马公孙固助战。却说成得臣见晋军移营退避，传令：“速进！”楚军行九十里，恰与晋军相遇。

文公使先轸再阅兵车，共七百乘，精兵五万余人，齐、秦之众，不在其内。先轸分拨兵将，使狐毛、狐偃引上军，同秦国副将白乙丙攻楚左师，与斗宜申交战。使栾枝、胥臣引下军，同齐国副将崔夭，攻楚右师，与斗勃交战。各授计策行事。自与郤溱、祁瞒中军结阵，与成得臣相持。却教荀林父、士会，各率五千人为左右翼，准备接应。再教国归父、小子慭，各引本国之兵，从间道抄出楚军背后埋伏。魏犨自请为先锋。先轸曰：“从有莘南去，地名空桑，与楚连谷地面接壤。老将军可引一支兵，伏于彼处，截楚败兵归路，擒拿楚将。”魏犨欣然去了。次日黎明，晋、楚三军，各自成列。

且说晋下军大夫栾枝，打探楚右师用陈、蔡为前队，乃使白乙丙出战。陈辕选、蔡公子印，争先出车。未及交锋，晋兵忽然退后。二将方欲追赶，只见对阵门旗开处，胥臣领着一阵大车，冲将出来。驾车之马，都用虎皮蒙背，敌马见之，认为真虎，惊惶跳踯。执辔者拿把不住，牵车回走，反冲动斗勃后队。胥臣和白乙丙乘乱掩杀，公子印战死，斗勃中箭而逃，楚右师大败。栾枝遣军卒，假扮作陈、蔡军人，往报楚军，说：“右师已得胜，速速进兵，共成大功。”得臣急催左师并力前进。斗宜申见对阵大旆高悬，料是主将，冲杀过来。狐偃迎住，略战数合，只见阵后大乱，回辕便走，大旆亦往后退行。斗宜申指引郑、许二将，尽力追逐。忽然鼓声大震，先轸、郤溱引精兵一枝，从半腰里横冲过来，将楚军截做二段。狐毛、狐偃翻身复战，两下夹攻。郑、许之兵先自惊溃，宜申支架不住，拼死命杀出。遇着齐将崔夭，又杀一阵，尽弃其车马器械，杂于步卒之中，爬山而遁。

话说楚元帅成得臣闻左右二军，俱已进战得利，遂令中军击鼓，使其子小将军成大心出阵。成大心在阵前耀武扬威。祁瞒使人察之，回报：“是十五岁的孩子。”祁瞒喝教：“擂鼓！”战鼓一鸣，阵门开处，祁瞒舞刀而出，小将军便迎住交锋。斗越椒见小将军未能取胜，即忙驾车而出，拈弓搭箭，一箭正射中祁瞒的盔缨。祁瞒吃了一惊，欲待退回本阵，恐冲动了大军，只得绕阵而走。斗越椒大叫：“此败将不须追之，可杀入中军，擒拿先轸！”

第四十一回
连谷城子玉自杀
践土坛晋侯主盟

话说楚将斗越椒与小将军成大心，杀入中军，却得荀林父、先蔑两路接应兵到。成得臣麾军大进，先轸、郤溱兵到，两下混战多时。栾枝、胥臣、狐毛、狐偃一齐都到，如铜墙铁壁，团裹将来。得臣急急传令鸣金收军，小将军成大心一枝画戟，神出鬼没，保护其父得臣，拼命杀出重围。晋文公在有莘山上，观见晋兵得胜，忙使人传谕各军："但逐楚兵出了宋、卫之境足矣。不必多事擒杀，以伤两国之情，负了楚王施惠之意。"先轸遂约住诸军，不行追赶。陈、蔡、郑、许四国，各自逃生，回本国去了。

单说楚军出了重围，方知国归父、小子慭二将已据了大寨，辎重粮草，尽归其手。成得臣不敢经过，行至空桑地面，忽然连珠炮响，魏犨引一军当路。斗越椒大怒，叫小将军保护元帅，独力拒战。斗宜申、斗勃勉强相帮。魏犨力战三将，正在相持，忽见北来一人，大叫："将军罢战，先元帅奉主公之命：'放楚将生还本国，以报出亡时款待之德。'"魏犨方才住手。得臣等奔走不迭，回至连谷。得臣大恸，乃与斗宜申、斗勃俱自囚于连谷，使其子大心部领残军，去见楚王，自请受诛。时楚成王尚在申城，见成大心至，大怒曰："楚国之法，兵败者死。诸将速宜自裁，毋污吾斧锧。"大心号泣而出，回复得臣。得臣自刎而死。

却说蔿贾在家，问其父芳吕臣曰："子玉刚愎而骄，不可独任。然其人强毅不屈，使得智谋之士，以为之辅，可使立功。父亲何不谏而留之？"吕臣曰："王怒甚，恐言之无益。"贾曰："父亲不记范巫矞似之言乎？矞似善相人，曾言：'主上与子玉、子西三人，日后皆不得其死。'主上即赐子玉、子西免死牌各一面。"吕臣遂往见楚王，奏曰："子玉罪虽当死，然吾王曾有免死牌在彼，可以赦之。"楚王急使人传命："败将一概免死！”比及到连谷时，得臣先死半日矣。斗宜申悬梁自缢，悬帛断绝，留下性命。斗勃原要收殓子玉、子西之尸，方才自尽，故亦不曾死。楚王还驾郢都，升蔿吕臣为令尹，贬斗宜申为商邑尹，谓之商公。斗勃出守襄城。令尹子文闻得臣兵败，呕血数升，伏床不起。召其子斗般嘱曰：“楚国为政，非汝则越椒。越椒傲狠好杀，若为政，必有非理之望，汝必逃之。”般再拜受命。子文遂卒。未几，蔿吕臣亦死。成王使斗般嗣为令尹，越椒为司马，蔿贾为工正。

却说晋文公移屯于楚大寨。国归父、小子憖等辞归，文公以军获之半遗之，二国奏凯而还。宋公孙固亦归本国。先轸囚祁瞒至文公之前，奏其违命辱师之罪。文公曰：“若非上下二军先胜，楚兵尚可制乎？”命司马赵衰定其罪，斩祁瞒以徇于军。大军留有莘三日，然后下令班师。行至南河，哨马禀复：“河下船只，尚未齐备。”文公使召舟之侨，侨亦不在。原来舟之侨事晋已久，满望重用立功，却差他南河拘集船只，心中不平。恰好接得家报，其妻在家病重，侨暂且回国看视，遂误了济河之事。文公大怒，欲令军士四下搜捕民船。先轸曰：“若使搜捕，必然逃匿。不若出令以厚赏募之。”文公悬赏军门，百姓争相应募，顷刻舟集如蚁，大军遂渡了黄河。

行不数日，遥见一队车马，簇拥着一位贵人，从东而来，乃周天子之卿士王子虎也。闻晋侯伐楚得胜，天子亲驾銮舆，来犒三军，先令虎来报知。文公遂与王子虎订期，约以五月之吉，于践土候周王驾临。子虎辞去。大军望衡雍而进，途中又见车马

一队，有一使臣来迎，乃是郑大夫子人九。奉郑伯之命，恐晋兵来讨其罪，特遣行成。文公乃许郑成。大军至衡雍下寨。文公一面使狐毛、狐偃帅本部兵，往践土筑造王宫；一面使栾枝入郑城，与郑伯为盟。郑伯亲至衡雍，致饩谢罪。文公复与歃血订好。

却说狐毛、狐偃筑王宫于践土，又别建馆舍数处。昼夜并工，月余而毕。传檄诸侯："俱要五月朔日，践土取齐。"单说卫成公闻晋将合诸侯，谓宁俞曰："征会不及于卫，晋怒尚未息也。"宁俞对曰："君不如让位于叔武，以乞盟于践土。武素孝友，岂忍代立？必当为复君之计矣。"卫侯心虽不愿，无可奈何，使孙炎以君命致国于叔武。卫侯乃适陈。孙炎见叔武，致卫侯之命。武即同元咺赴会，使孙炎回复卫侯。元咺曰："君性多猜忌，吾不遣亲子弟相从，何以取信？"乃使其子元角，伴孙炎以往。公子歂犬私谓元咺曰："子何不以让国之事，明告国人，拥立夷叔而相之。晋人必喜。子挟晋之重以临卫，是子与武共卫也。"元咺曰："叔武不敢无兄，吾敢无君乎？"歂犬语塞而退。乃私往陈国，密报卫侯，反说："元咺已立叔武为君，谋会晋以定其位。"卫侯遂阴使人往践土，伺察叔武、元咺之事。

却说周襄王以夏五月丁未日，驾幸践土。晋侯率诸侯，预于三十里外迎接，驻跸王宫。襄王御殿，诸侯谒拜稽首。起居礼毕，晋文公献所获楚俘于王。襄王大悦，策命晋侯为方伯。晋侯逊谢再三，然后敢受，遂以王命布告于诸侯。襄王复命王子虎，册封晋侯为盟主，合诸侯修盟会之政。晋侯于王宫之侧，设下盟坛。诸侯先至王宫行觐礼，然后各趋会所。王子虎监临其事。晋侯先登，执牛耳，诸侯以次而登。元咺已引叔武谒过晋侯了。是日，叔武摄卫君之位，附于载书之末。子虎读誓词，诸侯各各歃血为信。盟事既毕，晋侯欲以叔武见襄王，立为卫君，以代成公。叔武涕泣辞，元咺亦叩头哀请，晋侯方才首肯。

第四十二回
周襄王河阳受觐
卫元晅公馆对狱

话说卫成公遣人密地打探，见元嗄奉叔武入盟，名列载书，即时回报卫侯。卫侯大骂："元晅背君之贼！扶立新君，却又使儿子来窥吾动静。吾岂容汝父子乎？"元角方欲置辩，卫侯拔剑一挥，头已坠地。元角从人，慌忙逃回，报知其父晅。司马瞒谓元晅曰："君既疑子，子何不辞位而去，以明子之心耶？"晅叹曰："晅若辞位，谁与太叔共守此国者？夫杀子，私怨也；守国，大事也。"乃言于叔武，使奉书晋侯，求其复成公之位。

再说晋文公受了册命而回，入国之日，一路百姓，箪食壶浆，共迎师旅。晋文公临朝受贺，论功行赏。狐偃奏曰："先臣荀息，忠节可嘉。宜录其后，以励臣节。"文公准奏，遂召荀息之子荀林父为大夫。行赏已毕，使司马赵衰议舟之侨之罪，喝命斩首示众。自是三军畏服，诸将用命。

一日，文公坐朝，正遇卫国有书到。文公曰："此必叔武为兄求宽也。"陈穆公亦有使命至晋，代卫郑致悔罪自新之意。文公乃各发回书，听其复归故国。叔武得晋侯宽释之信，急发车骑如陈，往迎卫侯。卫侯心疑，遣宁俞先到楚丘，探其实信。宁俞至卫，望见叔武设座于殿堂之东，西向而坐，佯问曰："太叔摄位而不御正，何以示观瞻耶？"叔武曰："此正位吾兄所御，吾敢居正乎？"宁俞曰："俞今日方见太叔之心矣。"遂与订期，约以六月辛未吉日入城。宁俞回复卫侯，言："叔武真心奉迎，并无歹意。"卫侯也自信得过了。怎奈歂犬又说卫侯曰："君不如先期而往，出其不意，可必入也。"卫侯即时发驾。歂犬请为前驱，除宫备难，卫侯许之。宁俞奏曰："臣已与国人订期矣。君驾若即发，臣请先行一程，以晓谕臣民，而安上下之心。"宁俞去后，卫侯催促御人，并力而驰。

宁俞先到国门，才转身时，歂犬前驱已至，言："卫侯只在后面。"歂犬先入城去了。时叔武闻宁俞报言："君至。"忽闻前驱车马之声，认是卫侯已到，心中喜极，疾趋而出，正撞了歂犬。歂犬恐留下叔武，叙出前因，遂弯弓搭箭，射个正好。叔武被箭中心窝，望后便倒。宁俞急忙上前扶救，已无及矣。元咺闻叔武被杀，吃了一惊，痛哭了一场，急忙逃奔晋国去了。比及成公入城，只见宁俞带泪而来，言："叔武喜主公之至，不等沐完，握发出迎，谁知枉被前驱所杀，使臣失信于国人，臣该万死！"卫侯面有惭色。宁俞引卫侯视叔武之尸，卫侯枕其头于膝上，不觉失声大哭。宁俞曰："不杀前驱，何以谢太叔之灵？"卫侯命将歂犬斩首号令，吩咐以君礼厚葬叔武。

再说卫大夫元咺，逃奔晋国，见了晋文公，伏地大哭，诉说卫侯疑忌叔武，故遣前驱射杀之事。晋文公把几句好话，安慰了元咺，留在馆驿。先轸进曰："征会讨贰，伯主之职。臣请厉兵秣马，以待君命。"狐偃曰："不然。伯主所以行乎诸侯者，莫不挟天子之威。为君计，莫若以朝王为名，号召诸侯。视其不至者，以天子之命临之。"赵衰曰："朝觐之礼，不行久矣。臣惧天子之疑君而谢君也。莫若致王于温，而率诸侯以见之。"文公大悦，乃命赵衰如周，谒见周襄王，奏言："寡君重耳，感天王下劳锡命之恩，欲率诸侯至京师，修朝觐之礼，伏乞圣鉴！"襄王召王子虎计议，子虎对曰："臣请面见晋使而探其意。"子虎到馆驿见了赵衰，叙起入朝之事。赵衰曰："古者，天子有时巡之典，省方观民。况温亦畿内故地也。天子若以巡狩为名，驾临河阳，寡君因率诸侯以展觐，未知可否？"子虎入朝，述其语于襄王。襄王大喜，约于冬十月之吉，驾幸河阳。赵衰回复晋侯。晋文公以朝王之举，播告诸侯，俱约冬十月朔，于温地取齐。

至期，齐、宋、鲁、蔡、秦、郑等陆续俱到。秦穆公言："前此践土之会，因惮路远后期，是以不果。今番愿从诸侯之后。"晋文公称谢。卫侯郑自知有罪，意不欲往。宁俞谏曰："若不往，是益罪也。"成公乃行。宁俞与鍼庄子、士荣三人相从。比至温邑，文公不许相见，以兵守之。不一日，周襄王驾到，晋文公率众诸侯迎至新宫驻跸。次日五鼓，十路诸侯，冠裳佩玉，整整齐齐。朝礼既毕，晋文公将卫叔武冤情，诉于襄王，遂请王子虎同决其狱。襄王许之。文公邀子虎至于公馆，宾主叙坐，使人以王命呼卫侯。子虎曰："君臣不便对理，可以代之。"乃停卫侯于庑下，宁俞侍卫侯之侧，寸步不离。鍼庄子代卫侯，与元咺对理。士荣摄治狱之官，质正其事。

元咺口若悬河，备细铺叙。鍼庄子曰："此皆歂犬谗谮之言，以致卫君误听。"元咺曰："歂犬初与咺言，要拥立太叔。咺若从之，君岂得复入？只为咺仰体太叔爱兄之心，所以拒歂犬之请，不意彼反肆离间。卫君若无猜忌太叔之意，歂犬之谮，何由而入？咺遣儿子角，往从吾君，正是自明心迹。本是一团美意，乃无辜被杀。就他杀吾子角之心，便是杀太叔之心了。"士荣曰："汝为其臣，如何君一入国，汝便出奔？"元咺曰："咺奉太叔守国，实出君命。君且不能容太叔，能容咺乎？咺之逃，非贪生怕死，实欲为太叔伸不白之冤耳！"晋文公谓子虎曰："卫郑乃天子之臣，不敢擅决，可先将卫臣行刑。"喝教左右："凡相从卫君者，尽加诛戮。"子虎曰："吾闻宁俞，卫之贤大夫，其调停于兄弟君臣之间，大费苦心，无如卫君不听何？士荣摄为士师，断狱不明，合当首坐。鍼庄子不发一言，自知理屈，可从末减。"文公依其言，乃将士荣斩首，鍼庄子刖足，宁俞姑赦不问。卫侯上了槛车，文公同子虎带了卫侯，来见襄王，备陈卫家君臣两造狱词。襄王曰："叔父之断狱明矣，虽然，不可以训。若臣与君讼，是无上下也。为臣而诛君，为逆已甚。朕恐其无以彰罚，而适以教逆也。朕亦何私于卫哉？"文公惶恐谢曰："重耳见不及此。既天王不加诛，当槛送京师，以听裁决。"文公仍带卫侯，回至公馆，使军士看守如初。一面打发元咺归卫，听其别立贤君。

元咺至卫，与群臣计议。群臣共举一人，乃是叔武之弟名适，字子瑕，为人仁厚。乃奉公子瑕即位，元咺相之。卫国粗定。

第四十三回
智宁俞假鸩复卫　老烛武缒城说秦

话说众诸侯送襄王出河阳之境，就命先蔑押送卫侯于京师。时卫成公有微疾，晋文公使随行医衍，与卫侯同行。假以视疾为名，实使之鸩杀卫侯。襄王行后，众诸侯未散，晋文公曰："寡人奉天子之命，得专征伐。今许人一心事楚，不通中国。愿偕诸君问罪于许。"时晋侯为主，八国诸侯，皆率车徒听命，一齐向颍阳进发。只有郑文公捷，托言祈祷，辞晋先归，阴使人通款于楚。许人闻有诸侯之兵，亦遣人告急于楚。楚成王曰："吾兵新败，勿与晋争。"遂不救许。诸侯之兵，围了颍阳，水泄不漏。

时曹共公襄，尚羁五鹿城中。使小臣侯孺，携重赂以行，往说晋侯。适晋文公因染寒疾，梦有衣冠之鬼，召太卜郭偃，占问吉凶。侯獳遂以金帛一车，致于郭偃，使借鬼神之事，为曹求解。布卦已毕，偃献繇于文公，曰："以卦合之于梦，必有失祀之鬼神，求赦于君也。以臣之愚度之，其曹乎？君若复曹伯，布宽仁之令，享钟鼓之乐，又何疾之足患？"这一席话，说得文公心下豁然。即日遣人召曹伯襄于五鹿，使复归本国为君，所畀宋国田土，亦吐还之。曹伯襄得释，即统本国之兵，趋至颍阳，面谢晋侯复国之恩，遂协助众诸侯围许。许僖公见楚救不至，乃面缚衔璧，向晋军中乞降，大出金帛犒军。文公乃与诸侯解围而去。秦穆公临别，与晋文公相约："异日若有军旅之事，彼此同心协力，不得坐视。"二君相约已定，各自分路。

再表周襄王回至京师，周公阅请羁卫侯于馆舍，听其修省。襄王曰："置大狱太重，舍公馆太轻。"乃于民间空房，别立囚室而幽之。宁俞紧随其君。先蔑催促医衍数次，奈宁俞防范甚密，无处下手。医衍没奈何，只得以实情告于宁俞。宁俞附耳言曰："子既剖腹心以教我，敢不曲为子谋乎？近闻曹君获宥，特以巫史一言。子若薄其鸩以进，而托言鬼神，君必不罪。"医衍会意而去。宁俞假以卫侯之命，向衍取药

酒疗疾。衍遂调鸩于瓯以进，用毒甚少，杂他药以乱其色。宁俞请尝，衍佯不许，强逼卫侯而灌之。才灌下两三口，衍忽然大叫倒地，口吐鲜血，不省人事。宁俞故意大惊小怪，命左右将太医扶起。半晌方苏，问其缘故，衍言："方灌酒时，忽见一神人言：'奉唐叔之命，来救卫侯。'遂用金锤，击落酒瓯，使我魂魄俱丧也！"卫侯自言所见，与衍相同。宁俞佯怒，奋臂欲与衍斗，左右为之劝解。先蔑与医衍还晋，将此事回复文公。文公信以为然，赦医衍不诛。

却说鲁僖公原与卫世相亲睦，乃使臧孙辰先以白璧十双，献于周襄王，为卫求解。又到晋国，见了文公，以白璧十双为献。文公许之，即命先蔑再同臧孙辰如周，共请于襄王。乃释卫成公之囚，放之回国。时元咺已奉公子瑕为君。宁俞乃使心腹人一路扬言："卫侯将往楚国避难矣。"因取卫侯手书，付孔达为信，教他私结周歂、冶

廛二人，如此恁般。黄昏左侧，元咺巡至东门，只见周歂、冶廑二人一齐来迎。冶廑拿住元咺双手，周歂手拔佩刀，劈头砍来。周歂、冶廑率领家丁，杀入宫中，公子瑕投井而死。周歂、冶廑将卫侯手书，榜于朝堂，大集百官，迎接卫成公入城复位。

却说晋文公一日坐朝，谓群臣曰："郑人不礼之仇未报，今又背晋款楚，吾欲合诸侯问罪。"乃使人以兵期告秦，约于九月上旬，同集郑境。文公临发，以公子兰从行。兰乃郑伯捷之庶子，向年逃晋，此行盖欲借为向导也。兰辞曰："君有讨于郑，臣不敢与其事。"文公乃留公子兰于东鄙，自此有扶持他为郑君之意。晋师既入郑境，秦穆公亦引车来会。晋兵营于函陵，在郑城之西。秦兵营于氾南，在郑城之东。郑文公手足无措，大夫叔詹进曰："秦、晋合兵，其势甚锐，不可与争。但得一舌辩之士，往说秦公，使之退兵。"郑伯曰："谁可往说秦公者？"叔詹对曰："佚之狐可。"郑伯命佚之狐。狐对曰："臣不堪也，愿举一人以自代。此人乃考城人也，姓烛名武，年过七十，乞主公加礼而遣之。"郑伯遂召烛武入朝，烛乃受命而出。

烛武知秦东晋西，各不相照。是夜命壮士以绳索缒下东门，径奔秦寨。武从营外放声大哭，营吏擒来禀见穆公。穆公曰："所哭何事？"武曰："老臣哭郑，兼亦哭秦。郑亡不足惜，独可惜者秦耳！"穆公大怒。武面无惧色，曰："秦晋合兵临郑，郑之亡，不待言矣。若亡郑而有益于秦，老臣又何敢言？不惟无益，又且有损，君何为劳师费财，以供他人之役乎？郑在晋之东界，秦在晋之西界。秦东隔予晋，南隔于周，能越周、晋而有郑乎？郑虽亡，尺土皆晋之有，于秦何与？夫秦、晋两国，势不相下。晋益强，则秦益弱矣。君之施于晋者，累世矣，曾见晋有分毫之报于君乎？"穆公耸然动色。烛武曰："君若肯宽目下之围，定立盟誓。君如有东方之事，行李往来，取给于郑，犹君外府也。"穆公大悦，遂与烛武歃血为誓，反使杞子、逢孙、杨孙三将，留卒二千人助郑戍守，密地班师而去。早有探骑报入晋营。文公大怒，狐偃在旁，请追击秦师。

第四十四回
叔詹据鼎抗晋侯
弦高假命犒秦军

话说狐偃进曰："秦虽去不远，臣请率偏师追击之。"文公曰："不可。若非秦君，寡人何能及此？"乃分兵一半，营于函陵，攻围如故。郑伯谓烛武曰："晋兵未退，如之奈何？"烛武对曰："闻公子兰有宠于晋侯，若使人迎公子兰归国，以请成于晋，晋必从矣。"石申父乃携重宝出城，直叩晋营求见，曰："君侯赫然震怒，寡君知罪矣。不腆世藏，愿效贽于左右。寡君有子兰，获侍左右。君侯使兰监郑之国，其敢有二心！"文公曰："必迎立公子兰为世子，且献谋臣叔詹出来，方表汝诚心也。"石申父入城回复郑伯。郑伯曰："闻子兰昔有梦征，立为世子，社稷必享之。但叔詹乃吾股肱之臣，岂可去孤左右？"叔詹对曰："晋人索臣，臣不往，兵必不解。臣请往。"郑伯涕泪而遣之。晋侯见了叔詹，命左右速具鼎镬，将烹之。叔詹面不改色，据鼎耳而号曰："自今已往，事君者以詹为戒！"文公悚然，命赦勿杀，曰："寡人聊以试子也！"加礼甚厚。不一日，公子兰取至。郑伯立公子兰为世子，晋师方退。自是秦、晋有隙。

是年魏犨醉后，坠车折臂，内伤病复发，呕血斗余死。文公录其子魏颗嗣爵。未几，狐毛、狐偃亦相继而卒。晋文公哭之。胥臣进曰："臣举一人，乃郤芮之子郤缺也。此人若用于晋，不弱于子犯。"文公使内侍以簪缨袍服，往召郤缺。郤缺乃簪佩入朝。文公一见大喜，乃迁胥臣为下军元帅，使郤缺佐之。复添二军，谓之"新上""新下"。旧有三军，今又添二军，共是五军，亚于天子之制。楚成王闻之而惧，乃使大夫斗章请平于晋。

周襄王二十四年，郑文公捷薨，群臣奉公子兰即位，是为穆公。是冬，晋文公有疾，召赵衰、先轸、狐射姑、阳处父诸臣，入受顾命。复恐诸子不安于国，预遣公子

雍出仕于秦，公子乐出仕于陈。又使其幼子黑臀，出仕于周，以亲王室。文公薨，世子驩主丧即位，是为襄公。

话分两头。却说秦将杞子、逢孙、杨孙三人，屯戍于郑之北门。见晋国送公子兰归郑，立为世子，已将密报知会本国。及公子兰即位，待杞子等无加礼。又闻晋文公亦薨，杞子遂与逢孙、杨孙商议，遣心腹人归秦，言于穆公曰："郑人使我掌北门之管，若遣兵潜来袭郑，我为内应，郑可灭也。"秦穆公接此密报，召孟明视为大将，西乞术、白乙丙副之。挑选精兵三千余人，车三百乘，出东门之外。孟明乃百里奚之子，白乙乃蹇叔之子。出师之日，蹇叔与百里奚，号哭而送之曰："哀哉，痛哉！吾见尔之出，而不见尔之入也！"白乙见父亲哀哭，欲辞不行。蹇叔乃密授以一简，嘱之曰："汝可依吾简中之言。"白乙领命而行。孟明自恃才勇，以为成功可必，恬不为意。大军既发，蹇叔谢病不朝，求还铚村。穆公闻蹇叔决意归田，赠以黄金二十斤，彩缎百束，群臣俱送出郊关而返。百里奚握公孙枝之手，告以蹇叔之言，如此恁般。公孙枝曰："敬如命。"自去准备船只。

却说孟明见白乙领父密简，特来索看。白乙丙启而观之，内有字二行曰："此行郑不足虑，可虑者晋也。崤山地险，尔宜谨慎。我当收尔骸骨于此！"孟明掩目急走，白乙意亦以为未必然。却说郑国有一商人，名曰弦高，以贩牛为业。今日贩了数百肥牛，行近黎阳津，遇一故人，名曰蹇他。弦高与蹇他相见，问："秦国近有何事？"他曰："秦遣三帅袭郑，不久即至矣。"弦高大惊，心生一计。一面使人星夜

奔告郑国。一面打点犒军之礼，选下肥牛二十头随身，余牛俱寄顿客舍。弦高自乘小车，一路迎秦师上去。

来至滑国，地名延津，恰好遇见秦兵前哨。弦高拦住前路，高叫："郑国有使臣在此，愿求一见！"孟明倒吃一惊，遂与弦高车前相见。弦高诈传郑君之命，谓孟明曰："寡君闻三位将军，将行师出于敝邑，不腆之赋，敬使下臣高远犒从者。"孟明曰："郑君既犒师，何无国书？"弦高曰："寡君闻从者驱驰甚力，恐俟词命之修，或失迎犒。遂口授下臣，匍匐请罪，非有他也。"孟明附耳言曰："寡君之遣视，为滑故也，岂敢及郑？"传令："住军于延津！"弦高称谢而退。西乞、白乙问孟明："驻军延津何意？"孟明曰："吾师千里远涉，止以出郑人之不意，可以得志。今滑国无备，不若袭滑而破之。"是夜三更，三帅兵分作三路，并力袭破滑城。滑君奔翟。

却说郑穆公接了商人弦高密报，使人往客馆，窥觇杞子、逢孙、杨孙所为。则已收束车乘，厉兵秣马，整顿器械。使者回报，郑伯大惊。乃使老大夫烛武，先见杞子、逢孙、杨孙，各以束帛为赆。杞子大惊，乃缓词以谢烛武，即日引亲随数十人，逃奔齐国。逢孙、杨孙，亦奔宋国避罪。戍卒无主，郑穆公使佚之狐多赍行粮，分散众人，导之还乡。郑穆公录弦高之功，拜为军尉。自此郑国安靖。

却说晋襄公在曲沃殡宫守丧，闻谍报："秦国孟明将军，统兵东去，不知何往？"襄公大惊，使人召群臣商议。先轸预已打听明白，遂来见襄公。

第四十五回
晋襄公墨缞败秦
先元帅免胄殉翟

话说中军元帅先轸，来见襄公曰："秦千里袭人，急击之，不可失！"胥臣等皆赞成其谋。先轸遂请襄公墨缞治兵，曰："臣料秦兵必不能克郑，初夏必过渑池。其西有崤山两座，乃秦归必由之路。若伏兵于此处，出其不意，可使秦之兵将，尽为俘虏。"襄公曰："但凭元帅调度。"先轸乃使其子先且居，同屠击引兵五千，伏于崤山之左；使胥臣之子胥婴，同狐鞫居引兵五千，伏于崤山之右。使狐偃之子狐射姑，同韩子舆引兵五千，伏于西崤山，预先砍伐树木，塞其归路。使梁繇靡之子梁弘，同莱驹引兵五千，伏于东崤山。先轸同赵衰、栾枝等一班宿将，跟随晋襄公，离崤山二十里下寨。

再说秦兵灭了滑国，掳其辎重，满载而归。时夏四月初旬，行及渑池，白乙丙言于孟明曰："此去正是崤山险峻之路，恐晋有埋伏，卒然而起，何以御之？"孟明曰："将军畏晋如此，吾当先行。"乃遣骁将褒蛮子，前往开路。褒蛮子行至东崤山，忽然山凹里飞出一队车马，车上立着一员大将，当先拦路，问："汝是秦将孟明否？吾乃晋国大将莱驹是也！"蛮子曰："汝乃无名小卒，何敢拦吾归路？"莱驹大怒，挺长戈劈胸刺去。两下交战，莱驹见褒蛮子神勇，遂将车马约在一边，让其过去。蛮子即差军士传报主帅孟明。孟明得报大喜，遂催趱西乞、白乙两军，一同进发。

再说孟明等三帅，进了东崤，一路都是有名的险处，车马不能通行。孟明吩咐军将，解了辔索，卸了甲胄。一步两跌，备极艰难。正行之间，隐隐闻鼓角之声，后队有人报道："晋兵从后追至矣！"孟明吩咐各军，速速前进。将近绝命岩，众人发起喊来，报道："前面有乱木塞路，人马俱不能通。"孟明见岩旁竖立红旗一面，旗上有一"晋"字。传令教军士先将旗杆放倒，然后搬开柴木，以便跋涉。秦军方才搬运柴木，只闻前面鼓声如雷。山岩高处，立着一位将军，姓狐名射姑，字贾季，大叫道："汝家先锋褒蛮子，已被缚在此了。来将早早投降，免遭屠戮！"孟明看这条路径，只有尺许之阔，传令："此非交锋之地，教大军一齐退转东崤宽展处。"才退至堕马崖，只见东路旌旗，连接不断，却是大将梁弘同副将莱驹，引着五千人马，从后一步步袭来。秦军此时好像蚂蚁在热盘之上，东旋西转，没有个定处。

孟明教军士从左右两旁，寻个出路。只见左边山头上，有一支军占住，右边又竖起大将胥婴的旗号。孟明大怒，同西乞、白乙二将，仍杀到堕马崖来。那柴木上都掺有硫黄焰硝引火之物，被韩子舆放起火来。后面梁弘军马已到，逼得孟明等三帅叫苦不迭，无计可施。晋兵四下围裹将来，秦家兵将，一个个束手受擒。诸将将俘获军士及车马，并滑国掳掠来许多子女玉帛，尽数解到晋襄公大营。次日，襄公同诸将奏凯而归，因殡在曲沃，且回曲沃。母夫人嬴氏曰："秦、晋世为婚姻，孟明等贪功起衅，使两国恩变为怨。吾量秦君，必深恨此三人。不如纵之还秦。"襄公悚然动心，即时诏有司释三帅之囚，纵归秦国。孟明等抱头鼠窜而逃。先轸闻晋侯已赦三帅，怒气冲冲，入见襄公，勃然唾襄公之面曰："放虎归山，异日悔之晚矣！"襄公方才醒悟，拭面而谢，问班部中："谁人敢追秦囚者？"阳处父愿往。

却说孟明等三人得脱大难，比到河下，见一渔翁，奉公孙枝将令，在此相候。另有大船数只泊于河中。孟明和西乞、白乙跣足下船，未及撑开，阳处父乘车而至。阳处父见孟明已在舟中，心生一计，解自家所乘左骖之马，假托襄公之命，赐予孟明。孟明稽首拜谢曰："蒙君不杀之恩，为惠已多，岂敢复受良马之赐？此行寡君若不加戮，三年之后，当亲至上国，拜君之赐耳！"阳处父再欲开口，船已荡入中流去了。阳处父闷闷而回，奏闻于襄公。先轸愤然进曰："彼云'三年之后，拜君之赐'者，盖将伐晋报仇也。不如先往伐之。"襄公以为然，遂商议伐秦之事。再说秦穆公闻三帅已释放还归，复用三帅主兵，愈加礼待。百里奚遂告老致政。穆公乃以繇余、公孙枝为左右庶长，代蹇叔、百里奚之位。

再说晋襄公正议伐秦，忽边吏驰报："今有翟主白部胡，引兵犯界，已过箕城。"襄公大惊曰："今翟君伐我之丧，是我仇也，子载为寡人创之。"先轸领命而出。

单说先轸升了中军帐，问众将："谁肯为前部先锋者？"一人昂然而出曰："某愿往。"先轸视之，乃新拜右车将军狼瞫也。先轸骂曰："尔新进小卒，岂藐我帐下无一

良将耶?”遂叱去不用。以狐鞫居代之。狼瞫恨恨而出，遇其友人鲜伯于途。狼瞫曰：“我自请冲锋，本为国家出力，谁知反触了先轸那厮之怒，已将我罢职不用矣!”鲜伯大怒曰：“先轸妒贤嫉能，我与你刺杀那厮，以出胸中不平之气。”狼瞫曰：“不可。大丈夫死必有名，子姑待之。”再说先轸发车四百乘，望箕城进发。安营停当，先轸唤集诸将授计曰：“箕城有地名曰大谷，其旁多树木，可以伏兵。栾、郤二将，可分兵左右埋伏。二狐引兵接应，以防翟兵驰救。”诸将如计而行。次早，两下结阵，翟主白部胡亲自索战。先且居略战数合，引车而退。白部胡引着百余骑，奋勇来追。被先且居诱入大谷，左右伏兵俱起。白部胡杀出重围，遇着一员大将，飕的一箭，正中白部胡面门，翻身落马，军士上前擒之。射箭者，乃新拜下军大夫郤缺也。白部胡登时身死，郤缺割下首级献功。

时先轸在中营，闻知白部胡被获，遂索纸笔，写表章一道，置于案上。竟与营中心腹数人，乘单车驰入翟阵。却说白部胡之弟白暾，见有单车驰到，急提刀出迎，令弓箭手围而射之。先轸奋起神威，手杀头目三人，兵士二十余人，身上并无点伤。先轸见射不能伤，乃自解其甲以受箭。箭集如蝟，身死而尸不僵仆。有军士认得的，言：“此乃晋中军元帅先轸。”白暾乃率众罗拜，祝曰：“神许我归翟供养乎？则仆!”尸僵立如故。乃改祝曰：“神莫非欲还晋国否？我当送回!”祝毕，尸遂仆于车上。

第四十六回
楚商臣宫中弑父 秦穆公崤谷封尸

话说翟主白部胡被杀，白暾欲将先轸尸首，与晋打换部胡之尸，遣人到晋军打话。

且说郤缺提了白部胡首级，同诸将到中军献功，不见了元帅。先且居于案上见表章一道，取而观之，放声大哭。忽报："翟主之弟白暾，差人打话。"召而问之，乃是彼此换尸之事。且居复痛哭了一场。约定："明日军前，各抬亡灵，彼此交换。"次日，两边结阵相持。先且居素服登车，迎接父尸。晋军中亦将白部胡首级，交割还翟。白暾叫道："你晋家好欺负人！如何不把全尸还我？"先且居使人应曰："若要取全尸，你自去大谷中乱尸内寻认。"白暾大怒，指挥翟骑冲杀过来。狐射姑横戟而出，左有郤缺，右有栾盾，两翼军士围裹将来。白暾急忙拨转马头，射姑随着马尾赶来。白暾回首一看，带转马头，曰："将军别来无恙？将军父子，俱住吾国十二年，相待不薄，今日留情，异日岂无相见？"狐射姑答道："我放汝一条生路，汝速速回军。"言毕回车。晋师凯旋，参见晋襄公，呈上先轸韵遗表。襄公怜轸之死，乃即柩前，拜先且居为中军元帅，以代父职。

却说楚成王之长子，名曰商臣。先时欲立为太子，问于斗勃。勃对曰："商臣之相，蜂目豺声，其性残忍，为乱必矣。"成王不听，竟立为嗣。商臣闻斗勃不欲立己，心怀怨恨，谮于成王。成王信其言，遂使人赐之以剑。斗勃以剑刎喉而死。成大心自诣成王之前，叩头涕泣，备述缘由。自此成王有疑太子商臣之意。后又爱少子职，遂欲废商臣而立职，诚恐商臣谋乱，思寻其过失而诛之。宫人颇闻其语，传播于外。商臣以告于太傅潘崇。潘崇曰："除非行大事，乃可转祸为福。"商臣乃部署宫甲，至夜半，遂围王宫。潘崇仗剑，同力士数人入宫，径造成王之前，曰："王在位四十七年矣，今国人思得新王，请传位于太子！"成王惶遽答曰："孤即当让位，但不知能相活

否？”潘崇曰：“国岂有二君耶？”言毕，解束带投于王前。成王遂以带自挽其颈，潘崇命左右拽之，须臾气绝。商臣遂以暴疾讣于诸侯，自立为王，是为穆王。令尹斗般等，无人敢言。斗宜申闻成王之变，与大夫仲归谋弑穆王。事露，穆王使斗越椒擒宜申、仲归杀之。穆王召斗般使杀公子职，斗般辞以不能。穆王自举铜锤击杀之。公子职欲奔晋，斗越椒追杀之于郊外。穆王拜成大心为令尹。未几，大心亦卒。遂迁斗越椒为令尹，蒍贾为司马。

却说周襄王二十七年，春二月，秦孟明视请于穆公，欲兴师伐晋。穆公许之。孟明遂同西乞、白乙，率车四百乘伐晋。晋襄公遂拜先且居为大将。狼瞫自请以私属效劳，先且居许之。晋军西行至于彭衙，方与秦兵相遇。狼瞫请于先且居曰：“今日瞫请自试，非敢求录功，但以雪前之耻耳。”言毕，遂与其友鲜伯等百余人，直犯秦阵，所向披靡，杀死秦兵无算。鲜伯为白乙所杀。先且居望见秦阵已乱，遂驱大军掩杀前去。孟明大败而走。瞫遍体皆伤，逾日而亡。晋兵凯歌还朝。却说孟明兵败回秦，穆公依旧使人郊迎慰劳。孟明自愧不胜，乃尽出家财，以恤阵亡之家。每日操演军士，勉以忠义，期来年大举伐晋。是冬，晋襄公复命先且居，纠合宋、陈、郑，率师伐秦，取汪及彭衙二邑而还。至明年夏五月，孟明训练已精，请穆公自往督战。穆公乃选车五百乘，择日兴师。兵由蒲津关而出。既渡黄河，孟明出令，使尽焚其舟。孟明自为先锋，长驱直入，破王官城，取之。

谍报至绛州，赵衰进曰："秦怒已甚，此番起倾国之兵，将致死于我。不如避之。使稍逞其志，可以息两国之争。"襄公乃传谕四境坚守，毋与秦战。穆公遂引兵渡黄河上岸，屯于东崤。命军士收检尸骨，埋藏于山谷僻坳之处。宰牛杀马，大陈祭享。穆公素服，亲自沥酒，放声大哭。汪及彭衙二邑百姓，闻穆公伐晋得胜，哄然相聚，逐去晋之守将，还复归秦。秦穆公奏凯班师。西戎主赤斑，打听孟明得胜，遂率西方二十余国，纳地请朝，尊穆公为西戎伯主。是时秦之威名，直达京师。周襄王欲册命秦伯为侯伯，尹武公曰："不若遣使颁赐以贺秦，则秦知感，而晋亦无怨。"襄王从之。

第四十七回
弄玉吹箫双跨凤 赵盾背秦立灵公

却说秦穆公有幼女，生时适有人献璞，琢之得碧色美玉。女周岁，独取此玉，因名弄玉。稍长，姿容绝世，善于吹笙。穆公命巧匠，剖此美玉为笙。女吹之，声如凤鸣。穆公钟爱其女，筑重楼以居之，名曰凤楼。楼前有高台，亦名凤台。弄玉年十五，穆公欲为之求佳婿。弄玉自誓曰："必是善笙人，能与我唱和者，方是我夫。"穆公使人遍访，不得其人。忽一日，弄玉取碧玉笙，临窗吹之。微风拂拂，忽若有和之者。弄玉心异之，乃将玉笙置于床头，勉强就寝。梦见一美丈夫骑彩凤自天而下，谓弄玉曰："我乃太华山之主也。上帝命我与尔结为婚姻，当以中秋日相见。"乃于腰间解赤玉箫，倚栏吹之。弄玉猛然惊觉。及旦，自言于穆公。乃使孟明以梦中形象，于太华山访之。孟明登太华山，至明星岩下，果见一人，飘飘然有超尘出俗之姿。问其姓名，对曰："某萧姓，史名。足下来此何事？"孟明曰："某乃本国右庶长百里视是也。吾主为爱女择婿，闻足下精于音乐，吾主渴欲一见。"乃与共载而回。穆公坐于凤台之上，命箫史奏之。曲毕，穆公大悦，命太史择日婚配。太史奏今夕中秋上吉。乃使左右具汤沐，引萧史洁体，赐新衣冠更换，送至凤楼，与弄玉成亲。约居半载，忽然一夜，夫妇于月下吹箫，遂有紫凤集于台之左，赤龙盘于台之右。于是萧史乘赤龙，弄玉乘紫凤，自凤台翔云而去。今人称佳婿为"乘龙"，正谓此也。穆公自是厌言兵革，以国政专任孟明。又三年，穆公薨。太子罃即位，是为康公。

却说晋襄公六年，立其子夷皋为世子，使庶弟公子乐出仕于陈。是年，赵衰、栾枝、先且居、胥臣先后皆卒。明年，舍二军，仍复三军之旧。以狐射姑为中军元帅，赵盾佐之；以箕郑父为上军元帅，荀林父佐之；以先蔑为下军元帅，先都佐之。狐射姑登坛号令，指挥如意，旁若无人。司马臾骈谏曰："夫刚而自矜，子玉所以败于晋也，不可不戒。”射姑大怒，叱左右鞭之一百。众人俱有不服之意。太傅阳处父密奏于襄公曰：“射姑刚而好上，不得民心，此非大将之才也。”襄公乃拜赵盾为中军元帅，使狐射姑佐之。赵盾大修政令，国人悦服。是年秋，晋襄公薨。群臣欲奉太子即位。赵盾曰：“国家多难，不可以立幼主。今公子雍，见仕于秦，可迎之以嗣大位。”狐射姑曰：“不如立公子乐。乐仕于陈，而陈素睦于晋。迎之，则朝发而夕至矣。”赵盾曰：“不然。必公子雍乃可。”众议方息。乃使先蔑为正使，士会副之，如秦报丧，因迎公子雍为君。狐射姑见赵盾不从其言，阴使人召公子乐于陈。早有人报知赵盾。盾使其客公孙杵臼，率家丁伏于中路。候公子乐行过，要而杀之。狐射姑乃与其弟狐鞫居谋，杀阳处父。

至冬十月，葬襄公于曲沃。葬毕，奉主入庙。赵宣子即庙中谓诸大夫曰：“今君柩在殡，而狐鞫居擅杀太傅。此不可不讨也！”乃执鞫居付司寇，数其罪而斩之。狐射姑惧赵盾已知其谋，乃夜乘小车，出奔翟国，投翟主白暾去讫。时翟国侵鲁，鲁与齐、卫合兵伐翟，白暾走死，遂灭其国。狐射姑转入赤翟潞国，依潞大夫酆舒。赵盾使臾骈送其妻子往潞。臾骈唤集家丁，迎其妻子登车，将家财细细登籍，亲送出境，毫无遗失。射姑叹曰：“吾有贤人而不知，吾之出奔，宜也！”

再说先蔑同士会如秦，迎公子雍为君。秦康公喜，使白乙丙率车四百乘，送公子雍于晋。却说襄夫人穆嬴自送葬归朝之后，每日侵晨，必抱太子夷皋于怀，至朝堂大哭。国人闻之，无不哀怜穆嬴，而归咎于赵盾。诸大夫亦以迎雍失策为言。赵盾患之，即时会集群臣，奉夷皋即位，是为灵公，时年才七岁耳。百官朝贺方毕，忽边谍报称：“秦遣大兵送公子雍已至河下。”赵盾乃使箕郑父辅灵公居守，自领大军，出迎秦师。先蔑先至晋军来见赵盾，盾告以立太子之故。先蔑拂袖而出，见荀林父曰：“我受命往秦迎雍，则雍是我主，秦为吾主之辅。岂可自背前言？”遂奔秦寨。赵盾曰：“不如乘夜往劫秦寨，出其不意。”遂出令秣谷饲马，军士于寝蓐饱食，衔枚疾走，比至秦寨，鼓角齐鸣，杀入营门。秦师在睡梦中惊觉，四下乱窜。白乙丙死战得脱，公子雍死于乱军之中。先蔑乃奔秦，士会亦从秦师而归。秦康公俱拜为大夫。赵盾遂令卫士送两宅家眷及家财于秦。

按此一战，各军将皆有俘获。惟先克部下骁将蒯得，贪进不顾，为秦所败。先克欲按军法斩之。诸将皆代为哀请。先克言于赵盾，乃夺其田禄。蒯得恨恨不已。

再说箕郑父与士縠、梁益耳素相厚善，自赵盾升为中军元帅，士縠、梁益耳俱失了兵柄，连箕郑父也有不平之意。时郑父居守，士縠、梁益耳俱聚做一处，欲反了赵盾，废夷皋迎公子雍。商议已定。

第四十八回
刺先克五将乱晋 召士会寿余绐秦

话说箕郑父、士縠、梁益耳三人商议，欲更赵盾之位。不意赵盾袭败秦兵，奏凯而回。先都为下军佐，因主将先蔑为赵盾所卖，出奔于秦，亦恨赵盾。凑着蒯得被先克以军事夺其田禄，中怀怨望，诉于士縠。縠曰："先克倚恃赵孟之属，故敢横行如此。诚得一死士，先往刺克，则盾势孤矣。只需如此恁般。"蒯得大喜，以士縠之言，告于先都。时冬月将尽，先克往箕城，谒拜其祖先轸之祠。先都使家丁伏于箕城之外，只等先克过去，群起刺杀之。赵盾大怒，严令司寇缉获。先都等情慌，与蒯得商议，怂恿士縠、梁益耳等作速举事。梁益耳醉中泄其语于梁弘，弘密告于臾骈，骈转闻于赵盾。盾即聚甲戒车，吩咐伺候听令。先都急走士縠处，催并速发。赵盾先遣臾骈围先都之家，执都付狱。赵盾使人反以先都之谋，告于箕郑父，请他入朝商议。箕郑父不知是计，坦然入朝。赵盾留住于朝房，与之议先都之事。密遣荀林父、郤缺、栾盾分头拿捕士縠、梁益耳、蒯得三人。俱下狱讫，荀林父等三将，至朝房回话。箕郑父俯首就狱。赵盾奏闻晋灵公，将先都、士縠、箕郑父、梁益耳、蒯得五人，斩于市曹。录先克之子先縠为大夫。

却说楚穆王自篡位之后，亦有争伯中原之志。遂使斗越椒帅车三百乘伐郑，使公子朱帅车三百乘伐陈。郑、陈俱降。穆王乃传檄征取郑、陈二国之君，同蔡侯于厥貉取齐，相约伐宋。宋公乃亲造厥貉，迎谒楚王。是时楚最强横，遣斗越椒行聘于齐、鲁，俨然以中原伯主自待，晋不能制也。

周顷王四年，秦康公集群臣议曰："今赵盾诛戮大臣，不修边政。此时不伐晋，更何待乎？"乃大阅车徒，使孟明居守，拜西乞术为大将，白乙丙副之，出车五百乘。攻羁马，拔之。赵盾闻报，自将中军。盾有从弟赵穿，自请以其私属，附于上军。赵

盾许之。三军方出绛城，行不十里，忽有乘车冲入中军。韩厥使人问之，御者对曰："赵相国忘携饮具，奉军令来取，特此追送。"韩厥斩御者而毁其车。诸帅言于赵盾曰："此人负恩，恐不可用。"赵盾使人召韩厥。厥既至，盾乃降席而礼之曰："吾闻事君者，比而不党。子能执法如此，不负吾举矣。勉之！"厥拜谢而退。

晋师营于河曲。臾骈献策曰："请深沟高垒，固守勿战。彼不能持久，必退。退而击之，胜可万全。"赵盾从其计。秦康公求战不得，问计于士会。士会对曰："赵氏新任一人，姓臾名骈，此人广有智谋。赵有庶子赵穿，晋先君之爱婿。闻其求佐上军，赵孟不从而用骈，穿意必然怀恨。若使轻兵挑其上军，赵穿必恃勇来追。"秦康公乃使白乙丙率车百乘，袭晋上军挑战。郤缺与臾骈俱坚持不动，赵穿率私属百乘出迎。白乙丙回车便走，赵穿驱车追之。上军元帅郤缺，急使人报之赵盾。盾大惊，乃传令三军，一时并出。

再说赵穿驰入秦壁，白乙丙接住交锋。忽见晋大军齐至，两下各鸣金收军。赵穿回至本阵。忽报："秦国有人来下战书。"盾启而观之，书曰："请以来日决一胜负！"臾骈谓赵盾曰："秦惧我也，夜必遁矣。请伏兵于河口，乘其将济而击之。"赵盾正欲发令埋伏，胥甲闻其谋，告于赵穿。穿遂与胥甲同至军门，大呼曰："我晋国兵强将广，欲伏兵河口，为掩袭之计，是岂大丈夫所为耶？"秦谍者探知，乃连夜遁走。赵盾亦班师，回国治泄漏军情之罪。

赵盾惧秦师复至，欲召士会。臾骈曰："骈所善一人，名寿余，即魏犨之从子也。此人颇能权变，要招来士会，只在此人身上。"盾大喜。臾骈即夕往叩寿余之门，以招士会之策，告于寿余。寿余应允。次早，赵盾奏知灵公，言："秦人屡次侵晋，宜令河东诸邑宰，结寨于黄河岸口，轮番戍守。"乃以灵公之命召魏寿余，使督责有司，团兵出戍。寿余奏曰："河上绵延百余里，处处可济。暴露军士，守之无益。"赵盾怒曰："限汝三日内，取军籍呈报。再若抗违，当正军法！"寿余叹息而出，吩咐家人整备车马，欲奔秦国。是夜索酒痛饮，以进馔不洁，鞭膳夫百余。膳夫奔赵府，首告寿余欲叛晋奔秦之事。赵盾使韩厥帅兵往捕之。厥放走寿余，只擒获其妻子。

寿余连夜遁往秦国，见秦康公，告诉赵盾如此恁般。又于袖中出一文书，乃是魏邑土地人民之数，献于康公曰："明公能收寿余，愿以食邑奉献。"寿余以目盼士会，士会心亦思晋，乃对曰："河东诸城，无大于魏者。若得魏而据之，以渐收河东之地，

亦是长策。只恐魏有司惧晋之讨，不肯来归耳！”寿余曰：“魏有司虽晋臣，实魏氏之私也。若明公率一军屯于河西，臣力能致之。”秦康公乃拜西乞术为将，士会副之，亲率大军前进。既至河口，安营了毕，前哨报：“河东有一支军屯扎，不知何意？”寿余曰：“此必魏人闻有秦兵，故为备耳。诚得一东方之人，与臣先往。”康公命士会同往，士会顿首辞曰：“晋人虎狼之性，暴不可测。万一不从，拘执臣身，君加罪于臣之妻孥，无益于君。而臣之身家，枉被其殃，九泉之下，可追悔乎？”康公曰：“卿宜尽心前往。倘被晋人拘留，寡人当送还家口。”与士会指黄河为誓。士会同寿余遂渡河而东。

第四十九回
公子鲍厚施买国
齐懿公竹池遇变

话说士会同寿余济了黄河，望东而行。只见一位年少将军，引着一队军马来迎。那将军姓赵名朔，乃赵相国盾之子也。三人下车相见，同入晋去了。秦康公大怒，欲济河伐晋。前哨报："探得河东复有大军到来。"西乞术乃班师。士会入见灵公，肉袒谢罪。灵公曰："卿无罪也。"使列于六卿之间。秦康公使人送士会之妻孥于晋，士会感康公之义，致书称谢，且劝以息兵养民，各保四境。康公从之。自此秦、晋不交兵者数十年。

周顷王六年，崩，太子班即位，是为匡王。时楚穆王薨，世子旅嗣位，是为庄王。赵盾乘此机会，大合诸侯于新城，诸侯始复附于晋。惟蔡侯附楚如故，不肯赴会。赵盾使郤缺引军伐之，蔡人求和，乃还。

时齐昭公潘薨，太子舍即位。其母乃鲁女子叔姬，谓之昭姬。公子商人，齐桓公之妾密姬所生，素有篡位之志。昭公末年，召公子元于卫，任以国政。商人忌公子元之贤，意欲结纳人心，乃尽出其家财，周恤贫民。及世子舍即位，商人命死士即于丧幕中，刺杀世子舍。商人以公子元年长，乃伪言曰："舍无人君之威，不可居大位，吾此举为兄故也。"公子元大惊曰："吾知尔之求为君也久矣，何乃累我？但尔为君以后，得容我为齐国匹夫，以寿终足矣！"商人即位，是为懿公。子元闭门托病，并不入朝。

且说昭姬日夜悲啼，懿公恶之，乃囚于别室。昭姬阴赂宫人，使通信于鲁。鲁文公畏齐之强，命大夫东门遂如周，告于匡王。匡王命单伯往齐，谓懿公曰："既杀其子，焉用其母，何不纵之还鲁，以明齐之宽德？"懿公无语。迁昭姬于他宫，使人诱单伯曰："吾子何不谒见国母，使知天子眷顾宗国之意？"单伯遂驾车随使者入宫谒见昭姬。昭姬垂涕，略诉苦情。小虞懿公在外掩至，大骂曰："单伯如何擅入吾宫，私会国母，欲行苟且之事耶？"遂并单伯拘禁，与昭姬各囚于一室。恨鲁人以王命压之，兴兵伐鲁。鲁使上卿季孙行父如晋告急。晋赵盾奉灵公合八国诸侯，商议伐齐。齐懿公纳赂于晋，且释单伯还周，昭姬还鲁，诸侯遂散归本国。

却说宋襄公夫人王姬，乃周襄王之女兄，宋昭公杵臼之祖母也。昭公即位，不任六卿，不朝祖母，疏远公族，怠弃民事，日以从田为乐。昭公有庶弟公子鲍，美艳胜于妇人。襄夫人王姬心爱之，醉以酒，因逼与之通，许以扶立为君。遂欲废昭公而立公子鲍。公子鲍闻齐公子商人，以厚施买众心，得篡齐位。乃效其所为，亦散家财，以周给贫民。昭公七年，宋国岁饥，公子鲍尽出其仓廪之粟，以济贫者。昭公八年，宋复大饥，公子鲍仓廪已竭，襄夫人尽出宫中之藏以助之施，举国无不颂公子鲍之仁。公子鲍知国人助己。密告于襄夫人，谋弑昭公。襄夫人曰："闻杵臼将猎于孟诸之薮，乘其驾出，我使公子须闭门，子帅国人以攻之。"鲍依其言，遂杀昭公。襄夫人拥公子鲍为君，是为文公。

赵盾闻宋有弑君之乱，乃命荀林父合卫、陈、郑之师伐宋。宋右师华元至晋军，求与晋和。荀林父遂与宋华元盟，定文公之位而还。郑穆公退而言曰："晋惟赂是贪，有名无实。不如弃晋从楚。"乃遣人通款于楚。

再说齐懿公商人，曾与大夫邴原，争田邑之界。及是弑舍而自立，乃尽夺邴氏之田。时邴原已死，懿公使军士掘其墓，出其尸，断其足。邴原之子邴歜随侍左右，请掩其父。懿公许之。复购求国中美色，淫乐惟日不足。有人誉大夫阎职之妻甚美，懿公见而悦之，因留宫中。谓阎职曰："中宫爱尔妻为伴，可别娶也。"阎职敢怒而不敢言。

时夏五月，懿公命邴歜御车，阎职骖乘，往申池避暑。饮酒甚乐，懿公醉甚，苦热，命取绣榻，置竹林密处，卧而乘凉。邴歜谓阎职曰："今凶人醉卧竹中，此天遣我以报复之机，时不可失！"二人相与入竹林中。看时，懿公正在熟睡，内侍守于左右。邴歜曰："主公酒醒，必觅汤水，汝辈可预备以待。"内侍往备汤水。阎职执懿公之手，邴歜扼其喉，以佩剑刎之，头坠于地。二人扶其尸，藏于竹林之深处，弃其头于池中。早有人报知上卿高倾、国归父，高倾曰："盍讨其罪而戮之，以戒后人？"国归父曰："弑君之人，吾不能讨，而人讨之，又何罪焉？"遂请公子元为君，是为惠公。

却说鲁文公娶齐昭公女姜氏为夫人，生二子，曰恶，曰视。其嬖妾秦女敬嬴，亦生二子，曰倭，曰叔盻。四子中惟倭年长，而恶乃嫡夫人所生。故文公立恶为世子。鲁庄公有庶子曰公子遂，亦曰仲遂，住居东门，亦曰东门遂。敬嬴恃文公之宠，恨其子不得为嗣，乃以重赂交结仲遂，因以其子倭托之。周匡王四年，鲁文公薨，世子恶主丧即位。时齐惠公元，新即大位，特地遣人至鲁，会文公之葬。仲遂谓叔孙得臣曰：“今公子元新立，我国未曾致贺，而彼先遣人会葬，此修好之美意，不可不往谢之。乘此机会，结齐为援，以立公子倭，此一策也。”叔孙得臣曰：“子去，我当同行。”

第五十回
东门遂援立子倭　赵宣子桃园强谏

话说仲孙遂同叔孙得臣二人如齐拜贺新君。齐惠公赐宴，因问及鲁国新君，仲遂对曰："此子非先寡君所爱也。所爱者长子名倭，为人贤孝，国人皆思奉之为君，但压于嫡耳。上国若有意为鲁改立贤君，愿结婚姻之好，专事上国。"惠公大悦，与仲遂、叔孙得臣歃血立誓。遂等既返。仲遂与敬嬴私自定计，伏勇士于厩中，使圉人伪报："马生驹，甚良。"敬嬴使公子倭同恶与视，往厩看驹毛色。勇士突起，并杀恶与视。季孙行父闻恶、视之死，抚嗣君之尸，哭之不觉失声。仲遂曰："今日之事，立君为急。公子倭贤而且长，宜嗣大位。"百官莫不唯唯。乃奉公子倭为君，是为宣公。

一日，朝贺方毕，仲遂启奏："君内主尚虚，臣前与齐侯，原有婚媾之约，事不容缓。"宣公乃使仲遂如齐，请婚纳币。遂于二月迎夫人姜氏以归。宣公遣季孙行父往齐谢婚。齐惠公大悦，乃约鲁君以夏五月，会于平州之地。至期，鲁宣公先往，齐侯继至。仲遂捧济西土田之籍以进，齐侯并不推辞。事毕，宣公辞齐侯回鲁。仲遂曰："吾今日始安枕而卧矣。"

却说楚庄王旅即位三年，日事田猎。及在宫中，惟日夜与妇人饮酒为乐。悬令于朝门曰："有敢谏者，死无赦！"大夫申无畏人，曰："适臣行于郊，有以隐语进臣者。臣不能解，愿闻之于大王。"庄王曰："是何隐语？"申无畏曰："有大鸟，止于楚之高阜三年矣。不见其飞，不闻其鸣，不知此何鸟也？"庄王知其讽己，笑曰："是非凡鸟也。三年不飞，飞必冲天。三年不鸣，鸣必惊人。子其俟之。"申无畏再拜而退。居数日，庄王淫乐如故。大夫苏从见庄王，庄王勃然变色曰："明知谏之必死，而又欲入犯寡人，不亦愚乎？"苏从曰："臣之愚，不及王之愚之甚也！大王居万乘之尊，乐在目前，患在日后。臣之愚，不过杀身。然大王杀臣，后世将呼臣为忠臣，与龙逄、

比干并肩，臣不愚也。”庄王幡然起立，乃绝钟鼓之悬，屏郑姬，疏蔡女，任蔿贾、潘尪、屈荡，以分令尹斗越椒之权。令郑公子归生伐宋，战于大棘，获宋右师华元。命蔿贾救郑，与晋师战于北林，获晋将解扬以归，逾年放还。自是楚势日强，庄王遂侈然有争伯中原之志。

却说晋灵公年长，好为游戏。宠任一位大夫，名屠岸贾。灵公命岸贾于绛州城内，起一座花园，名曰桃园。园中筑起三层高台，中间建起一座绛霄楼。灵公不时登临，或张弓弹鸟，与岸贾赌赛饮酒取乐。一日，召优人呈百戏于台上，园外百姓聚观。灵公曰：“弹鸟何如弹人？寡人与卿试之。”灵公弹右，岸贾弹左。人丛中一人弹去了半只耳朵，一个弹中了左胛。吓得众百姓乱惊乱逃。灵公大怒，索性教左右会放弹的，一齐都放。那弹丸如雨点一般飞去，百姓躲避不迭。又有周人所进猛犬，名曰灵獒，能解人意。左右有过，灵公即呼獒使噬之，不死不已。其时列国离心，万民嗟怨。赵盾等屡屡进谏，灵公如瑱充耳，全然不听，反有疑忌之意。

忽一日，灵公朝罢，赵盾与士会尚在寝门，商议国家之事。只见有二内侍抬一竹笼，自闺而出。赵盾心疑，邀士会同往察之，乃肢解过的一个死人。赵盾大惊，问其来历，内侍告诉道：“此人乃宰夫也。主公命煮熊蹯，急欲下酒，宰夫只得献上。主公尝之，嫌其未熟，以铜斗击杀之，又砍为数段。”士会直入中堂。灵公知其必有谏诤之言，乃迎而谓曰：“大夫勿言，寡人已知过矣，今当改之。”士会稽首对曰：“人谁无过，过而能改，社稷之福也。”言毕而退。至次日，灵公免朝，命驾车往桃园游玩。赵盾乃先往桃园门外，候灵公至，上前参谒：“夫宫室嬖倖，田猎游乐，一身之乐止此矣，未有以杀人为乐者。今主公纵犬噬人，放弹打人，又以小过支解膳夫，此有道之君所不为也。臣不忍坐视君国之危亡，故敢直言无隐。”灵公大惭，以袖掩面。屠岸贾曰：“相国暂请方便。如有政事，俟主公明日早朝，于朝堂议之，何如？”赵盾不得已，将身闪开。

岸贾侍灵公游戏，忽然叹曰：“此乐不可再矣！赵相国明早必然又来聒絮。”灵公愤然作色曰：“此老在，甚不便于寡人，何计可以除之？”岸贾曰：“臣有客鉏麑者，愿效死力。若使行刺于相国，主公任意行乐，又何患哉？”是夜，鉏麑领命而行，潜伏赵府左右。闻谯鼓已交五更，见重门洞开，乘车已驾于门外。堂上灯光影影，相国赵盾，朝衣朝冠，端然而坐。鉏麑大惊，呼于门曰：“我，鉏麑也，宁违君命，不忍杀忠臣，我今自杀。恐有后来者，相国谨防之！”言罢，触槐而死。盾吩咐家人，暂将鉏麑浅埋于槐树之侧。赵盾登车入朝。灵公见赵盾不死，问屠岸贾以鉏麑之事。岸贾答曰：“臣尚有一计，可杀赵盾。主公来日，召赵盾饮于宫中，先伏甲士于后壁。俟三爵之后，主公可向赵盾索佩剑观看。臣从旁喝破：‘赵盾拔剑于君前，欲行不轨。’甲士齐出，缚而斩之。”灵公曰：“可依计而行。”

明日，复视朝，灵公命屠岸贾引赵盾入宫中。庖人献馔，酒三巡，灵公谓赵盾曰：“寡人闻吾子所佩之剑，盖利剑也。幸解下与寡人观之。”赵盾不知是计，方欲解剑。提弥明在堂下望见，大呼曰：“臣侍君宴，礼不过三爵，何为酒后拔剑于君前耶？”赵盾悟，遂起立。弥明怒气勃勃，直趋上堂，扶盾而下。岸贾呼獒奴纵灵獒，令逐紫袍者。獒疾走如飞，追及盾于宫门之内。弥明力举千钧，双手搏獒，折其颈，獒死。灵公怒甚，出壁中伏甲以攻盾，弥明以身蔽盾，教盾急走。弥明留身独战，寡不敌众，力尽而死。

话说赵盾亏弥明与甲士格斗，脱身先走。忽有一人狂追及盾，曰：“相国无畏，我来相救。”盾问曰：“汝何人？”对曰：“相国不记翳桑之饿人乎？则我灵辄便是。”原来五年之前，赵盾曾往九原山打猎而回，见有一男子卧地。盾疑为刺客，使人执之。其人饿不能起，问其姓名，曰：“灵辄也。囊空无所得食，已饿三日矣。”盾怜之，与之饭及脯。辄出一小筐，先藏其半而后食，曰：“家有老母，愿以大人之馔，充老母之腹。”盾使尽食其余，别取箪食与肉，置囊中授之。灵辄拜谢而去。后灵辄应募为公徒，适在甲士之数。念赵盾昔日之恩，特地上前相救。灵辄背负赵盾，趋出朝门。众甲士杀了提弥明，合力来追。恰好赵朔悉起家丁，驾车来迎。盾急召灵辄欲共载，辄已逃去矣。赵盾谓朔曰：“吾不得复顾家矣。此去或翟或秦，寻一托身之处可也。”于是父子同出西门，望西路而进。

第五十一回
责赵盾董狐直笔 诛斗椒绝缨大会

话说晋灵公见赵盾离了绛城，快不可言，遂携带宫眷于桃园住宿。再说赵穿在西郊射猎而回，正遇见盾、朔父子，停车相见，询问缘由。赵穿别了盾、朔父子，回至绛城，知灵公住于桃园，假意谒见，言："罪人之族，不敢复侍左右，乞赐罢斥！"灵公慰之曰："盾累次欺蔑寡人，与卿何与？卿可安心供职。"穿谢恩毕，复奏曰："主公既有高台广囿，何不多选良家女子，使明师教之歌舞，以备娱乐，岂不美哉？"灵公曰："何人可使？"穿对曰："大夫屠岸贾可使。"灵公遂命屠岸贾专任其事。赵穿遣开了屠岸贾，又奏于灵公曰："桃园侍卫单弱，臣于军中精选骁勇二百人，愿充宿卫。"灵公复准其奏。赵穿遂挑选了二百名甲士，使列于桃园之外。灵公登台阅之，大喜，即留赵穿侍酒。饮至二更，甲士二百人，毁门而入。赵穿以袖麾之，众甲士认定了晋侯，一拥而上。灵公登时身死。

不一日，赵盾回车，入于绛城，巡到桃园，百官一时并集。赵盾伏于灵公之尸，痛哭了一场。吩咐将灵公殡殓，归葬曲沃。一面会集群臣，议立新君。时灵公尚未有子，赵盾曰："文公尚有一子，名曰黑臀。今仕于周，其齿已长，吾意欲迎立之，何如？"百官不敢异同。赵盾乃使赵穿如周，迎公子黑臀归晋，即晋侯之位，是为成公。成公既立，专任赵盾以国政，以其女妻赵朔，是为庄姬。以赵同、赵括、赵婴并为大夫，赵穿佐中军如故。

赵盾终以桃园之事为歉。一日，步至史馆，见太史董狐，索简观之。赵盾观简上，明写："秋七月乙丑，赵盾弑其君夷皋于桃园。"盾大惊曰："太史误矣！吾已出奔河东，安知弑君之事？"董狐曰："子为相国，出亡未尝越境，返国又不讨贼，谓此事非子主谋，谁其信之？"盾叹曰："史臣之权，乃重于卿相！恨吾未即出境，悔之无

及。”自是赵盾事成公，益加敬谨。

却说楚令尹斗越椒，久有谋叛之意。庄王伐陆浑时，亦虑越椒有变，特留蒍贾在国。越椒欲尽发本族之众，斗克不从，杀之，遂袭杀司马蒍贾。贾子敖，扶其母奔于梦泽以避难。庄王闻变，兼程而行。越椒引兵来拒，军威甚壮。庄王下令退兵随国，扬言："欲起汉东诸国之众，以讨斗氏。"一面吩咐公子侧与公子婴齐，如此恁般，埋伏预备。次早，庄王引大军退走。越椒率众来追，追及后队潘尪之军。潘尪谓越椒曰："吾子志在取王，何不速驰?"越椒乃舍潘尪，前驰六十里，至青山，遇楚将熊负羁，问："楚王安在?"负羁曰："王尚未至也。吾观子众饥困，且饱食，乃可战耳。"越椒乃停车治爨。爨尚未熟，只见公子侧、公子婴齐两路军杀到。越椒之军不能复战，只得南走。回至清河桥，桥已拆断。只见隔河一声炮响，楚军于河畔大叫："乐伯在此，逆椒速速下马受缚!"越椒大怒，命隔河放箭。

乐伯军中有一小校，精于射艺，姓养名由基，军中称为神箭养叔。自请于乐伯，愿与越椒较射。乃立于河口大叫曰："闻令尹善射，吾当与比较高低，可立于桥堵之上，各射三矢，死生听命!"越椒欺其无名，乃曰："汝要与我比箭，须让我先射三矢。"养由基曰："就射百矢，吾何惧哉!"越椒挽弓先发一箭，养由基将弓梢一拨，那箭早落在水中。越椒又将第二箭搭上弓弦，觑得亲切，嗖的发来。养由基将身一蹲，那枝箭从头而过。越椒便取第三枝箭，端端正正地射去。养由基两脚站定，并不转动，箭到之时，张开大口，刚刚的将箭镞咬住。越椒三箭都不中，心下早已着慌。养由基取箭在手，虚把弓拽一拽，却不曾放箭。越椒听得弓弦响，将身往左一闪。由基又虚把弓弦拽响，越椒又往右一闪。养由基乘他那一闪时，接手放一箭来，斗越椒躲闪不及，这箭直贯其脑。斗家军见主将中箭，慌得四散奔走。楚将公子侧、公子婴齐分路追逐。越椒子斗贲皇，逃奔晋国。庄王凯歌还于郢都，将斗氏宗族，不拘大小，尽行斩首。只有斗般之子，名曰克黄，官拜箴尹。领命使齐，闻越椒作乱之事，驰入郢都，自诣司寇请囚。庄王赦克黄之罪，曰："克黄死不逃刑，乃忠臣也。"命复其官，改名曰斗生，言其宜死而得生也。

庄王置酒大宴群臣于渐台之上，妃嫔皆从。饮至日落西山，庄王命秉烛再酌，使所幸许姬姜氏，遍送诸大夫之酒。忽然一阵怪风，将堂烛尽灭。席中有一人，见许姬美貌，暗中以手牵其袂。许姬左手绝袂，右手揽其冠缨，缨绝，其人惊惧放手。许姬循步至庄王之前，附耳奏曰：“内有一人无礼，乘烛灭，强牵妾袖。妾已揽得其缨，王可促火察之。”庄王急命掌灯者：“且莫点烛！诸卿俱去缨痛饮，不绝缨者不欢。”于是百官皆去其缨，方许秉烛，竟不知牵袖者为何人也。后世名此宴为“绝缨会”。

一日，斗生言蒍贾之子蒍敖之贤，庄王即命虞邱同斗生驾车往梦泽，取蒍敖入朝听用。却说蒍敖字孙叔，人称为孙叔敖。庄王一见，与语竟日，大悦曰：“楚国诸臣，无卿之比。”即日拜为令尹。孙叔敖考求楚国制度，立为军法。用虞邱将中军，公子婴齐将左军，公子侧将右军，养由基将右广，屈荡将左广。四时蒐阅，各有常典。三军严肃，百姓无扰。

是时郑穆公兰薨，世子夷即位，是为灵公。公子宋与公子归生当国，尚依违于晋、楚之间，未决所事。楚庄王与孙叔敖商议，欲兴兵伐郑。忽闻郑灵公被公子归生所弑，庄王曰：“吾伐郑益有名矣！”

第五十二回
公子宋尝鼋构逆
陈灵公袒服戏朝

话说公子归生字子家，公子宋字子公，二人皆郑国贵戚之卿也。郑灵公元年，公子宋与归生相约早起，将入见灵公。公子宋之食指，忽然翕翕自动。归生异之。公子宋曰：“无他。我每常若跳动，是日必尝异味。不知今日尝何味耶？”将入朝门，内侍传命，唤宰夫甚急。公子宋问之，对曰：“有郑客从汉江来，得一大鼋，献于主公。主公使我召宰夫割烹，欲以享诸大夫也。”既入朝，见堂柱缚鼋甚大，二人相视而笑。灵公问曰：“卿二人今日何得有喜容？”公子归生对曰：“宋与臣入朝时，其食指忽动，言‘每常如此，必得异味而尝之。’今见堂下有巨鼋，度主公烹食，必将波及诸臣。食指有验，所以笑耳。”灵公戏之曰：“验与不验，权尚在寡人也！”次日，内侍果遍召诸大夫。灵公命布席叙坐，使人赐鼋羹一鼎，自下席派起，至于上席。恰到第一、第二席，只剩得一鼎。灵公曰：“赐子家。是子公数不当食鼋也，食指何尝验耶？”公子宋羞变成怒，径趋至灵公面前，以指探其鼎，取鼋肉一块啖之，曰：“臣已得尝矣！食指何尝不验也？”言毕，直趋而出。灵公亦怒，君臣皆不乐而散。

次日，公子宋与归生一同入朝。归生奏曰：“宋惧主公责其染指之失，特来告罪。”灵公曰：“寡人恐得罪子公，子公岂惧寡人耶？”拂衣而起。公子宋出朝，邀归生至家，密语曰：“主公怒我甚矣！不如先作难，事成可以免死。”归生掩耳曰：“一国之君，敢轻言弑逆乎？”公子宋曰：“吾戏言，子勿泄也。”归生辞去。公子宋探知归生与公子去疾相厚，乃扬言于朝曰：“子家与子良早夜相聚，不知所谋何事，恐不利于社稷也。”归生急牵宋之臂，至于静处，谓曰：“是何言与？”公子宋曰：“子不与我协谋，吾必使子先我一日而死。”归生素性懦弱，曰：“任子所为，吾不汝泄也。”公子宋乃阴聚家众，乘灵公秋祭斋宿，夜半潜入斋宫，以土囊压灵公而杀之。

次日，归生与公子宋共议，奉公子坚即位，是为襄公。襄公忌诸弟党盛，私与公子去疾商议，欲尽逐其诸弟。去疾曰：“夫兄弟为公族，譬如枝叶盛茂，本是以荣。若剪枝去叶，本根俱露，枯槁可立而待矣。”襄公感悟，乃拜其弟十一人皆为大夫。明年，楚庄王使公子婴齐为将，率师伐郑。晋使荀林父救之，楚遂移兵伐陈。郑襄公从晋成公盟于黑壤。

周定王三年，晋上卿赵盾卒。不日，晋成公病薨，立世子獳为君，是为景公。是年，楚庄王亲统大军，复伐郑师于柳棼。晋郤缺率师救之，袭败楚师。明年，楚庄王复伐郑，屯兵于颍水之北。适公子归生病卒，公子去疾追治尝鼋之事，杀公子宋，遣使请成于楚王。楚王许之，遣使约会陈侯。使者自陈还，言：“陈侯为大夫夏征舒所弑，国内大乱。”

话说陈灵公为人，轻佻惰慢，耽于酒色。宠着两位大夫，一个姓孔名宁，一个姓仪名行父。一君二臣，志同气合。其时朝中有个大夫夏御叔，娶郑穆公之女为妻，谓之夏姬。那夏姬生得蛾眉凤眼，杏脸桃腮。生子曰征舒，字子南，年十二岁上，御叔病亡。夏姬留征舒于城内，从师习学，自家退居株林。孔宁、仪行父曾窥见夏姬之

色，各有窥诱之意。夏姬有侍女荷华，惯与主母做脚揽主顾。孔宁先勾搭上了荷华，赠以簪珥，求荐于主母。遂得入马，窃穿其锦裆以出，夸示于仪行父。行父慕之，亦以厚币交结荷华，求其通款。夏姬爱之，倍于孔宁，乃自解所穿碧罗襦为赠。仪行父大悦，亦夸示于孔宁。孔宁心怀妒忌，想出一条计策来。遂独见灵公，闲话间，说及夏姬之美，天下绝无。次日，灵公传旨驾车，微服出游株林，只教大夫孔宁相随。孔宁先送信于夏姬，教他治具相候。又露其意于荷华，使之转达。那边夏姬，凡事预备停当。灵公至夏家，夏姬具礼服出迎。灵公视其貌，真天人也！筵席已具，夏姬执盏定席。饮酒中间，灵公目不转睛，夏姬亦流波送盼。是夜，荷华引灵公直入内室。灵公更不攀话，拥夏姬入帷，解衣共寝。睡至鸡鸣，夏姬抽自己贴体汗衫，与灵公穿上，曰："主公见此衫，如见贱妾矣！"至天明，早膳已毕，孔宁为灵公御车回朝。

次日，灵公召孔宁至前，谢其荐举夏姬之事。又召仪行父问曰："如此乐事，何不早奏寡人？你二人却占先头，是何道理？"孔宁对曰："譬如君有味，臣先尝之。若尝而不美，不敢进于君也。"灵公笑曰："不然。譬如熊掌，就让寡人先尝也不妨。"孔、仪二人俱笑。灵公又曰："汝二人虽曾入马，他偏有表记送我。"乃扯衬衣示之。孔宁曰："臣亦有之。"乃撩衣，见其锦裆。行父亦解开碧罗襦，与灵公观看。灵公大笑曰："我等三人，随身俱有质证，异日同往株林，可作连床大会矣！"一君二臣，正在朝堂戏谑。把这话传出朝门，恼了一位正直之臣，复身闯入朝门进谏。

第五十三回
楚庄王纳谏复陈　晋景公出师救郑

却说陈大夫泄冶，整襟端笏，复身趋入朝门。孔、仪二人，先辞灵公而出。灵公欲起御座，泄冶腾步上前，牵住其衣，跪而奏曰：“今国中有失节之妇，而又君臣宣淫，互相标榜，朝堂之上，体统俱失。君臣之敬，男女之别，沦灭已极！此亡国之道也。君必改之！”灵公以袖掩面曰：“卿勿多言，寡人行且悔之矣！”泄冶辞出朝门，孔、仪二人尚在门外打探。泄冶将二人唤出，责之。二人不能措对，唯唯谢教。泄冶

去了，孔、仪二人，求见灵公，述泄冶责备其君之语。灵公奋然曰：“寡人宁得罪于泄冶，安肯舍此乐地乎？”孔、仪二人复奏曰：“主公若再往，恐难当泄冶絮聒。何不传旨，杀了泄冶，则终身之乐无穷矣！”灵公点首曰：“由卿自为。”二人遂将重贿买出刺客，伏于要路，候泄冶入朝，突起杀之。自泄冶死后，君臣益无忌惮。三人不时同往株林，习以为常，公然不避。

征舒渐渐长大知事，见其母之所为，心如刀刺，只是干碍陈侯，无可奈何。光阴似箭，征舒年一十八岁。灵公欲悦夏姬之意，使嗣父职为司马，执掌兵权。忽一日，陈灵公与孔、仪二人，复游株林，宿于夏氏。征舒因感嗣爵之恩，特地回家设享，款待灵公。酒酣之后，君臣复相嘲谑。征舒厌恶其状，退入屏后，潜听其言。灵公谓仪行父曰：“征舒躯干魁伟，有些像你，莫不是你生的？”仪行父笑曰：“征舒两目炯炯，极像主公，还是主公所生。”孔宁从旁插嘴曰：“他的爹极多，是个杂种，便是夏夫人自家也记不起了！”三人拍掌大笑。征舒羞恶之心，勃然难遏。暗将夏姬锁于内室，却从便门溜出，吩咐随行军众：“把府第团团围住，不许走了陈侯及孔、宁二人。”征舒戎妆披挂，手执利刃，引着得力家丁数人，从大门杀进。口中大叫：“快拿淫贼！”陈侯急向后园奔走，征舒随后赶来，飕的一箭，正中当心。孔宁、仪行父望西边奔入射圃，从狗窦中钻出，不到家中，赤身奔入楚国去了。征舒拥兵入城，只说陈侯酒后暴疾身亡，遗命立世子午为君，是为成公。征舒惧诸侯之讨，乃强逼陈侯往朝于晋，以结其好。

再说楚国使臣，未到陈国，闻乱而返。恰好孔宁、仪行父二人逃到，见了庄王，只说：“夏征舒造反，弑了陈侯。”庄王遂集群臣商议。却说楚国一位公族大夫，屈氏名巫，字子灵。此人文武全才，只有一件毛病，贪淫好色。数年前，曾出使陈国，遇夏姬出游，窥见其貌，心甚慕之。及闻征舒弑逆，力劝庄王兴师伐陈。楚庄王亲引三军，直造陈都。夏征舒潜奔株林。时陈成公尚在晋国未归。楚庄王即命陈大夫辕颇为向导，自引大军往株林进发，将征舒拿住。庄王一见夏姬，心志迷惑。屈巫谏曰：“吾主用兵于陈，讨其罪也。若纳夏姬，是贪其色也。讨罪为义，贪色为淫。”庄王曰：“子灵之言甚正，寡人不敢纳矣。”时将军公子侧在旁，亦贪夏姬美貌，跪而请曰：“臣中年无妻，乞我王赐臣为室。”屈巫又曰：“此妇乃天地间不祥之物。天下多美妇人，何必取此淫物？”公子侧曰：“既如此，我亦不娶了。”庄王曰：“物无所主，人必争之。闻连尹襄老，近日丧偶，赐为继室可也。”

庄王返陈，传令将征舒车裂以殉。遂灭陈以为楚县。南方属国，俱来朝贺。独有大夫申叔时无庆贺之言。庄王使内侍传语责之。申叔时随使者求见楚王，曰：“今有人牵牛取径于他人之田者，践其禾稼，田主怒夺其牛。此狱若在王前，何以断之?”庄王曰：“牵牛践田，所伤未多也。夺其牛，太甚矣！寡人若断此狱，薄责牵牛者，而还其牛。”申叔时曰：“王何明于断狱，而昧于断陈也？夫征舒有罪，止于弑君，未至亡国也。王讨其罪足矣。”庄王顿足曰：“善哉此言！”立召陈大夫辕颇，曰：“吾当复封汝国，汝可迎陈君而立之。”将出楚境，正遇陈侯午自晋而归。君臣并驾至陈。

庄王以陈虽南附，郑犹从晋，未肯服楚，乃悉起三军两广之众，杀奔荥阳而来。连尹襄老为前部，健将唐狡请曰：“狡愿自率部下百人，前行一日，为三军开路。”襄老壮其志，许之。唐狡所至力战，当者辄败，兵不留行。庄王率诸将直抵郑郊，未曾有一兵之阻。庄王即召唐狡，欲厚赏之。唐狡对曰：“绝缨会上，牵美人之袂者，即臣也。蒙君王不杀之恩，故舍命相报。”庄王命军正纪其首功。唐狡即夜遁去，不知所往。大军攻破郊关，直抵城下。郑坚守三月，力不能支。城破，郑襄公肉袒牵羊，以迎楚师。庄王即麾军退三十里。郑襄公亲至楚军，谢罪请盟，留其弟公子去疾为质。

忽报：“晋国拜荀林父为大将，出车六百乘，前来救郑。”令尹孙叔敖曰：“已得郑矣，又寻仇于晋，焉用之？不如全师而归。”庄王乃传令南辕反旆，来日饮马于河而归。伍参夜求见庄王曰：“王以一国之主，而避晋之诸臣，将贻笑于天下，况能有郑乎？”庄王愕然曰：“寡人从子战矣！”即夜使人将乘辕一齐改为北向，进至管城，以待晋师。

第五十四回
荀林父纵属亡师　孟侏儒托优悟主

话说晋景公即位三年，闻楚王亲自伐郑，乃拜荀林父为中军元帅，起兵车六百乘，自绛州进发。到黄河口，前哨探得郑已出降于楚，楚兵亦将北归矣。荀林父召诸将商议行止。士会曰："不如班师，以俟再举。"林父遂命诸将班师。副将先縠挺身出曰："元帅必欲班师，小将情愿自率本部前进。"荀林父曰："楚兵强将广，汝偏师独济，如以肉投馁虎，何益于事？"先縠竟出营门，遇赵同、赵括。三人不秉将令，引军济河。韩厥来见荀林父，曰："事已至此，不如三军俱进。"林父遂传令三军并济。

且说郑襄公探知晋兵众盛，乃集群臣计议。大夫皇戌进曰："臣请为君使于晋军，劝之战楚。晋胜则从晋，楚胜则从楚。"郑伯遂使皇戌往晋军中。先縠不由林父之命，同赵同、赵括竟与皇戌定战楚之约。谁知郑襄公又别遣使往楚军中，亦劝楚王与晋交战。孙叔敖言于楚王曰："晋人无决战之意，不如请成。请而不获，然后交兵，则曲在晋矣。"庄王使蔡鸠居往晋请罢战修和。先縠对蔡鸠居骂曰："汝夺我属国，又以和局缓我。快去报与楚君，教他早早逃走，饶他性命！"蔡鸠居回转本寨，奏知庄王。庄王大怒，命乐伯前往挑战。乐伯乘单车，径逼晋垒。晋军分为三路追赶将来。乐伯将雕弓挽满，左边连射倒三四匹马，右边逢盖面门亦中一箭。左右二路追兵，俱不能进，只有鲍癸紧紧随后。乐伯只存下一箭了，欲射鲍癸，忽见赶出一头麋来。乐伯一箭望麋射去，直贯麋心。乃使摄叔下车取麋，以献鲍癸曰："愿充从者之膳。"鲍癸假意叹曰："楚将有礼，我不可犯也！"麾左右回车。

晋将魏锜知鲍癸放走了乐伯，心中大怒曰："小将亦愿以单车，探楚之强弱。"林父曰："楚来求和，然后挑战。子若至楚军，也将和议开谈，方是答礼。"赵旃先送魏锜登车，曰："将军报鸠居之使，我报乐伯，各任其事可也。"却说上军元帅士会，慌忙来见荀林父，曰：“魏锜、赵旃此行，必触楚怒。倘楚兵猝然乘我，何以御之？”先縠大叫曰：“旦晚厮杀，何以备为！”荀林父不能决。士会退谓郤克曰：“荀伯木偶耳！我等宜自为计。”乃使郤克约会上军大夫巩朔、韩穿，各率本部兵，分作三处，伏于敖山之前。

再说魏锜到楚军中，竟自请战而还。诡说：“楚王不准讲和，定要交锋。”荀林父见赵旃未回，乃使荀罃率车二十乘，步卒千五百人，往迎赵旃。潘党见其车尘，谓楚王曰：“晋师大至矣！”庄王传令，以左军攻晋上军，以右军攻晋下军，自引中军两广之众，直捣荀林父大营。晋军全没准备，鱼奔鸟散，被楚兵乱杀一回。荀罃为熊负羁所擒。荀林父同韩厥，引着败残军卒，沿河而走。先縠自后赶上，额中一箭。行至河口，赵括亦到。下军正副将赵朔、栾书，被楚将公子侧袭败，驱率残兵，亦取此路而来。林父出令曰：“先济河者有赏。”两军夺舟，自相争杀。先縠喝令军士：“但有攀舷扯桨的，用刀乱砍其手。”各船俱效之。荀首得知其子荀罃被楚所获，乃聚起荀氏家兵，多带良箭，撞入楚军。遇着老将连尹襄老，一箭射去，恰穿其颊。公子縠臣驰车来救，荀首又复一箭，中其右腕。縠臣被魏锜乘势活捉过来，并载襄老之尸。荀首曰：“有此二物，可以赎吾子矣！”乃策马急驰。

且说公子婴齐来攻上军。士会探信最早，先已结阵，且战且走。婴齐追及敖山之下，忽闻炮声大震，一军杀出。巩朔接住婴齐厮杀，不敢恋战，保着士会，徐徐而走。婴齐追来，前面炮声又起，韩穿起兵来到。婴齐见埋伏甚众，鸣金退师。士会点查将士，并不曾伤折一人。时天已昏黑，楚军已至邲城。伍参请速追晋师。庄王曰：“楚自城濮失利，贻羞社稷，此一战可雪前耻矣。何必多杀？”乃下令安营。晋军乘夜济河，纷纷扰扰，直乱到天明方止。郑襄公知楚师得胜，亲自至邲城劳军。庄王奏凯而还，嘉伍参之谋，用为大夫。却说荀林父引败兵还见景公，景公欲斩林父。群臣力保。景公遂斩先縠，复林父原职。命六卿治兵练将，为异日报仇之举。

周定王十二年春三月，楚令尹孙叔敖病笃，嘱其子孙安曰：“吾有遗表一通，死后为我达于楚王。楚王若封汝官爵，汝不可受。”言毕遂卒。孙安取遗表呈上，庄王读罢，即命驾往视其殓，抚棺痛哭。次日，以公子婴齐为令尹。庄王欲以孙安为工正，安力辞不拜，退耕于野。庄王所宠优人孟侏儒，谓之优孟，身不满五尺，平日以滑稽调笑，取欢左右。一日出郊，见孙安砍下柴薪，自负而归。怪而问之，孙安曰：

“父为相数年，一钱不入私门，吾安得不负薪乎？”优孟乃制孙叔敖衣冠剑履一具，并习其生前言动，宛如叔敖之再生也。值庄王宴于宫中，优孟扮叔敖登场。楚王一见，大惊。优孟对曰：“臣非真叔敖，偶似之耳。”楚王曰：“寡人见似叔敖者，亦足少慰寡人之思。卿可即就相位。”优孟对曰：“老妻有村歌劝臣，臣请歌之。”庄王闻优孟歌毕，即命优孟往召孙安。孙安敝衣草屦而至。庄王曰：“孙安不愿就职，当封以万家之邑。”孙安奏曰：“君王倘念先臣尺寸之劳，愿得封寝丘，臣愿足矣。”庄王曰：“寝丘瘠恶之土，卿何利焉？”孙安曰：“先臣有遗命，非此不敢受也。”庄王乃从之。

却说晋臣荀林父，闻孙叔敖新故。乃请师伐郑，大掠郑郊，扬兵而还。郑襄公大惧，遣使谋之于楚，且以其弟公子张，换公子去疾回郑，共理国事。庄王曰：“郑苟有信，岂在质乎？”乃悉遣之，因大集群臣计议。

第五十五回
华元登床劫子反 老人结草亢杜回

话说楚庄王大集群臣，计议却晋之事。公子侧曰："莫若兴师伐宋。"庄王曰："伐之当奉何名？"公子婴齐对曰："可遣使报聘于齐，竟自过宋，令勿假道，且以探之。如以无礼之故，辱我使臣，我借此为辞，何患无名哉？"庄王乃命申无畏如齐修聘。无畏奏曰："聘齐必经宋国，须有假道文书送验。若无假道文书，必然杀臣。"庄王曰："若杀子，我当兴兵破灭其国，为子报仇。"无畏乃不敢辞。明日，率其子申犀，谒见庄王曰："臣以死殉国，但愿王善视此子。"庄王曰："子勿多虑。"申无畏行至睢阳，关吏知其无假道文验，飞报宋文公。时华元为政，奏于文公曰："楚，吾世仇也。今不循假道之礼，欺我甚矣！请杀之！"宋公乃使人执申无畏至宋廷，杀之。从人弃车而遁，回报庄王。庄王即拜司马公子侧为大将，亲自伐宋。

楚兵将睢阳城围困，造楼车高与城等，四面攻城。华元遣使奔晋告急。晋景公欲发兵救之，谋臣伯宗谏曰："楚粮运不继，必不能久。今遣一使往宋，只说：'晋已起大军来救。'谕使坚守。不过数月，楚师将去。"景公然其言。大夫解扬请行。解扬微服行及宋郊，被楚之游兵盘诘获住，献于庄王。庄王搜得身边文书，看毕，谓曰："宋城破在旦夕矣，汝能反书中之言，当封汝为县公。不然，当斩汝矣！"解扬恐无人达晋君之命，乃佯许曰："诺。"庄王升解扬于楼车之上。扬遂呼宋人曰："我晋国使臣解扬也，被楚军所获。我主公亲率大军来救，不久必至矣。"庄王叱左右斩讫报来。解扬全无惧色，徐声答曰："假使楚有臣而背其主之言，以取赂于外国，君以为信乎？臣请就诛。"庄王乃纵之使归。

宋华元因解扬之告，缮守益坚。彼此相拒九个月头。庄王没奈何了，军吏禀道："营中只有七日之粮矣！"庄王乃亲自登车，阅视宋城，见守陴军士，甚是严整，即召

公子侧议班师。申叔时献计曰：“宋之不降，度我不能久耳。若使军士筑室耕田，示以长久之计，宋必惧矣。”庄王乃下令，军士沿城一带起建营房。每军十名，留五名攻城，五名耕种。华元闻之，谓宋文公曰：“楚王无去志矣。臣请入楚营，面见子反，劫之以和，或可侥幸成事也。”文公从之。华元捱至夜分，扮作谒者模样，悄地从城上缒下，直到土堙边。遇巡军击柝而来，华元问曰：“主帅在上乎？”巡军曰：“在。今夜大王赐酒一樽，饮之已就枕矣。”华元走上土堙，见公子侧和衣睡倒，以手推之。公子侧醒来，要转动时，两袖被华元坐住了。急问：“汝是何人？”华元低声答曰：“吾乃宋国右师华元也。奉主公之命，特地夜至求和。元帅若不允，元与元帅之命，俱尽于今夜矣！”言毕，右手于袖中掣出雪白一柄匕首。公子侧慌忙答曰：“有事大家商量。子国中如何光景？”华元曰：“易子而食，拾骨而爨，已十分狼狈矣。倘蒙矜厄之仁，退师三十里，寡君愿以国从。”公子侧曰：“我不相欺，军中亦只有七日之粮矣。明日我当奏知楚王，退军一舍。”华元曰：“元情愿以身为质，与元帅共立誓词。”二人设誓已毕，华元连夜回复宋公。

次早天明，公子侧将夜来华元所言，告于庄王。庄王降旨退军，屯于三十里之外。华元先到楚军，致宋公之命。公子侧随华元入城，与宋文公歃血为誓。宋公遣华元送申无畏之棺于楚营，即留身为质。庄王班师归楚。

却说晋景公闻楚人围宋，经年不解，正欲发兵，忽报：“潞国有密书送到。”按潞国乃赤狄别种，隗姓，子爵。此时潞子名婴儿，娶晋景公之娣伯姬为夫人。国相酆舒，专权用事。诬伯姬以罪，逼其君使缢杀之。潞子遂写密书送晋，求晋起兵来讨酆舒之罪。景公乃命荀林父为大将，出车三百乘伐潞。酆舒战败奔卫。卫穆公囚酆舒以献于晋军。荀林父令缚至绛都，杀之。晋师长驱直入潞城，林父数潞子婴儿诬杀伯姬之罪，并执以归。潞乃灭。林父留副将魏颗，略定赤狄之地。忽报：“秦国遣大将杜回起兵来到。”

魏颗排开阵势，等待交锋。杜回领着惯战杀手三百人，大踏步直冲入阵来。晋兵遮拦不住，大败一阵。魏颗下令，扎住营垒，且莫出战。是夜，魏颗在营中闷坐，左思右想，蒙眬睡去。耳边似有人言“青草坡”三字，醒来不解其意。乃向其弟魏锜言之。魏锜曰：“辅氏左去十里，有个大坡，名为青草坡，或者秦军合败于此地也。弟先引一军往彼埋伏，兄诱敌军至此。”魏颗乃传令：“拔寨都起。”扬言：“且回黎城。”

杜回果然来追，魏颗引近青草坡来。一声炮响，魏锜伏兵俱起。魏颗复身转来，将杜回团团围住。看看杀至青草坡中间，杜回忽然一步一跌，立脚不住。魏颗举眼看时，遥见一老人，布袍芒履，将青草一路挽结，以攀杜回之足。魏颗、魏锜双车碾到，把杜回活捉过来。魏颗即时将杜回斩首，解往稷山请功。

是夜，魏颗始得安睡，梦日间所见老人，前来致揖曰："将军知杜回所以获乎？是老汉结草以御之。我乃祖姬之父也。老汉九泉之下，感子活女之命，特效微力。"原来魏颗之父魏犨，有一爱妾，名曰祖姬。犨每出征，必嘱魏颗曰："吾若战死沙场，汝当为我选择良配，以嫁此女。"及魏犨病笃之时，又嘱颗曰："此女吾所爱惜，必用以殉吾葬。"言讫而卒。魏颗并不用祖姬为殉。魏锜问之，颗曰："父平日吩咐必嫁此女，临终乃昏乱之言。孝子从治命，不从乱命。"葬事毕，遂择士人而嫁之。景公嘉魏颗之功，封以令狐之地。复遣士会领兵攻灭赤狄余种。自是赤狄之土，尽归于晋。

时晋国岁饥，盗贼蜂起。荀林父得一人，姓郤名雍，善亿逆。郤雍每日获盗数十人，市井悚惧，而盗贼愈多。大夫羊舌职谓林父曰："元帅任郤雍以获盗也。盗未尽获，而郤雍之死期至矣。"

第五十六回
萧夫人登台笑客　逢丑父易服免君

话说羊舌职度郤雍必不得其死，林父请问其说。羊舌职对曰：“恃郤雍一人之察，不可以尽群盗。而合群盗之力，反可以制郤雍，不死何为？”未及三日，郤雍果被群盗所杀。荀林父忧愤成疾而死。晋景公闻羊舌职之言，召而问曰：“弭盗何策？”羊舌职对曰：“君如择朝中之善人，显荣之于民上，彼不善者将自化，何盗之足患哉？”景公又问：“当今晋之善人，何者为最？”羊舌职曰：“无如士会。”景公乃以士会为中军元帅。士会将缉盗科条，尽行除削，专以教化劝民为善。于是奸民皆逃奔秦国，晋国大治。

景公复有图伯之意，乃遣上军元帅郤克，使鲁及齐。郤克至鲁修聘，礼毕，辞欲往齐。鲁宣公使上卿季孙行父，同郤克一齐启行。方及齐郊，只见卫上卿孙良夫、曹大夫公子首，也为聘齐来到。四位大夫下了客馆。次日朝见，各致主君之意。礼毕，齐顷公入宫，见其母萧太夫人，忍笑不住。萧太夫人问曰：“外面有何乐事？”顷公对曰：“今有晋、鲁、卫、曹四国，各遣大夫来聘。晋大夫郤克，是个瞎子，只有一只眼光着看人。鲁大夫季孙行父，是个秃子。卫大夫孙良夫，是个跛子。曹公子首，是个驼背。堂上聚着一班鬼怪，岂不可笑？”萧太夫人不信。顷公曰：“来日儿命设宴于后苑，诸大夫必从崇台之下经过。母亲可登于台上，张帷而窃观之。”

次日，萧太夫人已在崇台之上了。顷公又于国中密选眇者、秃者、跛者、驼者各一人，使分御四位大夫之车。郤克眇，即用眇者为御；行父秃，即用秃者为御；孙良夫跛，即用跛者为御；公子首驼，即用驼者为御。车行过台下，萧夫人启帷望见，不觉大笑。郤克闻台上有妇女嬉笑之声，心中大疑。草草数杯，即回馆舍，使人诘问：“台上何人？”“乃国母萧太夫人也。”须臾，鲁、卫、曹三国使臣，皆来告诉郤克，言："齐国戏弄我等，以供妇人观笑，是何道理？"郤克曰："我等若不报此仇，非丈夫也！"四位大夫聚于一处，竟夜商量，不辞齐侯，各还本国而去。

是时鲁卿东门仲遂、叔孙得臣俱卒，季孙行父为正卿，誓欲报仇。闻郤克请兵于晋侯，因与太傅士会主意不合，故晋侯未许。行父乃奏知宣公，使人往楚借兵。值楚庄王旅病薨，世子审即位，时年才十岁，是为共王。楚共王方有新丧，辞不出师。行父正在愤懑之际，有人自晋国来述："郤克日夜言伐齐之利，晋侯惑之。士会乃告老让之以政。今郤克为中军元帅，不日兴师报齐矣。"行父大喜，乃使人行聘于晋。时鲁宣公病薨，季孙行父等拥立世子黑肱，时年一十三岁，是为成公。成公年幼，凡事皆决于季氏。

鲁成公即位二年，齐顷公闻鲁与晋合谋伐齐，一面遣使结好于楚，一面整顿车徒，躬先伐鲁，攻破龙邑。正欲深入，哨马探得卫国大将孙良夫，统兵将入齐境。顷公乃留兵戍龙邑，班师而南。行至新筑界口，恰遇卫兵前队副将石稷已到，两下各结营垒。是夜，孙良夫率中军往劫齐寨。齐人也虑卫军来袭，已有整备。卫军大败。孙良夫收拾败军，歇息数日。留石稷等屯兵新筑，自己亲往晋国借兵。适值鲁司寇臧宣叔亦在晋请师。郤克虑齐之强，请车八百乘，晋侯许之。师出绛州城，望东路进发。季孙行父同叔孙侨如帅师来会，孙良夫复约会曹公子首。各军俱于新筑取齐，次第前行。

齐顷公乃挑选五百乘，直至鞍地扎营。齐顷公亲自披甲出阵，逢丑父为车右。两家各结阵于鞍。齐侯自恃其勇，驰车直冲入晋阵。郤克援枹连击，冒矢而进。左右一齐击鼓，鼓声震天。晋军争先驰逐，势如排山倒海。齐军不能当，大败而奔。韩厥招引本部驱车来赶，齐军纷纷四散。顷公绕华不注山而走。韩厥遥望金舆，尽力逐之。逢丑父谓顷公曰："事急矣！主公快将锦袍绣甲脱下，与臣穿之，假作主公。主公可穿臣之衣，执辔于旁。"顷公依其言。更换方毕，韩厥之车，已到马首。韩厥见锦袍绣甲，认是齐侯，再拜稽首曰："愿御君侯，以辱临于敝邑！"丑父以瓢授齐侯曰："丑父可为我取饮。"齐侯下车，绕山左而遁。韩厥以丑父献，郤克见之曰："此非齐侯也！"韩厥怒问丑父曰："汝是何人？"对曰："某乃车右将军逢丑父。"郤克叱左右："缚丑父去斩！"丑父大呼曰："自今无有代其君任患者。丑父免君于患，今且为戮矣！"郤克命解其缚，使后车载之。

顷公既脱归本营，复乘轻车驰入晋军，访求丑父。国佐、高固二将，恐齐侯有

失，各引军来救驾。哨马报：“晋兵分五路杀来了！”国佐奏曰：“主公且回国中坚守，以待楚救。”齐侯遂引大军，回至临淄去了。郤克引大军，及鲁、卫、曹三国之师，长驱直入，直抵国都，志在灭齐。

第五十七回 娶夏姬巫臣逃晋 围下宫程婴匿孤

话说晋兵追齐侯，至袁娄安营下寨，打点攻城。齐顷公集诸臣问计。国佐进曰：“臣请以纪侯之甗及玉磬，行赂于晋，而请与晋平。鲁、卫二国，则以侵地还之。”顷公从之。国佐乃捧着纪甗、玉磬二物，径造晋军。郤克曰：“倘真心请平，只依我两件事。一来，要萧君同叔之女为质于晋；二来，必使齐封内垄亩尽改为东西行。”国佐勃然发怒曰：“萧君之女乃寡君之母。至于垄亩纵横，皆顺其地势之自然，若惟晋改易，与失国何异？元帅必不允从，请收合残兵，与元帅决战于城下。”委甗、磬于地，朝上一揖，昂然出营去了。季孙行父与孙良夫在幕后闻其言，出谓郤克曰：“兵无常胜，不如从之。”郤克乃使良马驾车，追及十里之外，强拉国佐，复转至晋营。郤克使与季孙行父、孙良夫相见，乃曰：“克听子矣。”国佐曰：“愿同盟为信。”郤克命取牲血共歃，订盟而别。释放逄丑父复归于齐。齐顷公进逄丑父为上卿。晋、鲁、卫、曹之师，皆归本国。

且说陈夏姬嫁连尹襄老，未及一年，襄老从军于邲，夏姬遂与其子黑要烝淫。及襄老战死，黑要恋夏姬之色，不往求尸。夏姬欲借迎尸之名，谋归郑国。申公屈巫遂赂其左右，使传语于夏姬曰：“申公相慕甚切，若夫人朝归郑国，申公晚即来聘矣。”又使人谓郑襄公曰：“姬欲归宗国，盍往迎之？”郑襄公果然遣使来迎夏姬。夏姬入朝辞楚王，奏闻归郑之故。言下泪珠如雨，楚庄王怜而许之。夏姬方行，屈巫遂致书于郑襄公，求聘夏姬为内子。襄公受其聘币。及闻齐师大败，国佐已及晋盟，楚共王曰：“寡人当为齐伐卫、鲁。谁能为寡人达此意于齐侯者？”申公屈巫愿往。巫先将家属及财帛，装载十余车，陆续出城。自己乘轺车在后，星驰往郑，致楚王师期之命。遂与夏姬在馆舍成亲。

夏姬枕畔谓屈巫曰："此事曾禀知楚王否？"屈巫将庄王及公子侧欲娶之事，诉说一遍："下官不敢回楚，明日与夫人别寻安身之处。"次早，修下表章一通，寄复楚王，遂与夏姬同奔晋国。晋景公闻屈巫之来，即日拜为大夫。屈巫乃去屈姓以巫为氏，名臣。巫臣自此安居于晋。楚共王接得巫臣来表，大怒，乃使公子婴齐领兵抄没巫臣之族，使公子侧领兵擒黑要而斩之。巫臣为晋划策，请通好于吴国，因以车战之法，教导吴人。留其子狐庸仕于吴为行人。自此吴势日强，尽夺取楚东方之属国。寿梦遂僭爵为王。

冬十月，楚王拜公子婴齐为大将，同郑师伐卫，残破其郊。因移师侵鲁，屯于杨桥之地。仲孙蔑赂之，请盟而退。晋亦遣使邀鲁侯同伐郑国，鲁成公复从之。周定王二十年，郑襄公坚薨，世子费嗣位，是为悼公。因与许国争田界，许君诉于楚，楚共王使人责郑。郑悼公怒，乃弃楚从晋。是年，郤克卒。栾书代为中军元帅。明年，楚公子婴齐帅师伐郑，栾书救之。

却说晋景公宠用屠岸贾，游猎饮酒。时梁山无故自崩，景公使太史卜之。屠岸贾行赂于太史，使以"刑罚不中"为言。屠岸贾奏曰："赵盾弑灵公于桃园，此不赦之罪，成公不加诛戮，且以国政任之。延及于今，逆臣子孙，布满朝中，将谋叛逆。栾、郤二家畏赵氏之势，隐忍不言。梁山之崩，天意欲主公正赵氏之罪耳。"景公惑其言，问于栾书、郤锜。二人先受岸贾之嘱，不肯替赵氏分辨。景公遂信岸贾之言，书赵盾之罪于版。

韩厥知岸贾之谋，夜往下宫，报知赵朔，使预先逃遁。朔曰："今岸贾奉有君命，必欲见杀，朔何敢避？但吾妻见有身孕，望将军委曲保全，朔虽死犹生矣。"二人洒泪而别。赵朔私与庄姬约："生女当名曰文，若生男当名曰武。"独与门客程婴言之。庄姬从后门上温车，程婴护送，径入宫中，投其母成夫人去了。比及天明，岸贾自率甲士，围了下宫。将赵朔、赵同、赵括、赵旃各家老幼男女，尽行诛戮。旃子赵胜，时在邯郸，独免。后闻变，出奔于宋。简点人数，单单不见庄姬。岸贾曰："闻公主怀妊将产，万一生男，留下逆种，必生后患。"即时来奏晋侯。景公曰："生男则除之。"数日后，庄姬果然生下一男。成夫人吩咐宫中，假说生女。屠岸贾不信，亲率女仆，遍索宫中。庄姬乃将孤儿置于裤中。及女仆牵出庄姬，搜其宫，一无所见，裤中绝不闻啼号之声。岸贾心中狐疑，或言："孤儿已寄出宫门去了。"遂悬赏于门：

"有人首告孤儿真信，与之千金。知情不言，全家处斩。"

却说赵盾有两个心腹门客，一个是公孙杵臼，一个是程婴。程婴厚赂宫人，使通信于庄姬。庄姬密书一"武"字递出。程婴喜曰："公主果生男矣！"乃谓杵臼曰："赵氏孤在宫中，须用计偷出宫门，藏于远地，方保无虞。"杵臼沉吟了半日，曰："诚得他人婴儿诈称赵孤，吾抱往首阳山中。汝当出首，说孤儿藏处。屠贼得伪孤，则真孤可免矣。诸将中惟韩厥受赵氏恩最深，可以窃孤之事托之。"程婴曰："吾新生一儿，可以代之。"夜半，抱其子付于杵臼之手。即往见韩厥，先以"武"字示之，然后言及杵臼之谋。韩厥曰："汝若哄得屠贼亲往首阳山，吾自有出孤之计。"

程婴乃扬言于众曰："屠司寇欲得赵孤乎，曷为索之宫中？"屠氏门客闻之，引见岸贾。岸贾叩其姓氏，对曰："程氏名婴，与公孙杵臼同事赵氏。公主生下孤儿，即遣妇人抱出宫门，托吾两人藏匿。婴恐日后事露，有人出首，彼获千金之赏，我受全家之戮，是以告之。"岸贾曰："孤在何处？"婴曰："在首阳山深处，急往可得，不久当奔秦国矣。"岸贾自率家甲三千，使程婴前导，径往首阳山。见临溪有草庄数间，柴门双掩。婴指曰："此即杵臼孤儿处也。"甲士缚杵臼来见岸贾。岸贾命搜其家，见壁室有锁甚固。甲士去锁，入其室，闻有小儿惊啼之声，抱之以出。杵臼一见，大骂

程婴。程婴羞惭满面，谓岸贾曰："何不杀之？"岸贾喝令："将公孙杵臼斩首！"自取孤儿掷之于地，一声啼哭，化为肉饼。屠岸贾起身往首阳山擒捉孤儿，韩厥却教心腹门客，假作草泽医人，入宫看病，将程婴所传"武"字，粘于药囊之上。庄姬看见，已会其意。见左右宫人，俱是心腹，即以孤儿裹置药囊之中。走出宫门，亦无人盘问。韩厥得了孤儿，藏于深室，使乳妇育之。

屠岸贾回府，将千金赏赐程婴。程婴辞不愿赏，曰："小人为赵氏门客已久，今杀孤儿以自脱，已属非义，愿以此金收葬赵氏一门之尸。"岸贾大喜曰："子真信义之士也！即以此金为汝营葬之资。"程婴乃拜而受之。尽收各家骸骨，棺木盛殓，分别葬于赵盾墓侧。事毕，程婴往见韩厥。厥将乳妇及孤儿交付程婴。婴抚为己子，携之潜入盂山藏匿。

后三年，晋景公游于新田，因迁其国，谓之新绛。百官朝贺，景公设宴，款待群臣。日色过晡，左右将治烛。忽然怪风一阵，卷入堂中。景公独见一蓬头大鬼，自户外而入，将铜锤来打景公。景公拔佩剑欲斩其鬼，误劈自己之指，口吐鲜血，不省人事。

第五十八回
说秦伯魏相迎医 报魏锜养叔献艺

话说晋景公闷倒在地，遂病不能起。左右或言：“桑门大巫，能白日见鬼，盍往召之？”桑门大巫奉晋侯之召，甫入寝门，便言：“有鬼！蓬头披发，身长丈余，其色甚怒。”景公曰：“不知此何鬼也？”大巫曰：“先世有功之臣，其子孙被祸最惨者是也。”屠岸贾在旁，即奏曰：“巫者乃赵盾门客，吾君不可听信。”景公嘿然良久，曰：“寡人大限何如？”大巫曰：“恐君之病，不能尝新麦也。”屠岸贾曰：“麦熟只在月内，君虽病，精神犹旺，何至如此？”叱之使出。

大夫魏锜之子魏相，闻秦有名医高和、高缓，见为秦国太医，即日驰轺车星夜往秦。秦桓公问其来意，魏相言辞慷慨，分剖详明。桓公不觉起敬，即诏太医高缓往晋。时晋景公病甚危笃，魏相引高缓至，入宫诊脉毕，缓曰：“此病不可为矣！”景公曰：“何故？”缓对曰：“此病居肓之上，膏之下，既不可以灸攻，又不可以针达，药力亦不能及。此殆天命也。”景公厚其饯送之礼，遣归秦国。

时有小内侍江忠，梦见背负景公，飞腾于天上。屠岸贾闻其梦，贺景公曰：“君之疾必渐平矣。”晋侯闻言甚喜。忽报：“甸人来献新麦。”景公命饔人舂而屑之为粥。饔人将麦粥来献，景公忽然腹胀欲泄，唤江忠：“负我登厕。”才放下厕，一阵心疼，立脚不住，坠入厕中。江忠抱他起来，气已绝矣。到底不曾尝新麦。百官奉世子州蒲举哀即位，是为厉公。

时宋共公遣上卿华元，行吊于晋。因与栾书商议，欲合晋、楚之成。栾书乃使其幼子栾鍼，同华元至楚，先与公子婴齐相见。婴齐见栾鍼年青貌伟，欲试其才，问曰：“上国用兵之法何如？”鍼对曰：“整。”又问：“更有何长？”鍼答曰：“暇。”婴齐由此倍加敬重。遂引见楚王，定议两国通和。楚司马公子侧，探知巫臣纠合吴子寿

梦，与晋、鲁、齐、宋、卫、郑各国大夫会于钟离，遂说楚王曰："晋、吴通好，必有谋楚之情。宋、郑俱从，楚之宇下一空矣。"共王乃命公子侧帅师伐郑，郑复背晋从楚。晋厉公大怒，遂亲率大军，出车六百乘，浩浩荡荡，杀奔郑国。一面使郤犨往鲁、卫各国，请兵助战。郑成公遣使往楚求救。共王乃拜司马公子侧为中军元帅，令尹公子婴齐为左军，右尹公子壬夫将右军，自统亲军两广之众，望北进发，来救郑国。时楚兵已过鄢陵，晋兵不能前进，留屯彭祖冈，两下各安营下寨。

来日，两军各坚垒相持，未战。楚将潘党于营后试射红心，连中三矢，众将哄然赞美。适值养由基至，曰："汝但能射中红心，未足为奇。我之箭能百步穿杨！"众将乃取墨涂记杨枝一叶，使由基于百步外射之，其箭不见落下。众将往察之，箭为杨枝挂住，其镞正贯于叶心。潘党曰："若依我说，将三叶次第记认，你次第射中，方见高手。"乃于杨树上高低不等，涂记了三叶，写个"一""二""三"字。养由基退于百步之外，将三矢也记个"一""二""三"的号数，以次发之，依次而中，不差毫厘。

潘党曰："杀人还以力胜，吾之射能贯数层坚甲，亦当为诸君试之。"遂教随行组甲之士，脱下甲来，叠至七层。潘党教把那七层坚甲，绷于射鹄之上。也立在百步之外，挽弓拈箭，尽力发去。这支箭直透过七层坚甲，如钉钉物，穿的坚牢，摇也摇不动。养由基曰："吾亦试射一箭，未知何如？"遂拈弓在手，搭上箭，飕的射去。这支箭恰恰的将潘党那一支箭，兜底送出布鹄那边去了。由基这支箭，依旧穿于层甲

孔内。潘党方才心服。众将命军士将箭穿层甲，抬到楚共王面前。将两人先后赌射之事，细细禀知楚王："我国有神箭如此，何愁晋兵百万？"楚王大怒曰："将以谋胜，奈何以一箭侥幸耶？尔自恃如此，异日必以艺死！"养由基羞惭而退。

次日五鼓，两军中各鸣鼓进兵。厉公乘着戎辂，杀奔楚阵来。谁知车轮陷于淖中，马不能走。楚共王之子熊茷，驱车飞赶过来。这里栾书的军马亦到，熊茷回车便走，被栾书追上，活捉过来。楚军一齐来救，却得士燮引兵杀出，后队郤至等俱到。楚兵恐堕埋伏，收兵回营。晋兵亦不追赶，各自归寨。黎明，栾书命开营索战，魏锜打阵。楚将工尹襄出头。战不数合，晋兵推出囚车，在阵上往来。楚共王见其子熊茷被囚于车，忙叫彭名鞭马上前，来抢囚车。魏锜望见，径追楚王，架起一支箭，飕的射去，正中楚王的左眼。晋兵一齐杀上，公子侧引兵抵死拒敌，救脱了楚共王。时楚王怒甚，急唤神箭将军养由基速来救驾。养由基飞车赶入晋阵，正撞见魏锜，一箭射去，正中魏锜项下，伏于弓衣而死。栾书引军夺回其尸。

却说晋兵追逐楚兵至紧，养由基立于阵前，追者辄射杀之，晋兵乃不敢逼。楚将婴齐、壬夫各来接应，混战一场，晋兵方退。栾鍼望见令尹旗号，知是公子婴齐之军，请于晋侯曰："臣前奉使于楚，楚令尹子重问晋国用兵之法。臣以'整暇'二字对。今混战未见其整，各退未见其暇。臣愿使行人持饮献之，以践昔日之言。"晋侯曰："善。"栾鍼乃使行人执酒榼，造于婴齐之军。婴齐受其榼，对使饮之，谓使者曰："来日阵前，当面谢也。"行人归述其语。栾鍼曰："楚君中矢，其师尚未肯退，奈何？"苗贲皇曰："秣马厉兵，鸡鸣饱食，决一死战，何畏乎楚？"时郤犨、栾黡从鲁、卫请兵回转，言二国各起兵来助，已在二十里远近。楚谍探知，报闻楚王。楚王大惊，即使左右召中军元帅公子侧商议。

第五十九回 宠胥童晋国大乱 诛岸贾赵氏复兴

话说楚中军元帅公子侧平日好饮，一醉竟日不醒。楚共王知其有此毛病，每出军，必戒使绝饮。是日，楚王中箭回寨。公子侧进曰："容臣从容熟计，务要与主公雪此大耻。"公子侧辞回中军，坐至半夜，计未得就。有小竖名谷阳，见主帅愁思劳苦，客中藏有三重美酒，暖一瓯以进。公子侧愕然曰："酒乎？"谷阳诡言曰："非酒，乃椒汤耳。"公子侧会其意，一吸而尽，问："椒汤还有否？"谷阳只顾满斟献上。公子侧斟来便吞，颓然大醉，倒于坐席之上。值楚王闻鲁、卫之兵又到，急遣内侍往召公子侧来。谁知公予侧已入醉乡。楚王只得召令尹婴齐计议。婴齐原与公子侧不合，乃奏曰："司马贪杯误事，臣亦无计可施。不如乘夜悄悄班师。"楚王当下拔寨都起。黎明，晋军方知楚军已遁去矣。栾书乃唱凯而还。

却说公子侧行五十里之程，方才酒醒。问道："车马往那里走？"左右曰："是回去的路。夜来楚王连召司马数次，司马醉不能起。楚王恐晋军来战，已班师矣。"公子侧大哭曰："竖子害杀我也！"楚共王行二百里，不见动静，方才放心。恐公子侧惧罪自尽，乃遣使传命目："今日之战，罪在寡人，无与司马之事。"婴齐恐公子侧不死，别遣使谓公子侧曰："纵吾王不忍加诛，司马何面目复临楚军之上乎？"公子侧乃自缢而死。

却说晋厉公胜楚回朝，骄侈愈甚。时胥童巧佞便给，厉公欲用为卿，奈卿无缺。胥童奏曰："今三郤并执兵权，将来必有不轨之事，不如除之。"厉公曰："郤氏反状未明，诛之恐群臣不服。"胥童又奏曰："鄢陵之战，郤至已围郑君，两下并车，私语多时，逐解围放郑君去了。其间必先有通楚事情。只需问楚公子熊茷，便知其实。"厉公即命胥童往召熊茷。胥童谓熊茷曰："汝能依我一事，当送汝归楚。"熊茷曰："惟命。"胥童遂附耳言："若见晋侯，必须如此恁般登答。"熊茷应允。胥童遂引至内朝来见。熊茷曰："郤氏与吾国子重，素相交善，屡有书信相通，言：'君侯淫乐无度，非吾主也。襄公有孙名周，见在京师。他日南北交兵，吾当奉孙周以事楚。'"胥童接口曰："何不遣郤至往周告捷，使人窥之。"厉公遂遣郤至献楚捷于周。胥童阴使人告孙周曰："晋国之政，半在郤氏。今温季来王都献捷，何不见之？"孙周以为然，遂至公馆相拜，谈论半日而别。厉公使人探听回来，传说如此。遂召胥童、夷羊五等一班嬖人共议，杀郤至、郤锜、郤犨。

却说上军副将荀偃，闻本帅郤锜被杀，即时驾车入朝。中军元帅栾书，亦至朝门，正遇胥童引兵到来。胥童即呼于众曰："栾书、荀偃，与三郤同谋反叛，甲士与我一齐拿下。"甲士奋勇上前，围裹了书、偃二人，直拥至朝堂之上。厉公即时御殿，长鱼矫密奏曰："三郤被诛，栾、荀二氏必将为郤氏复仇。主公今日不杀二人，朝中不得太平。"厉公曰："寡人不忍也！"乃恕书、偃无罪，还复原职。长鱼矫即时逃奔西戎去了。

一日，厉公同胥童出游于嬖臣匠丽氏之家，三宿不归。荀偃私谓栾书曰："君之无道，子所知也。今百万之众，在子掌握，若行不测之事，别立贤君，谁敢不从？"栾书叹曰："吾世代忠于晋家，今日为社稷存亡，出此不得已之计。后世必议我为弑逆，我亦不能辞矣！"乃称欲见晋侯议事。预使牙将程滑，将甲士三百人，伏于太阴

山之左右。二人到匠丽氏谒见厉公，奏言：“主公三日不归，臣等特来迎驾还朝。”厉公只得起驾。行至太阴山下，伏兵齐起。程滑先将胥童砍死，书、偃吩咐甲士将厉公拿住，囚于军中。是夜，命程滑献鸩酒于厉公，公饮之而薨。士匄、韩厥骤闻君薨，一齐出城奔丧，亦不问君死之故。葬事既毕，栾书乃遣人如京师，迎孙周为君。孙周嗣晋侯之位，是为悼公。即位之次日，即面责夷羊五等逢君于恶之罪，命左右推出朝门斩之。又将厉公之死，坐罪程滑，磔之于市。栾书惊忧成疾而卒。悼公素闻韩厥之贤，拜为中军元帅。

韩厥私奏于悼公曰：“臣等皆赖先世之功，得侍君左右。然先世之功，无有大于赵氏者。屠岸贾假称赵氏弑逆，灭绝赵宗，臣民愤怨，至今不平。天幸赵氏有遗孤赵武尚在，主公岂可不追录赵氏之功乎？”悼公乃命韩厥往迎赵武，匿于宫中，诈称有疾。明日，韩厥率百官入宫问安，屠岸贾亦在。悼公曰：“卿等知寡人之疾乎？只为功劳簿上有一件事不明，以此心中不快耳！赵衰、赵盾，两世立功于国家，安忍绝其宗祀？”即呼赵武出来，遍拜诸将。韩厥曰：“此所谓孤儿赵武也。向所诛赵孤，乃门客程婴之子耳。”屠岸贾此时魂不附体，拜伏于地上。悼公叱左右：“将岸贾绑出斩首！”即命韩厥同赵武，领兵围屠岸贾之宅，无少长皆杀之。悼公拜赵武为司寇。又闻程婴之义，欲用为军正。婴曰：“吾将往报杵臼于地下！”遂自刎而亡。

再说悼公大正群臣之位，贤者尊之，能者使之。大修国政，蠲逋薄敛，济乏省役，百姓大悦。宋、鲁诸国闻之，莫不来朝。楚共王即召群臣商议。公子壬夫进曰：“今宋大夫鱼石、向为人、鳞朱、向带、鱼府五人，与右师华元相恶，见今出奔在楚。若资以兵力，用之伐宋，此以敌攻敌之计。晋若不救，则失诸侯矣；若救宋，必攻鱼石，我坐而观其成败。”共王即命壬夫为大将，用鱼石等为向导，统大军伐宋。

第六十回
智武子分军肆敌 偪阳城三将斗力

话说楚共王亲统大军，同郑成公伐宋。攻下彭城，使鱼石等据之。是冬，宋平公使大夫老佐帅师围彭城。楚令尹婴齐引兵来救。老佐中箭而亡，婴齐遂进兵侵宋。宋平公使右师华元至晋告急。悼公亲统大军来救，婴齐乃班师归楚。次年，悼公帅八国之兵，进围彭城。宋大夫向戌使士卒向城上呼曰："鱼石等背君之贼，汝等何不擒逆贼来降?"彭城百姓闻之，开门以纳晋师。晋悼公入城，命将五大夫斩首，遂移师问罪于郑。楚右尹壬夫侵宋以救郑，诸侯之师还救宋，因各散归。是年，周简王崩，世子泄心即位，是为灵王。灵王自始生时，口上便有髭须，故周人谓之髭王。髭王元年夏，郑成公薨。世子髡顽即位，是为僖公。晋悼公以郑人未服，大合诸侯于戚以谋之。鲁大夫仲孙蔑献计曰："郑地之险，莫如虎牢。诚筑城设关，留重兵以逼之。"楚降将巫臣献计曰："吴与楚一水相通，今莫若更遣一介，导吴伐楚。楚东苦吴兵，安能北与我争郑乎?"晋悼公两从之。乃合九路诸侯兵力，大城虎牢，增置墩台。郑僖公果然恐惧，始行成于晋。晋悼公乃还。

时中军尉祁奚年七十余矣，告老致政。悼公问曰："孰可以代卿者?"奚对曰："莫如解狐。"悼公曰："闻解狐卿之仇也?"奚对曰："君问可，非问臣之仇也。"悼公乃召解狐，未及拜官，狐已病死。悼公复问曰："解狐之外，更有何人?"奚对曰："其次莫如午。"悼公曰："午非卿之子耶?"奚对曰："君问可，非问臣之子也。"悼公曰："今中军尉副羊舌职亦死，卿为我并择其代。"奚对曰："职有二子，曰赤，曰肸，二人皆贤。"悼公从其言，以祁午为中军尉，羊舌赤副之。诸大夫无不悦服。

再说巫臣之子巫狐庸，奉晋侯命，如吴见吴王寿梦，请兵伐楚。寿梦使世子诸樊为将，治兵于江口。楚令尹婴齐乃大阅舟师，简精卒二万人，由大江袭破鸠兹。骁将

邓廖率大小舟共百艘，望东进发。诸樊乃使公子夷昧，帅舟师数十艘，于东西梁山诱敌。公子余祭，伏兵于采石港。邓廖果中计。夷昧乘艨艟大舰至，邓廖力尽被执，不屈而死。诸樊乘胜，进兵袭楚。婴齐大败，羞愤成疾，未至郢都，遂卒。

共王乃进右尹壬夫为令尹。壬夫赋性贪鄙，索赂于属国。陈成公乃弃楚从晋。楚共王归罪于壬夫，杀之。用其弟公子贞字子囊者代为令尹。大阅师徒，出车五百乘伐陈。时陈成公午已薨，世子弱嗣位，是为哀公。惧楚兵威，复归附于楚。晋悼公闻之大怒，欲起兵与楚争陈。忽报无终国君嘉父，遣大夫孟乐至晋，奏言："山戎诸国，近因燕、秦微弱，窥中国无伯，复肆侵掠。寡君闻晋君精明，遣微臣奉闻，惟赐定夺。"悼公集诸将商议，司马魏绛曰："若兴兵伐戎，楚兵必乘虚而生事，诸侯必叛晋而朝楚。不如和之。"悼公即命魏绛为和戎之使，与山戎诸国，歃血定盟。

时楚令尹公子贞已得陈国，又移兵伐郑。郑僖公大惧，欲遣使求援于晋。诸大夫惧违公子騑之意，莫肯往者。僖公发愤自行，是夜宿于驿舍。公子騑使门客伏而刺之，托言暴疾。立其弟嘉为君，是为简公。使人报楚曰："从晋皆髡顽之意，今髡顽已死，愿听盟罢兵。"楚公子贞受盟而退。晋悼公闻郑复从楚，乃问于诸大夫曰："今陈、郑俱叛，伐之何先？"荀罃对曰："郑为中国之枢，自来图伯，必先服郑。"韩厥曰："子羽识见明决，能定郑者必此人。"乃告老致政。荀罃遂代为中军元帅，统大军伐郑。郑人请盟，荀罃许之。比及晋师返旆，楚共王复取成而归。悼公大怒，荀罃献计曰："今欲收郑，必先敝楚。欲敝楚，必用以逸待劳之策。臣请举四军之众，分而为三，将各国亦分派配搭。每次只用一军，更番出入。楚进则我退，楚退则我复进。以我之一军，牵楚之全军。彼求战不得，求息又不得。如是而楚可疲，郑可固也。"悼公即命荀罃三分四军，定更番之制。因荀罃、荀偃叔侄同为大将，罃父荀首食采于智，偃父荀庚曾为中行将军，故以智氏、中行氏别之。自此荀罃号为智罃，荀偃号为中行偃，军中耳目，就不乱了。

智罃定分军之令，方欲伐郑。忽闻楚、郑二国相比，侵掠宋境，以偪阳为东道。悼公乃发第一军往攻偪阳，鲁、曹、邾三国皆以兵从。偪阳大夫妘斑献计曰："鲁师营于北门，我伪启门出战，其师必入攻。俟其半入，下悬门以截之。"偪阳子用其计。却说鲁将孟孙蔑率其部将叔梁纥、秦堇父、狄虒弥等攻北门，只见悬门不闭，堇父同虒弥恃勇先进，叔梁纥继之。忽闻城上豁喇一声，将悬门当着叔梁纥头顶上放将下来。纥举双手把悬门轻轻托起。后军就鸣金起来。堇父、虒弥二将，急忙回身。叔梁纥待晋军退尽，把双手一掀，就势撒开，那悬门便落了闸口。次日，孟孙蔑整队向城上搦战。狄虒弥取大车轮一个，以坚甲蒙之，左手执以为橹，右握大戟，跳跃如飞。偪阳城上，望见鲁将施逞勇力，乃悬布于城下，叫曰："我引汝登城，谁人敢登，方见真勇。"秦堇父即以手牵布，须臾盘至城堞。偪阳人以刀割断其布，堇父从半空中蹋将下来。城上布又垂下，堇父腾身复上。又被偪阳人断布扑地，又一大跌。才爬起来，城上布又垂下，堇父挽布如前。偪阳人急割布时，已被堇父捞着一人，望城下一摔，跌个半熟。堇父亦随布坠下。妘斑见鲁将凶猛，吩咐军民竭力固守。凡二十四日，忽然天降大雨。荀偃、士匄虑水患生变，同至中军来禀智罃，欲求班师。

第六十一回
晋悼公驾楚会萧鱼 孙林父因歌逐献公

话说荀偃、士匄同至中军来禀智罃曰："今时当夏令，水潦将发。不如暂归，以俟再举。"智罃大怒，骂曰："老夫可曾说来。竖子在晋侯面前，一力承当。牵帅老夫，至于此地。今限汝七日之内，定要攻下偪阳。若还无功，照军令状斩首。"二将喏喏而退，谓本部军将曰："元帅立下严限，七日若不能破贼，必取吾等之首。今我亦与尔等立限，六日不能破城，先斩汝等，然后自刭，以申军法。"遂约会鲁、曹、邾三国，一齐并力。偃、匄身先士卒，亲冒矢石，全然不避。五日城破，妘斑巷战而死。悼公闻智罃已成大功，遂遣使至宋，以偪阳之地归于宋公。

是冬，晋悼公以第二军伐郑。郑国上卿公子嘉使人行成，智罃许之。比及楚公子贞来救郑，则晋师已尽退矣。郑复与楚盟。明年夏，晋悼公复以第三军伐郑。郑遣使行成，荀罃又许之。楚共王大怒，使公子贞往秦借兵，约共伐郑。秦景公乃使大将嬴詹帅车三百乘助战。共王亲帅大军，望荥阳进发。郑简公大集群臣计议。公孙舍之献策曰："欲晋致死于我，莫如怒之。欲激晋之怒，莫如伐宋。"郑简公即命公孙舍之乘单车星夜南驰。正遇楚军，公孙舍之下车拜伏于马首之前。楚共王厉色问曰："郑反复无信，汝来是何意？"舍之奏曰："寡君恐大王未鉴敝邑之诚，特遣下臣奉迎。大王若能问罪于宋，寡君愿执鞭为前部。"共王回嗔作喜，使人辞谢秦师。同郑伐宋，大掠而还。宋平公遣向戌如晋告急。悼公大怒，即日便欲兴师。智罃进曰："楚连年奔走道路，不胜其劳也。当示以强盛之形，坚其归志。"悼公乃大合诸侯，一齐至郑，观兵于郑之东门。郑简公乃使大夫伯骈行成于晋。

时晋军营于萧鱼，伯骈来至晋军。悼公召入，厉声问曰："汝以行成哄我，已非一次矣。今番莫非又是缓兵之计？"伯骈叩首曰："寡君已别遣行人先告绝于楚，敢有二心乎？寡君薰沐而遣下臣，实欲委国于君侯，君侯勿疑。”悼公曰：“汝意既决，交盟可也。”是冬十二月，郑简公亲入晋军，与诸侯同会，因请受歃。悼公传令：“将一路俘获郑人，悉解其缚，放归本国。虎牢戍兵，尽行撤去，使郑人自为守望。”又谓郑简公曰：“寡人知尔苦兵，欲相与休息。今后从晋从楚，出于尔心，寡人不强。”简公感激流涕曰：“再有异志，鬼神必殛！”于是十二国车马同日班师。悼公复遣使行聘各国，谢其向来用师之劳，诸侯皆悦。自此郑国专心归晋，不敢萌二三之念矣。时秦景公伐晋以救郑，败晋师于栎，闻郑已降晋，乃还。

周灵王十一年，吴子寿梦病笃，召其四子诸樊、余祭、夷昧、季札至床前，谓曰：“汝兄弟四人，惟札最贤。我死之后，诸樊传余祭，余祭传夷昧，夷昧传季札，传弟不传孙。务使季札为君，社稷有幸。”言讫而绝。诸樊乃宣明次传之约，以父命即位。晋悼公遣使吊贺，不在话下。

周灵王十二年，晋将智罃、士鲂、魏相相继而卒。悼公使荀偃代智罃之任，士匄为副。诸大夫各修其职，弗敢懈怠。晋国大治，复兴文、襄之业。是年秋九月，楚共王审薨，世子昭立，是为康王。吴王诸樊命大将公子党帅师伐楚。楚将养由基迎敌，射杀公子党，吴师败还。诸樊遣使告败于晋，大夫羊舌肸进曰：“秦附楚救郑，败我师于栎，此宜先报。若伐秦有功，则楚势益孤矣。”悼公遂使荀偃率三军之众，同十二国大夫伐秦。荀偃令各军：“鸡鸣驾车，视我马首所向而行！”下军元帅栾黡，素不服荀偃，遂帅本部东归。早有人报知荀偃，偃曰：“出令不明，吾实有过。令既不行，何望成功?”遂班师。时栾鍼为下军戎右，独不肯归，乃与范匄之子范鞅各引本部驰入秦军。秦军合兵围之。栾鍼身中七箭，力尽而死。范鞅脱甲，乘单车疾驰得免。栾黡见范鞅独归，大怒，拔戈直刺范鞅。鞅遂奔秦国。秦景公大喜，待以客卿之礼。景公因范鞅而通于范匄，使庶长武聘晋，以修旧好，并请复范鞅之位。悼公从之，范鞅归晋。自此秦、晋通和，终春秋之世，不相加兵。是年栾黡卒，子栾盈代为下军副将。

却说卫献公名衎，亲谗谄面谀之人，喜鼓乐田猎之事。大夫公孙剽颇有权略，上卿孙林父，亚卿宁殖，皆与剽结交。林父又暗结晋国为外援。献公疑其有叛心。忽一日，献公约孙、宁二卿共午食。二卿待命于门，自朝至午，不见使命来召。二卿心疑，乃叩宫门请见。守阍内侍答曰：“主公在后圃演射。”二人大怒，径造后圃，望见

献公与射师公孙丁较射。献公问："二卿今日来此何事？"孙、宁二人齐声答曰："蒙主公约共午食，臣等伺候至今，腹且馁矣。恐违君命，是以来此。"献公曰："寡人贪射，偶尔忘之。俟改日再约可也。"孙、宁二人含羞而退，商议欲奉公孙剽为君。

林父连夜径往戚邑，密唤家臣庾公差、尹公佗等，整顿家甲。遣其长子孙蒯，往见献公，探其口气。孙蒯假说："臣父林父，偶染风疾，权且在河上调理，望主公宽宥。"献公笑曰："尔父之疾，想因过饿所致，寡人今不敢复饿子。"命内侍取酒相待，唤乐工歌诗侑酒。太师请问："歌何诗？"献公曰："《巧言》之卒章，颇切时事，何不歌之？"孙蒯闻歌，坐不安席，须臾辞去。回戚，述于林父。林父曰："主公忌我甚矣！我不可坐而待死。"乃聚徒众于丘宫，将攻献公。

献公惧，乃集宫甲约二百人，启东门而出，欲奔齐国。孙蒯、孙嘉兄弟二人，引兵追及于河泽，大杀一阵。公孙丁矢无虚发，保着献公，且战且走。二孙不敢穷追而返。忽见庾公差、尹公佗二将，引兵而至，言："奉相国之命，务取卫侯回报。"孙蒯、孙嘉曰："有一善箭者相随，将军可谨防之。"庾公差曰："得非吾师公孙丁乎？"原来尹公佗学射于庾公差，公差又学射于公孙丁。二将约驰十五里，赶着了献公。因御人被伤，公孙丁在车执辔，回首一望，远远便认得是庾公差了，乃停车待之。

庚公差既到，谓尹公佗曰："此真吾师也。"乃下车拜见。公孙丁举手答之，麾之使去。庚公差登车曰："今日之事，我若射，则为背师；若不射，则又为背主。我如今有两尽之道。"乃抽矢叩轮，去其镞，扬声曰："吾师勿惊！"连发四矢，前中轼，后中轸，左右中两旁，单单空着君臣二人。庚公差射毕，叫声："师傅保重！"喝教回车。公孙丁亦引辔而去。尹公佗谓庚公差曰："子有师弟之分，所以用情。弟子已隔一层，师恩为轻，主命为重。若无功而返，何以复吾恩主？"当下复身来追卫侯。

第六十二回
诸侯同心围齐国
晋臣合计逐栾盈

话说尹公佗复身来追卫侯，将弓拽满，望公孙丁便射。公孙丁不慌不忙，用手一绰，轻轻接住。就将来箭搭上弓弦，回射尹公佗，贯其左臂。再复一箭，结果了尹公佗性命。公孙丁仍复执辔奔驰。行十余里，只见后面车声震动，飞也似赶来。献公视之，乃同母之弟公子鱄冒死赶来从驾。遂做一路奔至齐国。孙林父既逐献公，遂与宁殖合谋迎公孙剽为君，是为殇公。使人告难于晋。晋悼公问于中行偃曰："卫人出一君复立一君，当何以处之？"偃对曰："卫衎无道，诸侯莫不闻。今臣民自愿立剽，我勿与知可也。"悼公从之。齐灵公闻晋侯不讨孙、宁逐君之罪，乃叹曰："晋侯之志惰矣！我不乘此时图伯，更待何时？"乃帅师伐鲁北鄙，围郕，大掠而还。

是冬，晋悼公薨。世子彪即位，是为平公。鲁使叔孙豹吊贺，且告齐患。晋乃大合诸侯于溴梁。齐灵公不至，使大夫高厚代。荀偃大怒，欲执高厚，高厚逃归。齐复兴师伐鲁北鄙，围防，杀守臣臧坚。叔孙豹再至晋国求救。平公乃命大将中行偃合诸侯之兵，大举伐齐。偃帅师济河，会诸侯于鲁济之地。十二路车马，一同往齐国进发。齐灵公使上卿高厚辅太子牙守国，自引着大军，屯于平阴之城。城南有防，防有门，使析归父于防门之外，深掘壕堑，选精兵把守。中行偃闻齐师掘堑而守，乃传令使鲁、卫之兵，自须句取路。使邾、莒之兵，自城阳取路，俱由琅邪而入。我等大兵，从平阴攻进，约定在临淄城下相会。四国领计去了。荀偃将大军分作三路，命车中各载木石，步卒每人携土一囊。行至防门，把壕堑顷刻填平，杀将进去。齐兵不能当抵，析归父逃入平阴城中，告诉灵公。灵公大惊，问诸将："谁人敢为后殿？"寺人夙沙卫曰："小臣愿引一军断后。"忽有二将并出奏曰："堂堂齐国，使寺人殿其师，岂不为诸侯笑乎？臣二人情愿让夙沙卫先行。"二将者，乃殖绰、郭最也。灵公从之，

夙沙卫羞惭满面而退。

行至石门山，只中间一条路径。夙沙卫怀恨绰、最二人，候齐军过尽，将随行马三十余匹，杀之以塞其路。又将大车数乘，横截山口。

再说绰、最行至石门隘口，急教军士搬运死马，疏通路径。背后尘头起处，晋骁将州绰一军早到。殖绰问曰："来将何人？"对曰："吾乃晋国名将州绰也。"殖绰曰："小将非别，齐国名将殖绰的便是。我与将军以勇力齐名，何忍自相戕贼乎？"州绰曰："将军若肯束身归顺，小将力保将军不死。"殖绰曰："郭最性命，今亦交付将军。"言罢，二人双双就缚。

州绰将绰、最二将解至中军献功。中行偃命暂囚于中军，候班师定夺。大军从平阴进发，直逼临淄城下。鲁、卫、邾、莒兵俱到，四面围住。高厚督率军民，协力固守。至第六日，忽有郑国飞报来到，乃是大夫公孙舍之与公孙夏连名缄封，内中有机密至紧之事。郑简公发而视之，大惧，即持书至晋军中，送与晋平公看了。平公召中行偃议之。偃对曰："今齐守未亏，郑国又有楚警，若郑国有失，咎在于晋。不如且归，为救郑之计。料齐侯已丧胆，不敢复侵犯鲁国矣。"平公乃解围而去。郑简公辞晋先归。

平公以楚师为忧，不乐。师旷曰："臣请以声卜之。"乃吹律歌《南风》，又歌《北风》。旷奏曰："不出三日，当有好音至矣。"师旷字子野，乃晋国第一聪明之士。从幼好音乐，为晋太师掌乐之官。晋侯闻其言，乃驻军以待之，使人前途远探。未三日，探者同郑大夫公孙虿来回报，言："楚师已去。"平公大喜曰："子野真圣于音者矣！"乃将楚伐郑无功，遍告诸侯，各回本国。中行偃行至中途，忽然头上生一疡疽，痛不可忍。延至二月，其疡溃烂而死。殖绰、郭最乘偃之变，逃回齐国去了。范匄同偃之子吴，迎丧以归。晋侯以范匄为中军元帅，以吴为副将，仍以荀为氏，称荀吴。

是年夏五月，齐灵公有疾，大夫崔杼与庆封商议，使人迎故太子光于即墨。庆封帅家甲，夜叩太傅高厚之门，执而杀之。太子光同崔杼入宫，杀公子牙。灵公闻变大惊，呕血数升，登时气绝。光即位，是为庄公。时晋上卿范匄，以前番围齐，未获取成，乃请于平公，复率大军侵齐。才济黄河，闻齐灵公凶信，即时班师。齐庄公恐晋师复至，使人如晋谢罪，请盟。晋平公大合诸侯于澶渊，与齐庄公歃血为盟，结好而散。

却说下军副将栾盈，乃栾黡之子。黡乃范匄之婿，匄女嫁黡，谓之栾祁。栾氏七

代卿相，贵盛无比。晋朝文武，半出其门，半属姻党。栾黡死时，其夫人栾祁，才及四旬。因州宾屡次入府禀事，栾祁在屏后窥之，见其少俊，遂与私通。盈从晋侯伐齐，州宾公然宿于府中。盈归，闻知其事，尚碍母亲面皮，乃把他事，鞭治内外守门之吏。栾祁老羞变怒，因父范匄生辰，以拜寿为名，来至范府，乘间诉其父曰："盈将为乱，奈何？"范匄询其详，栾祁曰："盈日夜与智起、羊舌虎等，聚谋密室，欲尽去诸大夫，而立其私党。恐我泄其消息，严敕守门之吏，不许与外家相通。"时范鞅在旁，助之曰："彼党羽至盛，不可不防也。"范匄乃密奏于平公，请逐栾氏。

平公私问于大夫阳毕。阳毕素恶栾黡而睦于范氏，乃对曰："栾书实弑厉公。若除栾氏，以明弑逆之罪，而立君之威，此国家数世之福也。"平公以为然，召范匄入宫，共议其事。范匄曰："不如使盈往筑著邑之城。盈去，其党无主，乃可图矣。"平公乃遣栾盈往城著邑。盈去三日，平公御朝，宣布栾书罪状，悬于国门。遣大夫阳毕，将兵往逐栾盈。其宗族在国中者，尽行逐出。栾乐、栾鲂率其宗人，竟往奔栾盈去了。叔虎等闻城门已闭，乃商议各聚家丁，欲乘夜为乱。赵氏有门客章铿，居与叔虎家相邻。闻其谋，报知赵武。赵武转报范匄。匄使其子范鞅，率甲士三百，围叔虎之第。

第六十三回
老祁奚力救羊舌 小范鞅智劫魏舒

话说范鞅领兵围住叔虎府第。叔虎乘梯向墙外问曰："小将军引兵至此，何故？"范鞅曰："吾奉晋侯之命，特来取汝。"即呼章铿上前，使证之。叔虎扳起一块墙石，望章铿当头打去。范鞅大怒，教军士放火攻门。叔虎提戟当先，箕遗仗剑在后，冒火杀出。范鞅教军士一齐放箭，二人双双被箭射倒。军士将挠钩搭出，已自半死，绑缚车中。中军副将荀吴，率本部兵前来接应。中途正遇黄渊，亦被擒获。范、荀合兵一处，复分路搜捕，直至天明。范鞅拘到智起、籍偃、州宾等，荀吴拘到中行喜、辛俞及叔虎之兄羊舌赤、羊舌肸，都囚于朝门之外。

单说羊舌赤字伯华，羊舌肸字叔向，与叔虎虽同是羊舌职之子，叔虎是庶母所生。大夫乐王鲋字叔鱼，其时方嬖幸于平公。平日慕羊舌赤、肸兄弟之贤，意欲纳交而不得。闻二人被囚，特到朝门，正遇羊舌肸，揖而慰之曰："子勿忧，吾见主公，必当力为子请。"羊舌肸嘿然不应。乐王鲋有惭色。羊舌赤闻之，责其弟。羊舌肸笑曰："叔鱼行媚者也，君可亦可，君否亦否。祁老大夫外举不避仇，内举不避亲，岂独遗羊舌氏乎？"

少顷，晋平公临朝，范匄以所获栾党姓名奏闻。平公亦疑羊舌氏兄弟三人皆在其数，问于乐王鲋曰："叔虎之谋，赤与肸实与闻否？"乐王鲋心愧叔向，乃应曰："至亲莫如兄弟，岂有不知？"平公乃下诸人于狱，使司寇议罪。时祁奚已告老，其子祁午与羊舌赤同僚相善，星夜使人报信于父。奚闻信大惊，乃乘车连夜入都，叩门来见范匄。祁奚曰："老夫为晋社稷存亡而来。贤人，社稷之卫也。羊舌职有劳于晋室，其子赤、肸，能嗣其美。一庶子不肖，遂聚而歼之，岂不可惜！"范匄蹴然离席曰："匄与老大夫同诣君所言之。"于是并车入朝，求见平公，奏言："赤、肸与叔虎，贤

不肖不同，必不与闻栾氏之事。”平公大悟，赦出赤、肸二人，使复原职。智起、中行喜、籍偃、州宾、辛俞皆斥为庶人。惟叔虎与箕遗、黄渊处斩。州宾复与栾祁往来，范匄闻之，使力士刺杀州宾于家。

却说守曲沃大夫胥午，昔年曾为栾书门客。栾盈行过曲沃，胥午迎款。留连三日，栾乐等报信已至，言：“阳毕领兵将到。”栾盈乃收拾车乘，出奔于楚。栾盈栖楚境上数月，欲往郢都见楚王，忽转念曰：“吾祖父宣力国家，与楚世仇，倘不相容，奈何？”遂修整车从，望齐国进发。

再说齐庄公为人，好勇喜胜。尝欲广求勇力之士，自为一队。由是于卿大夫士之外，别立“勇爵”，禄比大夫。一日，庄公视朝，近臣报道：“今有晋大夫栾盈被逐，来奔齐国。”庄公使人迎栾盈入朝。盈谒见，稽首哭诉其见逐之由。庄公曰：“寡人助卿一臂，必使卿复还晋国。”栾盈再拜称谢。庄公赐以大馆，设宴相款。州绰、邢蒯侍于栾盈之傍。庄公见其身大貌伟，因谓盈曰：“寡人欲暂乞二勇士为伴，卿不可辞。”栾盈只得应允。

单说崔杼之前妻，生下二子，曰成，曰强，数岁而妻死。再娶东郭氏，乃是东郭偃之妹，先嫁与棠公为妻，谓之棠姜。生一子，名曰棠无咎。那棠姜有美色，崔杼因往吊棠公之丧，窥见姿容，娶为继室。亦生一子，曰明。崔杼用东郭偃、棠无咎为家臣，以幼子崔明托之。

且说齐庄公一日饮于崔杼之室，崔杼使棠姜奉酒。庄公悦其色，乃厚赂东郭偃，使之通意，乘间与之私合。来往多遍，崔杼渐渐知觉，盘问棠姜。棠姜曰："诚有之。彼挟国君之势以临我，非一妇人所敢拒也。"崔杼自此有谋弑庄公之意。

周灵王二十二年，吴王诸樊求婚于晋，晋平公以女嫁之。齐庄公谋于崔杼曰："闻曲沃守臣乃栾盈之厚交，今欲以送媵为名，顺便纳栾盈于曲沃，使之袭晋。此事如何?"崔杼对曰："主公必然亲率一军，为之后继。若盈自曲沃而入，主公扬言伐卫，由濮阳自南而北，两路夹攻，晋必不支。"庄公深以为然。以其谋告于栾盈，栾盈甚喜。家臣辛俞谏曰："晋君不念栾氏之勋，黜逐吾主，谁不怜之？一为不忠，何所容于天地之间耶?"栾盈不听。辛俞泣曰："吾主此行，必不免。俞当以死相送！"乃自刎而死。

齐庄公遂以宗女姜氏为媵，遣大夫析归父送之于晋。多用温车，载栾盈及其宗族，欲送至曲沃。州绰、邢蒯请从。庄公恐其归晋，乃使殖绰、郭最代之。行过曲沃，盈等遂易服入城。夜叩大夫胥午之门，午惊异，迎盈入于深室之中。盈告曰："齐侯致我于此，齐兵且踵至矣。子若能兴曲沃之甲，相与袭绛，绛可入也。"午曰："晋势方强，范、赵、智、荀诸家又睦，恐不能侥幸，奈何?"盈曰："昔我佐魏绛于下军，若更得魏氏为内助，此事可八九矣。"盈等遂藏于深室。次日，栾盈写密信一封，送至绛州魏舒处。胥午搜括曲沃之甲，共二百二十乘，栾盈率之。黄昏起行，一夜便到。时范匄在家，忽然乐王鲋喘吁而至，报言："栾氏已入南门。"范匄大惊，急呼其子范鞅敛甲拒敌。范匄忧国中有内应。鲋曰："诸大夫皆栾怨家，可虑惟魏氏耳。"范匄乃使范鞅以君命召魏舒。时平公有外家之丧，范匄与乐王鲋，俱衷甲加墨缞，直入宫中，奏知平公，即御公以入于固宫。

却说魏舒家在城北隅，范鞅乘轺车疾驱而往，但见车徒已列门外，舒戎装在车，南向将往迎栾盈矣。范鞅下车，急趋而进曰："栾氏为逆，主公已在固宫，鞅之父与诸大臣，皆聚于君所，使鞅来迎吾子。"魏舒未及答语，范鞅踊身一跳，早已登车，右手把剑，左手牵魏舒之带，唬得魏舒不敢作声。范鞅喝令："东行往固宫！"于是车徒转向东行，径到固宫。

第六十四回
曲沃城栾盈灭族 且于门杞梁死战

却说魏舒与范匄同谒平公，共商议应敌之计。须臾，诸臣陆续而至。固宫止有前后两门，俱有重关。范匄使赵、荀两家之军，协守南关二重。韩无忌兄弟，协守北关二重。祁午诸人，周围巡儌。匄与鞅父子，不离平公左右。栾盈不见魏舒来迎，乃屯于市口，使人哨探，回报："晋侯已往固宫，百官皆从，魏氏亦去矣。"栾盈大怒，即抚督戎之背曰："用心往攻固宫，富贵与子共也！"督戎手提双戟，乘车径往固宫，要取南关。晋军素闻其勇名，见之无不胆落。赵武部下有两员骁将，叫作解雍、解肃。二将飞车出关，挺枪来战督戎。督戎舞戟相迎，全无惧怯。解肃一枪刺来，督戎一戟拉去，磅的一声，那支枪磘为两段。解肃撇了枪杆便走。解雍也着了忙，被督戎一戟刺倒。便去追赶解肃。解肃径奔北关，缒城而上。督戎赶不着，退转来要结果解雍，已被军将救入关去了。是夜，解雍伤重而死，赵武痛惜不已。荀吴曰："我部下有老将牟登，他有二子，牟刚、牟劲，俱有千斤之力。今夜使牟登唤来，明日同解将军出战。"言毕，自去吩咐牟登去了。

次早，牟刚、牟劲俱到，与解肃一同下关。三员猛将，开关而出。一支长枪，两柄大刀，一齐都奔督戎。督戎杀得性起，跳下车来，将双戟飞舞。牟劲车轴，被督戎打折，只得也跳下车来，着了督戎一戟，打得稀烂。老将牟登，喝叫关上鸣起金来。亲自出关，接应牟刚、解肃进去。

赵武与荀吴连败二阵，遣人告急于范匄。范匄闷闷不已。有一隶人侍侧，姓斐名豹，原是屠岸贾手下骁将斐成之子，没官为奴，在中军服役。斐豹曰："元帅若于丹书上除去豹名，小人当杀督戎，以报厚德。"范匄曰："尔若杀了督戎，吾当请于晋侯，将丹书尽行焚弃，收尔为中军牙将。"斐豹曰："督戎恃勇性躁，专好独斗。小人情愿单身下关，自有擒督戎之计。"范匄大喜，赏兕甲一副。次日，范匄命驾车，使斐豹骖乘，同至南关。关下督戎大呼搦战。斐豹在关上呼曰："督君还认得斐大否？你把兵车退后，我与你两人，只在地下赌斗。"督戎曰："此论正合吾意。"遂将军士约退。两个就在关下交战，约二十余合，未分胜败。斐豹诈言道："我一时内急，可暂住手。"督戎哪里肯放。斐豹捉个空隙就走，督戎随后赶来。斐豹奔近短墙，跳将进去。督戎亦逾墙而入。斐豹隐身在一棵大树之下，专等督戎进墙，出其不意，提起五十二斤的铜锤，自后击之，正中其脑。斐豹急拔出腰间利刃，剁下首级，复跳墙而出。解肃、牟刚引兵杀出，栾军大败。

再说栾盈引大队车马，攻打北关。闻督戎被杀，全军俱没，吓得手足无措。栾乐曰："当令将士毕聚北门，于三更之后，放火烧关，或可入也。"栾盈从其计。晋侯喜督戎之死，置酒庆贺。韩无忌、韩起俱来献觞上寿，饮至二更方散。才回北关，忽然车声轰起，栾氏军马大集，延烧关门，乘势占了外关。韩无忌等退守内关，遣人飞报中军求救。范匄命魏舒往南关，替回荀吴一支军马，往北关帮助二韩。遂同晋侯登台北望，见栾兵屯于外关，寂然无声。范匄曰："此必有计。"遂命其子范鞅，率斐豹引一支军，从南关转至北门，约会腹背夹攻。使赵武、魏舒，移兵屯于关外，以防南逸。

却说荀吴奉范匄将令，专等时候。只见栾兵俱退出外关，心知外兵已到。一声鼓响，关门大开，一齐杀出。栾盈亦虑晋军内外夹攻，使栾鲂用铁叶车，塞外门之口。荀吴之兵，不能出外。范鞅兵到，栾乐认得车中乃是小将军范鞅，乃驱车逐范鞅而射之。栾乐这一箭射个落空，便教回车退走，欲诱他赶来，觑得亲切，好端的放箭。谁

知殖绰、郭最忌栾乐善射，唯恐其成功，一见他退走，遂大呼曰：“栾氏败矣！”御人闻呼，举头四望，辔乱马逸。路上有大槐根，车轮误触之而覆，把栾乐跌将出来。斐豹赶到，用长戟钩之，断其手肘。栾荣不敢来救栾乐，急逃而免。殖绰、郭最难回齐国，郭最奔秦，殖绰奔卫。栾鲂收兵保护栾盈，望南而奔。行至南门，又遇魏舒引兵拦住。栾盈垂泪告曰：“魏伯独不忆下军共事之日乎？”魏舒意中不忍，让栾盈一路。栾盈、栾鲂引着残兵，急急奔回曲沃去了。范匄闻栾盈已去，知魏舒做人情，置之不言。乃谓范鞅曰：“从盈者，皆曲沃之甲，此去必还曲沃。彼爪牙已尽，汝率一军围之，不忧不下也。”荀吴亦愿同往，范匄许之。二将帅车三百乘，围栾盈于曲沃。范匄奉晋平公复回公宫，取丹书焚之，因斐豹得脱隶籍者二十余家。范匄遂收斐豹为牙将。

却说齐庄公以王孙挥为大将，择吉出师。先侵卫地，卫人儆守，不敢出战。齐兵遂望帝丘而北，直犯晋界。不一日，行至太行。庄公正议袭绛之事，闻栾盈败走曲沃，晋侯悉起大军将至，遂观兵于少水而还。范鞅、荀吴围曲沃月余。盈等屡战不胜，力尽不能守，城遂破。胥午伏剑而死。栾盈、栾荣俱被执。范鞅夜使人缢杀之，尽诛灭栾氏之族。惟栾鲂缒城而遁，出奔宋国去了。鞅等班师回奏。于是范匄告老，赵武代之为政。

再说齐庄公还至齐境，留屯于境上，大蒐车乘。州绰、贾举等，各赐坚车五乘，名为“五乘之宾”。贾举称临淄人华周、杞梁之勇，庄公即使人召之。赐以一车，使之同乘。华周退而谓杞梁曰：“彼一人而五乘，我二人而一乘，乃辱我耳！盍辞之他往乎？”杞梁归告其母。母曰：“汝生而无义，死而无名，虽在‘五乘之宾’，人孰不笑汝！君命不可逃也。”杞梁以母之语述于华周，华周遂与杞梁共车，侍于庄公。庄公休兵数日，单用“五乘之宾”及选锐三千，往袭莒国。华周、杞梁自请为前队，庄公许之。有小卒挺身出曰：“小人愿随二位将军一行。”问其姓名，乃本国人隰侯重也。三人遂同一乘，风驰而去。次早，莒黎比公亲率甲士三百人巡郊，遇华周、杞梁之车，使甲士重重围之。周、梁谓隰侯重曰：“汝为我击鼓勿休！”乃各挺长戟，跳下车来，左右冲突。三百甲士，被杀伤了一半。黎比公大败而走。

齐庄公大队已到，闻知二将独战得胜，使人召之还，曰：“寡人已知二将军之勇矣！愿分齐国，与将军共之！”周、梁同声对曰：“君以利啖我，是污吾行也。”乃揖去使者，弃车步行，直逼且于门。黎比公令人于狭道掘沟炙炭。隰侯重仗楯自伏于炭上，令二子乘之而进。黎比公见二将已越火沟，急召善射者百人，伏于门之左右。华周、杞梁直前夺门，百矢俱发，二将冒矢突战。杞梁重伤先死。华周身中数十箭，力尽被执。

却说齐庄公引大队行至且于门，闻三人俱已战死，大怒，便欲攻城。黎比公遣使至齐军中请成，庄公不准。忽报："晋侯与宋、鲁、卫、郑各国之君，会于夷仪，谋伐齐国。"庄公乃许莒成。即日班师，命将杞梁殡于齐郊之外。庄公方入郊，适遇杞梁之妻孟姜，来迎夫尸。孟姜奉夫棺，将窆于城外。乃露宿三日，抚棺大恸，涕泪俱尽，继之以血。齐城忽然崩陷数尺。华周归齐，伤重，未几亦死。是年大水，黄河俱泛滥，晋侯伐齐之议遂中止。

却说齐右卿崔杼巴不得晋师来伐，欲行大事，已与左卿庆封商议事成之日，平分齐国。及闻水阻，心中郁郁。庄公有近侍贾竖，尝以小事，受鞭一百。崔杼乃以重赂结之，凡庄公一动一息，俱令相报。

第六十五回

弑齐光崔庆专权 纳卫衎宁喜擅政

话说周灵王二十三年，夏五月，莒黎比公亲自至临淄朝齐。庄公大喜，设飨于北郭。崔杼有心拿庄公破绽，诈称寒疾不能起身，密使心腹叩信于贾竖。竖密报云：“主公只等席散，便来问相国之病。”崔杼乃谓其妻棠姜曰：“我今日欲除此无道昏君。汝若从吾之计，吾当立汝子为嗣。”棠姜曰：“焉敢不依？”崔杼乃使棠无咎，伏甲士百人于内室。

且说庄公爱棠姜之色，寝食不忘。事毕，趋驾往崔氏问疾。阍者谬对曰：“病甚重，方服药而卧。”庄公大喜，竟入内室。棠姜艳妆出迎，未交一言，有侍婢来告：“相国口燥，欲索蜜汤。”棠姜同侍婢冉冉而去。庄公倚槛待之，须臾间，左右甲士俱起。庄公大惊，破户而出，得一楼登之。棠无咎引甲士围楼，庄公曰：“寡人知罪矣！容至太庙中自尽，以谢相国何如？”无咎曰：“我等但知拿奸淫之人，不知有君。君既知罪，即请自裁，毋徒取辱。”庄公欲逾墙走。无咎引弓射之，中其左股，从墙上倒坠下来。甲士一齐俱上，刺杀庄公。

齐国诸大夫闻崔氏作乱，皆闭门待信。惟晏婴直造崔氏，入其室，枕庄公之股，放声大哭。棠无咎曰：“必杀晏婴，方免众谤。”崔杼曰：“此人有贤名，杀之恐失人心。”晏婴遂归。未几，庆封使其子庆舍，搜捕庄公余党，杀逐殆尽。以车迎崔杼入朝，然后迎公子杵臼为君，是为景公。时莒黎比公尚在齐国，崔、庆奉景公与黎比公为盟，黎比公乃归莒。崔杼命太史伯以疟疾书庄公之死，太史伯不从，书于简曰：“夏五月乙亥，崔杼弑其君光。”杼见之大怒，杀太史。太史有弟三人，曰仲、叔、季。仲复书如前，杼又杀之；叔亦如之，杼复杀之；季又书，杼执其简谓季曰：“汝三兄皆死，汝独不爱性命乎？”季对曰：“据事直书，史氏之职也。某即不书，天下必有书之者。”崔杼叹曰：“吾惧社稷之陨，不得已而为此。”乃掷简还季。是月，晋平公以水势既退，复大合诸侯于夷仪，将为伐齐之举。崔杼使左相庆封告于晋师，言：“群臣已代大国行讨矣。新君杵臼，愿改事上国。更以宗器若干，乐器若干为献。”诸侯亦皆有赂。平公大悦，班师而归，诸侯皆散。

却说卫大夫孙林父、宁殖既逐其君衎，奉其弟剽为君。后宁殖死，子宁喜嗣为左相，日以复国为念。周灵王二十四年，卫献公袭夷仪据之，使公孙丁私入帝丘城，谓宁喜曰：“子能复纳寡人，卫国之政，尽归于子。”宁喜乃为复书，密付来使，书中大约言：“子鲜乃国人所信，必得他到此面订，方有商量。”子鲜者，公子鱄之字也。鱄乃私入帝丘城，来见宁喜。宁喜曰：“子鲜若能任其言，喜敢不任其事！”鱄向天誓曰：“鱄若负此言，不能食卫之粟。”喜曰：“子鲜之誓，重于泰山矣。”公子鱄回复献公去了。

宁喜告于大夫石恶、北宫遗，二人皆赞成之。喜告于右宰穀，穀乃潜往夷仪，求见献公。献公谓穀曰：“子从左相处来，必有好音矣。”穀对曰：“臣以便道奉候，喜不知也。”献公曰：“子第为寡人致左相，速速为寡人图成其事。左相纵不思复寡人，独不思得卫政乎？”穀对曰：“所乐为君者，以政在也。政去，何以为君？”献公曰：“不然。所谓君者，受尊号，享荣名，乘高车，驾上驷。岂必劳心政务，然后为乐

哉？”縠嘿然而退。复见公子鱄，縠述献公之言，鱄曰：“君淹恤日久，苦极望甘，故为此言。夫所谓君者，敬礼大臣，录用贤能，节财而用之，恤民而使之，作事必宽，出言必信，然后能享荣名，而受尊号，此皆吾君之所熟闻也。”

时孙林父年老，同其庶长子孙蒯居戚，留二子孙嘉、孙襄在朝。周灵王二十五年，春二月，孙嘉出使聘齐，惟孙襄居守。适献公又遣公孙丁来讨信，宁喜遂阴集家甲，使右宰縠同公孙丁帅之以伐孙襄。孙氏府第墙垣坚厚，有家将雍鉏、褚带二人，轮班值日巡警。是日褚带当班，右宰縠帅卒攻门。雍鉏闻府第有事，亦起军丁来接应。两下混战，互有杀伤。右宰縠度不能取胜，引兵而回。孙襄亲自驰良马追赶，公孙丁弯弓搭箭，一发正中其胸，却得雍、褚二将齐上，救回去了。右宰縠回复宁喜，说孙家如此难攻。宁喜曰：“今夜吾自往攻之。如再无功，即当出奔，以避其祸。”北宫遗忽至，言：“孙襄已死，可速攻之。”宁喜悉起家众，重至孙氏之门。雍鉏、褚带急忙披挂，已被攻入大门。雍鉏逾后墙而遁，奔往戚邑去了。褚带为乱军所杀。

其时，天已大明。宁喜灭孙襄之家，断襄之首，携至公宫，来见殇公，抚剑言曰：“君乃孙氏所立，非先君之命。请君避位，以成尧舜之德。”殇公怒曰：“汝擅杀世臣，废置任意，真乃叛逆之臣也！”即操戈以逐宁喜。宁喜一声指麾，甲士齐上，将殇公拘住。世子角闻变，仗剑来救，被公孙丁赶上，一戟刺死。宁喜囚殇公于太庙，逼使饮鸩而亡。宁喜遣右宰縠、北宫遗同公孙丁往夷仪迎接献公。献公星夜驱驰，三日而至。大夫公孙免余，直至境外相见。献公执其手曰：“不图今日复为君臣。”自此免余有宠。

却说孙嘉聘齐而回，中道闻变，径归戚邑。林父乃以戚邑附晋，乞赐发兵，协力守御。晋平公以三百人助之，孙林父使晋兵专戍茅氏之地。宁喜闻林父请兵，晋仅发三百人，乃使殖绰将选卒千人，往袭茅氏。

第六十六回
杀宁喜子鱄出奔 戮崔杼庆封独相

话说殖绰帅选卒千人，去袭晋戍，三百人不勾一扫，遂屯兵于茅氏。林父遣孙蒯同雍鉏引兵救之。孙蒯与雍鉏商议，雍鉏曰："殖绰勇敌万夫，必难取胜，除非用诱敌之计方可。"乃帅一百人驰往茅氏，一遇殖绰之兵，佯为畏惧，回头便走。殖绰恃勇，单带随身军甲数十人，乘轻车追之。雍鉏引往树林中去了。殖绰也疑心林中有伏，便教停车。只见土山之上，又屯着一簇步卒，簇拥着一员将。那员将金鳌绣甲，叫着殖绰的姓名大骂。殖绰大怒。卫兵中有人认得的指道："这便是孙相国的长子，叫作孙蒯。"殖绰喝教："驱车！"刚刚到山坡之下，那车势去得凶猛，踏着陷坑，马就牵车下去，把殖绰掀下坑中。孙蒯预备弓弩，一等陷下，攒箭射之。

晋平公闻卫杀其戍卒，大怒。命正卿赵武，合诸大夫于澶渊，将加兵于卫。卫献公同宁喜如晋，面诉孙林父之罪，平公执而囚之。齐景公遣使约会郑简公一同至晋，为卫求解。晋平公虽感其来意，然有林父先入之言，尚未肯统口。齐大夫晏婴私谓羊舌肸曰："晋为诸侯之长，林父始逐其君，既不能讨，今又为臣而执君，为君者不亦难乎？"肸乃言于赵武，固请于平公，乃释卫侯归国。尚未肯释宁喜。右宰穀劝献公饰女乐十二人，进于晋以赎喜。晋侯悦，并释喜。喜归，愈有德色，每事专决，全不禀命。

时宋左师向戌，与晋赵武相善，亦与楚令尹屈建相善。倡议晋、楚二君，相会于宋，面定弭兵交见之约。楚自共王至今，屡为吴国侵扰，故屈建欲好晋以专事于吴。而赵武亦因楚兵屡次伐郑，指望和议一成，可享数年安息之福。两边皆欣然乐从，遂遣使往各属国订期。晋使至于卫国，宁喜不通知献公，径自委石恶赴会。献公闻之大怒，诉于公孙免余。免余往见宁喜，言："会盟大事，岂可使君不与闻？"宁喜艴

然曰："子鲜有约言矣，吾岂犹臣也乎哉？"免余乃往见其宗弟公孙无地、公孙臣曰："相国之专，子所知也。若吾等伪为作乱，幸而成，君之福。不成，不过出奔耳。"无地曰："吾弟兄愿为先驱。"免余请歃血为信。

时周灵王二十六年，宁喜方治春宴。无地与臣悉起家众以攻宁氏。宁氏门内，设有伏机。无地不知，误触其机，陷于窟中。公孙臣挥戈来救，宁氏人众，臣战败被杀。宁喜缚无地于庭柱，鞭之至死，然后斩之。右宰毂闻宁喜得贼，夜乘车来问。宁氏方启门，免余帅兵适至，乘之而入。先斩右宰毂于门。宁氏堂中大乱，宁喜惧而走，免余夺剑逐之。喜身中两剑，死于柱下。免余尽灭宁氏之家，还报献公。公子鱄闻之，即以牛车载其妻小，出奔晋国，隐于邯郸，与家人织屦易粟而食，终身不言一"卫"字。

却说宋左师向戌，倡为弭兵之会，面议交见之事。晋正卿赵武、楚令尹屈建俱至宋地，各国大夫陆续俱至。遂于宋西门之外，歃血订盟。楚屈建暗暗传令，衷甲将事，意欲劫盟，袭杀赵武。伯州犁固谏乃止。

再说齐右相崔杼，自弑庄公，立景公，威震齐国。左相庆封心中阴怀嫉忌。崔杼原许棠姜立崔明为嗣，因怜长子崔成损臂，不忍出口。崔成请让嗣于明，愿得崔邑养老。崔杼许之。东郭偃与棠无咎不肯。崔成诉于其弟崔强。崔强曰："吾父在，东郭等尚然把持。父死，吾弟兄求为奴仆不能矣。"崔成曰："姑浼左相为我请之。"成、强二人求见庆封，告诉其事。庆封曰："汝父惟偃与无咎之谋是从，异日恐为汝父之害，何不除之？"成、强曰："某等力薄，恐不能济事。"庆封乃赠之精甲百具，兵器如数。成、强大喜，夜半率家众披甲执兵，散伏于崔氏之近侧。候东郭偃、棠无咎入门，甲士突起，将二人攒戟刺死。崔杼闻变大怒，往见庆封，哭诉以家难。庆封佯为不知，悉起家甲，召卢蒲嫳使率之，吩咐："如此如此。"崔成、崔强见卢蒲嫳兵至，启门纳卢蒲嫳。嫳入门，喝令甲士："还不动手！"成、强未及答言，头已落地。卢蒲嫳纵甲士抄掳其家，又毁其门户。棠姜惊骇，自缢于房。卢蒲嫳悬成、强之首于车，回复崔杼。杼见二尸，且愤且悲。行至府第，只见重门大开，并无一人行动。棠姜悬梁，尚未解索。崔杼惊得魂不附体，放声大哭，亦自缢而死。崔明半夜潜至府第，盗崔杼与棠姜之尸，车载以出，葬于祖墓。事毕，崔明出奔鲁国。庆封遂独相景公。

时吴、楚屡次相攻，楚康王治舟师以伐吴。吴王余祭怒楚见伐，使相国屈狐庸，诱楚之属国舒鸠叛楚。楚令尹屈建帅师伐舒鸠，养由基自请为先锋。屈建允其请，使大夫息桓助之。养由基行至离城，吴王之弟夷昧，同相国屈狐庸率兵来救。息桓欲俟大军，养由基曰："吴人善水，今弃舟从陆，射御非其长。"遂执弓贯矢，身先士卒。遇狐庸于车，欲射狐庸。狐庸引车而退，其疾如风。只见四面铁叶车围裹将来，把基困于垓心。万矢齐发，养由基死于乱箭之下。息桓收拾败军，回报屈建。建乃伏精兵于栖山，使别将子强以私属诱吴交锋，才十余合遂走。夷昧逐之。至栖山之下，伏兵尽起，将夷昧围住。却得狐庸兵到，杀退楚兵，救出夷昧。吴师败归，屈建遂灭舒鸠。明年，楚康王复欲伐吴。吴盛兵以守江口，楚不能入，遂还师侵郑。

却说吴之邻国名越，子爵。自夏历周，凡三十余世，至于允常。允常勤于为治，越始强盛，吴忌之。余祭立四年，始用兵伐越，获其宗人。余祭观舟醉卧，宗人解余祭之佩刀，刺杀余祭。余祭弟夷昧，以次嗣立，以国政任季札。札请戢兵安民，通好上国，夷昧从之。

第六十七回 卢蒲癸计逐庆封 楚灵王大合诸侯

话说周灵王二十七年，灵王无疾而崩，次子贵即位，是为景王。是年，楚康王亦薨，子麇即位。未几，令尹屈建亦卒，公子围代为令尹。

再说齐相国庆封，荒淫自纵。一日，饮于卢蒲嫳之家。嫳使其妻出而献酒，封见而悦之，遂与之通。因以国政交付于其子庆舍。封与嫳妻同宿，嫳亦与封之妻妾相通，两不禁忌。嫳请召其兄卢蒲癸于鲁，庆封从之。癸既归齐，封使事其子庆舍。庆舍爱之，以其女庆姜妻癸。癸一心只要报庄公之仇，乃因射猎，极口夸王何之勇。庆舍使召之。王何归齐，庆舍亦爱之。

时景公性爱食鸡跖，公卿家效之，皆以鸡为食中之上品。御厨以旧额不能供应，往庆氏请益。卢蒲嫳劝庆舍勿益，御厨乃以鹜代之。是日，大夫高虿字子尾、栾灶字子雅，侍食于景公。见食品无鸡，但鹜骨耳，大怒。高虿欲往责庆封，栾灶劝止之。卢蒲癸遂与王何谋曰："高、栾二家，与庆氏有隙，可借助也。"何乃夜见高虿，诡言庆氏谋攻高、栾二家。高虿大怒曰："庆封实与崔杼同弑庄公，吾等当为先君报仇。"乃阴与栾灶商议，伺间而发。秋八月，庆封率其族人庆嗣、庆遗，往东莱田猎。卢蒲癸部署家甲，预作准备。至期，齐景公行尝祭于太庙，诸大夫皆从，庆舍以家甲环守庙宫。卢蒲癸、王何执寝戈，立于庆舍之左右。卢蒲癸托言小便，出外约会停当，密围太庙。癸复入，倒持其戟，以示高虿。虿使从人以阂击门扉三声，甲士蜂拥而入。庆舍惊起，卢蒲癸从背后刺之，刃入于胁。王何以戈击其左肩，肩折。庆舍以右手取俎壶投王何，何立死。庆舍伤重，大叫一声而绝。景公大惊，欲走避。晏婴密奏曰："群臣欲诛庆氏以安社稷，无他虑也。"景公方才心定。卢蒲癸遂尽灭庆氏之党。

却说庆封田猎而回，至于中途，遇庆舍逃出家丁，前来告乱。庆封遂还攻西门。

城中守御严紧，不能攻克，卒徒渐渐逃散。庆封惧，遂出奔吴国。吴王夷昧以朱方居之，厚其禄入，使伺察楚国动静。庆封既奔，于是高虿、栾灶为政，乃宣崔、庆之罪于国中。诸大夫分崔、庆之邑。二氏家财，悉为众人所有。惟陈无宇一无所取。庆氏之庄，有木材百余车，众议纳之陈氏。无宇悉以施之国人，由是国人咸颂陈氏之德。此周景王初年事也。

其明年，栾灶卒，子栾施嗣为大夫。高虿忌高厚之子高止，乃逐高止。止之子高竖，据卢邑以叛。景公使大夫闾丘婴帅师围卢。闾丘婴许为高氏立后，高竖遂出奔晋国。高虿怒，谮杀闾丘婴。诸公子皆为不平，纷纷讥议。高虿以他事悉逐之，国中侧目。未几，高虿卒，子高强嗣为大夫。

是时晋、楚通和，列国安息。郑大夫良霄字伯有，乃公子去疾之孙，时为上卿执政。性嗜酒，乃窟地为室，置饮具及钟鼓于中，为长夜之饮。日中乘醉入朝，言于郑简公，欲遣公孙黑往楚修聘。公孙黑方与公孙楚争娶徐吾犯之妹，不欲远行，来见良霄求免。阍人辞曰："主公已进窟室，不敢报也。"公孙黑大怒，遂悉起家甲，乘夜同印段围其第，纵火焚之。良霄已醉，众人扶之上车，奔雍梁。居数日，家臣渐次俱到。霄乃还攻郑之北门。战败，逃于屠羊之肆，为兵众所杀，家臣尽死。郑简公乃使公孙侨为政。

再说周景王二年，蔡景公为其世子般娶楚女芈氏为室。景公私通于芈氏。世子般怒，乃伪为出猎，与心腹内侍数人，潜伏于内室。景公入东宫，径造芈氏之室。世子般率内侍突出，砍杀景公，遂自立为君，是为灵公。

周景王四年，晋、楚将会于虢。楚令尹公子围乃共王之庶子，为人桀骜不恭，欺熊麇微弱，事多专决。至是，将赴虢之会，围请先行聘于郑，欲娶丰氏之女。熊麇许之。公子围遂僭用国君之仪，衣服器用，拟于侯伯。将及郑郊，郊人疑为楚王，惊报国中。郑君臣匍匐出迎，及相见，乃公子围也。公孙侨恶之，使游吉辞以城中舍馆颓坏，乃馆于城外。公子围使伍举入城，议婚丰氏，郑伯许之。临娶时，公子围忽萌袭郑之意，欲借迎女为名，乘机行事。公孙侨曰："围之心不可测，必去众而后可。"于是游吉往见公子围曰："闻令尹将用众迎，敝邑褊小，不足以容从者。请除地于城外，以听迎妇之命。"伍举密言于围曰："郑人知备我矣，不如去兵。"乃使士卒悉弃弓矢，垂櫜而入。迎丰氏于馆舍。

再说楚公子围归国，值熊麇抱病在宫。围入宫问疾，解冠缨加熊麇之颈，须臾而死。麇有二子，俱为围所杀。麇弟子干奔晋，子晰奔郑。公子围嗣即王位，改名熊虔，是为灵王。灵王愈加骄恣，有独霸中原之意。使伍举求诸侯于晋，并求婚于晋侯。晋平公新丧赵武，不敢违抗，一一听之。

周景王六年，冬十二月，灵王遣使大征会于诸侯，约以明年春三月为会于申。至次年之春，诸国赴会者，接踵不绝。惟鲁、卫托故不至，宋遣大夫向戌代行。其他蔡、陈、徐、滕等国君，俱亲身赴会。楚灵王大率兵车，来至申地，诸侯俱来相见。灵王盛陈车乘，以恐胁诸侯，即申地为会盟。使大夫屈申，率诸侯之师伐吴，围朱方，执齐庆封，尽灭其族。屈申闻吴人有备，遂班师，以庆封献功。灵王乃负庆封以斧钺，绑示军前，以刀按其颈，迫使自言其罪。庆封大声叫曰："各国大夫听者：无或如楚共王之庶子围，弑其君而代之，以盟诸侯。"观者皆掩口而笑。灵王大惭，使速杀之。

灵王自申归楚，怪屈申从朱方班师，不肯深入，杀之。是年冬，吴王夷昧帅师伐楚，以报朱方之役。楚灵王大怒，复起诸侯之师伐吴。越君允常恨吴侵掠，亦使大夫常寿过帅师来会。楚先锋薳启疆为吴人所败，楚灵王自引大兵，至于吴界。吴设守甚严，不能攻入而还。灵王既归，耻其无功，乃大兴土木，欲以物力制度，夸示诸侯。筑一宫名曰章华，广袤四十里。中筑高台，以望四方，曰章华台。凡有罪而逃亡者，皆召使归国，以实其宫。宫成，遣使征召四方诸侯，同来落成。

第六十八回
贺虒祁师旷辨新声
散家财陈氏买齐国

话说楚灵王有一癖性，偏好细腰。既成章华之宫，选美人腰细者居之，以此又名曰细腰宫。宫人求媚于王，减食忍饿，以求腰细，甚有饿死而不悔者。国人化之，皆以腰粗为丑，不敢饱食。灵王恋细腰之宫，日夕酣饮其中，昼夜不绝。一日，大夫薳启疆邀请鲁昭公至。楚灵王问曰：“鲁侯之貌如何？”启疆曰：“白面长身，须垂尺余，威仪甚可观也。”灵王乃密传一令，精选国中长躯长髯，出色大汉十人，命为傧相，然后接见鲁侯。鲁侯乍见，错愕不已。遂同游章华之宫。鲁侯见土木壮丽，夸奖之声不绝。灵王面有骄色，遂陟章华之台。既升绝顶，乐声嘹亮，俱在天际，觥筹交错，

粉香相逐，飘飘乎如入神仙洞府。大醉而别，灵王赠鲁侯以大屈之弓。“大屈”者，弓名，乃楚库所藏之宝弓也。

次日，灵王心中不舍此弓，有追悔之意。薳启疆曰：“臣能使鲁侯以弓还归于楚。”乃造公馆，见鲁侯，佯为不知，问曰：“寡君昨宴好之际，以何物遗君？”鲁侯出弓示之。启疆见弓，即再拜称贺。鲁侯曰：“一弓何足为贺？”启疆曰：“此弓名闻天下，齐、晋与越三国，皆遣人相求，寡君嫌有厚薄，未敢轻许。今特传之于君。彼三国者，将望鲁而求之，鲁其备御三邻，慎守此宝。敢不贺乎？”鲁侯蹴然，乃遣使还弓于楚，遂辞归。

却说晋平公闻楚以章华之宫，号召诸侯。乃于曲沃汾水之傍，起造宫室，略仿章华之制，广大不及，而精美过之，名曰虒祁之宫。亦遣使布告诸侯。列国闻落成之命，不敢不遣使来贺。惟郑简公因前赴楚灵王之会，未曾朝晋。卫灵公元新嗣位，未见晋侯。所以二国之君，亲自至晋。

卫君先到。朝贺礼毕，平公设宴于虒祁之台。酒酣，平公曰：“素闻卫有师涓者，善为新声，今偕来否？”灵公起对曰：“见在台下。”乃召师涓登台。平公亦召师旷，即令师涓坐于旷之傍。平公问师涓曰：“近日有何新声？”师涓奏曰：“途中适有所闻，愿得琴而鼓之。”平公命左右设几，取古桐之琴。涓先将七弦调和，然后拂指而弹。曲未及半，师旷遽以手按琴曰：“且止。此亡国之音，不可奏也。”平公曰：“何以见之？”师旷奏曰：“殷末时，乐师名延者，与纣为靡靡之乐，纣听之而忘倦，即此声也。及武王伐纣，师延抱琴东走，自投于濮水之中。涓之途中所闻，其必在濮水之上矣。”卫灵公暗暗惊异。平公曰：“此前代之乐，奏之何伤？寡人所好者，新声也。涓其为寡人终之。”师涓重整弦声，备写抑扬之态，如诉如泣。

平公大悦，问师旷曰：“此曲名为何调？”师旷曰：“此所谓《清商》也。虽悲，不如《清徵》。”平公曰：“可得而闻乎？”师旷曰：“今君德薄，不当听此曲。”平公曰：“寡人酷嗜新声，子其无辞。”师旷不得已，援琴而鼓。有玄鹤一群，自南方来，延颈而鸣，舒翼而舞。平公鼓掌大悦，叹曰：“音至《清徵》，无以加矣！”师旷曰：“更不如《清角》。”平公大惊曰：“何不并使寡人听之？”师旷曰：“《清角》更不比《清徵》，臣不敢奏也。”平公曰：“寡人老矣！诚一听《清角》，虽死不恨。”师旷固辞。平公起立，迫之再三。师旷不得已，复援琴丽鼓。一奏之，有玄云从西方而起。

再奏之，狂风骤发，疾雷一声，大雨如注。从者惊散，平公恐惧，与灵公伏于廊室之间。良久，风息雨止，从者渐集，扶携两君下台而去。

是夜，平公受惊，遂得心悸之病。梦中见一物，色黄，大如车轮，其状如鳖，前二足，后一足。及旦，平公以梦中所见，告之群臣，皆莫能解。须臾，驿使报："郑君已到馆驿。"羊舌肸曰："吾闻郑大夫子产博学多闻，郑伯相礼，必用此人，吾当问之。"肸至馆驿致饩，公孙侨曰："鳖三足者，其名曰能。昔禹父曰鲧，治水无功，舜乃殛鲧于东海之羽山，截其一足，其神化为黄能，入于羽渊。今周室将衰，政在盟主，宜佐天子，以祀百神。君或者未之祀乎？"羊舌肸以其言告于平公。平公命大夫韩起，祀鲧如郊礼。平公病稍定。公孙侨将归郑，私谓羊舌肸曰："君不恤民隐，而效楚人之侈，心已僻矣，疾更作，将不可为。吾所对，乃权词以宽其意也。"月余，平公病复作，遂薨。群臣奉世子夷嗣位，是为昭公。

再说齐大夫高强，年少嗜酒，栾施亦嗜酒，相得甚欢。与陈无宇、鲍国踪迹少疏。栾、高二人每聚饮，醉后辄言陈、鲍两家长短。陈、鲍闻之，渐生疑忌。忽一日，高强因醉中，鞭扑小竖。小竖怀恨，乃乘夜奔告陈无宇，言："栾、高欲聚家众，来袭陈、鲍二家，期在明日矣。"复奔告鲍国。鲍国忙令小竖往约陈无宇，共攻栾、高。两家甲士同时起行，无宇当先，鲍国押后，杀向栾家，将前后府门，团团围住。栾施方持巨觥欲吸，闻陈、鲍二家兵到，不觉觥坠于地。高强谓栾施曰："亟聚家徒，授甲入朝，奉主公以伐陈、鲍，无不克矣。"栾施乃悉聚家众。高强当先，栾施在后，从后门突出，径奔公宫。陈无宇、鲍国紧紧追来。高氏族人闻变，亦聚众来救。

景公在宫中，闻四族率甲相攻，急命阍者紧闭虎门。使内侍召晏婴入宫。栾施、高强屯于门之右，陈、鲍之甲屯于门之左，两下相持。须臾，晏婴入见。景公曰："四族相攻，兵及寝门，何以待之？"晏婴奏曰："栾、高怙累世之宠，专行不忌，已非一日。高止之逐，闾丘之死，国人胥怨。今又伐寝门，罪诚不宥。但陈、鲍不候君命，擅兴兵甲，亦不为无罪也。惟君裁之！"景公曰："栾、高之罪，重于陈、鲍，宜去之。"乃使王黑以公徒助陈、鲍。栾、高兵败，遂奔鲁国。陈、鲍逐两家妻子，而分其家财。陈无宇将所分食邑及家财，尽登簿籍，献于景公。景公大悦。景公之母夫人曰孟姬，无宇又私有所献。孟姬言于景公曰："陈无宇诛剪强家，以振公室，何不以高唐之邑赐之？"景公从其言，陈氏始富。陈无宇以公命召诸公子，凡幄幕器用，

皆自出家财，私下完备，遣人分头往迎。诸公子感激无已。无宇又大施恩惠于公室，凡公子、公孙之无禄者，悉以私禄分给之。又访求国中之贫约孤寡者，私与之粟。国中无不颂陈氏之德，愿为效死而无地也。

再说楚灵王闻晋筑虒祁宫，诸侯皆贺，大有不平之意，欲兴师以侵中原。伍举曰："必择有罪者征之，方为有名。蔡世子般弑其君父，蔡近于楚，若讨蔡而兼其地，则义利两得矣。"说犹未了，近臣报："陈侯弱已薨，公子留嗣位。"伍举曰："陈世子偃师，名在诸侯之策。以臣度之，陈国必有变矣。"

第六十九回
楚灵王挟诈灭陈蔡 晏平仲巧辩服荆蛮

话说陈哀公元妃生子偃师，已立为世子矣。次妃生公子留，三妃生公子胜。次妃善媚得宠，哀公乃以其弟司徒公子招为留太傅，公子过为少傅，嘱咐招、过：“异日偃师当传位于子留。”周景王十一年，陈哀公病废在床。公子招谓公子过曰：“公孙吴且长矣，若偃师嗣位，必复立吴为世子。今君病废已久，杀偃师而立留，可以无悔。”公子过遂与招定计，以其事托孔奂。孔奂阴召心腹力士，混于守门人役数内。世子偃师问安毕，夜出宫门，力士刺杀之。须臾，公子招同公子过到，一面使人搜贼，一面倡言：“陈侯病笃，宜立次子留为君。”陈哀公闻变，愤恚自缢而死。

司徒招奉公子留主丧即位，遣大夫于徵师以病薨赴告于楚。时伍举侍于灵王之侧，忽报：“陈侯第三子公子胜同侄儿公孙吴求见。”灵王召之。二人哭拜于地。公子胜开言：“嫡兄世子偃师，被司徒招与公子过设谋枉杀，致父亲自缢而死。擅立公子留为君，我等特来相投。”灵王诘问于徵师，徵师无言可答。灵王怒，喝教刀斧手，将徵师绑下斩讫。乃出令兴师伐陈。公子留惧祸不愿为君，出奔郑国去了。楚灵王大兵至陈。陈人皆怜偃师之死，见公孙吴在军中，咸箪食壶浆，以迎楚师。司徒招请公子过议事。招曰：“退楚只需一物，欲问汝借。”过问：“何物？”招曰：“借汝头耳！”过大惊，方欲起身。招左右将过击倒，即拔剑斩其首，亲自持赴楚军，密奏曰：“杀世子立留，皆公子过之所为。今公子留惧罪出奔，陈国无主，愿大王收为郡县。”灵王大喜，司徒招叩谢而去。次日，司徒招备法驾仪从，来迎楚王入城。灵王坐于朝堂，陈国百官俱来参谒。灵王叱左右将孔奂斩讫。复诮司徒招曰：“寡人赦汝一命，便可移家远窜东海。”招只得拜辞。灵王谓公孙吴曰：“本欲立汝，但招、过之党尚多，恐为汝害，汝姑从寡人归楚。”乃命毁陈之宗庙，改陈国为县。以穿封戌守陈地，

谓之陈公。陈人大失望。

灵王休兵一载，然后伐蔡。驻军于申地，使人致币于蔡，请灵公至申地相会。蔡侯立其子有为世子，使大夫公孙归生辅之监国。即日命驾至申，谒见灵王。灵王设宴款待蔡侯，大陈歌舞，宾主痛饮甚乐。蔡侯不觉大醉。灵王掷杯为号，甲士突起，缚蔡侯于席上。灵王命将蔡侯磔死，从死者共七十人。大书蔡侯般弑逆之罪于版，遂命公子弃疾统领大军，长驱入蔡。

却说蔡世子有，探听蔡侯被杀，楚兵不日临蔡，即时纠集兵众，授兵登埤。楚兵至，围之数重。世子有募国人能使晋者。蔡洧之父蔡略，从蔡侯于申，在被杀七十人之中。洧应募而出，乘夜缒城北走，直达晋国，来见晋昭公，哭诉其事。昭公乃命韩起约会诸国，商议救蔡。时宋国右师华亥在会，韩起独谓华亥曰："盟宋之役，汝家先右师实倡其谋，约定南北弭兵。今楚首先败约，汝袖手不发一言，非楚无信，乃尔国之欺谩也。"华亥觳觫对曰："今各国久弛武备，不若遵弭兵之约，遣一使为蔡请宥。"韩起见各国大夫俱有惧楚之意，料救蔡一事，鼓舞不来，乃遣大夫狐父，径至申城，来见楚灵王。蔡洧号泣而去。狐父到申城将书呈上，灵王览毕笑曰："汝去回复汝君，陈、蔡乃孤家属国，不劳照管。"狐父怏怏而回。

蔡洧回至蔡国，被楚巡军所获，囚于后军。公子弃疾知晋救不至，攻城益力。自夏四月围起，直至冬十一月，公孙归生积劳成病，卧不能起。城中食尽，守者疲困，不能御敌。楚师蚁附丽上，城遂破。弃疾入城，抚慰居民，将世子有上了囚车，并蔡洧解到灵王处报捷。时灵王驾已至九冈山。适弃疾捷报到，即命取世子有充作牺牲，杀以祭神。蔡洧哀泣三日。灵王以为忠，乃释而用之。蔡洧阴怀复仇之志，说灵王曰："今王奄有陈、蔡，与中华接壤，若高广其城，各赋千乘，以威示诸侯。四方谁不畏服？"灵王悦其谀言，日渐宠用。于是重筑陈、蔡之城，倍加高广，即用弃疾为蔡公。

诸侯畏楚之强，小国来朝，大国来聘。就中单表一人，乃齐国上大夫晏婴，字平仲，奉齐景公之命，修聘楚国。灵王谓群下曰："晏平仲身不满五尺，而贤名闻于诸侯。寡人欲耻辱晏婴，以张楚国之威，卿等有何妙计？"太宰薳启疆密奏曰："必须如此如此。"灵王大悦。薳启疆夜发卒徒于郢城东门之傍，另凿小窦，刚刚五尺。不一时，晏婴轻车羸马，来至东门。见城门不开，遂使御者呼门。守者指小门示之曰："大夫出入此窦，宽然有余，何用启门？”晏婴曰：“此狗门，非人所出入也。使狗国者，从狗门入；使人国者，还须从人门入。”使者飞报灵王。王乃命开东门，延之入城。

将入朝，朝门外有十余位官员，列于两行。晏子慌忙下车，众官员向前逐一相见。斗成然先开口曰：“吾闻齐乃太公所封之国，何自桓公一霸之后，篡夺相仍，今日朝晋暮楚，君臣奔走道路，殆无宁岁？平仲之贤，不让管子。乃不思大展经纶，丕振旧业，而服事大国，自比臣仆，诚愚所不解也。”晏子扬声对曰：“夫识时务者为俊杰。寡君知天运之盛衰，达时务之机变，所以养兵练将，待时而举。今日交聘，乃邻国往来之礼，何谓臣仆？尔祖子文，为楚名臣，识时通变，倘子非其嫡裔耶？何言之悖也。”成然羞惭而退。须臾，楚上大夫阳匄字子瑕问曰：“平仲固自负识时通变之士，然崔、庆之难，齐臣效节死义者无数。子乃齐之世家，上不能讨贼，下不能避位，中不能致死，何恋恋于名位耶？”晏子即对曰：“抱大节者，不拘小谅；有远虑者，岂固近谋。吾闻君死社稷，臣当从之。今先君庄公，非为社稷而死。且人臣遇国家之难，能则图之，不能则去之。吾之不去，欲定新君，以保宗祀，非贪位也。使人人尽去，国事何赖？况君父之变，何国无之？子谓楚国诸公在朝列者，人人皆讨贼死难之士乎？”这一句话，暗指着楚熊虔弑君，诸臣反戴之为君，但知责人，不知责己。

公孙瑕无言可答。

须臾，灵王升殿，晏子入见。灵王一见晏子，遽问曰："齐国固无人耶？"晏子曰："齐国中呵气成云，挥汗成雨，行者摩肩，立者并迹，何谓无人？"灵王曰："然则何为使小人来聘吾国？"晏子曰："敝邑出使有常典，贤者奉使贤国，不肖者奉使不肖国，大人则使大国，小人则使小国。臣小人，又最不肖，故以使楚。"楚王惭其言，然心中暗暗惊异。少顷，武士三四人，缚一囚从殿下而过。灵王遽问："囚何处人？"武士对曰："齐国人。"灵王曰："所犯何罪？"武士对曰："坐盗。"灵王乃顾谓晏子曰："齐人惯为盗耶？"晏子顿首曰："臣闻：江南有橘，移之江北，则化而为枳。所以然者，地土不同也。今齐人生于齐，不为盗，至楚，则为盗，楚之地土使然，于齐何与焉？"灵王嘿然良久，乃厚为之礼，遣归齐国。

齐景公嘉晏婴之功，尊为上相，赐以千金之裘，欲割地以益其封，晏子皆不受。一日，景公幸晏子之家，见其妻，笑曰："老且丑矣！寡人有爱女，年少而美，愿以纳之于卿。"婴对曰："臣妻虽老且丑，然向已受其托矣，安忍倍之？"景公于是深信晏子之忠，益隆委任。

第七十回
杀三兄楚平王即位 劫齐鲁晋昭公寻盟

话说周景王十二年，楚灵王既灭陈、蔡，自谓天下可唾手而得，欲遣使至周，求其九鼎。右尹郑丹曰："今齐、晋尚强，吴、越未服，周虽畏楚，恐诸侯有后言也。"灵王乃使薳罢同蔡洧奉世子禄居守，大阅车马，使司马督率车三百乘伐徐，围其城。灵王大军屯于乾溪，以为声援。冬月，值大雪，积深三尺有余。灵王服裘加被，出帐前看雪。有右尹郑丹来见。灵王曰："寒甚！"郑丹对曰："王身居虎帐，犹且苦寒，况军士执兵于风雪之中，其苦何如？王何不返驾国都，俟来春天气和暖，再图征进？"灵王曰："吾自用兵以来，所向必克，司马旦晚必有捷音矣。"郑丹对曰："王贪伐徐之功，使三军久顿予外，万一国有内变，窃为王危之。"灵王默然无言。是夜，灵王意欲班师。忽谍报："司马督屡败徐师，遂围徐。"灵王曰："徐可灭也。"遂留乾溪。自冬逾春，日逐射猎为乐，方役百姓筑台建宫，不思返国。

时蔡大夫归生之子朝吴，臣事蔡公弃疾，日夜谋复蔡国。朝吴假传蔡公之命，召子干于晋，召子晰于郑。子干、子晰齐至蔡郊，朝吴出郊谓二公子曰："蔡公实未有命，然可劫而取也。"子干、子晰有惧色。朝吴曰："王佚游不返，国虚无备，而蔡洧念杀父之仇，以有事为幸。斗成然与蔡公相善，蔡公举事，必为内应。"子干、子晰方才放心，乃刑牲歃血，誓为先君报仇。朝吴以家众导子干、子晰袭入蔡城。蔡公猝见二公子到，大惊。子干、子晰抱蔡公大哭，弃疾仓皇无计，答曰："且请从容商议。"朝吴遂宣言于众曰："蔡公实召二公子，同举大事，已盟于郊。楚王无道，今蔡公许复封我，汝等可共随蔡公一同入楚。"蔡人闻呼，各执器械，集于蔡公之门。朝吴曰："人心已齐，宜悉起蔡众。吾往说陈公，帅师从公。"弃疾从之。

朝吴使观从星夜至陈，遇陈人夏啮，告以复蔡之意。夏啮曰："今陈公病已不起，

吾当率陈人为一队。”观从回报蔡公。朝吴又作书密致蔡洧，使为内应。蔡公使朝吴率蔡人为右军，夏啮率陈人为左军，星夜望郢都进发。斗成然迎蔡公于郊外，蔡洧开门以纳蔡师。国人皆愿蔡公为王，无肯拒敌者。蔡公大兵攻入王宫，遇世子禄及公子罢敌，皆杀之。蔡公奉子干为王，使观从往乾溪，告其众曰：“蔡公已入楚，杀王二子，奉子干为王矣。今新王有令：‘先归者复其田里，后归者劓之，有相从者，罪及三族，或以饮食馈献，罪亦如之。’”军士闻之，一时散其大半。

灵王闻二子被杀，放声大哭。少顷，哨马报：“新王遣蔡公为大将，同斗成然率陈、蔡二国之兵，杀奔乾溪来了。”灵王大怒，遂拔寨都起，欲以袭郢。士卒一路奔逃，比到訾梁，从者才百人耳。灵王乃解其冠服，悬于岸柳之上。灵王徘徊于釐泽之间，从人尽散，只剩单身。一连三日，没有饮食下咽，饿倒在地，不能行动。须臾，有一人乘小车而至，拜倒在地，曰：“臣姓申名亥，乃申无宇之子也。臣家离此不远，王可暂至臣家。”乃以干糒跪进，灵王勉强下咽，稍能起立。申亥扶之上车，至于棘村。灵王观看申亥农庄之家，筚门蓬户，好生凄凉，泪流不止。亥乃使其亲生二女侍寝，以悦灵王之意。王衣不解带，一夜悲叹，至五更时分，自缢于寝所。

时蔡公引大军寻访灵王，有村人以楚王冠服来献。蔡公更欲追寻，朝吴进曰：

“楚王多分死于沟渠，不足再究。国人未知其下落，乘此人心未定之时，须如此如此。”蔡公然之。乃遣观从引小卒百余人，诈作败兵，奔回郢都，呼曰：“蔡公兵败被杀，楚王大兵，随后便至！”国人信以为实，莫不惊骇。斗成然奔告子干，言：“楚王甚怒，来讨君擅立之罪。君须早自为计，臣亦逃命去矣。”言讫，奔狂而出。子晰、子干俱自刎而死。斗成然引众复入，率百官迎接蔡公。蔡公即位，改名熊居，是为平王。平王安集楚众，录功用贤。使人访求陈、蔡之后，得陈世子偃师之子名吴，蔡世子有之子名庐。乃封吴为陈侯，是为陈惠公；庐为蔡侯，是为蔡平公，归国奉宗祀。

平王长子名建，字子木，时年已长，乃立为世子，使连尹伍奢为太师。有楚人费无极，善于贡谀，平王宠之，任为大夫。无极请事世子，乃以为少师。以奋扬为东宫司马。平王既即位，颇事声色之乐。无极日在平王左右，从于淫乐。世子建恶其谄佞，颇疏远之。令尹斗成然恃功专恣，无极谮而杀之。世子建每言成然之冤，无极心怀畏惧，由是阴与世子建有隙。

再说晋昭公新立，欲修复先人之业，闻齐侯遣晏婴如楚修聘，亦使人征朝于齐。齐景公欲观晋昭公之为人，乃装束如晋。既至绛州，昭公设宴享之。酒酣，晋侯曰：“筵中无以为乐，请为君侯投壶赌酒。”景公曰：“善。”左右设壶进矢，齐侯拱手让晋侯先投。荀吴进辞曰：“寡君中此，为诸侯师。”晋侯投矢，果中中壶。晋臣皆伏地称：“千岁！”齐侯举矢投去，恰在中壶，与晋矢相并。晏婴亦伏地呼：“千岁！”晋侯勃然变色。齐侯即逊谢而出，次日遂行。羊舌肸曰：“诸侯将有离心，不以威胁之，必失霸业。”晋侯乃大阅甲兵之数，总计有四千乘，甲士三十万人。先遣使如周，请王臣降临为重，因遍请诸侯，约以秋七月俱集平丘相会。诸侯无敢不赴者。

至期，晋昭公留韩起守国，率荀吴、魏舒、羊舌肸等，尽起四千乘之众，望濮阳城进发。十二路诸侯皆有惧色。既会，羊舌肸捧盘盂进曰：“今寡君欲效践土故事，请诸君同歃为信！”诸侯皆俯首曰：“敢不听命！”惟齐景公不应。羊舌肸曰：“君若不从，寡君惟是甲车四千乘，愿请罪于城下。”景公乃改辞谢曰：“大国既以盟不可废，寡人敢自外耶？”于是晋侯先歃，齐、宋以下相继。邾、莒以鲁国屡屡侵伐，诉于晋侯。晋侯辞鲁昭公于会，执其上卿季孙意如，闭之幕中。子服惠伯私谓荀吴曰：“鲁地十倍邾、莒，晋若弃之，将改事齐、楚，于晋何益？”荀吴然其言，以告韩起。起言于晋侯，乃纵意如奔归。自是诸侯益不直晋，晋不复能主盟矣。

第七十一回
晏平仲二桃杀三士
楚平王娶媳逐世子

话说齐景公有志复桓公之业。晏婴曰："君欲图伯，莫如恤民。"景公乃除去烦刑，发仓廪以贷贫穷，国人感悦。于是征聘于东方诸侯。徐子不从，乃用田开疆为将，帅师伐之。徐子大惧，遣使行成于齐。齐自是日强，与晋并霸。景公录田开疆平徐之功，复嘉古冶子斩鼋之功，仍立"五乘之宾"以旌之。田开疆复举荐公孙捷之勇，景公亦使与"五乘之宾"。公孙捷遂与田开疆、古冶子结为兄弟，自号"齐邦三杰"。挟功恃勇，口出大言，凌铄闾里，简慢公卿。晏婴深以为忧，每欲除之。

忽一日，鲁昭公欲结交于齐，亲自来朝。景公设宴相待。二君酒至半酣，晏子奏曰："园中金桃已熟，可命荐新，为两君寿。"景公准奏，晏子亲往临摘。景公曰："此桃名曰万寿金桃，植之三十余年，花而不实。今岁结有数颗，寡人不敢独享，特取来与贤君臣共之。"鲁昭公拱手称谢。少顷，晏子引着园吏，将雕盘献上，盘中堆着六枚桃子。景公命晏子行酒。晏子手捧玉爵，恭进鲁侯之前，左右献上金桃。鲁侯饮酒毕，取桃一枚食之，夸奖不已。次及景公，亦饮酒一杯，取桃食讫。景公曰："叔孙大夫贤名著于四方，宜食一桃。"叔孙婼跪奏曰："臣之贤，万不及相国。此桃宜赐相国食之。"景公曰："既叔孙大夫推让相国，可各赐酒一杯，桃一枚。"二臣跪而领之。晏子奏曰："盘中尚有二桃。主公可传令诸臣中，言其功深劳重者，当食此桃。"景公即传谕，阶下诸臣，有自信功深劳重者，出班自奏。

公孙捷挺身而出曰："昔从主公猎于桐山，力诛猛虎，其功若何？"晏子曰："功莫大焉！可赐酒一爵，食桃一枚。"古冶子奋然便出曰："吾曾斩妖鼋于黄河，使君危而复安。此功若何？"景公曰："此盖世奇功也！饮酒食桃，又何疑哉？"晏子慌忙进酒赐桃。只见田开疆出曰："吾曾奉命伐徐，斩其名将，俘甲首五百余人，徐君恐惧，致赂乞盟。此功可以食桃乎？”晏子奏曰：“开疆之功，比于二将，更自十倍。争奈无桃可赐，赐酒一杯，以待来年。”田开疆按剑而言曰：“吾跋涉千里之外，血战成功，反不能食桃，为万代耻笑，何面目立于朝廷之上耶？”言讫，挥剑自刎而死。公孙捷大惊，亦拔剑而言曰：“夫取桃不让，非廉也；视人之死而不能从，非勇也。”言讫，亦自刎。古冶子奋气大呼曰：“吾三人义均骨肉，誓同生死。二人已亡，吾独苟活，于心何安？”亦自刎而亡。景公嘿然不悦，晏婴从容进曰：“此皆一勇之夫，其生死何足为齐轻重哉！”景公意始释然。

鲁昭公别后，景公召晏婴问曰：“三杰之后，难乎其继。如之奈何？”晏子对曰：“有田穰苴者，大将之才也！君欲选将，无过于此。”景公踌躇不决。忽一日，边吏报道：“晋国兴兵犯东阿之境，燕国亦乘机侵扰北鄙。”景公大惧。于是聘穰苴入朝，即日拜为将军，使帅车五百乘，北拒燕、晋之兵。穰苴请曰：“臣素卑贱，愿得吾君宠臣一人，使为监军。”景公遂命嬖大夫庄贾，往监其军。庄贾问出军之期，苴曰：“期在明日午时，勿过日中也。”至次日午前，穰苴先至军中，唤军吏立木为表，因使人催促庄贾。贾恃景公宠幸，缓急自由。穰苴候至日影移西，不见庄贾来到，竟自登坛誓众，申明约束。号令方完，遥见庄贾高车驷马，徐驱而至。穰苴问：“监军何故后期？”庄贾拱手而对曰：“今日远行，蒙亲戚故旧携酒饯送，是以迟迟也。”穰苴拍案大怒曰：“汝倚仗君宠，怠慢军心，倘临敌如此，岂不误了大事！”即喝教手下，将庄贾捆缚，牵出辕门斩首。左右从人，忙到齐侯处报信求救。景公急叫梁丘据持节往谕。梁丘据手捧符节，望军中驰去。穰苴喝令阻住，问军政司曰：“军中不得驰车，使者当得何罪？”答曰：“按法亦当斩。”梁丘据口称：“奉命而来，不干某事。”穰苴曰：“既有君命，难以加诛。然军法不可废也。”乃毁车斩骖。梁丘据抱头鼠窜而去。于是大小三军，莫不股栗。晋师闻风遁去。燕人亦渡河北归。苴追击之，斩首万余。燕人大败，纳赂请和。景公拜穰苴为大司马，使掌兵权。诸侯无不畏服。景公内有晏婴，外有穰苴，国治兵强，四境无事。

却说周景王十九年，吴王夷昧病笃，欲传位于季札。札逃归延陵。群臣奉夷昧之子州于为王，改名曰僚，是为王僚。诸樊之子名光，王僚用之为将。时楚费无极以谗佞得宠，心忌太子建，欲离间其父子。一日，奏平王曰：“太子年长矣，何不为之婚娶？秦，强国也。两强为婚，楚势益张矣。”平王遂遣费无极往聘秦国，秦哀公以孟

嬴许婚。无极察知孟嬴有绝世之色。又见媵女内有一人，仪容颇端，乃是齐女，为孟嬴侍妾。无极密召齐女谓曰：“汝能隐吾之计，管你将来富贵不尽。”齐女低首无言。无极先一日行，回奏平王。平王问曰：“秦女其貌若何？”无极奏曰：“臣阅女子多矣，未见有如孟嬴之美者。”平王叹曰：“寡人枉自称王，不遇此等绝色，诚所谓虚过一生耳！”无极密奏曰：“此女虽聘于太子，尚未入东宫，王迎入宫中，谁敢异议？”平王曰：“何以塞太子之口？”无极奏曰：“臣观从媵之中，有齐女才貌不凡，可充作秦女。”平王大喜，遂留孟嬴，使齐女假作孟嬴，令太子建迎归东宫成亲。无极恐太子知觉，告平王曰：“何不令太子出镇城父，以通北方？”平王遂命太子建出镇城父，以奋扬为城父司马，使伍奢往城父辅助太子。太子行后，平王遂立孟嬴为夫人。太子方知秦女为父所换。

逾年，孟嬴生一子，名曰珍。平王许立珍为世子。费无极乘间谮于平王曰：“闻世子与伍奢有谋叛之心，王不可不备。太师伍奢是其谋主，王不如先召伍奢，然后遣兵袭执世子，则王之祸患可除矣。”平王即使人召伍奢。奢至，平王问曰：“建有叛心，汝知之否？”伍奢对曰：“王听细人之说，而疑骨肉之亲，于心何忍？”平王叱

左右执伍奢而囚之。使人密谕奋扬，曰：“杀太子，受上赏；纵太子，当死。”奋扬得令，使心腹私报太子。太子建大惊，遂与妻子连夜出奔宋国。平王乃立珍为太子，改费无极为太师。

无极奏曰：“伍奢有二子，曰尚，曰员，皆人杰也。若使出奔吴国，必为楚患。何不使其父以免罪召之？来则尽杀之，可免后患。”平王大喜，狱中取出伍奢，令左右授以纸笔，谓曰：“汝可写书，召二子归朝，改封官职，赦汝归田。”伍奢心知楚王挟诈，乃对曰：“臣长子尚，慈温仁信，闻臣召必来。少子员，文能安邦，武能定国。此前知之士，安肯来耶？”平王曰：“召而不来，无与尔事。”奢遂当殿写书。平王遣鄢将师为使，持封函印绶，往见伍尚。伍尚将父书入室，来报其弟伍员。

第七十二回
棠公尚捐躯奔父难 伍子胥微服过昭关

话说伍员字子胥，有扛鼎拔山之勇，经文纬武之才。棠君尚持父手书入内，与员观看。员曰：“此诱我也。往必见诛！”尚曰：“父子之爱，恩从中出。若得一面而死，亦所甘心！”伍员乃仰天叹曰：“与父俱诛，何益于事？兄必欲往，弟从此辞矣！”尚泣曰：“吾之智力，远不及弟。我当归楚，汝适他国。我以殉父为孝，汝以复仇为孝。从此各行其志，不复相见矣！”伍员拜了伍尚四拜。尚拭泪出见鄢将师，言：“弟不愿封爵，不能强之。”将师只得同伍尚登车。既见平王，王并囚之。无极复奏曰：“伍员尚在，宜急捕之。”平王即遣大夫武城黑，领精卒二百人，往袭伍员。员谓其妻贾氏曰：“吾欲逃奔他国，不能顾汝，奈何？”贾氏曰：“子可速行，勿以妾为念！”遂入户自缢。伍员痛哭一场，藁葬其尸，即时贯弓佩剑而去。楚兵至，搜伍员不得，归报平王，言：“伍员已先逃矣。”平王大怒，即命费无极押伍奢父子于市曹斩之。平王曰：“员虽走，必不远。”乃遣左司马沈尹戌率三千人，穷其所往。伍员行及大江，将所穿白袍，挂于江边柳树之上，取双履弃于江边，足换芒鞋，沿江直下。沈尹戌追至江口，得其袍履，回奏：“伍员不知去向。”无极进曰：“臣有一计，可出榜四处悬挂，有能捕获伍员来者，赐粟五万石，爵上大夫；容留及纵放者，全家处斩。诏各路关津渡口，凡来往行人，严加盘诘。”平王悉从其计，画影图形，访拿伍员。

再说伍员知太子建逃奔宋国，遂望睢阳一路而进。行至中途，忽见一簇车马前来，乃故人申包胥也。伍员把平王枉杀父兄之事，哭诉一遍。包胥闻之，恻然动容，问曰：“子今何往？”员曰：“吾将奔往他国，借兵伐楚。”包胥曰：“子行矣！朋友之谊，吾必不漏泄于人。然子能覆楚，吾必能存楚。”伍员遂辞包胥而行。不一日，到了宋国，寻见了太子建，抱头而哭。宋国方有乱，君臣相攻，楚平王使薳越帅师来救。伍员闻楚师将到，曰：“宋不可居矣！”乃与太子建及其母子，西奔郑国。是时郑上卿公孙侨新卒。郑定公闻太子建之来，甚喜，使行人致馆。建与伍员，每见郑伯，必哭诉其冤情。郑定公曰：“郑国微兵寡，子欲报仇，何不谋之于晋？”世子建亲往晋国，见晋顷公。顷公召六卿共议伐楚之事。时六卿用事，各不相下，君弱臣强，顷公不能自专。荀寅密奏顷公曰：“郑阴阳晋、楚之间，其心不定。今楚世子在郑，若为内应，我起兵灭郑，即以郑封太子，然后徐图灭楚，有何不可？”顷公即命荀寅以其谋私告世子建，建欣然诺之。

建回至郑国，不听伍员之谏，以家财私募骁勇，复交结郑伯左右。其谋渐泄，郑定公与游吉计议，召太子建游于后圃，从者皆不得入。三杯酒罢，郑伯使左右面质其事，太子建不能讳。郑伯大怒，喝令力士，擒建于席上，斩之。伍员即时携建子胜出了郑城，往吴国逃难。行过陈国，将近昭关。近因盘诘伍员，特遣右司马薳越，带领大军驻扎于此。伍员行至历阳山，离昭关约六十里之程，徘徊不进。忽有一老父携杖而来，见伍员，奇其貌，乃曰：“君能非伍氏子乎？”员大骇。老父曰：“吾乃扁鹊之弟子东皋公也。数日前，薳将军有小恙，邀某往视，见关上悬有伍子胥形貌，与君正相似。君不必讳，寒舍只在山后，请挪步暂过。”伍员乃同公子胜随东皋公而行。约数里，有一茅庄，园后有土屋三间。东皋公谓员曰：“昭关设守甚严，公子且宽留，容某寻思一万全之策。”员称谢。

东皋公每日以酒食款待，一住七日，并不言过关之事。伍员狐疑不决。是夜，寝不能寐。卧而复起，绕室而走，不觉东方发白。只见东皋公叩门而入，见了伍员，大惊曰：“足下须鬓，何以忽然改色？”员取镜照之，已苍然颁白矣。乃痛哭曰：“一事无成，双鬓已斑。天乎！”东皋公曰：“此乃足下佳兆也。公须鬓顿白，一时难辨，可以混过俗眼。况吾友已请到，吾计成矣。”员曰：“先生计安在？”东皋公曰：“吾友复姓皇甫，名讷，仿佛与足下相似。教他假扮作足下，足下却扮为仆者，倘吾友被执，纷论之间，足下便可抢过昭关矣。”伍员曰：“先生之计虽善，但累及贵友，于心不安！”东皋公曰：“自有解救之策在后，不必过虑。”言毕，遂使人请皇甫讷至土室中。员视之，果有三分相像。东皋公使伍员解其素服，与皇甫讷穿之。另将紧身褐衣，与员穿着，扮作仆者。芈胜亦更衣，如村家小儿之状。伍员同公子胜拜了东皋公四拜，跟随皇甫讷，连夜望昭关而行。皇甫讷刚到关门，关卒见其状貌，与图形相似，入报

薳越。越飞驰出关，喝令左右一齐下手，将讷拥入关上。那些守关将士，及关前后百姓，初闻捉得子胥，尽皆踊跃观看。伍员乘关门大开，带领公子胜，混出关门。

再说楚将薳越，欲将皇甫讷绑缚拷打。讷辩曰："吾乃龙洞山下隐士皇甫讷也。欲从故人东皋公出关东游，何故见擒？"薳越闻其声音，正疑惑间，忽报："东皋公来见。"讷望见东皋公，遽呼曰："公相期出关，何不早至？累我受辱！"东皋公笑谓薳越曰："将军误矣！此吾乡友皇甫讷也。约吾同游，期定关前相会。老夫有过关文牒在此。"言毕，即于袖中取出文牒。薳越大惭，亲释其缚，命酒压惊，又取金帛相助。二人称谢下关。

再说伍员过了昭关，至于鄂渚，遥望大江，无舟可渡，心中十分危急。忽见有渔翁乘船，从下流泝水而上，员乃急呼曰："渔父渡我！"那渔父将船拢岸，伍员同芈胜践石登舟。渔翁将船一篙点开，飘飘而去。不够一个时辰，达于对岸。渔翁曰："观子容貌，的非常人，可实告我，勿相隐也。"伍员遂告姓名。渔翁嗟呀不已，曰："子面有饥色，吾往取食啖子，子姑少待。"渔翁入村取食，久而不至。员谓胜曰："人心难测，安知不聚徒擒我？"乃隐于芦花深处。少顷，渔翁来至树下，不见伍员，乃高唤曰："芦中人！芦中人！吾非以子求利者也！"伍员乃出芦中而应。渔翁进食，员与胜饱餐一顿，临去，解佩剑以授渔翁。渔翁固辞。员曰："丈人既不受剑，愿乞姓名。"渔翁曰："今日相逢，安用姓名为哉？万一天遣相逢，我但呼子为'芦中人'，子呼我为'渔丈人'，足为志记耳。"员乃欣然拜谢。方行数步，复转身谓渔翁曰："倘后有追兵来至，勿泄吾机。"

第七十三回
伍员吹箫乞吴市 专诸进炙刺王僚

话说伍员求渔丈人秘密其事，渔翁仰天叹曰："吾为德于子，子犹见疑。倘若追兵别渡，吾何以自明？请以一死绝君之疑。"言讫，解缆开船，倒翻船底，溺于江心。伍员叹曰："我得汝而活，汝为我而死，岂不哀哉！"伍员与芈胜遂入吴境。行至溧阳，馁而乞食。遇一女子，方浣纱于濑水之上，筥中有饭。伍员停足问曰："某在穷途，夫人可假一餐乎？"女子跪而进之。胥与胜乃餐，尽其器。临行谓女子曰："蒙夫人活命之恩，恩在肺腑。某实亡命之夫，倘遇他人，愿夫人勿言！"女子凄然叹曰："妾侍寡母三十未嫁，何期馈饭，乃与男子交言。子行矣。"伍员别去，行数步，回头视之，此女抱一大石，自投濑水中而死。伍员感伤不已，咬破指头，沥血书二十字于石上。伍员题讫，复恐后人看见，掬土以掩之。

复行三百余里，至一地，见一壮士与一大汉厮打。门内有一妇人唤曰："专诸不可！"其人即时敛手归家。员深怪之，旁人告曰："此吾乡勇士，平生好义。适才门内唤声，乃其母也。此人素有孝行，事母无违。"员叹曰："此真烈士矣！"次日，整衣相访。专诸叩其来历，员具道姓名，并受冤始末。专诸曰："今日下顾荒居，有何见谕？"员曰："敬子孝行，愿与结交。"专诸大喜，乃入告于母，即与伍员八拜为交。次早，员谓专诸曰："某将辞弟入都，求事吴王。"专诸曰："吴王好勇而骄，不如公子光亲贤下士，将来必有所成。"员、胜来到梅里，乃藏芈胜于郊外，自己被发佯狂，跣足涂面，手执斑竹箫一管，在市中吹之，往来乞食。

再说吴公子姬光，乃吴王诸樊之子。诸樊薨，光应嗣位，因守父命，欲以次传位于季札，故余祭、夷昧以次相及。及夷昧薨后，季札不受国，仍该立诸樊之后，争奈王僚贪得不让，竟自立为王。公子光潜怀杀僚之意，乃求善相者曰被离，举为吴市

吏，嘱以谘访豪杰。一日，伍员吹箫过于吴市。被离闻箫声甚哀，出见员，揖而进之。被离曰：“吾见子状貌非常，欲为子求富贵地耳。”伍员乃诉其实。早有侍人报知王僚，僚召被离引员入见。被离一面使人私报姬光得知，一面使伍员沐浴更衣，进谒王僚。王僚与之语，知其贤，即拜为大夫之职。次日，员入谢，道及父兄之冤。王僚许为兴师复仇。

姬光素闻伍员智勇，恐为僚所亲用，乃往见王僚曰：“今吴、楚构兵已久，未见大胜。若为子胥兴师，是匹夫之恨，重于国耻也。必不可！”王僚遂罢伐楚之议。伍员乃辞大夫之职不受。僚赐以阳山之田百亩。员与胜遂耕于阳山之野。姬光私往见之，馈以米粟布帛，问曰：“子出入吴、楚之境，曾遇有才勇之士乎？”员曰：“所见有专诸者，真勇士也！”光乃与伍员同车共载，直造专诸之家。专诸遂投于公子光门下。光使人日馈粟肉，月给布帛，又不时存问其母。专诸甚感其意。一日，问光曰：“某村野小人，无以为报。倘有差遣，唯命是从。”光乃述其欲刺王僚之意。专诸曰：“诸有老母在堂，未敢以死相许。”光曰：“苟成其事，君之子母，即吾子母也。”专诸沉思良久，对曰：“欲刺王僚，必先投王之所好。不知王所好何在？”光曰：“尤好鱼炙。”专诸遂往太湖学炙鱼。凡三月，尝其炙者，皆以为美。

姬光召伍子胥，谓：“专诸已精其味矣，何以得近吴王?”员对曰：“欲制鸿鹄，必先去其羽翼。吾闻公子庆忌，筋骨如铁，万夫莫当。掩余、烛庸并握兵权。公子欲除王僚，必先去此三子。”光恍然曰：“君言是也。”是年，周景王崩。次子匄即位，是为敬王。时楚故太子建之母在郧，费无极劝平王诛之。建母阴使人求救于吴。吴王僚使公子光往郧取建母，楚将薳越帅师拒之。平王拜令尹阳匄为大将，并征陈、蔡、胡、沈、许五国之师。王僚同公子掩余率大军一万，来至鸡父下寨。两边尚未约战，适楚令尹阳匄暴疾卒，薳越代领其众。王僚乃自率中军，姬光在左，公子掩余在右，如泰山一般倒压下来。薳越大败，奔五十里方脱。收拾败兵，止存其半，遂自缢而死。楚平王闻吴师势大，用囊瓦为令尹。瓦献计谓郢城卑狭，更于其东辟地，筑一大城，名旧城为纪南城，新城仍名郢，徙都居之。复筑一城于西，号曰麦城。囊瓦大治舟楫，操演水军。三月，囊瓦率舟师，从大江直逼吴疆，耀武而还。吴公子光星夜来援，比至境上，囊瓦已还师矣。姬光乃潜师袭巢，灭之，并灭钟离，奏凯而归。楚平王闻二邑被灭，大惊，遂得心疾，久而不愈。至敬王四年，疾笃而薨。囊瓦奉太子珍主丧即位，改名曰轸，是为昭王。

楚夫人至吴，吴王赐宅西门之外，使芈胜奉之。伍员闻平王之死，捶胸大哭。公子光怪而问之，员曰：“恨吾不能枭彼之头，以雪吾恨，使得终于牖下耳。”光亦为嗟叹。伍员一连三夜无眠，心中想出一个计策来，谓姬光曰：“公子何不奏过吴王，乘楚丧乱之中，发兵南伐。公子误为坠车而得足疾者，王必不遣。然后荐掩余、烛庸为将，更使公子庆忌结连郑、卫，此一网而除三翼。再令延陵季子使晋，以窥中原之衅。”次日，光以乘丧伐楚之利，入言于王僚。僚大喜，使掩余、烛庸帅师伐楚，季札聘于晋国。

单说掩余、烛庸引师二万，围楚潜邑。潜邑大夫使人入楚告急。公子申进曰：“依臣愚见，速令左司马沈尹戌率陆兵一万救潜，再遣左尹伯郤宛率水军一万，截住吴兵之后。”昭王遂用子西之计，调遣二将，水陆分道而行。吴兵进退两难，遣人入吴求救。王僚乃使庆忌纠合郑、卫。伍员乃谓光曰：“欲用专诸，此其时矣。”光曰：“昔越王允常，使欧冶子造剑五枚，献其三枚于吴，一曰‘湛卢’，二曰‘磐郢’，三曰‘鱼肠’。‘鱼肠’，乃匕首也。先君以赐我，至今宝之。”即召专诸以剑付之。专诸已知光意，归视其母，不言而泣。母曰：“吾举家受公子恩养，大德当报。汝必亟往，

勿以我为念。”专诸犹依依不舍。母曰：“吾思饮清泉，可于河下取之。”专诸奉命汲泉于河，比及回家，老母自缢于床上矣。专诸痛哭一场，收拾殡殓。事毕，来见姬光。光乃入见王僚曰：“有庖人从太湖来，新学炙鱼，味甚鲜美。请王辱临下舍而尝之！”王僚欣然许诺。光是夜预伏甲士于窟室之中。

次早，僚驾及门，光迎入拜见。僚之亲戚近信，布满堂阶。侍席力士百人，不离王之左右。庖人献馔，皆从庭下搜简更衣，然后膝行而前，十余力士握剑夹之以进。光献觞致敬，忽伪为痛苦之状，乃入内潜进窟室中去了。少顷，专诸告进鱼炙，搜简如前。谁知这口鱼肠短剑，已暗藏于鱼腹之中。力士挟专诸膝行至于王前，用手擘鱼以进，忽地抽出匕首，径椎王僚之胸。王僚登时气绝。侍卫力士一拥齐上，将专诸剁做肉泥。姬光乃纵甲士杀出，僚众一半被杀，一半奔逃。姬光升车入朝，聚集群臣，将王僚背约自立之罪，宣布国人明白。乃收拾王僚尸首，又厚葬专诸。庆忌中途闻变，即驰去。又数日，季札自晋归。姬光以位让之，季札不受。光乃即吴王之位，自号为阖闾。札耻争国之事，老于延陵，终身不入吴国，不与吴事。

且说掩余、烛庸困在潜城，忽闻姬光弑主夺位。烛庸曰：“目今困守于此，终无了期。且乘夜从僻路逃奔小国。”遂传令两寨将士，诈称来日欲与楚兵交锋。至夜半，二人同心腹数人，扮作哨马小军，逃出本营。及天明，两寨皆不见其主将，各抢船只奔归吴国。所弃甲兵无数，皆被郤宛水军所获。楚昭王以郤宛有功，甚加敬礼。费无极忌之益深，乃生一计，欲害郤宛。

第七十四回

囊瓦惧谤诛无极 要离贪名刺庆忌

话说费无极心忌伯郤宛，与鄢将师商量出一个计策来，诈谓囊瓦曰：“子恶欲设享相延，托某探相国之意，未审相国肯降重否？”囊瓦曰：“彼若见招，岂有不赴之理？”无极又谓郤宛曰：“令尹向吾言，欲饮酒于吾子之家，未知子肯为治具否？”郤宛应曰：“明日当备草酌奉候，烦大夫致意。”无极曰：“令尹最好者，坚甲利兵也。所以欲饮酒于公家者，以吴之俘获，半归于子，故欲借观耳。”郤宛信以为然，遂设帷于门之左，将甲兵置于帷中，托费无极往邀囊瓦。囊瓦将行，无极曰：“人心不可测也。吾为子先往，探其设享之状。”无极去少顷，踉跄而来，谓囊瓦曰：“子恶今日相请，非怀好意。适见帷兵甲于门，相国误往，必遭其毒！”囊瓦更使左右往视，回报：“门幕中果伏有甲兵。”囊瓦大怒，即使人请鄢将师至，诉以郤宛欲谋害之事。将师曰：“郤宛欲专楚政，非一日矣。”囊瓦遂奏闻楚王，令鄢将师率兵甲以攻伯氏。伯郤宛知为无极所卖，自刎而死。其子伯嚭，惧祸逃出郊外去了。囊瓦尽灭伯氏之族，国中无不称冤者。沈尹戌来见囊瓦曰：“国人胥怨矣！夫费无极，楚之谗人也，与鄢将师共为蒙蔽。百姓皆云相国纵其为恶，相国其危哉！”囊瓦曰：“是瓦之罪也。”乃收费无极、鄢将师数其罪，枭之于市。国人不待令尹之命，将火焚两家之宅，尽灭其党。

再说吴王阖闾访国政于伍员，曰：“寡人欲强国图霸，如何而可？”伍员曰：“臣闻治民之道，在安居而理。夫霸王之业，必先立城郭，设守备，实仓廪，治兵革，使内有可守，而外可以应敌。”阖闾曰：“善。子为寡人图之。”伍员乃于姑苏山东北三十里，得善地，造筑大城。迎阖闾自梅里徙都于此。城中仓廪府库，无所不备。大选民卒，教以战阵射御之法。

阖闾以“鱼肠”为不祥之物，函封不用。访得吴人干将，与欧冶子同师，使居匠门，别铸利剑。历时三月，金铁之精不销。其妻莫邪乃自投于炉。金铁俱液，遂泻成二剑。先成者为阳，即名干将；后成者为阴，即名莫邪。干将匿其阳，止以莫邪献于吴王。王试之石，应手而开。吴王既宝莫邪，复募人能作金钩者，赏以百金。有钩师贪王之重赏，将二子杀之，取其血以衅金，遂成二钩，献于吴王。其时楚伯嚭出奔在外，闻伍员已显用于吴，乃奔吴，先谒伍员。员遂引见阖闾。阖闾使为大夫，与伍员同议国事。

再说公子庆忌逃奔于艾城，招纳死士，欲伐吴报仇。阖闾谓伍员曰：“今庆忌有谋吴之心，子更为寡人图之。”伍员对曰：“有一勇士姓要名离，吴人也，似可与谋者。”阖闾乃使伍员召要离入谒。及见离，身材仅五尺余，大失所望。问曰：“子胥称勇士要离，乃子乎？”离曰：“臣细小无力，何勇之有？然大王有所遣，不敢不尽其力。”阖闾嘿然不应。伍员奏曰：“要离形貌虽陋，其智术非常，非此人不能成事。”阖闾乃延入后宫赐坐。要离进曰：“大王意中所患，得非亡王之公子乎？臣能杀之。”阖闾笑曰：“庆忌万夫莫当，子恐非其敌也！”要离曰：“善杀人者，在智不在力。臣能近庆忌，刺之，如割鸡耳。”阖闾曰：“庆忌岂肯轻信国中之客。”要离曰：“臣诈以负罪出奔，愿王戮臣妻子，断臣右手。庆忌必信臣而近之矣。”阖闾愀然不乐曰：“子无罪，吾何忍加此惨祸于子哉？”要离曰：“臣得以忠义成名，虽举家就死，其甘如饴矣！”阖闾许之。

次日，伍员同要离入朝，员荐要离为将，请兵伐楚。阖闾骂曰：“寡人观要离之力，不及一小儿，何能胜伐楚之任哉？况寡人国事粗定，岂堪用兵？”要离进曰：“不仁哉王也！子胥为王定吴国，王乃不为子胥报仇乎？”阖闾大怒，叱力士执要离断其右臂，囚于狱中，遣人收其妻子。过数日，伍员密谕狱吏宽要离之禁，要离乘间逃出。阖闾遂戮其妻子，焚弃于市。要离访得庆忌在卫，遂至卫国求见。庆忌疑其诈，不纳。要离乃脱衣示之。庆忌见其右臂果断，方信为实，乃问曰：“汝来见我何为？”离曰：“今公子联结诸侯，将有复仇之举。臣能知吴国之情，诚以公子之勇，用臣为向导，吴可入也。”庆忌犹未深信。未几，有心腹人从吴中探事者归报，要离妻子果焚弃于市上。庆忌遂坦然不疑，与要离同归艾城，任为腹心，使之训练士卒，修治舟舰。三月之后，顺流而下，欲袭吴国。庆忌与要离同舟，行至中流，后船不相接属。

要离曰：“公子可亲坐船头，戒饬舟人。”庆忌来至船头坐定，要离只手执短矛侍立。忽然江中起一阵怪风，要离借风势以矛刺庆忌，透入心窝。左右持戈戟欲攒刺之，庆忌摇手曰：“此天下之勇士也。可纵之还吴，以旌其忠。”言毕，自以手抽矛，血流如注而死。

第七十五回
孙武子演阵斩美姬　蔡昭侯纳质乞吴师

话说庆忌左右欲释放要离。要离不肯行，谓左右曰：“吾杀妻子而求事吾君，非仁也；为新君而杀故君之子，非义也；欲成人之事，而不免于残身灭家，非智也。有此三恶，何面目立于世哉！”言讫，夺从人佩剑，刎喉而死。众人收要离肢体，并载庆忌之尸，来投吴王阖闾。阖闾重赏降卒，收于行伍。以上卿之礼，葬要离于阊门城下，追赠其妻子。次早，伍员同伯嚭见阖闾于宫中。阖闾曰：“寡人欲为二卿出兵，谁人为将？”伍员进曰：“臣举一人，姓孙名武，吴人也。此人精通韬略，有鬼神不测之机，天地包藏之妙，自著《兵法》十三篇，世人莫知其能，隐于罗浮山之东。诚得此人为军师，虽天下莫敌，何论楚哉？”阖闾乃取黄金十镒，白璧一双，使员驾驷马，往罗浮山取聘孙武。员见武，备道吴王相慕之意。乃相随出山，同见阖闾。

阖闾降阶而迎，赐座，问以兵法。孙武将所著十三篇，次第进上。阖闾顾伍员曰：“观此《兵法》，真通天彻地之才也。但恨寡人国小兵微，如何而可？”孙武对曰：“臣之《兵法》，不但可施于卒伍，虽妇人女子，奉吾军令，亦可驱而用之。”阖闾鼓掌而笑。孙武曰：“王如以臣言为迂，请将后宫女侍，与臣试之。”阖闾即召宫女三百，令孙武操演。孙武曰：“得大王宠姬二人，以为队长，然后号令方有所统。”阖闾又宣宠姬二人至前。孙武曰：“军旅之事，先严号令，次行赏罚。请立一人为执法。”阖闾许于中军选用。孙武吩咐宫女，分为左右二队，示以军法：一不许混乱行伍，二不许言语喧哗，三不许故违约束。明日五鼓，皆集教场。王登台而观之。

次日五鼓，宫女二队，俱到教场。二姬顶盔束甲，充做将官，分立两边。孙武亲自区画绳墨，布成阵势。使传谕官将黄旗二面，分授二姬，令执之为前导。众女跟随队长之后，各要步迹相继，随鼓进退。少顷，下令曰：“闻鼓声一通，两队齐起；闻鼓声二通，左队右旋，右队左旋；闻鼓声三通，各挺剑为争战之势。听鸣金，然后敛队而退。”众宫女皆掩口嬉笑。鼓吏禀：“鸣鼓一通。”宫女或起或坐，参差不齐。孙武离席而起曰：“约束不明，申令不信，将之罪也。”使军吏再申前令。鼓吏复鸣鼓，宫女倾斜相接，其笑如故。孙武乃揎起双袖，亲操袍以击鼓，又申前令。二姬及宫女无不笑者。孙武大怒，唤执法曰：“约束不明，申令不信，将之罪也。既已约束再三，而士不用命，士之罪矣。于军法当如何？”执法曰：“当斩！”孙武曰：“士难尽诛，罪在队长。可将女队长斩讫示众！”左右便将二姬绑缚。阖闾望见，急使伯嚭持节驰救之。孙武曰：“军中无戏言。臣已受命为将，将在军，虽君命不得受。”喝令左右：“速斩二姬！”枭其首于军前。于是二队宫女，无不股栗失色。左右进退，回旋往来，毫发不差。孙武乃使执法往报吴王曰：“兵已整齐，愿王观之，惟王所用。”

阖闾痛此二姬，遂有不用孙武之意。伍员进曰：“大王欲征楚而伯天下，思得良将。若因二姬而弃一贤将，何异爱莠草而弃嘉禾哉！”阖闾乃封孙武为上将军，号为军师，责成以伐楚之事。伍员问孙武曰：“兵从何方而进？”孙武曰：“大凡行兵之

法，先除内患，然后方可外征。吾闻王僚之弟掩余在徐，烛庸在钟吾，二人俱怀报怨之心。今日进兵，宜先除二公子。”伍员然之。奏过吴王，王乃发二使，一往徐国取掩余，一往钟吾取烛庸。徐子章羽使人告掩余，掩余逃去。路逢烛庸亦逃出，遂往奔楚国。楚昭王乃居于舒城，使之练兵以御吴。阖闾大怒，令孙武将兵伐徐，灭之。徐子章羽奔楚。遂伐钟吾，执其君以归。复袭破舒城，杀掩余、烛庸。阖闾便欲乘胜入郢。孙武曰：“民劳未可骤用也。”遂班师。伍员献谋曰：“晋悼公三分四军，以敝楚师。请为三师以扰楚，使彼力疲而卒惰，然后猝然乘之，无不胜矣。”阖闾乃三分其军，迭出以扰楚境。楚遣将来救，吴兵即归，楚人苦之。

却说楚昭王卧于宫中，既醒，见枕畔有一宝剑。及旦，召相剑者风胡子入宫。风胡子观剑大惊曰：“此名湛卢之剑，乃吴中剑师欧冶子所铸。臣闻此剑所在之国，其国祚必绵远昌炽。”昭王大悦，即佩于身，以为至宝。阖闾失剑，使人访求之，有人报：“此剑归于楚国。”阖闾怒，遂使孙武、伍员、伯嚭率师伐楚。复遣使征兵于越。越王允常未与楚绝，不肯发兵。孙武等拔楚六、潜二邑，因后兵不继，遂班师。阖闾怒越之不同于伐楚，复谋伐越。败越兵于槜李，大掠而还。其明年，楚令尹囊瓦率舟师伐吴。阖闾使孙武、伍员击之，败楚师于巢，获其将芈繁以归。阖闾曰：“不入郢都，虽败楚兵，犹无功也。”员对曰：“楚国天下莫强，未可轻敌。闻囊瓦索赂无厌，不久诸侯有变，乃可乘矣。”遂使孙武演习水军于江口。忽一日，唐、蔡二国遣使臣通好于吴，伍员喜曰：“天使吾破楚入郢也。”

原来楚昭王为得了湛卢之剑，诸侯毕贺，唐成公与蔡昭侯亦来朝楚。蔡侯有羊脂白玉佩一双，银貂鼠裘二副，以一裘一佩献于楚昭王，以为贺礼，自己佩服其一。囊瓦见而爱之，使人求之于蔡侯。蔡侯爱此裘佩，不与囊瓦。唐侯有名马二匹，囊瓦又爱之，使人求之于唐侯。唐侯亦不与。囊瓦即谮于昭王曰：“唐、蔡私通吴国，若放归，必导吴伐楚，不如留之。”乃拘二君于馆驿。二君一住三年。唐世子使大夫公孙哲至楚省视，知其见拘之故。奏曰：“君何不献马以求归？”唐侯不肯。公孙哲乃以酒灌醉圉人，私盗二马献于囊瓦。囊瓦大喜。次日，入告昭王曰：“唐侯地褊兵微，谅不足以成大事，可赦之归国。”昭王遂放唐成公出城。蔡侯亦解裘佩以献瓦。瓦复告昭王曰：“唐、蔡一体，唐侯既归，蔡不可独留也。”昭王从之。

蔡侯返国，即以世子元为质于晋，借兵伐楚。晋定公为之诉告于周，周敬王命卿士刘卷，以王师会之。十七路诸侯，皆以兵从。晋士鞅为大将，荀寅副之，诸军毕集于召陵之地。偶然大雨连旬，士鞅托言雨水不利，难以进兵，遂却蔡侯之质，传令班师。蔡侯大失所望。归过沈国，怪沈子嘉不从伐楚，虏其君杀之。楚囊瓦大怒，兴师伐蔡，围其城。蔡侯即令公孙姓约会唐侯，共投吴国借兵，以其次子公子乾为质。伍员引见阖闾曰："王欲入郢，此机不可失也。"阖闾乃使被离、专毅辅太子波居守。拜孙武为大将，伍员、伯嚭副之，悉起吴兵六万，从水路渡淮，直抵蔡国。囊瓦遂解围而走。

再说蔡侯迎接吴王，泣诉楚君臣之恶。未几唐侯亦到。二君愿为左右翼，相从灭楚。临行，孙武忽传令军士登陆，将战舰尽留于淮水之曲。大军自江北陆路走章山，直趋汉阳。楚昭王闻吴兵大举，使沈尹戌率兵一万五千，同令尹协力拒守。沈尹戌来至汉阳，囊瓦迎入大寨。戌问曰："吴兵从何而来？"瓦曰："弃舟于淮汭，从陆路至此。"戌曰："吴人惯习舟楫，利于水战，今乃舍舟从陆，但取便捷，万一失利，更无归路。吾分兵五千与子，子沿汉列营，将船只尽拘集于南岸。我率一军从新息抄出淮汭，尽焚其舟，再将汉东隘道用木石磊断。然后令尹引兵渡汉江，攻其大寨，我从后而击之。"于是留大将武城黑统军五千，相助囊瓦，自引一万人望新息进发。

第七十六回

楚昭王弃郢西奔 伍子胥掘墓鞭尸

话说沈尹戌去后，吴、楚夹汉水而军，相持数日。囊瓦之爱将史皇曰：“若司马引兵焚吴舟，则破吴之功，彼为第一也。令尹不如渡江决一胜负。”囊瓦遂传令三军，俱渡汉水。史皇出兵挑战，孙武使先锋夫概迎之。史皇大败而走。囊瓦曰：“子才交兵便败，何面目来见我？”史皇曰：“今吴王大寨扎在大别山之下，不如今夜出其不意，往劫之。”囊瓦遂挑选精兵万人，从间道杀出大别山后。却说孙武闻夫概初战得胜，乃令夫概、专毅各引本部，伏于大别山之左右。又令伍员引兵五千，反劫囊瓦之寨。时当三鼓，囊瓦果引精兵，密从山后抄出。杀入军中，不见吴王，疑有埋伏，慌忙杀出。忽听得哨角齐鸣，专毅、夫概两军，左右突出夹攻。囊瓦且战且走，正在危急，却得武城黑引兵来，救出囊瓦。约行数里，一起守寨小军来报：“本营已被吴将伍员所劫。”囊瓦引着败兵，连夜奔驰，直到柏举。忽报：“楚王又遣一军来接应。”囊瓦出寨迎接，乃大将薳射也。囊瓦自恃爵高位尊，薳射又欺囊瓦无能，两边各怀异意，不肯和同商议，遂各自立营。吴先锋夫概，探知楚将不和，率本部兵五千，竟奔囊瓦之营。孙武急调伍员引兵接应。

却说夫概打入囊瓦大寨，营中大乱。囊瓦乘车疾走，竟奔郑国逃难去了。薳射令大军拔寨都起。夫概尾其后追之，及于清发。楚兵方收集船只，将谋渡江。夫概退二十里安营，中军孙武等俱到。薳射下令渡江，刚刚渡及十分之三，夫概兵到，楚军争渡大乱。薳射乘车疾走，军士乱窜，吴军从后掩杀。楚兵自相践踏，死者更多。薳射车蹶，被夫概一戟刺死。其子薳延亦被吴兵围住。忽闻东北角喊声大振，却是左司马沈尹戌得囊瓦兵败之信，遂从旧路退回。夫概解围而走。沈尹戌正欲追杀，吴王阖闾大军已到，两下扎营相拒。沈尹戌谓薳延曰：“汝父已殁于敌，汝不可以再死，宜亟归，传语子西，为保郢计。”薳延垂泪而别。明旦，孙武引大军杀来，直冲入楚军，杀得七零八落。戌死命杀出重围，身中数箭，乃呼吴句卑曰：“吾无用矣！汝可速取吾首，去见楚王。”句卑不得已，用剑断其首，解裳裹而怀之，复掘土掩盖其尸，奔回郢都去了。吴兵遂长驱而进。

昭王大惊，急召子西、子期等商议。使大将斗巢，引兵五千，助守麦城。大将宋木，引兵五千，助守纪南城。子西自引精兵一万，营于鲁洑江。吴王阖闾聚集诸将，问入郢之期。乃使伍员同公子山引兵一万，蔡侯以本国之师助之，去攻麦城。孙武同夫概引兵一万，唐侯以本国之师助之，去攻纪南城。阖闾同伯嚭等，引大军攻郢城。且说伍员东行数日，命屯住军马，暗传号令：“每军士一名，要布袋一个，内皆盛土；又要草一束。每车要带乱石若干。”比及天明，分军为二队：蔡侯率一队往麦城之东，公子乾率一队往麦城之西。吩咐各将所带石土草束，筑成小城，以当营垒。斗巢在麦城闻知吴兵东西筑城，急忙引兵来争。斗巢先至东城，蔡侯少子姬乾奋戈相迎。忽有哨马飞报：“今有吴兵攻打麦城，望将军速回！”斗巢急鸣金收军。回至麦城，正遇伍员指挥军马围城。斗巢挺戟来战伍员。略战数合，伍员曰：“汝已疲劳，放汝入城，明日再战。”两下各自收军。至夜半，忽然城上发起喊来，报道：“吴兵已入城矣！”原来伍员故意放斗巢入城，却教降卒数人，杂在楚兵队里混入。夜半，于城上放下长索，吊上吴军。斗巢只得乘轺车出走。

话说孙武引兵至当阳阪，命军士屯于高阜之处，限一夜之间，要掘开深壕一道，引漳江之水，通于赤湖。却筑起长堤，坝住江水。那水进无所泄，平地高起二三丈。即时灌入纪南城中。水势浩大，连郢都城下，一望如江湖了。孙武使人于山上砍竹造筏，吴军乘筏薄城。楚王急使箴尹固具舟西门，取其爱妹季芈，一同登舟。郢都无主，不攻自破。孙武遂奉阖闾入郢都城。即使人掘开水坝，放水归江。伍员亦自麦城来见。阖闾升楚王之殿，百官拜贺已毕，置酒高会。是晚，阖闾宿于楚王之宫，淫其妾媵殆遍。伍员求楚昭王不得，乃使孙武、伯嚭等，亦分据诸大夫之室，淫其妻妾以辱之。唐侯、蔡侯同公子山往搜囊瓦之家，各取其物，俱转献于吴王。阖闾贪于灭楚，不听孙武之言。焚毁其宗庙。唐、蔡二君，各辞归本国去讫。阖闾复置酒章华之台，大宴群臣。伍员含泪而对曰：“平王已死，楚王复逃。臣父兄之仇，尚未报万分之一也。乞大王许臣掘平王之冢墓。”阖闾许之。

伍员访知平王之墓，乃引本部兵往。但见湖水茫茫，并不知墓之所在。忽有老父

至前，曰："平王自知多怨，恐人发掘其墓，故葬于湖中。"因登寥台，指示其处。员乃令军士各负沙一囊，堆积墓旁，壅住流水。然后凿开石椁，得一棺，内惟衣冠及精铁数百斤而已。老叟曰："此疑棺也，真棺尚在其下。"更去石板下层，果然有一棺。员令毁棺，拽出其尸，验之，果楚平王之身也。用水银殓过，肤肉不变。员一见其尸，怨气冲天，手持九节铜鞭，鞭之三百，肉烂骨折。于是左足践其腹，右手抉其目，遂断平王之头，毁其衣衾棺木，同骸骨弃于原野。

再说楚昭王乘舟西奔，有草寇数百人，夜劫昭王之舟，大搜舟中金帛宝货之类。箴尹固急扶昭王登岸避之。昭王呼曰："谁为我护持爱妹，勿令有伤！"下大夫钟建背负季芈，以从王于岸。至明旦，子期等陆续踪迹而至。昭王使斗辛觅舟于成臼之津，辛望见一舟东来，载有妻小，察之，乃大夫蓝尹亹也。辛呼曰："王在此，可以载之。"蓝尹亹竟去不顾。斗辛伺候良久，复得渔舟。王遂与季芈同渡，得达郧邑。斗辛之仲弟斗怀进食，屡以目视昭王。斗辛疑之，乃与季弟斗巢亲侍王寝。至夜半，闻淬刀声，乃斗怀也。辛曰："弟欲何为？"怀曰："欲弑王耳！"辛曰："今乘其危而弑之，天理不容。汝若萌此意，吾先斩汝！"斗怀挟刃出门而去。昭王闻户外叱喝之声，披衣起窃听，备闻其故，遂不肯留郧。子期等遂奉王北奔随国。

却说子西在鲁洑江把守，闻郢都已破，昭王出奔，恐国人遣散，乃服王服，乘王舆，自称楚王，以安人心。已而闻王在随，晓谕百姓，然后至随，与王相从。伍员言于阖闾曰："臣愿率一军西渡，踪迹昏君，执之以归。"阖闾许之。伍员闻楚王在随，竟往随国，致书随君，要索取楚王。

第七十七回
泣秦庭申包胥借兵
退吴师楚昭王返国

话说伍员使人致书于随侯。随侯使人辞伍员曰："敝邑依楚为国，楚君若下辱，不敢不纳。然今已他徙矣，惟将军察之。"伍员以囊瓦在郑，疑昭王亦奔郑，遂移兵伐郑。郑定公大惧，归咎囊瓦，瓦自杀。吴师犹不肯退，必欲灭郑，以报太子建之仇。郑伯乃出令于国中曰："有能退吴军者，寡人愿与分国而治。"时鄂渚渔丈人之子，闻吴国用伍员为主将，乃求见郑君，曰："只要与臣一桡，行歌道中，吴兵便退。"郑伯使左右以一桡授之。渔丈人之子缒城而下，直入吴军，于营前叩桡而歌曰："芦中人！芦中人！腰间宝剑七星文。不记渡江时，麦饭鲍鱼羹？"伍员惊问曰："足下是何人？"举桡而对曰："吾乃鄂渚渔丈人之子也。"员恻然曰："汝父因吾而死，正思报恩。汝歌而见我，意何所须？"对曰："今欲从将军乞赦郑国。"员乃仰天叹曰："嗟乎！员得有今日，皆渔丈人所赐。"遂解围而去。

却说申包胥自郢都破后，逃避在夷陵石鼻山中，闻子胥复求楚王，乃遣人致书于子胥。伍员得书，乃谓来使曰："某因军务倥偬，不能答书，借汝之口，为我致谢申君：忠孝不能两全，吾日暮途远，故倒行而逆施耳！"使者回报包胥，包胥想起楚平王夫人，乃秦哀公之女，要解楚难，除是求秦。乃昼夜西驰，足踵俱开，步步流血。奔至雍州，来见秦哀公曰："寡君失守社稷，逃于草莽之间，特命下臣，告急于上国。乞君念甥舅之情，代为兴兵解厄。倘能抚而存之，不绝其祀，情愿世世北面事秦。"秦哀公意犹未决。于是，包胥不脱衣冠，立于秦庭之中，昼夜号哭，不绝其声。如此七日七夜，哀公闻之，为之流涕。遂命大将子蒲、子虎帅车五百乘救楚。

包胥辞了秦帅，星夜至随，来见昭王。时薳延、宋木等，亦收拾余兵，从王于随。子西、子期并起随众，一齐进发。包胥引子西、子期等与秦帅相见。楚兵先行，秦兵在

后，遇夫概之师于沂水。夫概望见旗号有秦字，急急收军。奔回郢都，来见吴王，盛称秦兵势锐，不可抵当。孙武进曰：“兵，凶器，可暂用而不可久也。为今之计，不如遣使与秦通好，许复楚君。”伍员亦以武言为然。阖闾将从之，伯嚭进曰：“愿给臣兵一万，必使秦兵片甲不回。”阖闾许之。伯嚭引兵出城，大败而走。秦兵直逼郢都，阖闾命夫概同公子山守城，自引大军屯于纪南城。又遣使征兵于唐、蔡。子蒲同子期分兵一支，袭破唐城，杀唐成公，灭其国。蔡哀公惧，不敢出兵助吴。

却说夫概闻吴王与秦相持不决，忽然心动，乃引本部军马，偷出郢都东门，渡汉而归，自称吴王。吴世子波，与专毅闻变，登城守御。夫概乃遣使由三江通越，说其进兵，夹攻吴国。阖闾闻变，留孙武、子胥退守郢都，自与伯嚭以舟师顺流而下。既渡汉水，得太子波告急信，言：“夫概造反称王，又结连越兵入寇，吴都危在旦夕。”阖闾大惊，遂遣使往郢都，取回孙武、伍员之兵，一面星夜驰归。夫概率本部出战，大败而走，逃奔宋国去了。

却说孙武得吴王班师之诏，正与伍员商议，忽报：“楚军中有人送书到。”伍员命取书看之，乃申包胥所遣也。伍员以书示孙武曰：“幸楚未知吾急，可以退矣。”孙武曰：“空退为楚所笑，子何不以芈胜为请？”伍员乃复书。申包胥言于子西，即遣使迎芈胜于

吴。孙武与伍员遂班师而还。伍员从历阳山经过，欲求东皋公报之，其庐舍俱不存矣。再遣使于龙洞山问皇甫讷，亦无踪迹。至昭关，员命毁其关。复过溧阳濑水之上，乃叹曰："吾尝饥困于此，向一女子乞食。女子投水而亡，吾曾留题石上。"使左右发土，其石字宛然不磨。欲以千金报之，未知其家，乃命投金于濑水中。越子允常闻孙武等兵回吴国，亦班师而回，遂自称为越王。阖闾论破楚之功，以孙武为首。孙武不愿居官，飘然而去。阖闾乃立伍员为相国，伯嚭为太宰。

再说子西与子期重入郢城，一面收葬平王骸骨，将宗庙社稷，重新草创，一面遣申包胥以舟师迎昭王于随。昭王遂与随君定盟，誓无侵伐。既至郢城，见城外白骨如麻，城中宫阙，半已残毁，不觉凄然泪下。次日，祭告宗庙社稷，省视坟墓，然后升殿，百官称贺。昭王先宴劳秦将，厚犒其师，遣之归国。然后论功行赏，拜子西为令尹，子期为左尹。欲拜申包胥为右尹，包胥乃挈其妻子逃入深山，终身不出。蓝尹亹求见昭王，王将执而诛之。蓝尹亹对曰："臣之弃王于成臼，以儆王也！王不省失国之非，而记臣不载之罪，臣死不足惜，所惜者楚宗社耳。"昭王乃使亹复为大夫如故。群臣见昭王度量宽洪，莫不大悦。时越方与吴构难，闻楚王复国，遣使来贺。王念季芈相从患难，欲择良婿嫁之。季芈曰："钟建常负我矣，是即我夫也。"昭王乃以季芈嫁钟建，使建为司乐大夫。子西以郢都残破，且吴人久居，熟其路径，复择鄀地筑城建宫，立宗庙社稷，迁都居之，名曰新郢。芈胜既归，楚昭王封为白公胜，筑城名白公城，遂以白为氏，聚其本族而居。夫概闻楚王不念旧怨，自宋来奔。王知其勇，封之堂溪，号为堂溪氏。

第七十八回
会夹谷孔子却齐
堕三都闻人伏法

话说齐景公见晋不能伐楚，乃纠合卫、郑，自称盟主。鲁昭公前为季孙意如所逐，客死于外。意如援立庶子宋为君，是为定公。未几，季孙意如卒，子斯立，是为季康子。说起季、孟、叔三家，自昭公在国之日，已三分鲁国，各用家臣为政。于是家臣又窃三大夫之权。三家邑宰各据其城，以为己物。季氏之宗邑曰费，其宰公山不狃；孟氏之宗邑曰成，其宰公敛阳；叔氏之宗邑曰郈，其宰公若藐。这三处城垣，皆三家自家增筑，极其坚厚。那三个邑宰中，惟公山不狃尤为强横。更有家臣一人，姓阳名虎，字货，勇力过人，智谋百出。季斯使为家宰，后渐专季氏之家政。季氏反为所制，无可奈何。时又有少正卯者，巧辩能言，通国号为“闻人”，三家倚之为重。卯面是背非，阴阳其说，挑得上下如水火，而人莫悟其奸。

内中单说孟孙无忌，其父因慕鲁国孔仲尼之名，使其从之学礼。那孔仲尼名丘，其父叔梁纥尝为邹邑大夫，即偪阳手托悬门之勇士也。仲尼有圣德，好学不倦。周游列国，弟子满天下，国君无不敬慕其名，而为权贵当事所忌。鲁定公知其贤，召为司空。

周敬王十九年，阳虎欲乱鲁而专其政。慕孔子之贤，欲招致门下，乃以蒸豚馈之。孔子曰：“虎诱我往谢而见我也。”令弟子伺虎出外，投刺于门而归，虎竟不能屈。孔子密言于无忌曰：“虎必为乱，乱必始于季氏，子预为之备，乃可免也。”无忌伪为筑室于南门之外，立栅聚才，选牧圉之壮勇者三百人为佣。又语成宰公敛阳，使缮甲待命。是年秋八月，阳虎亲至季氏之门，请季斯登车。阳虎在前为导，虎之从弟阳越在后，左右皆阳氏之党。惟御车者林楚，世为季氏门下之客。季斯心疑有变，私语林楚曰：“汝能以吾车适孟氏乎？”林楚点头会意。行至大衢，林楚遽挽辔南向，以鞭策连击其马，马怒而驰。季斯出南门，径入孟氏之室，号曰：“孟孙救我！”无忌使三百壮士，挟弓矢伏于栅门以待。须臾，阳越至，率其徒攻栅。三百人从栅内发矢，阳越身中数箭而死。阳货知越已死，大怒，驱其众急往公宫，劫定公以出朝。遇叔孙州仇于途，并劫之。尽发公宫之甲与叔孙氏家众，共攻孟氏。无忌率三百人力拒之，公敛阳亦领兵呼哨而至。阳虎迎住公敛阳厮杀。战五十余合，叔孙州仇遽从后呼曰："虎败矣！"即率其家众，前拥定公西走，公徒亦从之。无忌引壮士开栅杀出，阳虎孤寡无助，倒戈而走，遂奔齐国。齐景公囚虎于西鄙。虎以酒醉守者，乘辎车逃奔宋国，宋使居于匡。阳虎虐用匡人，匡人欲杀之。复奔晋国，仕于赵鞅为臣。

齐景公使人致书鲁定公，说明阳虎奔宋之故，就约鲁侯于夹谷山前，为乘车之会，以通两国之好。定公召三家商议，曰："寡人若去，何人保驾？"无忌曰："非臣师孔某不可。"定公即召孔子，孔子奏曰："臣闻有文事者，必有武备。请具左右司马，以防不虞。"定公乃使大夫申句须为右司马，乐颀为左司马，各率兵车五百乘从行。既至夹谷，齐景公先在，设立坛位。是夜，齐大夫黎弥奏于景公曰："臣观孔某为人，知礼而无勇。明日请奏四方之乐，乃使莱夷三百人假作乐工，觑便拿住鲁侯。"景公从之。

次早，两君集于坛下，揖让而登。齐是晏婴为相，鲁是孔子为相。礼毕，景公曰："寡人有四方之乐，愿与君共观之。"遂传令使莱人上前。定公色变。孔子趋立于景公之前，举袂而言曰："吾两君为好会，安用夷狄之乐？请命有司去之。"晏子不知黎弥之计，亦奏景公曰："孔某所言，乃正礼也。"景公大惭，急麾莱夷使退。黎弥心中甚愠，乃召本国优人，吩咐："要歌《敝笱》之诗，任情戏谑。"原来那诗乃文姜淫乱故事，欲以羞辱鲁国。黎弥传齐侯之命，倡优侏儒二十余人，异服涂面，拥至鲁侯面前，且歌且笑。

孔子按剑张目，觑定景公奏曰：“匹夫戏诸侯者，罪当死。请齐司马行法！”景公不应。优人戏笑如故。孔子乃举袖向下麾之，大呼：“申句须、乐颀何在？”二将飞驰上坛，于男女二队中，各执领班一人，当下斩首。景公心中骇然。会散，景公归幕，召黎弥责之。晏子进曰：“今有汶阳之田三处，皆鲁故物。主公以三田谢过，鲁君臣必喜，而齐、鲁之交固矣。”景公大悦，即遣晏子致三田于鲁。这汶阳田原是昔时鲁僖公赐予季友者，今日名虽归鲁，实归季氏。以此季斯心感孔子，言于定公，升孔子为大司寇之职。

季斯访人才于孔子之门，孔子荐仲由、冉求可使从政，季氏俱用为家臣。忽一日，季斯问于孔子曰：“阳虎虽去，不狃复兴，何以制之？”孔子曰：“欲制之，先明礼制。子何不堕其城，撤其武备？”季斯以为然，转告于孟、叔二氏。时少正卯忌孔子师徒用事，欲败其功，使叔孙辄密地送信于公山不狃。不狃遂约会成宰公敛阳，郈宰公若藐，同时起兵为逆。阳与藐俱不从。却说郈邑马正侯犯，素有不臣之志。遂使圉人刺藐杀之，自立为郈宰，发郈众登城为拒命之计。州仇闻郈叛，往告无忌。于是孟、叔二家，连兵往讨，遂围郈城。无忌教州仇求援于齐。时叔氏家臣驷赤在郈城中，伪附侯犯，侯犯亲信之。赤谓犯曰：“叔氏遣使如齐乞师矣。子何不以郈降齐？齐必大喜，而倍以他地酬子。”侯犯即遣人乞降于齐，以郈邑献之。驷赤复谓犯曰：“宜多置兵甲于门，万一事变不测，可以自卫。”侯犯遂选精甲利兵，留于门下。驷赤将羽书射于城外。州仇发书看之，大喜，报知无忌，严兵以待。数日后，侯犯使者自齐回。驷赤使人宣言于众曰：“侯氏将迁郈民以附齐。”众人听说，各有怨心。忽一夜，驷赤探知侯犯饮酒方酣，遂命心腹数十人，绕城大呼曰：“齐师已至城外矣！”郈众大惊，聚集于侯氏之门。忽见门内藏甲甚多，大家抢得穿着起来，各执兵器，将侯犯家四面围住。驷赤亟入告侯犯，犯曰：“今日之事，免祸为上。”驷赤遂出谓众曰：“汝等让一路，容侯氏出奔。侯氏出，齐师亦不至矣。”众人依言，放开一路。驷赤直送出东门，因引鲁兵入于郈城。无忌乃堕郈城三尺，即用驷赤为郈宰。

公山不狃初闻侯犯据郈以叛，叔、仲二家往讨，遂尽驱费众，杀至曲阜，叔孙辄为内应，开门纳之。定公急召孔子问计。孔子遂驱车至季氏之宫，定公居之。少顷，司马申句须、乐颀俱至。孔子命季斯尽出其家甲，以授司马，使伏于台之左右，而使公徒列于台前。公山不狃同叔孙辄知定公已往季氏，遂移兵来攻。与公徒战，公徒皆散走。忽然申句须、乐颀二将，领着精甲杀至。孔子扶定公立于台上，谓费人曰：“吾君在此，汝等速速解甲，既往不咎！”费人知孔子是个圣人，俱舍兵拜伏台下。公山不狃、叔孙辄势穷，遂出奔吴国去了。季斯亦命堕了费城，复其初制。无忌亦欲堕成都，成宰公敛阳问计于少正卯。卯以言教之。阳遂使其徒穿甲而登城，谢曰：“吾为鲁社稷守也。恐齐兵旦暮猝至，无守御之具，愿捐此性命，与城俱碎，不敢动一砖一土。”孔子密奏于定公曰：“愿君勿事姑息，请出太庙中斧钺，陈于两观之下。”定公从之。明日，使群臣参议成城不堕利害，但听孔子裁决。少正卯欲迎合孔子之意，献堕成六便。孔子奏曰：“卯误矣！成已作孤立之势，何能为哉？卯辩言乱政，离间君臣，按法当诛！臣职在司寇，请正斧钺之典。”遂命力士缚卯于两观之下，斩之。群臣莫不变色。自少正卯诛后，孔子之意始得发舒，定公与三家皆虚心以听之。孔子乃立纲陈纪，教以礼义，养其廉耻，故民不扰而事治。三月之后，风俗大变。四方之客，一入鲁境，皆有常供，宾至如归。国人歌之曰：“衮衣章甫，来适我所；章甫衮衣，慰我无私。”此歌诗传至齐国，齐景公大惊曰：“吾国必为鲁所并矣！”

第七十九回

归女乐黎弥阻孔子
栖会稽文种通宰嚭

话说齐侯自会夹谷归后，晏婴病卒。正忧朝中乏人，复闻孔子相鲁，大惊。大夫黎弥进曰："请盛饰女乐，以遗鲁君。鲁君幸而受之，必然怠于政事，而疏孔子。"景公即命黎弥于女闾之中，择其貌美年轻者，共八十人，各衣锦绣，教之歌舞。又用良马一百二十匹，使人致献鲁侯。定公恐群臣议论不一，独宣季斯入宫，草就答书，书中备述感激之意。将女乐收入宫中，以三十人赐季斯，其马付于圉人喂养。定公与季斯新得女乐，各自受用，一连三日，不去视朝听政。孔子闻知此事，凄然长叹。及祭之期，定公行礼方毕，即便回宫，仍不视朝，并胙肉亦无心分给。孔子从祭而归，至晚，不见胙肉颁到，遂束装去鲁。子路、冉有亦弃官从孔子而行。自此鲁国复衰。

孔子去鲁适卫，卫灵公喜而迎之，问以战阵之事。孔子对曰："丘未之学也。"次日遂行。过宋之匡邑，匡人素恨阳虎，见孔子之貌相似，以为阳虎复至，聚众围之。适灵公使人追还孔子，孔子复还卫国。且说灵公之夫人曰南子，宋女也，有美色而淫。在宋时，先与公子朝相通。既归灵公，生蒯聩，立为世子。时又有美男子曰弥子瑕，素得君之宠爱。灵公外嬖子瑕，而内惧南子，思以媚之。乃时时召宋朝与夫人相会。蒯聩深恨其事，欲使家臣刺杀南子，以灭其丑。南子觉之，诉于灵公。灵公逐蒯聩，聩奔晋。未几，卫灵公卒，国人立蒯聩之子辄为君，是为出公。是时，卫父子争国，晋助蒯聩，齐助辄。孔子恶其逆理，复去卫适陈，又将适蔡。楚昭王闻孔子在陈、蔡之间，使人聘之。陈、蔡大夫相议，乃相与发兵围孔子于野。孔子绝粮三日，而弦歌不辍。楚使者发兵以迎孔子。孔子至楚，昭王大喜，将以千社之地封孔子。令尹子西谏曰："孔子若得据土壤，其代楚不难矣。"昭王乃止。孔子知楚不能用，乃复还鲁。鲁以大夫告老之礼待之。

再说吴王阖闾自败楚之后，颇事游乐。时太子波病卒，阖闾欲于诸公子中，择可立者。太子波前妃生子名夫差，年已二十六岁矣。闻其祖阖闾择嗣，乃先趋见子胥曰：“我嫡孙也，欲立太子，舍我其谁！此在相国一言耳。”子胥许之。少顷，阖闾使人召子胥，商议立储之事。子胥曰：“立子以嫡，则乱不生。今太子虽不禄，有嫡孙夫差在。”阖闾遂立夫差为太孙。

周敬王二十四年，阖闾年老，闻越王允常薨，子勾践新立，遂留子胥与太孙夫差守国，自选精兵三万，出南门望越国进发。越王勾践亲自督师御之，与吴兵相遇于槜李。两下挑战，不分胜负。勾践密传军令，悉出军中所携死罪者，共三百人，俱袒衣注剑于颈，安步造于吴军，以次自刭。吴兵皆注目而观之，正不知其何故。越军中忽然鼓声大振，有死士二队，呼哨而至。吴兵遂乱。勾践统大军继进，冲开吴阵。灵姑浮正遇吴王阖闾，将刀便砍，伤其将指。却得专毅兵到，救了吴王。阖闾伤重，即刻班师。回至七里之外，大叫一声而死。吴太孙夫差迎丧以归，成服嗣位。立长子友为太子。使侍者十人，更番立于庭中，每自己出入经由，必大声呼其名而告曰：“夫差！尔忘越王杀尔之祖乎？”欲以儆惕其心。命子胥、伯嚭练水兵于太湖，又立射棚于灵岩山以训射，俟三年丧毕，便为报仇之举。

周敬王二十六年，吴王夫差兴倾国之兵，使子胥为大将，伯嚭副之，从太湖取水道攻越。越王勾践悉起国中丁壮，共三万人迎敌。夫差立于船头，亲自击鼓，以激励将士。忽北风大起，子胥、伯嚭各乘大舰，顺风扬帆而下，俱用强弓劲弩，箭如飞蝗般射来。越兵大败而走，吴兵分三路逐之，杀死不计其数。勾践帅残兵，奔会稽山。点阅甲楯之

数，才剩得五千余人。文种献谋曰：“吴有太宰伯嚭者，其人贪财好色。若私诣太宰之营，结其欢心，与定行成之约。太宰言于吴王，无不听。”勾践乃连夜遣使至都城，命夫人选宫中之有色者，得八人，盛其容饰。加以白璧二十双，黄金千镒，使文种夜造太宰之营，跪而致辞，以贿单呈上。嚭遂尽收所献，留种于营中。

次早，同造中军，来见夫差。伯嚭先入，备道越王勾践使文种请成之意。夫差乃命种入见。种膝行而前，复申前说，加以卑逊。夫差曰：“汝君请为臣妾，能从寡人入吴否？”种稽首曰：“敢不服事于左右！”夫差乃许其成。早有人报知子胥。子胥急趋至中军，连叫曰：“不可！若吴不灭越，越必灭吴。夫秦、晋之国，我攻而胜之，得其地，不能居；得其车，不能乘。如攻越而胜之，其地可居，其舟可乘，此社稷之利，不可弃也。况又有先王大仇，不灭越，何以谢立庭之誓乎？”夫差语塞不能对。伯嚭前奏曰：“相国之言误矣！秦、晋、齐、鲁皆陆国也，其地亦可居，其车亦可乘，彼四国者，亦将并而为一乎？若谓先王大仇，必不可赦，则相国之仇楚者更甚，何不遂灭楚国而遽许其和耶？”夫差喜曰：“太宰之言有理，相国且退。”气得子胥面如土色。只得步出幕府，谓大夫王孙雄曰：“越十年生聚，再加以十年之教训，不过二十年，吴宫为沼矣。”雄意殊未深信。夫差命文种回复越王，约定五月中旬，夫妇入臣于吴。遂遣王孙雄押文种同至越国，催促起程。伯嚭屯兵一万于吴山以候之。夫差引大军先回。

第八十回
夫差违谏释越
勾践竭力事吴

话说越王勾践回至越都，留王孙雄于馆驿，收拾库藏宝物，装成车辆。又括国中女子三百三十人，以三百人送吴王，三十人送太宰。勾践即日祭祀宗庙，王孙雄先行一日，勾践与夫人随后进发，群臣皆送至浙江之上。勾践乃留众大夫守国，独与范蠡偕行。君臣别于江口，无不流涕。

越王既入吴界，先遣范蠡见太宰伯嚭于吴山，复以金帛女子献之。嚭遂一力担承，许以返国。伯嚭引军押送越王，至于吴下，引入见吴王。勾践肉袒伏于阶下，夫人亦随之。范蠡将宝物女子，开单呈献于下。越王再拜稽首曰："东海役臣勾践，不自量力，得罪边境。承蒙厚恩，得保须臾之命，不胜感戴！"子胥进曰："勾践为人机险，故谄词令色，以求免刑诛。一旦稍得志，如放虎于山，不复可制矣。"夫差曰："孤闻诛降杀服，祸及三世。孤恐见咎于天耳！"太宰嚭曰："吾王诚仁者之言也！"子胥见吴王信伯嚭之佞言，愤愤而退。夫差使王孙雄于阖闾墓侧，筑一石室，将勾践夫妇贬入其中。去其衣冠，蓬首垢衣，执养马之事。吴王每驾车出游，勾践执马箠步行车前，吴人皆指曰："此越王也！"勾践低首而已。

勾践居石室，范蠡寸步不离。夫差时使人窥之，见其君臣力作，绝无几微怨恨之色，终夜亦无愁叹之声，以此谓其无志思乡。一日，夫差登姑苏台，望见越王及夫人端坐于马粪之旁，范蠡立于左。夫差顾谓太宰嚭曰："彼虽在穷厄之地，不失君臣之礼，寡人心甚敬之。倘彼悔过自新，亦可赦乎？"嚭对曰："大王以圣王之心，哀孤穷之士，加恩于越，越岂无厚报？"夫差曰："可命太史择吉日，赦越王归国。"却说子胥闻吴王将赦越王，急入见曰："昔桀囚汤而不诛，纣囚文王而不杀，故桀为汤所放，商为周所灭。今大王既囚越君，而不行诛，诚恐夏、殷之患至矣。"夫差复有杀越王之意，使人召之。伯嚭

先报勾践，勾践大惊，乃入城来见吴王。候之三日，吴王并不视朝。伯嚭从宫中出，曰："王惑子胥之言，欲加诛戮。适王感寒疾不能起，某入宫问疾，因言：'今越王匍匐待诛于阙下，怨苦之气，上干于天。王且放还石室，待疾愈而图之。'王听某之言，故遣君出城。"勾践感谢不已。

勾践居石室，忽又三月，闻吴王病尚未愈，使范蠡卜其吉凶。蠡布卦已成，对曰："吴王不死，至己巳日当减，壬申日必痊愈。愿大王请求问疾，因求其粪而尝之，观其颜色，言病起之期。至期若愈，必然心感大王，而赦可望矣。"勾践即日投太宰府中，见伯嚭曰："今闻主公抱疴不瘳，勾践寝食不安。愿从太宰问疾，以伸臣子之情。"伯嚭入见吴王，曲道勾践相念之情，愿入问疾。夫差怜其意而许之。嚭引勾践入于寝室。夫差忽觉腹胀欲便，侍人将余桶近床，扶夫差便讫，将出户外。勾践揭开桶盖，手取其粪，跪而尝之，复入叩首曰："囚臣敢再拜敬贺大王，王之疾，至己巳日有瘳，交三月壬申痊愈矣。"夫差曰："何以知之？"勾践曰："今囚臣窃尝大王之粪，味苦且酸，正应春夏发生之气，是以知之。"夫差大悦，即命勾践离其石室，就便栖止。勾践再拜谢恩而出。

夫差病果渐愈，一一如勾践所刻之期。心念其忠，既出朝，命置酒于文台之上，召勾践赴宴。勾践仍前囚服而来。夫差闻之，即令沐浴，改换衣冠。勾践再三辞谢，方才奉命。更衣入谒，再拜稽首。夫差慌忙扶起，乃揖让使就客坐，诸大夫皆列坐于旁。子胥见吴王忘仇待敌，心中不忿，不肯入座，拂衣而出。伯嚭进曰："大王以仁者之心，赦仁者之过。今日之坐，仁者宜留，不仁者宜去。相国刚勇之夫，其不坐，殆自惭乎？"夫差笑曰："太宰之言当矣。"酒三行，范蠡与越王俱起进觞，为吴王寿。吴王大悦，是日尽醉方休。命王孙雄送勾践于客馆："三日之内，孤当送尔归国。"

至第三日，吴王亲送越王出城。群臣皆捧觞饯行，惟子胥不至。夫差谓勾践曰："寡人赦君返国，君当念吴之恩，勿记吴之怨。"勾践稽首曰："大王哀臣孤穷，使得生还故国，当生生世世，竭力报效。苍天在上，实鉴臣心，如若负吴，皇天不佑！"再拜跪伏，流涕满面。夫差亲扶勾践登车，范蠡执御，夫人亦再拜谢恩，一同升辇，望南而去。时周敬王二十九年事也。

勾践回至浙江之上，望见隔江山川重秀，天地再清，与夫人相向而泣，左右皆感动流泪。文种率守国群臣，城中百姓，拜迎于浙水之上，欢声动地。勾践心念会稽之耻，欲立城于会稽，迁都于此，乃专委其事于范蠡。蠡乃观天文，察地理，规造新城，包会稽山于内。城既成，勾践自诸暨迁而居之。以文种治国政，以范蠡治军旅，尊贤礼士，敬老恤贫，百姓大悦。

勾践迫欲复仇，乃苦身劳心，夜以继日。目倦欲合，则攻之以蓼；足寒欲缩，则渍之以水。冬常抱冰，夏还握火；累薪而卧，不用床褥。又悬胆于坐卧之所，饮食起居，必取而尝之。以丧败之余，生齿亏减，乃著令使壮者勿娶老妻，老者勿娶少妇。女子十七不嫁，男子二十不娶，其父母俱有罪。孕妇将产，告于官，使医守之。生男赐以壶酒一犬，生女赐以壶酒一豚。生子三人，官养其二；生子二人，官养其一。夫人自织，与民间同其劳苦。七年不收民税。食不加肉，衣不重采。惟问候之使，无一月不至于吴。复使男女入山采葛，作黄丝细布，欲献吴王。尚未及进，吴王嘉勾践之顺，使人增其封。勾践乃治葛布十万匹，甘蜜百坛，狐皮五双，晋竹十艘，以答封地之礼。夫差大悦。

夫差见越已臣服不贰，遂深信伯嚭之言。一日，问伯嚭曰："今日四境无事，寡人欲广宫室以自娱，何地相宜？"嚭奏曰："吴都之下，莫若姑苏，然前王所筑，不足以当巨览。王不若重将此台改建，聚歌童舞女于上，可以极人间之乐矣。"夫差然之，乃悬赏购求大木。文种进于越王曰："臣所以破吴者有七术：一曰捐货币，以悦其君臣；二曰贵籴粟槁，以虚其积聚；三曰遗美女，以惑其心志；四曰遗之巧工良材，使作宫室，以罄其财；五曰遗之谀臣，以乱其谋；六曰强其谏臣使自杀，以弱其辅；七曰积财练兵，以承其弊。今吴王方改筑姑苏台，宜选名山神材，奉而献之。"越王乃使木工三千余人，入山伐木。得神木一双，使文种浮江而至，献于吴王。夫差不胜惊喜，乃将此木建姑苏之台。三年聚材，五年方成，高三百丈，登台望彻二百里。百姓昼夜并作，死于疲劳者，不可胜数。越王闻之，谓文种曰："今崇台之上，必妙选歌舞以充之，非有绝色，不足侈其心志。子其为寡人谋之！"文种对曰："臣有一计，可阅国中之女子，惟王所择。"

第八十一回
美人计吴宫宠西施 言语科子贡说列国

话说越王勾践欲访求境内美女，献于吴王，文种献计曰：“愿得王之近竖百人，杂以善相人者，遍游国中，得有色者，而记其人地。于中选择，何患无人？”勾践从其计。半年之中，开报美女，何止二十余人。勾践得尤美者二人，曰西施，曰郑旦。勾践命范蠡各以百金聘之。使老乐师教之歌舞，学习步容，俟其艺成，然后敢进吴邦。夫差望见，以为神仙之下降也，魂魄俱醉，遂受之。二女皆绝色，而妖艳善媚，更推西施为首。夫差宠幸西施，令王孙雄特建馆娃宫于灵岩之上，为美人游息之所。夫差自得西施，以姑苏台为家，流连忘返。惟太宰嚭、王孙雄常侍左右。子胥求见，往往辞之。

越王勾践闻吴王宠幸西施，日事游乐，复与文种谋之。文种对曰："今岁年谷歉收，君可请贷于吴，以救民饥。"勾践即命文种以重币贿伯嚭，使引见吴王。吴王召见于姑苏台之宫，文种再拜请曰："越国洿下，水旱不调，年谷不登，人民饥困。愿从大王乞太仓之谷万石，以救目前之馁。明年谷熟，即当奉偿。"子胥谏曰："吾观越王之遣使者，非真饥困而乞粜也，将以空吴之粟也。王不如辞之。"伯嚭曰："臣闻葵丘之盟，遏籴有禁，为恤邻也。明岁谷熟，责其如数相偿，无损于吴，而有德于越，何惮而不为也？"夫差乃与越粟万石。文种领谷归越，越王大喜，即以粟颁赐国中之贫民，百姓无不颂德。次年，越国大熟。越王问于文种曰："寡人不偿吴粟，则失信；若偿之，则损越而利吴矣。奈何？"文种对曰："宜择精粟，蒸而与之，彼爱吾粟，而用以布种，吾计乃得矣。"越王用其计，以熟谷还吴，如其斗斛之数。吴王见其谷粗大异常，谓伯嚭曰："越地肥沃，其种甚嘉，可散与吾民植之。"于是国中皆用越之粟种，不复发生，吴民大饥。

越王闻吴国饥困，便欲兴兵伐吴。文种谏曰："时未至也，其忠臣尚在。"范蠡亦曰："愿王益习战以待之。善战者，必有精卒，精卒必有兼人之技。非得明师教习，不得尽善。臣访得南林有处女，精于剑戟；又有楚人陈音，善于弓矢，王其聘之。"越王分遣二使，持重币往聘处女及陈音。处女见越王，越王使教习军士，军士受其教者三千人。岁余，处女辞归南林。再说楚人陈音，以杀人避仇于越。蠡见其射必命中，言于越王，聘为射师。越王亦遣士三千，使音教习于北郊之外。音授以连弩之法，三矢连续而去，人不能防。三月尽其巧。陈音病死，越王厚葬之。子胥闻越王习武之事，乃求见夫差，流涕而言曰："今越用范蠡，日夜训练士卒。一旦乘吾间而入，吾国祸不支矣。"夫差使人探听，备知处女、陈音之事，遂有兴兵伐越之意。

再说齐国陈氏，世得民心，久怀擅国之志。及陈恒嗣位，逆谋愈急，乃奏于齐简公曰："鲁邻国而共吴伐齐，此仇不可忘也。"简公信其言。恒因荐国书为大将，悉车千乘。陈恒亲送其师，屯于汶水之上，誓欲灭鲁方还。时孔子在鲁，删述《诗》《书》。知齐兵在境上，大惊，因问群弟子："谁能为某出使于齐，以止伐鲁之兵者？"子贡离席而问曰："赐可以去乎？"孔子曰："可矣。"子贡即日辞行。至汶上，求见陈恒。恒迎入相见，坐定，问曰："先生此来，为鲁作说客耶？"子贡曰："赐之来，为齐非为鲁也。夫鲁，难伐之国。其城薄以卑，其池狭以浅，其君弱，大臣无能，士不习战。为相国计，不如伐吴。吴城高而池广，兵甲精利，又有良将为守，此易攻耳。"恒勃然曰："子所言难易，颠倒

不情，恒所不解。”子贡曰：“请屏左右。”恒乃屏去从人，前席请教。子贡曰：“破弱鲁以为诸大臣之功，而相国无与焉。诸大臣之势日盛，而相国危矣！若移师于吴，大臣外因于强敌，而相国专制齐国，岂非计之最便乎？”陈恒色顿解，问曰：“兵已在汶上，若移而向吴，人将疑我。奈何？”子贡曰：“但按兵勿动，赐请南见吴王，使救鲁而伐齐。如是而战吴，不患无词。”陈恒大悦，乃谓国书曰：“吾闻吴将伐齐，吾兵姑驻此，须先败吴兵，然后伐鲁。”国书领诺，陈恒遂归齐国。

再说子贡行至东吴，来见吴王夫差，说曰：“大王何不伐齐以救鲁？夫败万乘之齐，而收千乘之鲁，威加强晋，吴遂霸矣。”夫差曰：“寡人闻越君勤政训武，有谋吴之心，欲先伐越国。”子贡曰：“臣请为大王东见越王，使亲櫜鞬以从下吏何如？”夫差大悦。子贡辞了吴王，东行至越，见越王勾践，曰：“吴王疑越谋之，欲加诛于越。君可亲率一军，从于伐齐。彼战而不胜，吴自此削矣；若战而胜，必侈然有霸诸侯之心，将以兵临强晋。如此，则吴国有间，而越可乘也。”勾践乃赠子贡以黄金百镒，子贡固辞不受。还见吴王，夫差使子贡就馆。留五日，越遣文种至吴，叩首于吴王之前曰：“东海贱臣勾践，闻大王兴大义，诛强救弱，故使下臣种，请问师期，将选士三千人，以从下吏。勾践愿披坚执锐，亲受矢石，死无所惧。”夫差大悦，乃召子贡谓曰：“勾践欲率选士三千，以从伐齐之役，先生以为可否？”子贡曰：“不可。夫用人之众，又役及其君，亦太过矣。不如许其师而辞其君。”夫差从之。子贡辞吴，复北往晋国，见晋定公，说曰：“今吴之战齐有日矣。战而胜，必与晋争伯，君宜修兵休卒以待之。”晋侯曰：“谨受教。”比及子贡反鲁，齐兵已为吴所败矣。

第八十二回

杀子胥夫差争歃
纳蒯聩子路结缨

话说周敬王三十六年春，越王勾践使大夫诸稽郢帅兵三千，助吴攻齐。吴兵将发，子胥又谏曰："越在，我心腹之病也。臣恐齐未必胜，而越祸已至也。"夫差怒，意欲杀之。伯嚭密奏曰："王不若遣之往齐约战，假手齐人。"夫差乃为书数齐伐鲁慢吴之罪，命子胥往见齐君。子胥料吴必亡，乃私携其子伍封同行。至临淄，致吴王之命。齐简公大怒，欲杀子胥。鲍息谏曰："子胥乃吴之忠臣。今遣来齐，欲齐杀之，以自免其谤。宜纵之使归。"简公乃厚待子胥，报以战期。鲍息私叩吴事，子胥垂泪不言，但引其子伍封，使拜鲍息为兄，寄居于鲍氏，今后只称王孙封，勿用伍姓。

再说吴王夫差自将中军，太宰嚭为副，兴师十万，同越兵三千，望山东一路进发。先遣人约会鲁哀公合兵攻齐。子胥于中途称病先归，不肯从师。却说齐将国书，屯兵汶上，闻吴、鲁连兵来伐，传令拔寨都起，往迎吴军，至于艾陵。次早，两下各排阵势。国书悉起大军，前来助战。吴王乃命伯嚭引兵一万，先去接应。国书正欲分军迎敌，忽闻金声大震。齐人只道吴兵欲退，不防吴王夫差自引精兵三万，分为三股，反以鸣金为号，直冲齐阵，将齐兵隔绝三处，杀得齐军七零八落。夫差大胜齐师，革车八百乘，尽为吴所有。齐简公大惊，遣使大贡金币，谢罪请和。夫差主张齐、鲁复修兄弟之好，各无侵害，二国俱听命受盟。夫差乃歌凯而回。

过数日，越王勾践率群臣亲至吴邦来朝，并贺战胜。吴王置酒于文台之上，越王侍坐。夫差曰："今太宰嚭为寡人治兵有功，吾将赏为上卿。越王孝事寡人，始终不倦，吾将再增其国，以酬助伐之功。"子胥伏地涕泣曰："呜呼哀哉！忠臣掩口，谗夫在侧。养乱畜奸，将灭吴国，庙社为墟，殿生荆棘。"夫差大怒曰："老贼多诈，为吴妖孽。寡人以前王之故，不忍加诛，今退自谋，无劳再见。"子胥曰："臣虽见诛，君亦随灭，臣与

王永辞，不复见矣。”遂趋出。吴王怒犹未息。伯嚭曰：“臣闻子胥使齐，以其子托于齐臣鲍氏，有叛吴之心，王其察之。”夫差乃使人赐子胥以属镂之剑。子胥接剑在手，徒跣下阶，立于中庭，仰天大呼曰：“天乎！汝不用吾言，反赐我死！我今日死，明日越兵至，掘汝社稷矣。”乃谓家人曰：“吾死后，可抉吾之目，悬于东门，以观越兵之入吴也。”言讫，自刎其喉而绝。使者取剑还报，述其临终之嘱。夫差往视其尸，自断其头，置于盘门城楼之上。

夫差既杀子胥，乃进伯嚭为相国。欲增越之封地，勾践固辞乃止。于是勾践归越，谋吴益急。夫差全不在念，意益骄恣。发卒数万，筑邗城，穿沟，东北通射阳湖，西北使江淮水合，北达于沂，西达于济。夫差乃使太子友同王子地、王孙弥庸守国，亲帅国中精兵，由邗沟北上。遂约诸侯，大会于黄池，欲与晋争盟主之位。越王勾践闻吴王已出境，乃与范蠡计议，从海道通江以袭吴。太子友使王孙弥庸出师迎敌，友继其后。勾践亲立于行阵，督兵交战。吴兵大败，弥庸为泄庸所杀，太子友恐被执辱，自刎而亡。越兵直造城下，王子地把城门牢闭，使人往吴王处告急。勾践乃留水军屯于太湖，陆营屯于胥、阊之间，使范蠡焚姑苏之台，火弥月不息。

再说吴王夫差使人请晋定公赴会，晋定公不敢不至。夫差使王孙骆与晋上卿赵鞅议载书名次之先后，彼此争论，连日不决。忽王子地密报至，言：“越兵入吴，杀太子，焚姑苏台。见今围城，势甚危急。”夫差大惊。伯嚭拔剑砍杀使者，曰：“留使者泄漏其语，齐、晋将乘危生事。”王孙骆密奏曰：“事在危急，请王鸣鼓挑战，

以夺晋人之气。”夫差曰：“善。”是夜出令，中夜士皆饱食秣马，衔枚疾驱，去晋军才一里，结为方阵。黎明阵定，军中万鼓皆鸣，响震天地。晋军大骇，乃使大夫董褐至吴军请命。夫差乃敛兵就幕，与诸侯相见，称吴公，先歃。晋侯次之，鲁、卫以次受歃。会毕，即班师从江淮水路而回。军士已知家国被袭，皆无斗志。吴王犹率众与越相持，吴军大败。夫差惧，谓伯嚭曰：“子当为我请成于越。不然，子胥属镂之剑犹在，当以属子。”伯嚭乃造越军，稽首于越王，求赦吴罪。范蠡曰：“吴尚未可灭也，姑许成，以为太宰之惠。”勾践乃许吴成，班师而归。

明年，齐右相陈恒知吴为越所破，乃使其族人攻杀左相阚止。齐简公出奔，陈恒追而弑之，尽灭阚氏之党。立简公弟骜，是为平公。陈恒独相。惧诸侯之讨，乃悉归鲁、卫之侵地，北结好于晋，南行聘于吴、越。复修陈桓子之政，散财输粟，以赡贫乏，国人悦服。乃渐除鲍、晏、高、国诸家，及公族子姓，而割国之大半，为己封邑。齐都邑大夫宰，莫非陈氏。

再说卫世子蒯聩在戚，其子出公辄率国人拒之。蒯聩之姊，嫁于大夫孔圉，生子曰孔悝，嗣为大夫，执卫政。孔氏小臣曰浑良夫，身长而貌美。孔圉卒，良夫通于孔姬。孔姬使浑良夫往戚，问候其弟蒯聩。蒯聩握其手言曰：“子能使我入国为君，使子服冕乘轩，三死无与。”浑良夫归，言于孔姬。孔姬使良夫以妇人之服，往迎蒯聩，匿于其室。须臾，孔悝自朝带醉而回，起身如厕。孔姬使勇士石乞、孟誊黡候于厕外，俟悝出厕，左右帮定，不由分说，拥之上台，来见蒯聩。孔姬喝曰：“太子在此，孔悝如何不拜！”悝只得下拜。孔姬曰：“汝今日肯从舅氏否?”悝曰：“惟命。”孔姬乃使蒯聩与悝歃血定盟。留石乞、孟黡守悝于台上，而以悝命召聚家甲，使浑良夫帅之袭公宫。出公闻乱，出奔鲁国。

仲子路为孔悝家臣，闻孔悝被劫，入城来救。径至台下，大呼曰：“仲由在此，孔大夫可下台矣！”孔悝不敢应。蒯聩使石乞、孟黡二人持戈下台，来敌子路。子路仗剑来迎。怎奈乞、黡双戟并举，攒刺子路，又砍断其冠缨。子路身负重伤，乃整结其冠缨而死。孔悝奉蒯聩即位，是为庄公。立次子疾为太子，以浑良夫为卿。时孔子在卫，闻蒯聩之乱，谓众弟子曰：“由也其死乎！”未几，孔子遂得疾不起，年七十有三岁。时周敬王四十一年也。再说卫庄公蒯聩疑孔悝为出公辄之党，醉以酒而逐之，孔悝奔宋。

第八十三回 诛芈胜叶公定楚 灭夫差越王称霸

话说卫庄公因府藏宝货俱被出公辄取去，谋于浑良夫。良夫曰：“何不以择嗣召之？”有小竖闻其语，私告于太子疾。疾乘间劫庄公，使歃血立誓，勿召亡君，且必杀浑良夫。庄公许诺。未几，庄公新造虎幕，召诸大夫落成。浑良夫紫衣狐裘而至，不释剑而食。太子疾使力士牵良夫以退，数之曰：“臣见君有常服，侍食必释剑。尔紫衣，一罪也；狐裘，二罪也；不释剑，三罪也。”良夫呼曰：“有盟免三死！”疾曰：“亡君以子拒父，大逆不孝，汝欲召之，非四罪乎？”良夫不能答，俯首受刑。

再说白公胜自归楚国，每念郑人杀父之仇，思以报之。及昭王已薨，令尹子西、司马子期奉越女之子章即位，是为惠王。白公胜冀子西召己，同秉楚政。子西竟不召。及闻子胥已死，乃托言备吴，使心腹家臣石乞，筑城练兵。请于子西，愿以私卒为先锋伐郑。子西许之。尚未出师，晋赵鞅以兵伐郑，郑请救于楚。子西帅师救郑，晋兵乃退。子西与郑定盟班师。白公怒，欲杀子西。及吴王夫差会黄池时，白公胜托言吴兵将谋袭楚，乃反以兵袭吴边境，颇有所掠。遂张大其功，只说：“大败吴师，得其铠仗兵器若干，欲亲至楚庭献捷。”子谣许之。白公亲率壮士千人，押解入朝献功。惠王见阶下立着两筹好汉，问：“是何人？”胜答曰：“此乃臣部下将士石乞、熊宜僚。”遂以手招二人。二人举步，径入殿中。壮士千人，蜂拥而登。并杀子西、子期。叶公沈诸梁闻变，悉起叶众，星夜至楚，率国人攻白公胜。胜兵败，自缢而死。时陈国乘楚乱，以兵侵楚。叶公请于惠王，帅师伐陈，灭之。

是年，越王勾践探听得吴王荒于酒色，不理朝政。况连岁凶荒，民心愁怨。乃复悉起境内士卒，大举伐吴。吴王夫差闻越兵再至，亦悉起士卒，迎敌于江上。吴兵至夜半，忽闻鼓声震天，知是越军来袭。夫差大惊，急传令分军迎战。不期越王潜引私卒六千，于黑暗中，径冲吴中军。吴兵大败而走。勾践率军追之，吴师一连三战三北。夫差连夜遁回，闭门自守。勾践筑一城于胥门之外，欲以困吴。夫差乃使王孙骆肉袒膝行而前，请成于越王。勾践意欲许之。范蠡曰："君王谋之二十年，奈何垂成而弃之？"遂不准其行成。吴使往返七次，种、蠡坚执不肯。遂鸣鼓攻城，吴人不能复战。

夫差闻越兵入城，伯嚭已降，遂同王孙骆及其三子，奔干隧。勾践率千人追至，围之数重。夫差作书，射入越军。种、蠡二人同启，视其词曰："敌国如灭，谋臣必亡。大夫何不存吴一线，以自为余地？"文种亦作书系矢而答之曰："昔天以越赐吴，吴不肯受。今天以吴赐越，越其敢违天之命！"夫差得书，垂泪曰："寡人不诛勾践，此天之所以弃吴也！"王孙骆曰："臣请再见越王而哀恳之。"骆至越军，种、蠡拒之不得入。勾践使人谓吴王曰："寡人念君昔日之情，请置君于甬东，给夫妇五百家，以终王之世。"夫差含泪而对曰："臣，孤老矣，不能从编氓之列，孤有死耳！"越使者去，夫差犹未肯自裁。勾践乃使人告吴王曰："世无万岁之君，何必使吾师加刃于王耶？"夫差太息数声，谓左右曰："使死者有知，无面目见子胥于地下，必重罗三幅，以掩吾面！"言罢，拔佩剑自刎。

再说越王入姑苏城，据吴王之宫，百官称贺。伯嚭亦在其列，勾践使力士执而杀之，灭其家。抚定吴民，乃以兵北渡江淮，与诸侯会予舒州，使人致贡于周。时周敬王已崩，太子名仁嗣位，是为元王。元王使人赐勾践彤弓弧矢，命为东方之伯。勾践受命，诸侯悉遣人致贺，尊越为霸。越王还吴国，置酒吴宫文台之上，与群臣为乐。命乐工作《伐吴》之曲，乐师引琴而鼓之。台上群臣大悦而笑，惟勾践面无喜色。范蠡私叹曰："越王不欲功归臣下，疑忌之端已见矣！"次日，入辞越王曰："今吴已灭矣，愿乞

骸骨，老于江湖。”是夜，乘扁舟出，涉三江，入五湖。次日，越王使人召范蠡，蠡已行矣。越王愀然变色，谓文种曰：“蠡可追乎？”文种曰：“蠡有鬼神不测之机，不可追也。”种既出，有人持书一封投之。种启视，乃范蠡亲笔。其书曰：“狡兔死，走狗烹；敌国破，谋臣亡。越王为人，可与共患难，不可与共安乐。子今不去，祸必不免！”文种怏怏不乐，然犹未深信其言。

却说范蠡自五湖入海，遂入齐。改名曰鸱夷子皮，仕齐为上卿。未几，弃官隐于陶山，畜五牝，生息获利千金，自号曰陶朱公。

勾践不行灭吴之赏，与旧臣疏远。文种心念范蠡之言，称疾不朝。越王左右谮于王曰：“种自以功大赏薄，心怀怨望，故不朝耳。”越王素知文种之才能，恐其一旦为乱，无人可制。欲除之，又无其名。忽一日往视文种之疾，种为病状，强迎王入。王乃解剑而坐，谓曰：“子有七术，寡人行其三，而吴已破灭。尚有四术，安所用之？”种对曰：“臣不知所用也。”越王曰：“愿以四术，为我谋吴之前人于地下可乎？”言毕，即升舆而去。遗下佩剑于座。种取视之，剑匣有“属镂”二字，即夫差赐子胥自刭之剑也。种仰天叹曰：“吾不听范少伯之言，乃为越王所戮，岂非愚哉！”遂伏剑而死。勾践在位二十七年而薨，周元王之七年也。其后子孙，世称为霸。

却说晋国六卿，自范、中行二氏灭后，止存智、赵、魏、韩四卿。智氏因与中行氏同出于荀，欲别其族，乃循智瑶之旧，改称智氏。时智瑶为政，号为智伯。四家闻田氏弑君专国，诸侯莫讨，于是私自立议，各择便据地，以为封邑。就中单表赵简子名鞅，有子数人，长子名伯鲁。其最幼者，名无恤，乃贱婢所生。鞅召诸子，叩其学问，无恤有问必答，条理分明，鞅始知其贤。乃废伯鲁而立无恤为嫡子。一日，智伯怒郑之不朝，欲同赵鞅伐郑。鞅偶患疾，使无恤代将以往。智伯以酒灌无恤，无恤不能饮。智伯醉而怒，以酒斝投无恤之面，面伤出血。赵氏将士俱怒，无恤曰：“此小耻，吾姑忍之。”智伯班师回晋，反言无恤之过，欲鞅废之。鞅不从。无恤自此与智伯有隙。赵鞅卒，无恤代立，是为赵襄子。此乃周贞定王十一年之事。

时晋出公愤四卿之专，密使人乞兵于齐、鲁，请伐四卿。齐田氏，鲁三家，反以其谋告于智伯。智伯大怒，同韩康子虎、魏桓子驹、赵襄子无恤，合四家之众，反伐出公。出公出奔于齐。智伯立昭公之曾孙骄为晋君，是为哀公。自此晋之大权，尽归于智伯瑶。瑶遂有代晋之志。

第八十四回
智伯决水灌晋阳 豫让击衣报襄子

话说智伯独专晋政，有代晋之志。然四卿位均力敌，欲谋晋室，必先削三家之势。智伯遂遣智开至韩虎府中，曰："吾兄奉晋侯之命，治兵伐越，令三卿各割采地百里，入于公家，取其赋以充公用。"韩虎曰："子且暂回，某来日即当报命。"智开去，韩康子虎召集群下谋曰："智瑶欲挟晋侯以弱三家，故请割地为名。卿等以为何如？"谋士段规曰："智伯贪而无厌，不如与之。彼得吾地，必又求之于赵、魏。赵、魏不从，必相攻击，吾得安坐而观其胜负。"韩虎然之。次日，令段规画出地界百里之图，亲自进于智伯。智伯大喜，设宴以款韩虎。智伯命左右取画一轴，同虎观之，乃鲁卞庄子刺三虎之图。智伯戏谓韩虎曰："某尝稽诸史册，列国中与足下同名者，齐有高虎，郑有罕虎，今与足下而三矣。"时段规侍侧，进曰："礼，不呼名。君之戏吾主，毋乃甚乎？"段规生得身材矮小，智伯以手拍其顶曰："三虎所啖之余，得非汝耶？"段规不敢对，以目视韩虎。韩佯醉，即时辞去。

次日，智伯再遣智开求地于魏桓子驹，驹亦以万家之邑献之。智伯乃遣智宵求地予赵氏。赵襄子无恤怒曰："土地乃先世所传，安敢弃之？"智伯大怒，尽出智氏之甲，使人邀韩、魏二家，共攻赵氏。约以灭赵氏之日，三分其地。韩虎、魏驹各引一军，从智伯征进，杀奔赵府中。无恤即率家臣望晋阳疾走。行至晋阳，晋阳百姓感尹铎仁德，迎接入城。无恤即时晓谕百姓，登城守望。点阅军器，戈戟钝敝，箭不满千，愀然不乐。谋臣张孟谈曰："吾闻董安于之治晋阳也，公宫之墙垣，皆以荻蒿楛楚，聚而筑之。堂室皆练精铜为柱。"无恤使人发其墙垣，再发其柱，果如孟谈所言。即使工匠铸造兵器，无不精利。

再说智、韩、魏三家兵到，把晋阳围得铁桶相似。无恤召张孟谈商之。孟谈曰：

"不如深沟高垒，坚闭不出。韩、魏特为智伯所迫耳，不出数月，必有自相疑猜之事，安能久乎？"无恤纳其言。三家围困岁余，不能取胜。一日，智伯请韩、魏二家商议，欲引水灌城。遂传下号令，多备锹锸，凿渠于晋水之北。次将各处泉流下泻之道，尽皆坝断。复于渠之左右，筑起高堤。那泉源泛溢，奔激无归，只得望北而走，尽注新渠。一月之后，春雨大降，山水骤涨，渠高顿与堤平。智伯使人决开北面，其水竟灌入晋阳城来。无恤与张孟谈不时乘竹筏，周视城垣。但见城外水声淙淙，一望江湖，有排山倒峡之势。孟谈曰："臣请今夜潜出城外，说韩、魏之君，反攻智伯。主公但令诸将多造船筏，利兵器。"无恤许之。

孟谈乃假扮智伯军士，于昏夜缒城而出，径奔韩家大寨。见韩虎，乞屏左右。虎命从人闪开，孟谈曰："某乃赵氏之臣张孟谈也。吾主被围日久，特遣臣假作军士，夜潜至此。将军容臣进言，臣敢开口，如不然，臣请死于将军之前。"韩虎曰："汝有话但说。"孟谈曰："昔日六卿和睦，同执晋政。今存者，惟智、韩、魏、赵四家耳。智伯自恃其强，欲攻灭赵氏。赵氏亡，则祸必次及于韩、魏矣。即使今日三分赵地，能保智氏异日之不复请乎？将军请细思之！"韩虎曰："子之意欲如何？"孟谈曰："依臣愚见，莫若与吾主私和，反攻智伯。均之得地，而智氏之地多倍于赵，且以除异日之患。三君同心，世为唇齿，岂不美哉？"韩虎曰："俟吾与魏家计议。"

韩虎使人密召段规，告以孟谈所言。段规深赞孟谈之谋。次日，段规亲往魏桓子营中，密告以赵氏有人到军中讲话，如此恁般。魏驹曰："此事当熟思而行。"段规辞去。到第二日，智伯治酒于悬瓮山，邀请韩、魏二将军，同视水势。智伯谓韩、魏曰："吾今日始知水之可以亡人国也。晋国之盛，汾、浍、晋、绛，皆号巨川。以吾观之，水不足恃，适足速亡耳。"魏驹、韩虎皆有惧色。至第三日，韩虎、魏驹与张孟谈歃血订约："期于明日夜半，决堤泄水。你家只看水退为信，便引城内军士，杀将出来，共擒智伯。"孟谈领命入城，报知无恤。至期，韩虎、魏驹暗地使人袭杀守堤军士，于西面掘开水口，反灌入智伯之寨。智伯从睡梦中惊醒起来，水已及于卧榻。须臾，水势益大。却得智国、豫让率领水军，扶入舟中。智伯正在凄惨，忽闻鼓声大震，韩、魏两家之兵，各乘小舟，趁着水势杀来。豫让曰："事已急矣！主公可从山后逃匿。"智伯遂掉小舟转出山背。谁知赵襄子自引一队，伏于龙山之后。无恤亲缚智伯，数其罪斩之。豫让闻智伯已擒，遂变服逃往石室山中。智氏一军尽没。三家收兵在于一处。无恤谓韩、魏曰："智伯虽死，其族尚存，斩草留根，终为后患。"即同韩、魏回至绛州，诬智氏以叛逆之罪，围其家，尽行屠戮。韩、魏所献地，各自收回。又将智氏食邑，三分均分。

豫让闻知其事，乃更姓名，诈为囚徒服役者，挟利匕首，潜入赵氏内厕之中。无恤到厕，忽然心动，使左右搜厕中，牵豫让出见无恤。无恤乃问曰："子身藏利器，欲行刺于吾耶?"豫让正色答曰："吾智氏亡臣，欲为智伯报仇耳!"无恤曰："真义士也!"令放豫让还家。豫让回至家中，乃削须去眉，漆其身为癞子之状，吞炭变为哑喉，奔晋阳城来，行乞于市中。赵无恤在晋阳观智伯新渠，已成之业，乃使人建桥于渠上，名曰赤桥。桥既成，无恤驾车出观。豫让复怀利刃，诈为死人，伏于桥梁之下。无恤之车，将近赤桥，其马忽悲嘶却步。无恤命左右搜简。回报："桥下并无奸细，只有一死人僵卧。"无恤曰："必豫让也。"命曳出视之，骂曰："吾前已曲法赦子，今又来谋刺，皇天岂佑汝哉!"命牵去斩之。豫让呼天而号，泪与血下。左右曰："子畏死耶?"让曰："某非畏死，痛某死之后，别无报仇之人耳!"无恤召回问曰："子先事范氏，范氏为智伯所灭，子反事智伯，不为范氏报仇。今智伯之死，子独报之甚切，何也?"豫让曰："夫君臣以义合。君待臣如手足，则臣待君如腹心；君待臣如犬马，则臣待君如路人。某向事范氏，止以众人相待，吾亦以众人报之。及事智伯，蒙其解衣推食，以国士相待，吾当以国士报之。臣两计不成，愤无所泄。请君脱衣与臣击之，以寓报仇之意，臣死亦瞑目矣!"无恤怜其志，脱下锦袍，使左右递与豫让。让掣剑在手，三跃而三砍之，遂伏剑而死。无恤即命收葬其尸。军士提起锦袍，无恤视所砍之处，皆有鲜血点污。心中惊骇，自是染病。

第八十五回
乐羊子怒餟中山羹 西门豹乔送河伯妇

话说无恤患病，逾年不痊。临终，谓世子赵浣曰：“三卿灭智氏，百姓悦服。宜乘此时，约韩、魏三分晋国，各立庙社。”言讫而瞑。时晋哀公薨，子柳立，是为幽公。韩虎与魏、赵合谋，只以绛州、曲沃二邑，为幽公俸食，余地皆三分入于三家，号曰三晋。时周考王封其弟揭于河南王城。揭少子班，别封于巩。因巩在王城之东，号曰东周公，而称河南曰西周公，此东西二周之始。考王薨，子午立，是为威烈王。威烈王二十三年，有雷电击周之九鼎，鼎俱摇动。三晋之君，遂各遣心腹之使，赍金帛及土产之物，贡献于威烈王，乞其册命。威烈王即命内史作策命，赐赵籍为赵侯，韩虔为韩侯，魏斯为魏侯，各赐黼冕、圭璧全副。于是赵、韩、魏三家，各以王命宣布国中。赵都中牟，韩都平阳，魏都安邑，立宗庙社稷。复遣使遍告列国，列国亦多致贺。未几，三家废晋靖公为庶人，迁于纯留，而复分其余地。

却说三晋之中，惟魏文侯斯最贤，能虚心下士。时孔子高弟卜商，字子夏，教授于西河，文侯从之受经。魏成荐田子方之贤，文侯与之为友。成又言：“西河人段干木，有德行，隐居不仕。”文侯即命驾车往见，以安车载归，与田子方同为上宾。四方贤士，闻风来归。却说晋之东，有国名中山，姬姓，子爵。中山子姬窟，好为长夜之饮，疏远大臣，黎民失业。文侯谋欲伐之。翟璜奏曰：“臣举一人，姓乐名羊，可充大将之任。”文侯即命翟璜以辂车召乐羊。乐羊入朝见文侯，文侯曰：“寡人欲以中山之事相委，奈卿子在彼国何？”乐羊曰：“丈夫建功立业，各为其主，岂以私情废公事哉？臣若不能破灭中山，甘当军令！”文侯大喜，遂拜为元帅，使西门豹为先锋，率兵五万，往伐中山。姬窟遣大将鼓须，屯兵楸山，以拒魏师。相持月余，乐羊谓西门豹曰：“吾视楸山多楸树，诚得一胆勇之士，潜师而往，纵火焚林，彼兵必乱。”西门豹愿往。其时八月中秋，姬窟遣使赍羊酒到楸山，以劳鼓须。约至三更，西门豹率兵壮衔枚突至，将楸木焚烧。鼓须见军中火起，遍山皆着。军中大乱，鼓须死战得脱。

乐羊长驱直入，围了中山。姬窟大怒。大夫公孙焦进曰："乐羊者，乐舒之父，舒仕于本国。君令舒予城上说退父兵，此为上策。"姬窟依计。乐舒不得已，只得登城大呼。乐羊一见乐舒，遽责曰："君子不居危国，不事乱朝。汝贪于富贵，不识去就。吾奉君命吊民伐罪，可劝汝君速降，尚可相见。"乐舒曰："但求父暂缓其攻，容我君臣从容计议。"乐羊果然出令，只教软困，不去攻城。过了一月，乐羊使人讨取降信。姬窟又叫乐舒求宽，乐羊又宽一月。如此三次。西门豹进曰："元帅不欲下中山乎？"乐羊曰："吾之三从其请，不独为父子之情，亦所以收民心也。"

却说魏文侯左右见乐羊新进，骤得大用，俱有不平之意。及闻其三次辍攻，遂谮于文侯。文侯不应，但时时遣使劳苦，预为治府第于都中，以待其归。乐羊心甚感激，见中山不降，遂率将士尽力攻击。鼓须方指挥军士，脑门中箭而死。公孙焦言于姬窟曰："事已急矣！可将乐舒绑缚，置于高竿，若不退师，当杀其子。"姬窟从其言。乐舒在高竿上大呼："父亲救命！"乐羊见之，大骂曰："不肖子！汝仕于人国，上不能出奇运策，下不能见危委命。尚敢如含乳小儿，以哀号乞怜乎？"言毕，架弓搭矢，欲射乐舒。舒叫苦下城。公孙焦曰："乐舒死，臣便有退兵之计。"姬窟遂以剑授舒，舒自刭而亡。公孙焦曰："今将乐舒烹羹以遗乐羊，羊见羹必然不忍。乘其哀泣之际，主公引一军杀出。"姬窟不得已而从之。命将乐舒之肉烹羹，并其首送于乐羊。乐羊认得是其子首，即取羹对使者食之，尽一器。谓使者曰："吾军中亦有鼎镬，以待汝君也。"使者还报。姬窟遂入后宫自缢。公孙焦开门出降，乐羊数其罪，斩之。魏文侯闻乐羊成功，亲自出城迎劳。设宴于内台之上，亲捧觞以赐乐羊，羊大有矜功之色。宴毕，文侯命左右挈二箧，送乐羊归第。乐羊启箧视之，俱是群臣奏本，本内尽说乐羊反叛之事。乐羊大惊，次日，入朝谢恩。文侯以灵寿封羊，称为灵寿君，罢其兵权。

时邺都缺守，翟璜曰："邺与韩、赵为邻，必得强明之士以守之，非西门豹不可。"文侯即用西门豹为邺都守。豹至邺城，见闾里萧条，人民稀少，召父老至前，问其所苦。父老皆曰："苦为河伯娶妇。河伯即清漳之神也。其神好美妇，岁纳一夫人。若择妇嫁之，常保年丰岁稔。不然，神怒，致水波泛溢，漂溺人家。"豹曰："此事谁人倡始？"父老曰："此邑之巫觋所言也。每年里豪及廷掾，与巫觋共计，赋民钱数百万，用二三十万，为河

伯娶妇之费，其余则共分用之。”豹曰：“神既有灵，当嫁女时，吾亦欲往送。”

及期，西门豹亲往河上。百姓远近皆会，聚观者数千人。三老、里长等，引大巫来见。豹观之，乃一老女子也。小巫女弟子二十余人，随侍其后。豹曰：“劳苦大巫，烦呼河伯妇来，我欲视之。”老巫顾弟子使唤至。豹曰：“此女不佳，烦大巫为我入报河伯：‘更当别求好女，于后日送之。’”即使吏卒数人，共抱老巫，投之于河，左右莫不惊骇失色。豹静立俟之，良久曰：“妪年老不干事，弟子为我催之。”复使吏卒抱弟子一人，投于河中。少顷，又曰：“弟子去何久也？”复使弟子一人催之。凡投弟子三人，入水即没。豹曰：“是皆女子之流。烦三老入河，明白言之。”三老方欲辞，吏卒左牵右拽，又推河中。约莫又一个时辰，豹曰：“三老年高，亦复不济。须得廷掾、豪长者往告。”那廷掾、里豪，吓得面如土色，一齐皆叩头求哀。西门豹曰：“河水滔滔，去而不返，河伯安在？今后再有言河伯娶妇者，即令其人为媒，往报河伯。”遂将财赋悉追出散还民间。百姓逃避者，复还乡里。豹又相度地形，发民凿渠，引漳水入渠，既杀河势，又腹内田亩，得渠水浸灌，无旱干之患，禾稼倍收，百姓乐业。

文侯谓翟璜曰：“今西河在魏西鄙，为秦人犯魏之道，卿思何人可以为守？”翟璜沉思半晌，答曰：“臣举一人，姓吴名起，此人大有将才，今自鲁奔魏，主公速召而用之。”文侯曰：“起非杀妻以求为鲁将者乎？闻此人贪财好色，性复残忍，岂可托以重任哉？”翟璜曰：“臣所举者，取其能为君成一日之功，若素行不足计也。”文侯乃召之。

第八十六回
吴起杀妻求将 骀忌鼓琴取相

话说吴起，卫国人，少居里中，以击剑无赖，为母所责。起自啮其臂出血，与母誓曰："起今辞母，游学他方。不为卿相，不入卫城与母相见！"竟往鲁国，受业于孔门高弟曾参，昼研夜诵，不辞辛苦。有齐国大夫田居至鲁，嘉其好学，乃以女妻之。岁余，参知起家中尚有老母，问曰："子游学六载，不归省觐，人子之心安乎？"起以前誓对。参由是心恶其人。未几，起母死。起仰天三号，旋即收泪，诵读如故。参怒，命弟子绝之。起遂弃儒学兵法，三年学成，求仕于鲁。鲁穆公任为大夫。时齐相国田和谋篡其国，恐鲁讨其罪，乃兴师伐鲁。鲁相国公仪休进曰："欲却齐兵，非吴起不可。"穆公曰："起所娶乃田宗之女，能保无观望之意乎？"公仪休出告吴起。起乃归家，杀其妻田氏，以帛裹田氏头，往见穆公。穆公惨然不乐，谓公仪休曰："吴起杀妻以求将，此残忍之极，其心不可测也。"公仪休曰："君若弃之不用，必反而为齐矣。"穆公乃拜吴起为大将，率兵二万，以拒齐师。

却说田和引军直犯南鄙，不见吴起挑战，乃遣爱将张丑，假称愿与讲和，特至鲁军，探起战守之意。起将精锐之士藏于后军，悉以老弱见客。丑曰："将军若不弃田宗之好，愿与将军结盟通和。"起曰："此乃某之至愿也。"起留张丑于军中，欢饮三日。丑辞去，起即暗调兵将，尾其后而行。田和得张丑回报，全不挂意。忽然辕门外鼓声大振，鲁兵突然杀至，军中大乱。齐军大败而走。鲁穆公大悦，进起上卿。田和乃购求美女二人，加以黄金千镒，令张丑诈为贾客，携至鲁，私馈吴起。起贪财好色，见即受之。张丑既出鲁城，故意泄其事于行人。遂传说吴起受贿通齐之事。穆公欲究罪。起弃家逃奔魏国，主于翟璜之家。璜荐吴起可用，文侯乃拜起为西河守。吴起乘秦国多事之日，兴兵袭秦，取河西五城。齐相国田和见魏之强，乃深结魏好。迁其君康公贷于海上。使人于魏文侯处，求其转请于周，欲列于诸侯。周威烈王已崩，子安王名骄立，势愈微弱。乃赐田和为齐侯，是为田太公。

再说韩相侠累，微时，与严仲子名遂，为八拜之交。累贫而遂富，资其日用，复以千金助其游费。侠累因此得达于韩，位至相国。严遂至韩，韩烈侯欲贵重之。侠累于烈侯前言严遂之短，阻其进用。严遂闻之大恨，遂去韩，欲求勇士刺杀侠累。行至齐国，见屠牛肆中，一人举巨斧砍牛，斧下之处，筋骨立解，而全不费力。遂问其姓名来历。答曰："某姓聂名政，魏人也。"次早，严遂具衣冠往拜，出黄金百镒为赠，将侠累负恩之事，备细说知，今欲如此恁般。聂政被强不过，只得受之。以其半嫁其姊，余金日具肥甘奉母。岁余，老母病卒，严遂复往哭吊，代为治丧。丧葬既毕，聂政至韩，尾至相府，乘其懈，抽匕首以刺侠累。累中心而死。聂政度不能自脱，急以匕首自削其面，抉出双眼，还自刺其喉而死。韩烈侯问："贼何人？"众莫能识。乃暴其尸于市中，悬千金之赏，购人告首。聂姊闻之，便以素帛裹头，竟至韩国，抚尸大哭。市吏拘而问之，妇人曰："死者为吾弟聂政，妾乃其姊也。彼恐累及贱妾，故抉目破面以自晦其名。妾奈何恤一身之死，忍使吾弟终泯没于人世乎？"遂触石柱而死。韩烈侯叹息，令收葬之。烈侯四传至昭侯，用申不害为相。不害精于刑名之学，国以大治。此是后话。

再说魏文侯斯病笃，召太子击于中山。赵闻魏太子离了中山，乃引兵袭而取之。自此魏与赵有隙。魏文侯薨，太子击主丧嗣位，是为武侯。拜田文为相国。武侯疑吴起有怨望之心，欲另择人为西河守。吴起惧，出奔楚国。楚悼王以相印授之。起乃请于悼王曰："楚国所以不能加于列国者，养兵之道失也。夫养兵之道，先阜其财，后用其力。大王宜汰冗官，斥疏族，尽储廪禄，以待敢战之士。”悼王从其计。使吴起详定官制，凡削去冗官数百员，所省国赋数万。选国中精锐之士，朝夕训练。楚遂以兵强，雄视天下。及悼王薨，未及殡敛，楚贵戚大臣子弟失禄者，乘丧作乱，欲杀吴起。起奔入宫寝，抱王尸而伏。众攒箭射起，连王尸也中了数箭。起大叫曰：“某死不足惜，诸臣衔恨于王，僇及其尸，岂能逃楚国之法哉！”言毕而绝。太子熊臧嗣位，是为肃王。追理射尸之罪，收为乱者，次第诛之，凡灭七十余家。

却说齐侯因齐，自恃国富兵强，遂僭称齐王，是为齐威王。魏侯闻齐称王，亦称魏王。齐威王既立，日事酒色，不修国政。忽一日，有一士人求见，自称：“姓驺名忌，本国人，知琴。闻王好音，特来求见。”威王召而见之，使左右置几，进琴于前。驺忌舍琴，正容而对曰：“臣所知者，琴理也。琴者，禁也。所以禁止淫邪，使归于正。大弦为君，小弦为臣。君臣相得，政令和谐，治国之道，不过如此。”威王曰：“先生既知琴理，必审琴音，愿先生试一弹之。”驺忌对曰：“臣以琴为事，则审于为琴；大王以国为事，岂不审于为国哉？臣抚琴而不弹，无以畅大王之意；大王抚国而不治，恐无以畅万民之意也。”威王愕然，遂与之谈论国事。大悦，即拜驺忌为相国。

驺忌常访问：“邑守中谁贤谁不肖？”同朝之人，无不称阿大夫之贤，而贬即墨大夫者。威王乃阴使人往察二邑治状，因降旨召阿、即墨二守入朝。威王大集群臣，召即墨大夫至前，谓曰：“自子之官即墨也，毁言日至。吾使人视即墨，田野开辟，人民富饶。由子专意治邑，不肯媚吾左右，故蒙毁耳。子诚贤令！”乃加封万家之邑。又召阿大夫谓曰：“自子守阿，誉言日至。吾使人视阿，田野荒芜，人民冻馁。子但以厚币精金，贿吾左右。守之不肖，无过于汝。”乃呼力士缚阿大夫投鼎中。复召左右常誉阿大夫毁即墨者，次第烹之。众皆股栗。于是选贤才改易郡守，国内大治，诸侯畏服。驺忌奏曰：“今周室虽衰，九鼎犹在。大王何不如周，行朝觐之礼。因假王宠，以临诸侯。”威王大悦，即命驾往成周，朝见天子。王室微弱，独有齐侯来朝。周烈王大搜宝藏为赠。威王自周返齐，一路颂声载道，皆称其贤。

且说当时天下，大国凡七：齐、楚、魏、赵、韩、燕、秦。余国如越，虽则称王，日就衰弱。至于宋、鲁、卫、郑，益不足道矣。自齐威王称霸，楚、魏、韩、赵、燕五国，皆为齐下，会聚之间，推为盟主。惟秦僻在西戎，中国摈弃，不与通好。秦孝公以为耻，遂下令招贤。

第八十七回
说秦君卫鞅变法　辞鬼谷孙膑下山

话说卫人公孙鞅原是卫侯之支庶，素好刑名之学，因见卫国微弱，不足展其才能，乃入魏国。相国公叔痤荐为中庶子，每有大事，必与计议。未几，痤病势重，惠王亲往问疾，曰："公叔恙，万一不起，寡人将托国于何人？"痤对曰："中庶子卫鞅，其年虽少，实当世之奇才也。"惠王默然。痤又曰："君如不用鞅，必杀之，勿令出境。"惠王曰："诺。"既上车，叹曰："甚矣，公叔之病也。夫鞅何能为？岂非昏愦之语哉？"至是，闻秦孝公下令招贤，鞅遂去魏入秦，求见孝公之嬖臣景监。监与论国事，知其才能，言于孝公。公召见，问以治国之道。卫鞅历举羲、农、尧、舜为对，语未及终，孝公已睡去矣。过五日，景监复言于孝公曰："臣之客，语尚未尽，自请复见，愿君许之。"孝公复召鞅，鞅备陈夏禹画土定赋，及汤武顺天应人之事。孝公曰："客诚博闻强记，然古今事异，所言尚未适于用。"乃麾之使退。景监见卫鞅从公宫出，迎而问曰："今日之说何如？"鞅曰："吾向者未察君意，故且探之。今得之矣。若使我更得见君，不忧不入。"又过五日，景监入侍孝公，曰："臣客卫鞅，自言有帝、王、伯三术。今更有伯术欲献，愿君省须臾之暇，请毕其词。"孝公闻"伯术"二字，命景监即召卫鞅。

鞅入，孝公问曰："闻子有伯道，何不早赐教于寡人乎？"鞅对曰："帝王之道，在顺民情；伯者之道，必逆民情。"孝公勃然变色。鞅曰："夫政不更张，不可为治。小民狃于目前之安，可与乐成，难于虑始。如仲父相齐，尽改齐国之旧，此岂小民之所乐从哉？及乎政成于内，敌服于外，君享其名，而民亦受其利，然后知仲父为天下才也。"孝公曰："但不知其术安在？"卫鞅对曰："欲富国莫如力田，欲强兵莫如劝战。赏罚必信，政令必行。"孝公曰："此术寡人能行之。"鞅对曰："夫富强之术，不得其人不行；得其人而任之不专，不行；任之专而惑于人言，二三其意，又不行。愿君熟思三日，主意已决，然后臣敢尽言。”鞅遂退。

至第三日，孝公使人以车来迎。卫鞅复入见，备述秦政所当更张之事。孝公遂拜卫鞅为左庶长，谕群臣：“今后国政，悉听左庶长施行。有违抗者，与逆旨同！”群臣肃然。卫鞅于是定变法之令，将条款呈上孝公，商议停当。恐民不信，乃取三丈之木，立于城之南门，使吏守之，令曰：“有能徙此木于北门者，予以十金。”百姓观者甚众，皆中怀疑怪，无敢徙者。鞅复改令，添至五十金。众人愈疑。有一人独出，荷其木，竟至北门立之。鞅奖之曰：“尔真良民也，能从吾令！”随取五十金与之。市人互相传说，皆言左庶长令出必行。次日，将新令颁布，市人聚观，无不吐舌。卫鞅乃大发徒卒，筑宫阙于咸阳城中。太子驷不愿迁，且言变法之非。卫鞅乃言于孝公，坐其罪于师傅。将太傅公子虔劓鼻，太师公孙贾鲸面。鞅知人心已定，择日迁都。分秦国为三十一县，开垦田亩，增税至百余万。秦国富强，天下莫比。于是兴师伐楚，取商、於之地。武关之外，拓地六百余里。周显王遣使册命秦为方伯，于是诸侯毕贺。

是时，三晋惟魏称王，闻卫鞅用于秦国，乃捐厚币，招来四方豪杰。邹人孟轲字子舆，乃子思门下高弟。孟轲得圣贤之传于子思，有济世安民之志。闻魏惠王好士，自邹至魏。惠王礼为上宾，问以利国之道。孟轲曰："臣但知有仁义，不知有利。"惠王迂其言，不用。轲遂适齐。

却说周之阳城，有一处地面，名曰鬼谷。内中有一隐者，但自号曰鬼谷子，相传姓王名栩。其人通天彻地，人不能及。弟子就学者不知多少，先生来者不拒，去者不追。就中单说同时几个有名的弟子：齐人孙宾，魏人庞涓、张仪，洛阳人苏秦。宾与涓结为兄弟，同学兵法；秦与仪结为兄弟，同学游说。单表庞涓学兵法三年有余，自以为能。忽一日，听见路人传说魏国厚币招贤，遂辞先生下山。临行，谓孙宾曰："此行倘有进身之阶，必当举荐吾兄，同立功业。弟若谬言，当死于万箭之下！"两下流泪而别。孙宾还山，先生见其泪容，问曰："汝惜庞生之去乎？"宾曰："同学之情，何能不惜？"至次日，先生谓弟子曰："我夜间恶闻鼠声，汝等轮流值宿，为我驱鼠。"众弟子如命。其夜，轮孙宾值宿，先生取出文书一卷，谓宾曰："此乃汝祖孙武子《兵法》十三篇。吾向与汝祖有交，求得其书，亲为注解，未尝轻授一人。今见子心术忠厚，特以付子。"宾曰："吾师既有注解，何不并传之庞涓？"先生曰："涓非佳士，岂可轻付哉！"宾乃携归卧室，昼夜研诵。三日之后，先生遽向孙宾索其原书。逐篇盘问，宾对答如流。先生大喜。

再说庞涓径入魏国，惠王迎而礼之，问其所学。涓指画敷陈，倾倒胸中，唯恐不尽。惠王大悦，拜为元帅，兼军师之职。涓练兵训武，先侵卫、宋诸小国，屡屡得胜。宋、鲁、卫、郑诸君，相约联翩来朝。适齐兵侵境，涓复御却之。遂自以为不世之功。时墨翟遨游名山，偶过鬼谷探友。一见孙宾，与之谈论，深相契合。遂谓宾曰："子学业已成，何不出就功名？"宾曰："吾有同学庞涓，出仕于魏，相约得志之日，必相援引，吾是以待之。"墨翟辞去，径至魏国。闻庞涓自恃其能，知其无援引孙宾之意。乃自以野服求见魏惠王。惠王素闻墨翟之名，叩以兵法。墨翟指说大略。惠王大喜，欲留任官职。墨翟固辞曰："臣所知有孙武子之孙，名宾者，真大将才，臣万分不及也。宾独得乃祖秘传，虽天下无其对手。见今隐于鬼谷，大王何不召之？"墨翟辞去，惠王即召庞涓问曰："闻卿之同学有孙宾者，独得孙武子秘传。将军何不为寡人召之？"庞涓对曰："宾是齐人，臣是以不敢进言。大王既欲召孙宾，臣即当作书致去。”庞涓口虽不语，心下踌躇：“若孙宾到来，必然夺宠。且待来时，生计害他。”遂修书一封，呈上惠王。惠王遣人带了庞涓之书，一径望鬼谷来聘取孙宾。鬼谷先生知庞涓生性骄妒，孙宾若去，岂能两立？欲待不容他去，又见魏王使命郑重，孙宾已自行色匆匆，不好阻挡。乃曰：“汝之功名，终在故土。吾为汝增改其名，可图进取。”遂将“宾”字，左边加月为“膑”。又授以锦囊一枚，吩咐：“必遇至急之地，方可开看。”孙膑拜辞先生，随魏王使者下山，登车而去。

苏秦、张仪在旁，俱有欣羡之色，亦欲辞归，求取功名。先生强之不得，乃为之各占一课，断曰：“秦先吉后凶，仪先凶后吉。吾观孙、庞二子，势不相容，必有吞噬之事。汝二人宜互相推让，勿伤同学之情。”二人稽首受教。先生又取书二本，分赠二人，乃太公《阴符篇》也。秦、仪既别去，不数日，鬼谷子亦浮海为蓬岛之游，或云已仙去矣。

第八十八回
孙膑佯狂脱祸 庞涓兵败桂陵

话说孙膑行至魏国，即寓于庞涓府中。次日，同入朝中。惠王降阶迎接，曰：“墨子盛称先生独得孙武秘传。今蒙降重，大慰平生！”遂问庞涓曰：“寡人欲封孙先生为副军师之职，卿意如何？”庞涓对曰：“膑乃臣之兄也，岂可以兄为副？不若权拜客卿，候有功绩，臣当让爵，甘居其下。”惠王准奏。自此孙、庞频相往来。庞涓想道：“孙子既有秘授，必须用意探之。”遂设席请酒，酒中因谈及兵机，乃佯问曰：“此非孙武子《兵法》所载乎？愚弟昔日亦蒙先生传授，自不用心，遂至遗忘。今日借观，不敢忘报。”膑曰：“此书经先生注解详明，与原本不同。先生只付看三日，便即取去，亦无录本。”涓曰：“吾兄还记得否？”膑曰：“依稀尚存记忆。”

过数日，惠王欲试孙膑之能，使孙、庞二人，各演阵法。庞涓布的阵法，孙膑一见，即能分说此为某阵，用某法破之。孙膑排成一阵，曰颠倒八门阵。庞涓茫然不识，私问于孙膑。探了孙膑说话，先报惠王。惠王问于孙膑，所对相同。惠王以庞涓之才，不弱于孙膑，心中愈喜。只有庞涓回府，心生一计，私叩孙子曰：“吾兄宗族俱在齐邦，何不遣人迎至此间，同享富贵？”孙膑垂泪言曰：“吾家乡杳无音信，岂有宗族可问哉？”

一日，孙膑朝罢方回，忽有汉子似山东人语音，问人曰：“此位是孙客卿否？”膑叩其来历，那人曰：“小子姓丁名乙，临淄人氏，在周客贩。令兄有书托某送到鬼谷，闻贵人已得仕魏邦，迂路来此。”说罢，将书呈上。孙膑认以为真，不觉大哭。丁乙曰：“承贤兄吩咐，劝贵人早早还乡，骨肉相聚。”孙膑乃款待丁乙酒饭，付以回书。丁乙接了回书，当下辞去。谁知来人乃是庞涓手下心腹徐甲也。庞涓诓得回书，遂仿其笔迹，改后数句云：“弟今身仕魏国，心悬故土，不日当图归计。倘齐王不弃微长，自当尽力。”于是入朝私见惠王，将伪书呈上，言：“孙膑果有背魏向齐之心，不如杀之。”惠王曰：“孙膑罪状未明，遽然杀之，恐天下议寡人之轻士也。”涓对曰：“臣当劝谕孙膑，倘肯留魏国，大王重加官爵。若其不然，大王发到微臣处议罪，微臣自有区处。”庞涓辞了惠王，往见孙子，问曰：“闻兄已得千金家报，有之乎？”膑因备述书中要他还乡之意。庞涓曰：“兄长何不于魏王前暂给一二月之假，归省坟墓。弟当从旁力赞。”次日，孙膑进上一通表章，乞假月余，还齐省墓。惠王见表大怒，削其官秩，发军师府问罪。涓一见佯惊，曰：“吾兄受此奇冤，愚弟当于王前力保。”言罢，命舆人驾车，来见惠王。奏曰：“孙膑罪不至死，不若刖而黥之，使为废人，终身不能退归故土。”惠王许之。庞涓辞回本府，谓孙膑曰：“魏王欲加兄极刑，愚弟再三保奏，但须刖足黥面。”遂唤刀斧手，将孙膑绑住，剔去双膝盖骨。膑大叫一声，昏厥倒地。又用针刺面，成“私通外国”四字，以墨涂之。

孙膑已成废人，终日受庞涓三餐供养，甚不过意。庞涓乃求膑传示鬼谷子注解孙武兵书，膑慨然应允。有苍头名唤诚儿，庞涓使伏侍孙膑。忽庞涓召诚儿至前，问孙膑缮写日得几何。诚儿曰：“孙将军为两足不便，每日只写得二三策。”庞涓怒曰：“汝可与我上紧催促。”诚儿退问涓近侍曰：“军师何必如此催迫？”近侍曰：“军师所以全其性命，单为欲得兵书耳。缮写一完，便当绝其饮食。”诚儿密告孙子。孙子大惊，欲求自脱之计，遂将鬼谷先生所付锦囊启视，乃黄绢一幅，上书“诈疯魔”三字。当日晚餐方设，膑忽然昏愦，作呕吐之状，良久发怒，张目大叫曰：“汝何以毒药害我？”将写过木简，向火焚烧，扑身倒地。诚儿慌忙奔告庞涓。涓次日亲自来看，膑痰涎满面，伏地呵呵大笑，忽然大哭。复睁目视涓，磕头不已，口中叫：“鬼谷先生，乞救我孙膑一命！”遂牵住庞涓之袍，不肯放手。涓恐其佯狂，命左右拖入猪圈中，膑被发覆面，倒身而卧。再使人送酒食与之，孙子怒目狰狞，骂曰：“汝又来毒我耶？”将酒食倾翻地下。使者乃拾狗矢及泥块以进，膑取而啖之。于是还报庞涓，涓曰：“此真中狂疾，不足为虑矣。”自此纵放孙膑，任其出入。市人认得是孙客卿，怜其病废，多以饮食遗之。庞涓却吩咐地方，每日侵晨，具报孙膑所在。

时墨翟云游至齐，客于田忌之家。其弟子禽滑从魏而至，将孙子被刖之事，述于墨翟。翟乃将孙膑之才，及庞涓妒忌之事，转述于田忌。田忌言于威王曰：“国有贤臣，而令见辱于异国，大不可也！欲迎孙子，须是如此恁般。”威王用其谋，即令客

卿淳于髡，假以进茶为名，至魏欲见孙子。禽滑装作从者随行。到魏都，禽滑见膑发狂，半夜私往候之。膑背靠井栏而坐，滑垂涕曰："吾乃墨子之弟子禽滑也。此来，实欲载孙卿入齐，为卿报刖足之仇耳！吾已定下计策，俟有行期，即当相迎。"孙膑泪流如雨。次日，魏王款待淳于髡。髡辞了魏王欲行，庞涓复置酒长亭饯行。禽滑先于是夜将温车藏了孙膑，却将孙膑衣服，与厮养王义穿着，装作孙膑模样。地方已经具报，庞涓以此不疑。淳于髡与庞涓欢饮而别。先使禽滑驱车速行，亲自押后。过数日，王义亦脱身而来。庞涓不见孙膑，疑其投井而死，使人打捞尸首不得。恐魏王见责，戒左右只将孙膑溺死申报。

再说孙膑既入临淄，田忌亲迎于十里之外，使乘蒲车入朝。威王叩以兵法，即欲拜官。孙膑辞曰："庞涓若闻臣用于齐，又起妒忌之端，不若姑隐其事。"威王从之，乃使居田忌之家，忌尊为上客。膑使人访其兄信息，杳然无闻，方知庞涓之诈。齐威王暇时，常与宗族诸公子驰射赌胜为乐。田忌马力不及，屡次失金。一日，田忌引孙膑同至射圃观射。膑见马力不甚相远，乃私谓忌曰："君明日复射，臣能令君必胜。"田忌请于威王曰："臣之驰射屡负矣。来日愿倾家财，一决输赢，每棚以千金为采。"威王笑而从之。是日，孙膑曰："夫三棚有上中下之别。试以君之下驷，当彼上驷；而取君之上驷，与彼中驷角；取君之中驷，与彼下驷角。君虽一败，必有二胜。"田忌先与威王赌第一棚，马足相去甚远，田忌复失千金。及二棚、三棚，田忌之马果皆胜，多得采物千金。田忌奏曰："今日之胜，乃孙子所教也。"因述其故。威王由是益加敬重。

再说魏惠王责成庞涓恢复中山之事。庞涓奏曰："中山远于魏而近于赵，臣请为君直捣邯郸。"惠王许之。庞涓遂出车五百乘伐赵，围邯郸。赵成侯使人以中山赂齐求救。齐威王乃用田忌为将，孙膑为军师，阴为划策，不显其名。田忌欲引兵救邯郸，膑止之曰："不如驻兵于中道，扬言欲伐襄陵，庞涓必还。还而击之，无不胜也。"忌用其谋。时邯郸候救不至，降涓，涓遣人报捷于魏王。正欲进兵，忽闻齐遣田忌乘虚来袭襄陵。庞涓乃班师。将及桂陵，只见前面齐兵排成阵势。庞涓乘车观看，正是颠倒八门阵。只见齐军中推出一辆戎车，田忌立于车中，口呼："能识我阵否？"庞涓曰："此乃颠倒八门阵，我国中三岁孩童，皆能识之。"田忌曰："汝既能识，敢打此阵否？"庞涓心下踌躇，厉声应曰："既能识，如何不能打！"遂吩咐庞英、庞葱、庞茅三人各领一军，自帅选锋五千人，上前打阵。才入阵中，只见八方旗色，纷纷转换。金鼓乱鸣，四下呐喊，竖的旗上，俱有军师“孙”字。庞涓大骇。正在危急，却得庞英、庞葱两路兵杀进，单单救出庞涓，那五千选锋，不剩一人。庞涓知孙膑在军中，心中惧怕，连夜回魏国去了。

齐威王遂宠任田忌、孙膑，专以兵权委之。驺忌密与门客公孙阅商量，欲要夺田忌、孙膑之宠。恰好庞涓使人以千金行赂于驺忌之门。驺忌乃使公孙阅假作田忌家人，叩卜者之门，曰：“我奉田忌将军之差，欲求占卦。今欲谋大事，烦为断其吉凶。”卜者大惊，不敢应。公孙阅方才出门，驺忌差人已至，将卜者拿住。以田忌所占之语，告于威王，即引卜者为证。威王果疑。田忌遂托病辞了兵政，孙膑亦谢去军师之职。明年，齐威王薨，子辟疆即位，是为宣王。宣王素知田忌之冤与孙膑之能，俱召复故位。是时韩昭侯灭郑国而都之，赵相国公仲侈如韩称贺，因请同起兵伐魏。庞涓访知此信，言于惠王曰：“闻韩谋助赵攻魏，今乘其未合，宜先伐韩。”惠王许之。使太子申为上将军，庞涓为大将，起兵向韩国进发。

第八十九回
马陵道万弩射庞涓 咸阳市五牛分商鞅

话说庞涓同太子申起兵伐韩，直造韩都。韩昭侯遣人告急于齐。齐宣王大集群臣，相国驺忌曰："韩、魏相并，此邻国之幸也，不如勿救。"田忌、田婴皆曰："魏胜韩，则祸必及于齐，救之为是。"孙膑曰："若不救，是弃韩以肥魏。韩未敝而吾救之，是我代韩受兵。为大王计，宜许韩必救，以安其心。韩知有齐救，必悉力以拒魏。吾当俟魏之敝，徐引兵而往，攻敝魏以存危韩。"宣王遂许韩使，言："齐救旦暮且至。"韩昭侯大喜，乃悉力拒魏。前后交锋五六次，韩皆不胜，复遣使往齐。齐复用田忌为大将，孙子为军师，率车五百乘救韩。孙膑曰："夫解纷之术，在攻其所必救。今日之计，唯有直走魏都耳。"田忌乃令三军齐向魏邦进发。庞涓闻报，大惊，即时传令去韩归魏。孙膑知庞涓将至，谓田忌曰："吾军远入魏地，宜诈为弱形以诱之。今日当作十万灶，明后日以渐减去。彼见军灶顿减，必谓吾兵怯战，将兼程逐利。其气必骄，其力必疲，吾因以计取之。"田忌从其计。

再说庞涓兵望西南而行，及至魏境，知齐兵已前去了。遗下安营之迹，使人数其灶，足有十万，惊曰："齐兵之众如此，不可轻敌也！"明日又至前营，查其灶仅五万有余，又明日，灶仅三万。涓以手加额曰："某固知齐人素怯矣！"当下传令：选精锐二万人，与太子申分为二队，倍日并行。孙膑时刻使人探听庞涓消息，回报："魏兵已过沙鹿山，不分早夜，兼程而进。"孙膑屈指计程，日暮必至马陵。那马陵道在两山中间，道傍树木丛密。膑只拣绝大一株留下，余树尽皆砍倒，纵横道上，以塞其行。却将那大树向东树身砍白，用黑煤大书六字云："庞涓死此树下！"令部将袁达、独孤陈，各选弓弩手五千，左右埋伏。再令田婴引兵一万，离马陵三里埋伏。

再说庞涓来到马陵道时，恰好日落西山。前军回报："有断木塞路。"庞涓正欲指麾军士搬木开路，忽抬头看见树上砍白处，隐隐有字迹，遂命小军取火照之。众军士一齐点起火来。庞涓看得分明，大惊，急教军士：“速退！”说犹未绝，那袁达、独孤陈两支伏兵，望见火光，万弩齐发。军士大乱。庞涓身带重伤，自刎其喉而绝。时太子申在后队，闻前军有失，不提防田婴一军，反从后面杀到。魏兵四散逃生。太子申惧辱，亦自刎而死。田忌等班师回国，齐宣王大喜，设宴相劳。相国驺忌遂称病笃，使人缴还相印。齐宣王遂拜田忌为相国，田婴为将军，孙膑军师如故，加封大邑。孙膑固辞不受。手录其祖孙武《兵书》十三篇，献于宣王曰：“臣之所学，尽在此书。愿得闲山一片，为终老之计。”宣王留之不得，乃封以石闾之山。

再说齐宣王使人告捷于诸侯，诸侯无不耸惧。韩、赵二君，亲来朝贺。魏惠王亦遣使通和。齐宣王遂自恃其强，耽于酒色。田忌屡谏不听，郁郁而卒。一日，宣王宴于雪宫。忽有一妇人，驼背肥项，身穿破衣，自外而入。声言：“吾乃齐之无盐人也，复姓钟离，名春，年四十余。特来求见大王，愿入后宫，以备洒扫。”左右皆掩口而笑。宣王召入，问曰：“妇人貌丑，得无有奇能乎？”钟离春对曰：“妾无奇能，特有隐语之术。”乃扬目炫齿，举手再四，拊膝而呼曰：“殆哉，殆哉！”宣王不解其意。春曰：“妾闻秦用商鞅，国以富强，不日出兵函关，与齐争胜。大王内无良将，边备渐弛，此妾为王扬目而视之。大王内耽女色，外荒国政，忠谏之士，拒而不纳，妾所以炫齿为王受谏也。且王驩等阿谀取容，驺衍等迂谈阔论，妾所以举手为王挥之。王筑宫筑囿，虚耗国赋，所以拊膝为王拆之。大王四失，危如累卵，而偷目前之安，不顾异日之患。”宣王即日罢宴，以车载春归宫，立为正后。招贤下士，疏远嬖佞，以田婴为相国，以邹人孟轲为上宾，齐国大治。

却说秦孝公闻庞涓之死，乃使卫鞅为大将，帅兵五万伐魏。取河西之地，奏凯而归。魏惠王以安邑地近于秦，难守，遂迁都大梁去讫。自此称为梁国。秦孝公嘉卫鞅之功，封为列侯，以前所取商、於等十五邑，为鞅食邑，号为商君。后五月，秦孝公得疾而薨。群臣奉太子驷即位，是为惠文公。公子虔初被商鞅劓鼻，积恨未报。至是，与公孙贾同奏于惠文公曰："臣闻大臣太重者国危，商鞅封邑十五，位尊权重，后必谋叛。"惠文公乃遣使者收商鞅相印，退归商、於。鞅具驾出城，仪仗队伍，犹比诸侯。公子虔、公孙贾密告惠文公，言："商君僭拟王者仪制，如归商、於，必然谋叛。"惠文公大怒，即令公孙贾引武士三千，追赶商鞅。商鞅知新王见责，急卸衣冠下车，扮作卒隶逃亡。走至函关，往旅店投宿。店主索照身之帖，鞅辞无有。店主曰："商君之法，不许收留无帖之人。"商鞅乃冒夜前行，混出关门，径奔魏国。魏惠王深恨商鞅，欲囚商鞅以献秦。鞅复逃回商、於，谋起兵攻秦，被公孙贾追至缚归。惠文公吩咐将鞅押出市曹，五牛分尸，尽灭其族。遂拜公孙衍为相国。衍劝惠文公西并巴蜀，称王以号召天下。惠文公遂称王，遣使者遍告列国，都要割地为贺。楚威王熊商，新败越兵，杀越王无疆，尽有越地，地广兵强，与秦为敌。于是洛阳苏秦挟兼并之策，以说秦王。

第九十回

苏秦合从相六国 张仪被激往秦邦

话说苏秦、张仪辞鬼谷下山，张仪自往魏国去了。苏秦回至家中，尽破其产，得黄金百镒，治车马仆从，遨游列国。如此数年，未有所遇。乃西至咸阳，求见惠文王。惠文王初杀商鞅，心恶游说之士，绝无用苏秦之意。苏秦留秦岁余，黄金百镒，俱已用尽。乃货其车马仆从，以为路资，担囊徒步而归。父母见其狼狈，辱骂之。妻方织布，见秦来，不肯下机相见。秦饿甚，向嫂求一饭，嫂辞以无柴，不肯为炊。秦于是简书箧中，得太公《阴符》一篇。乃闭户探讨，昼夜不息。夜倦欲睡，则引锥自刺其股。既于《阴符》有悟，然后将列国形势，细细揣摩，天下大势，如在掌中。

苏秦遂投赵国。时赵肃侯在位，其弟公子成为相国，号奉阳君。苏秦先说奉阳君，奉阳君不喜。秦乃去赵，北游于燕，求见燕文公，左右莫为通达。居岁余，资用已罄。适值燕文公出游，秦伏谒道左。文公问其姓名，知是苏秦，大喜，遂回车入朝，鞠躬请教。苏秦奏曰："大王列在战国，地方二千里，兵甲数十万，然比于中原，曾未及半。所以不被兵者，以赵为之蔽耳。大王不知结好于近赵，而反欲割地以媚远秦，不愚甚耶？依臣愚见，不若与赵从亲，因而结连列国，协力御秦，此百世之安也。臣虽不才，愿面见赵侯，与定从约。"燕文公大喜，资以金帛路费，高车驷马，使壮士送秦至赵。适奉阳君赵成已卒，赵肃侯闻燕国送客来至，遂降阶而迎。苏秦奏曰："当今山东之国，惟赵为强。秦之所最忌害者，莫如赵。然而不敢举兵伐赵者，畏韩、魏之袭其后也。一旦秦兵蚕食二国，二国降，则祸次于赵矣。依臣愚见，莫如约列国君臣会于洹水，交盟定誓，结为兄弟。秦攻一国，则五国共救之。秦虽强暴，岂敢以孤国与天下之众争胜负哉？"赵肃侯乃佩以相印，赐以大第，又以饰车百乘，黄金千镒，使为"从约长"。

忽一日，赵肃侯召苏秦入朝，曰："秦相国公孙衍出师攻魏，魏王割河北十城以求和。衍又欲移兵攻赵。将若之何？"苏秦拱手对曰："臣自有计退之。"回至府第，唤门下心腹毕成，吩咐曰："吾有同学故人，名曰张仪，字余子，乃大梁人氏。我今予汝千金，汝可扮作商贾，变姓名为贾舍人，前往魏邦，寻访张仪。须如此如此。"贾舍人领命，连夜望大梁而行。

却说张仪求事魏惠王不得，乃去魏游楚，楚相国昭阳留之为门下客。昭阳将兵伐魏，大败魏师。楚威王嘉其功，以和氏之璧赐之。一日，昭阳出游于赤山，四方宾客从行者百人。宾客慕和璧之美，请于昭阳，求借观之。正赏玩间，左右言："潭中有大鱼跃起。"昭阳起身凭栏而观，众宾客一齐出看。俄焉云兴东北，大雨将至。守藏竖欲收和璧，已不知传递谁手，竟不见了。昭阳回府，教门下客捱查盗璧之人。门下客曰："张仪赤贫，素无行。要盗璧除非此人。"昭阳使人执张仪笞掠之。张仪实不曾盗，如何肯服。昭阳见张仪垂死，只得释放。张仪将息半愈，复还魏国。一日，恰遇贾舍人休车于门外，相问间，知苏秦已为赵相国。仪告以同学兄弟之情。贾舍人曰："何不往游？相国必当荐扬。吾正欲还赵，愿与先生同载。"张仪欣然从之。

既至赵郊，贾舍人曰："寒家在郊外，有事只得暂别。"张仪辞贾舍人下车，进城安歇。次日，修刺求谒苏秦。秦辞以事冗，改日请会。仪候数日，终不得见，复书刺往辞相府。苏秦传命："来日相见。"次日，侵晨往候，立于庑下，睨视堂前官属拜

见者甚众。良久，日将昃，左右曰：“相君召客。”仪忍气进揖，秦起立，微举手答之，曰：“余子别来无恙?”仪怒气勃勃，竟不答言。左右禀进午餐。秦命设坐于堂下。秦自饭于堂上，珍馐满案。仪前不过一肉一菜。仪心中且羞且怒。食毕，秦复传言：“请客上堂。”张仪举目观看，秦仍旧高坐不起。张仪忍气不过，大骂：“何竟辱我至此！同学之情何在?”苏秦徐徐答曰：“以余子之才，吾岂不能荐于赵侯？但恐子志衰才退，贻累于荐举之人。”张仪曰：“大丈夫岂赖汝荐乎?”愤愤而出。回至旅店，只见贾舍人走入店门。张仪遂将相见之事，叙述一遍。贾舍人曰：“当初原是小人撺掇先生来的，小人情愿代先生偿了欠账，送先生回魏。”张仪曰：“我亦无颜归魏了。当今七国中，唯秦最强。我往秦，幸得用事，可报苏秦之仇耳!”贾舍人曰：“小人正欲往彼探亲，先生依旧与小人同载，彼此得伴。”张仪大喜，遂与贾舍人为八拜之交。及至秦国，贾舍人大出金帛，赂秦惠文王左右，为张仪延誉。

时惠文王方悔失苏秦，遂拜张仪为客卿。贾舍人乃辞去。张仪垂泪曰：“方图报德，何遽言去耶?”贾舍人笑曰：“臣非能知君，知君者，乃苏相国也。相国方倡‘合从’之约，虑秦伐赵败其事，思可以得秦之柄者，非君不可。恐君安于小就，故意怠慢，激怒君。君果萌游秦之意。相君乃大出金资付臣，吩咐恣君所用，必得秦柄而后已。”张仪叹曰：“吾不及季子远矣。烦君多谢季子，当季子之身，不敢言‘伐赵’二字。”

贾舍人回报苏秦，秦乃奏赵肃侯曰：“秦兵果不出矣。”于是拜辞往韩，又往魏，复造齐、楚，说之无不从。秦乃北行回报赵肃侯。赵肃侯封为武安君，遣使约齐、楚、魏、韩、燕五国之君，俱到洹水相会。内中楚、齐、魏已称王，赵、燕、韩尚称侯，相叙不便。于是苏秦建议，六国一概称王。至期，苏秦捧盘，请六王以次歃血，拜告天地，及六国祖宗，一国背盟，五国共击。写下誓书六通，六国各收一通，然后就宴。六王合封苏秦为“从约长”，兼佩六国相印，总辖六国臣民。又各赐黄金百镒，良马十乘。

第九十一回

学让国燕哙召兵
伪献地张仪欺楚

话说秦惠文王闻苏秦合从六国，大惊。相国公孙衍曰："可兴师伐赵，视其先救赵者，即移兵伐之。"张仪进曰："大王诚遣使以重赂求成于魏，以疑各国之心。而与燕太子结婚。如此，则从约自解矣。"惠文王从之。赵王闻之，召苏秦责之曰："魏、燕二国皆与秦通，倘秦兵猝然加赵，尚可望二国之救乎？"苏秦惶恐谢曰："臣请为大王出使燕国，必有以报魏也。"秦乃去赵适燕。时燕易王新即位，齐宣王乘丧伐之，取十城。苏秦曰："臣请为大王使齐，奉十城以还燕。"燕易王许之。苏秦见齐宣王曰："燕王者，大王之同盟，而秦王之爱婿也。大王利其十城，不惟燕怨齐，秦亦怨齐矣。不如归燕之十城，以结燕、秦之欢。"宣王大悦，乃以十城还燕。

再说张仪闻苏秦去赵，知从约将解。秦惠王乃使公子华为大将，帅师伐魏，攻下蒲阳。仪请于秦王，复以蒲阳还魏，与之结好。魏襄王乃献少梁之地以谢秦。秦王大悦，因罢公孙衍，用张仪为相。时楚威王已薨，子熊槐立，是为怀王。楚怀王惧张仪用秦，复申合从之约，结连诸侯。时苏秦已得罪于燕，去燕奔齐。张仪乃辞相印，自请往魏。魏襄王用为相国。仪因说曰："大梁无山川之险可恃，故非事秦，国不得安。"魏襄王计未定。时齐相国田婴病卒，子田文嗣为薛公，号为孟尝君。大筑馆舍，以招天下之士。凡士来投者，无不收留。诸侯闻孟尝君之贤，皆尊重齐。

再说张仪相魏三年，而魏襄王薨，子哀王立。楚怀王征兵伐秦，哀王许之。韩宣惠王、赵武灵王、燕王哙皆乐于从兵。楚使者至齐，齐湣王集群臣问计。孟尝君曰："莫如发兵而缓其行。兵发则不与五国为异同，行缓则可观望为进退。"湣王即使孟尝君帅兵二万以往。却说韩、赵、魏、燕、楚会于函谷关外，互相推诿，莫敢先发。相持数日，秦守将樗里疾出奇兵，绝楚饷道。楚兵败走。于是四国皆还。孟尝君回齐，

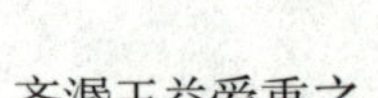

齐滑王益爱重之。

却说苏秦重于齐，左右贵戚多有妒者。乃募壮士，刺苏秦于朝。匕首入秦腹，秦以手按腹而走，诉于滑王，曰："臣死之后，愿大王斩臣之头，号令于市曰：'苏秦为燕行反间于齐，今幸诛死。有人知其阴事来告者，赏以千金。'如是，则贼可得也。"言讫，拔去匕首，血流满地而死。滑王依其言，号令苏秦之头于齐市中。有人见赏格，自夸于人曰："杀秦者，我也！"市吏执之。滑王令司寇以严刑鞫之，尽得主使之人，诛灭凡数家。张仪闻苏秦已死，遂说魏哀王曰："大王执苏秦之议，不肯事秦。倘列国有先事秦者，合兵攻魏，魏其危矣。臣请为大王谢罪于秦，以结两国之好。"哀王乃遣张仪入秦求和。于是秦、魏通好。张仪遂留秦，仍为秦相。

再说燕王哙荒于酒色，相国子之遂有篡燕之意。忽一日，哙问于大夫鹿毛寿曰："古之人君多矣，何以独称尧舜？"鹿毛寿对曰："尧舜所以称圣者，以尧能让天下于舜，舜能让天下于禹也。"燕王曰："寡人欲以国让于子之，事可行否？"鹿毛寿曰："王如行之，与尧舜何以异哉？"哙遂大集群臣，废太子平，而禅国于子之。太傅郭隗与太子平微服共逃于无终山避难。齐滑王闻燕乱，乃使匡章为大将，率兵十万，从渤海进兵。子之被擒，燕王哙自缢于别宫。匡章因毁燕之宗庙。燕地三千余里，大半俱属于齐。燕人不服，乃共求故太子平，奉以为君，是为昭王。各邑已降齐者，一时皆叛齐为燕。匡章遂班师回齐。昭王志复齐仇，乃于易水之旁，筑起高台，积黄金于台上，以奉四方贤士，名曰招贤台，亦曰黄金台。于是燕王好士，传布远近。

再说齐滑王既胜燕，威震天下。楚怀王与齐深相结纳。秦王召张仪问计。张仪乃辞相印游楚。知怀王有嬖臣，姓靳名尚，乃先以重贿纳交于尚，然后往见怀王，曰："大王诚能闭关而绝齐，寡君愿以商君所取楚商、於之地六百里，还归于楚，使秦女为大王箕帚妾。"怀王大悦，遂命北关守将勿通齐使。一面使逢侯丑随张仪入秦受地。将近咸阳，张仪诈作酒醉，失足坠于车下。遂先乘卧车入城，表奏秦王，留逢侯丑于馆驿。仪闭门养病，不入朝。逢侯丑求见秦王，不得，往候张仪，只推未愈。如此三月，丑乃上书秦王。惠文王复书曰："闻楚与齐尚未决绝，非得张仪病起，不可信也。"逢侯丑遣人还报怀王。怀王乃遣勇士宋遗假道于宋，借宋符直造齐界，辱骂滑王。滑王大怒，遂遣使西入秦，愿与秦共攻楚国。张仪闻齐使者至，乃称病愈入朝。遇逢侯丑于朝门，故意讶曰："将军胡不受地，乃尚淹吾国耶？"丑曰："秦王专候相

国面决。”张仪曰：“此事何须关白秦王耶？仪所言者，乃仪之俸邑六里，自愿献于楚王耳。”逢侯丑还报怀王。怀王大怒，遂拜屈匄为大将，兴兵十万以攻秦。秦使人征兵于齐。二国夹攻，屈匀连战俱北。秦、齐之兵，追至丹阳。前后获首级八万有余，名将逢侯丑等死者七十余人，尽取汉中之地六百里，楚国震动。楚怀王大惧，乃使屈平如齐谢罪。使陈轸如秦军，曰：“如上国肯以张仪畀楚，愿献黔中之地为谢。”

第九十二回
赛举鼎秦武王绝胫 莽赴会楚怀王陷秦

话说楚怀王愿献黔中之地，只要换张仪一人。张仪自请往。既至楚国，怀王即命使者执而囚之。张仪别遣人打靳尚关节。靳尚入言于楚夫人郑袖曰："夫人之宠不终矣！秦闻楚王欲杀仪，必还楚侵地，使亲女下嫁于楚，以美人善歌者为媵。秦女至，楚王必尊而礼之。夫人若以利害言于大王，使出张仪还秦，事宜可已。"郑袖乃言于怀王曰："秦兵一举而席卷汉中。若杀张仪以怒之，必将益兵攻楚。大王若厚待仪，仪之事楚，亦犹秦也。"靳尚复乘间言曰："杀一张仪，何损于秦？不如留仪，以为和秦之地。"怀王意亦惜黔中之地，不肯与秦。于是遣张仪归秦，通两国之好。屈平出使齐国而归，闻张仪已去，乃谏曰："夫匹夫犹不忘仇雠，况君乎？未得秦欢，而先触天下之公愤也。"怀王悔，使人追之，张仪已星驰出郊二日矣。

张仪还秦，谓秦王曰："大王诚割汉中之半，以为楚德，与为婚姻。臣请借楚为端，说六国联袂以事秦。"秦王许之。遂割汉中五县，遣人往楚修好。因求怀王之女为太子荡妃，复以秦女许妻怀王之少子兰。怀王大喜。秦王念张仪之劳，封以五邑，号武信君。使以连衡之术，往说列国。张仪东见齐湣王，曰："今秦、楚结昆弟之好，三晋莫不悚惧，争献地以事秦。今日之计，事秦者安，背秦者危。"齐湣王乃厚赠张仪。仪复西说赵王，赵王许诺。复北往燕国，说燕昭王。燕昭王愿献五城以和秦。张仪连衡之说既行，将归报秦。未至咸阳，秦惠文王已病薨，太子荡即位，是为武王。

齐湣王初以为三晋皆已献地事秦。及闻仪说齐之后，方往说赵，以仪为欺，大怒。使孟尝君致书列国，约共背秦复为合从。疑楚已结婚于秦，先欲伐之。楚怀王遣其太子横为质于齐，齐兵乃止。湣王自为从约长，约能得张仪者，赏以十城。秦武王素恶张仪之多诈。群臣先忌仪宠者，至是皆谗谮之。仪惧祸，乃入见武王曰："闻齐

王甚憎仪，仪之所在，必兴师伐之。仪愿辞大王，东往大梁，齐之伐梁，必矣。大王乃乘间伐韩。”武王遂送张仪入大梁。魏哀王用为相国。齐湣王知仪相魏，兴师伐魏。魏哀王谋于张仪。仪乃使其舍人冯喜，伪为楚客，往见湣王曰：“闻仪去秦时，与秦王有约，言：‘齐王恶仪，仪所在，必兴师伐之。’王不如无伐，使秦不信张仪。仪虽在魏，亦无能为矣。”湣王遂罢兵不伐魏。逾年，张仪病卒于魏。

却说秦以六国皆有相国之名，不屑与同，乃特置丞相，以甘茂为左丞相，樗里疾为右丞相。武王使甘茂为大将，帅兵伐韩。韩王恐惧，乃使相国公仲侈，持宝器入秦乞和。武王许之。使樗里疾先往开路，随后引任鄙、孟贲一班勇士起程，直入雒阳。秦武王知九鼎在太庙之傍室，遂往观之，赞叹不已。鼎腹有荆、梁、雍、豫、徐、扬、青、兖、冀等九字分别，武王指雍字一鼎叹曰：“此雍州，乃秦鼎也！寡人当携归咸阳耳。”遂问任鄙、孟贲曰：“二卿多力，能举此鼎否？”孟贲攘臂而前曰：“臣请试之。”即命左右取青丝为巨索，系于鼎耳之上。用两枝铁臂，套入丝络，喝一声：“起！”那鼎离起约有半尺，仍还于地。武王笑曰：“卿能举起此鼎，寡人难道不如！”

即时束缚腰身，亦将双臂套入丝络，尽生平神力，屏一口气，喝声：“起！”那鼎亦离地半尺。方欲转步，不觉力尽失手，鼎坠于地，正压在武王右足上，将胫骨压个平断。武王登时闷绝。左右慌忙扶归公馆，捱至夜半而薨。樗里疾奉其丧以归。武王无子，迎其异母弟稷嗣位，是为昭襄王。

再说秦昭襄王闻楚送质子于齐，乃使樗里疾为大将，兴兵伐楚。楚兵大败。昭襄王遣使致书，邀楚怀王盟于武关。怀王召群臣计议，屈原进曰：“秦，虎狼之国也。王往必不归。”靳尚曰：“倘秦王震怒，益兵伐楚，奈何？”怀王之少子兰，以为婚姻可恃，力劝王行。怀王遂许秦王赴会。择日起程，只有靳尚相随。秦昭襄王使其弟泾阳君悝，诈为秦王，居武关。使将军白起引兵一万，伏于关内。楚怀王至公馆，方欲就坐，只听得外面一片声喊起，秦兵万余，围住公馆。泾阳君曰：“寡君适有微恙，故使微臣悝奉迎君王。屈至咸阳，与寡君一会。”那时不由楚王做主，拥之登车，西望咸阳而去。既至咸阳，昭襄王大集群臣于章台之上。秦王南面上坐，使怀王北面参谒。怀王大怒。昭襄王曰：“向者蒙君许我黔中之地。倘君王朝许割地，暮即送王归楚矣。”怀王曰：“寡人愿割黔中矣！请以一将军随寡人至楚受地，何如？”昭襄王曰：“必须先将地界交割分明，方与王饯行耳。”怀王益怒曰：“寡人死即死耳，不受汝胁也！”昭襄王乃留怀王于咸阳城中。

再说靳尚逃回，报与昭雎。昭雎即遣靳尚使齐，诈称楚王已薨，迎太子奔丧嗣位。齐湣王归太子横于楚。横即楚王位，是为顷襄王。遣使告于秦曰：“赖社稷神灵，国已有王矣！”秦王大惭怒，使白起为将，帅师十万攻楚，取十五城而归。楚怀王留秦岁余，秦守者久而懈怠。怀王变服，逃出咸阳，欲东归楚国。秦王发兵追之，怀王遂转北路，间道走赵。

第九十三回
赵主父饿死沙丘宫 孟尝君偷过函谷关

话说赵武灵王即位五年，娶韩女为夫人，生子曰章，立为太子。至十六年，纳孟姚，谓之吴娃，生子曰何。及韩后薨，竟立吴娃为后，废太子章，而立何为太子。武灵王恐赵国日就微弱，乃身自胡服，使民皆效胡俗，窄袖左衽，以便骑射。废车乘马，日逐射猎，兵以益强。武灵王亲自帅师略地，拓地数百里，遂有吞秦之志。以诸将不可专任，欲出其身经略四方。乃传位于太子何，是为惠王。自号曰主父。封长子章以安阳之地，号安阳君。

主父欲窥秦之山川形势，及观秦王之为人，乃诈称赵国使者，赍国书来告立君于秦国。携工数人，一路图其地形。次年，主父复出巡云中。筑城于灵寿，以镇中山，名赵王城。是时赵之强，甲于三晋。其年，楚怀王自秦来奔。惠王恐触秦怒，遂闭关不纳。怀王欲南奔大梁，秦兵追及之，复至咸阳。怀王愤甚，未几而薨。秦乃归其丧于楚。楚大夫屈原痛怀王之死，由子兰、靳尚误之。乃屡屡进谏，劝顷襄王进贤远佞，选将练兵，以图雪怀王之耻。子兰使靳尚言于顷襄王曰："原不得重用，心怀怨望。每向人言大王忘秦仇为不孝，子兰等不主张伐秦为不忠。"顷襄王大怒，削屈原之职，放归田里。原被发垢面，形容枯槁，行吟于江畔，叹曰："楚事至此，吾不忍见宗室之亡灭！"忽一日，晨起，抱石自投汨罗江而死。其日乃五月五日。里人闻原自溺，争棹小舟，出江拯救，已无及矣。乃为角黍投于江中以祭之，系以彩线，恐为蛟龙所攫食也。又龙舟竞渡之戏，亦因拯救屈原而起。

再说赵主父回至邯郸，使惠王听朝，自己设便坐于傍。朝既散，主父见公子胜在侧，私谓曰："汝见安阳君乎？似有不甘之色。吾分赵地为二，使章为代王，与赵相并，汝以为何如？"赵胜对曰："今君臣之分已定，复生事端，恐有争变。"主父遂止。有侍人私告于章。章与田不礼计之。不礼曰：“王年幼，不谙事，诚乘间以计图之，主父亦无如何也。”忽一日，主父与王同游于沙丘，安阳君章亦从行。那沙丘有离宫二所，主父与王各居一宫，相去五六里，安阳君之馆适当其中。田不礼谓安阳君曰：“若假以主父之命召王，王必至。吾伏兵于中途，要而杀之，因奉主父以抚其众，谁敢违者！”章即遣心腹内侍，伪为主父使者，夜召惠王曰：“主父卒然病发，欲见王面，幸速往！”相国肥义谓王曰：“义当以身先之，俟无他故，王乃可行。”肥义与数骑随使者先行，至中途，伏兵群起尽杀之。田不礼举火验视，乃肥义也，大惊。于是奉安阳君以攻王。惠王正在危急，只听得宫外喊声大举，贼兵大败，纷纷而散。原来是公子成、李兑各率一支军前来接应。

安阳君兵败，田不礼曰：“急走主父处涕泣哀求，主父必然相庇。”章乃单骑奔主父宫中，主父果然开门匿之。田不礼驱残兵再战，众寡不敌，被兑斩之。兑乃引兵前围主父之宫，入见主父，叩头曰：“安阳君反叛，法所不宥，愿主父出之。”主父曰：“彼未尝至吾宫中。”李兑曰：“事已至此，当搜简一番。即不得贼，谢罪未晚。”乃呼集亲兵数百人，遍搜宫中，于复壁中得安阳君。李兑遽拔剑击断其头。提安阳君之首，自宫内出，吩咐军士：“不许解围。”使人诈传惠王之令曰：“在宫人等，先出者免罪；后出者即系贼党，夷其族！”从官及内侍等，争先出宫，单单剩得主父一人。主父在宫中无从取食，月余饿死。惠王回国，以公子成为相国，李兑为司寇。未几，公子成卒。惠王以公子胜为相国，封以平原，号为平原君。

平原君亦好士，有孟尝君之风。既贵，益招致宾客，坐食者常数千人。平原君之府第，有画楼，置美人于上。民家之主人有躄疾，晓起蹒跚而出汲，美人于楼上望见，大笑。少顷，躄者造平原君之门，曰：“士所以不远千里集于君之门者，以君贵士而贱色也。君之后宫，乃临而笑臣。臣不甘受妇人之辱，愿得笑臣者之头！”胜笑应曰：“喏。”躄者去，平原君笑曰：“愚哉此竖也！”至是，客渐引去。公子胜怪之，乃问于诸客。客中一人前对曰：“君不杀笑躄之美人，众皆以君爱色而贱士，所以去耳。臣等不日亦将辞矣。”平原君大惊，即解佩剑，令左右斩楼上美人之头，自造躄者之门请罪。躄者乃喜。于是门下皆称颂平原君之贤，宾客复聚如初。

时秦昭襄王闻平原君斩美人谢躄之事，与向寿述之，嗟叹其贤。向寿曰：“尚不及齐孟尝君之甚也！”秦王曰：“寡人安得一见孟尝君，与之同事哉？”向寿曰：“王诚以亲子弟为质于齐，以请孟尝君。王得孟尝君，即以为相，齐亦必相王之亲子弟。”

秦王乃以泾阳君悝为质于齐："愿易孟尝君来秦，使寡人一见其面。"孟尝君辞秦不欲行。匡章言于湣王曰："王不如以礼归泾阳君于秦，而使孟尝君聘秦，以答秦之礼。"湣王即备车乘送泾阳君还秦，而使孟尝君行聘于秦。孟尝君同宾客千余人，西入咸阳，谒见秦王。秦王降阶迎之。孟尝君有白狐裘，其白如雪，天下无双。以此为私礼，献于秦王。秦王服此裘入宫，夸于所幸燕姬。择日将立孟尝君为丞相。

樗里疾忌孟尝君见用，乃使公孙奭说秦王曰："田文，齐族也。夫以孟尝君之贤，其筹事无不中，又加以宾客之众，而借秦权以阴为齐谋，秦其危矣！"秦王惑其言，命幽孟尝君于馆舍。泾阳君私见孟尝君言其事，曰："宫中有燕姬者，最得王心，所言必从。君携有重器，吾为君进于燕姬，求其一言，放君还国。"孟尝君以白璧二双，托泾阳君献于燕姬求解。燕姬曰："妾甚爱白狐裘，不愿得璧也。"泾阳君回报孟尝君。孟尝君曰："只有一裘，已献秦王矣。"最下坐有一客，自言："臣能为狗盗。"孟尝君笑而遣之。客是夜装束如狗，从窦中潜入秦宫库藏，为狗吠声。伺吏睡熟，逗开藏柜，果得白狐裘，遂盗之以出，献于孟尝君。孟尝君使泾阳君转献燕姬，燕姬大悦。遂进言于王前。秦王即命具车马，给驿券，放孟尝君还齐。孟尝君曰："万一秦王中悔，吾命休矣。"客有善为伪券者，为孟尝君易券中名姓，星驰而去。至函谷关，夜方半，关门下钥已久，鸡鸣方开。孟尝君与宾客心甚惶迫，忽闻鸡鸣声自客队中出。孟尝君怪而视之，乃下客一人，能效鸡声者。于是群鸡尽鸣。关吏以为天且晓，即起验券开关。孟尝君之众，复星驰而去。

樗里疾闻孟尝君得放归国，即趋入朝，见昭襄王曰："王即不杀田文，亦宜留以为质，奈何遣之？"秦王大悔，即使人驰急传追孟尝君。至函谷关，索出客籍阅之，无齐使田文姓名。使者曰："得无从间道，尚未至乎？"候半日，杳无影响。乃言孟尝君状貌及宾客车马之数。关吏曰："今早出关者是矣。其驰如飞，今已去百里之远，不可追也。"使者乃还报秦王。

第九十四回
冯谖弹铗客孟尝　齐王纠兵伐桀宋

再说齐湣王闻孟尝君逃归，大喜，仍用为相国，宾客归者益众。乃置为客舍三等：上等曰“代舍”，中等曰“幸舍”，下等曰“传舍”。所收薛邑俸入，不足以给宾客，乃出钱行债于薛，岁收利息，以助日用。一日，有一汉子，衣敝褐，蹑草履，自言姓冯，名谖，齐人，来投孟尝君。孟尝君命置传舍。十余日，孟尝君问于传舍长曰：“新来客何所事？”传舍长答曰：“冯先生贫甚，身无别物，只存一剑。又无剑囊，以蒯缑系之于腰间。食毕，辄弹其剑而歌曰：‘长铗归来兮，食无鱼！’”孟尝君笑曰：“是嫌吾食俭也。”乃迁之于幸舍，食鱼肉。居五日，幸舍长报曰：“冯先生弹剑而歌如故，其辞曰：‘长铗归来兮，出无车！’”孟尝君惊曰：“彼欲为我上客乎？其人必有异也。”又迁之代舍。谖乘车日出夜归，又歌曰：“长铗归来兮，无以为家！”孟尝君更使伺之。谖不复歌矣。

居一年有余，孟尝君使冯谖往薛地收债。薛民万户，多有贷者，闻薛公使上客来征息，时输纳甚众，计之得息钱十万。冯谖将钱多市牛酒，预出示：“凡负孟尝君息钱者，来日悉会府中验券。”百姓皆如期而来。冯谖一一劳以酒食，因而旁观，审其中贫富之状。食毕，乃出券与合之，度其力饶，虽一时不能，后可相偿者，与为要约，载于券上；其贫不能偿者，皆罗拜哀乞宽期。冯谖命左右取火，将贫券一筒，悉投火中烧之，谓众人曰：“孟尝君所以贷钱于民者，恐尔民无钱以为生计，非为利也。今有力者更为期约，无力者焚券蠲免。”百姓皆叩头欢呼。早有人报知孟尝君。孟尝君大怒，使人催召谖。谖空手来见，孟尝君假意问曰：“客劳苦，收债毕乎？”谖曰：“不但为君收债，且为君收德！”孟尝君无可奈何，勉为放颜，揖而谢之。

却说秦昭襄王悔失孟尝君，乃广布谣言，流于齐国，言：“天下知有孟尝君，不

知有齐王，不日孟尝君且代齐矣！”又使人说楚顷襄王曰：“寡君愿与楚结好，以女为楚王妇，共备孟尝君之变。”楚王惑其言，竟通和于秦，迎秦王之女为夫人，亦使人布流言于齐。齐湣王疑之，遂收孟尝君相印，黜归于薛。宾客纷纷散去，惟冯谖在侧，为孟尝君御车。未至薛，薛百姓扶老携幼相迎，争献酒食。孟尝君谓谖曰：“此先生所谓为文收德者也！”冯谖曰：“臣意不止于此。倘借臣以一乘之车，必令君益重于国，而俸邑益广。”孟尝君曰：“唯先生命！”过数日，冯谖驾车，西入咸阳，求见昭襄王，说曰：“齐之所以重二于天下者，以有孟尝君之贤也。今齐王以功为罪，孟尝君怨齐必深。乘其怀怨之时，而秦收之以为用，则齐国之阴事，以将尽输于秦。大王急遣使，载重币，阴迎孟尝君于薛，时不可失！”秦王乃饰良车十乘，黄金百镒，命使者以丞相之仪从，迎孟尝君。冯谖疾驱至齐，先见齐王，说曰：“今臣闻道路之言，秦王幸孟尝君之废，阴遣良车十乘，黄金百镒，迎孟尝君为相。倘孟尝君西入相秦，则临淄、即墨危矣！”湣王使人至境上，探其虚实，只见车骑纷纷而至，询之，果秦使也。湣王即命冯谖，持节迎孟尝君，复其相位，益封孟尝君千户。秦使者闻孟尝君已复相齐，乃转辕而西。

却说宋康王偃逐其兄自立。多检壮丁，亲自训练，得劲兵十万余。东伐齐，取五城；南败楚，拓地三百余里；西又败魏军，取二城；灭滕，有其地。偃遂称为宋王。每临朝，辄令群臣齐呼万岁。群臣见宋王暴虐，多有谏者。宋王乃置弓矢于座侧，凡

进谏者，辄引弓射之。自是举朝莫敢开口。诸侯号曰桀宋。时齐湣王遣使于楚、魏，约共攻宋。乃为檄，数桀宋十大罪。檄文到处，人心耸惧。三国所失之地，其民不乐附宋，皆逐其官吏，以待来兵。于是所向皆捷，直逼睢阳。三国合兵攻打，昼夜不息。忽见尘头起处，齐湣王亲率大军前来，军势益壮。宋王半夜弃城而遁，为追兵所杀。齐、楚、魏遂共灭宋国，三分其地。楚、魏之兵既散，湣王遂引兵袭败楚师于重丘，尽收取淮北之地。又西侵三晋，屡败其军。楚、魏皆遣使附秦。湣王既兼有宋地，气益骄恣，欲兼并二周，正号天子。孟尝君谏之。湣王复收孟尝君相印。孟尝君乃与其宾客走大梁，依公子无忌以居。那公子无忌，乃是魏昭王之少子，为人谦恭好士。食客亦三千余人，与孟尝君、平原君相亚。

魏有隐士，姓侯名嬴，年七十余，家贫，为大梁夷门监者。无忌闻其素行修洁，且好奇计，里中尊敬之，号为侯生。乃置酒大会，使贵客毕集堂中，独虚左第一席。无忌命驾亲往夷门，迎侯生赴会。侯生登车，无忌揖之上坐，生略不谦逊。无忌执辔在傍，意甚恭敬。侯生又谓无忌曰："臣有客朱亥，在市屠中，公子能枉驾同一往否？"无忌即命引车枉道入市。及屠门，侯生下车，入亥家，絮语移时。侯生时时睨视公子，公子颜色愈和，略无倦怠。乃与朱亥别，复登车，上坐如故。无忌引侯生遍告宾客。诸贵客闻是夷门监者，意殊不以为然。无忌揖侯生就首席，侯生亦不谦让。席散，侯生遂为公子上客。侯生因荐朱亥之贤，无忌数往候见，朱亥绝不答拜。无忌亦不以为怪。今日孟尝君至魏，独依无忌，自然情投意合。孟尝君原与赵平原君公子胜交厚，因使无忌结交于赵胜。无忌将亲姊嫁于平原君为夫人。于是魏、赵通好，而孟尝君居间为重。

第九十五回
说四国乐毅灭齐 驱火牛田单破燕

话说燕昭王自即位之后，日夜以报齐雪耻为事。吊死问孤，尊礼贤士，四方豪杰，归者如市。有赵人乐毅，乃乐羊之孙，自幼好讲兵法。闻燕王筑黄金台，招致天下贤士，乃往投之。燕王知其贤，即拜毅为亚卿。其时齐国强盛，侵伐诸侯。昭王深自韬晦，养兵恤民，待时而动。及湣王逐孟尝君，恣行狂暴，百姓弗堪。于是昭王进乐毅而问曰："寡人欲起倾国之兵，与齐争一旦之命，先生何以教之?"乐毅对曰："王必欲伐之，必与天下共图之。今燕之比邻，莫密于赵，王宜首与赵合，则韩必从。而孟尝君相魏，方恨齐，宜无不听。如是，而齐可攻也。"燕王乃具符节，使乐毅往说赵国。

平原君赵胜为言于惠文王，王许之。适秦国使者在赵，乐毅并说秦使者以伐齐之利。使者还报秦王。秦王忌齐之盛，愿共伐齐之役。剧辛往说魏王，见孟尝君，孟尝君果主发兵，复为约韩与共事。俱与订期。于是燕王悉起国中精锐，使乐毅将之。秦将白起，赵将廉颇，韩将暴鸢，魏将晋鄙，各率一军，如期而至。于是燕王命乐毅并护五国之兵，浩浩荡荡，杀奔齐国。齐湣王自将中军，与大将韩聂迎战于济水之西。乐毅身先士卒，四国兵将，无不贾勇争奋，杀得齐兵尸横原野。韩聂被乐毅之弟乐乘所杀。湣王大败，奔回临淄，连夜使人求救于楚。秦、魏、韩、赵乘胜，各自分路收取边城，独乐毅自引燕军，长驱深入，势如破竹，大军直逼临淄。

湣王大惧，遂与文武数十人，潜开北门而遁。行至卫国，卫君郊迎称臣。湣王骄傲，待卫君不以礼。卫诸臣意不能平，夜往掠其辎重。卫君亦不复给廪饩。湣王甚愧，与夷维数人，连夜逃去。不一日，逃至鲁关。鲁君遣使者出迎，夷维谓曰："鲁何以待吾君?"对曰："将以十太牢待子之君。"夷维曰："吾君，天子也。岂止十牢之奉而已！”使者回复鲁君，鲁君大怒，闭关不纳。滑王计穷，乃奔莒州。乐毅遂破临淄，尽收取齐之财物祭器，大车装载，俱归燕国。燕昭王大悦，封乐毅于昌国，号昌国君。乐毅分兵略地，所攻下齐地共七十余城，皆编为燕之郡县，惟莒州与即墨坚守不下。毅乃休兵享士，除其暴令，宽其赋役，又为齐桓公、管夷吾立祠设祭。齐民大悦。乐毅之意，以为齐止二城，终不能成大事，欲以恩结之，使其自降。

却说楚顷襄王见齐使者来请救兵，乃命大将淖齿，率兵二十万，从齐滑王于莒州。齿见燕兵势盛，乃密遣使私通乐毅，欲弑齐王，与燕中分齐国。乐毅许之。淖齿乃大陈兵于鼓里，请滑王阅兵。滑王既至，执而杀之。

却说齐大夫王孙贾，年十二岁，丧父。滑王怜而官之。滑王出奔，贾亦从行，在卫相失。闻其在莒州，趋往从之。比至莒州，知齐王已为淖齿所杀。贾乃袒其左肩，呼于市中曰：“淖齿相齐而弑其君，为臣不忠。有愿与吾诛讨其罪者，依吾左袒。”一时左袒者，四百余人。时楚兵皆分屯于城外。淖齿居齐王之宫，兵士数百人，列于宫外。王孙贾率领四百人，杀入宫中，擒淖齿剁为肉酱，因闭城坚守。楚兵无主，一半逃散，一半投降于燕国。

再说齐世子法章，闻齐王遇变，急更衣为穷汉，投太史敫家为佣工。时即墨守臣病死，军中无主，乃共拥立田单为将军。齐诸臣共走莒州，投王孙贾，相与访求世子。岁余，法章知其诚，乃出自言曰：“我实世子法章也。”王孙贾乃具法驾迎之，即位，是为襄王。告于即墨，相约为犄角，以拒燕兵。乐毅围之，三年不克。乃解围退九里，建立军垒，欲使感恩悦附。

且说燕大夫骑劫，与太子乐资相善，觊得兵权。谓太子曰：“齐王已死，城之不拔者，惟莒与即墨耳。乐毅欲徐以恩威结齐，不久当自立为齐王矣。”太子乐资述其言于昭王。昭王怒曰：“吾先王之仇，非昌国君不能报，即使真欲王齐，于功岂不当耶？”乃笞乐资二十，遣使持节至临淄，即拜乐毅为齐王。毅感泣，以死自誓，不受命。昭王好神仙之术，使方士炼金石为神丹，服之，久而内热发病，遂薨。太子乐资嗣位，是为惠王。田单遂使人宣言于燕国曰：“乐毅久欲王齐，以受燕先王厚恩，不忍背。今新王即位，且与即墨连和。齐人所惧，唯恐他将来，则即墨残矣。”燕惠王久疑乐毅，因信为然。乃使骑劫往代乐毅，而召毅归国。毅恐见诛，西奔赵国。赵王封乐毅于观津，号望诸君。

骑劫既代将，尽改乐毅之令，燕军俱愤怨不服。骑劫住垒三日，即率师往攻即墨，围其城数匝，城中设守愈坚。田单使人扬乐毅之短曰："昌国君太慈，得齐人不杀，故城中不怕。若劓其鼻而置之前行，即墨人苦死矣！"骑劫信之，将降卒尽劓其鼻。城中人大惧，相戒坚守。田单又扬言："城中人家，坟墓皆在城外，倘被燕人发掘，奈何？"骑劫又使兵卒尽掘城外坟墓，烧死人，暴骸骨。即墨人从城上望见，皆涕泣，欲食燕人之肉。田单知士卒可用，乃精选强壮者五千人，藏匿于民间。其余老弱，同妇女轮流守城。遣使送款于燕军，言："城中食尽，将以某日出降。"田单又收民间金得千镒，使富家私遗燕将，嘱以城下之日，求保全家小。燕将大喜，受其金，各付小旗，使插于门上，以为记认。全不准备，呆呆的只等田单出降。

单乃使人收取城中牛共千余头，制为绛缯之衣。画以五色龙文，披于牛体，将利刃束于牛角，又将麻苇灌下膏油，束于牛尾。拖后如巨帚，于约降前一日，安排停当。众人皆不解其意。田单椎牛具酒，候至日落黄昏，召五千壮卒饱食，以五色涂面，各执利器，跟随牛后。使百姓凿城为穴，凡数十处，驱牛从穴中出，用火烧其尾帚。火热渐迫牛尾，牛怒，直奔燕营。五千壮卒，衔枚随之。燕军皆安寝，忽闻弛骤之声，从梦中惊起。那帚炬千余，光明照耀，如同白日。望之皆龙文五采，突奔前来，角刃所触，无不死伤，军中扰乱。那一伙壮卒，不言不语，大刀阔斧，逢人便砍。田单又亲率城中人鼓噪而来，震天动地，一发胆都吓破了，脚都吓软了，那个还敢相持！真个人人逃窜，个个奔忙，自相蹂踏，死者不计其数。骑劫乘车落荒而走，

正遇田单，一戟刺死。燕军大败。此周赧王三十六年事也。

田单整顿队伍，乘势追逐，战无不克。所过城邑，闻齐兵得胜，燕将已死，尽皆叛燕。燕所下七十余城，复归于齐。于是迎法章于莒，至于临淄，收葬湣王，择日告庙临朝。襄王封田单为安平君，食邑万户。王孙贾拜爵亚卿。时孟尝君在魏，让相印于公子无忌。魏封无忌为信陵君。孟尝君退居于薛，比于诸侯，与平原君、信陵君相善。齐襄王畏之，复遣使迎为相国。孟尝君不就。于是与之连和通好，孟尝君往来于齐、魏之间。

再说燕惠王自骑劫兵败，方知乐毅之贤，悔之无及。使人遗毅书谢过，欲招毅还国。毅答书不肯归。燕王恐赵用乐毅以图燕，乃复以毅子乐间，袭封昌国君，毅从弟乐乘为将军，并贵重之。毅遂合燕、赵之好，往来其间，二国皆以毅为客卿。毅终于赵。时廉颇为赵大将，有勇，善用兵，诸侯皆惮之。秦兵屡侵赵境，赖廉颇力拒，不能深入。秦乃与赵通好。

第九十六回
蔺相如两屈秦王
马服君单解韩围

却说赵惠文王宠用一个内侍，姓缪名贤。忽一日，有外客以白璧来求售。缪贤以五百金得之，以示玉工。玉工大惊曰："此和氏之璧也！乃无价之宝。"早有人报知赵王。赵王问缪贤取之，贤爱璧不即献。赵王怒，因出猎之便，搜其室，收之以去。缪贤欲出走，其舍人蔺相如曰："君无他大罪，若肉袒负斧锧，叩首请罪，王必赦君。"缪贤从其计，赵王果赦贤不诛。

再说玉工偶至秦国，言及和氏之璧，今归于赵。秦王思欲一见其璧，乃为书致赵王，愿以十五城奉酬。赵王召众臣商议。李克曰："遣一智勇之士，怀璧以往。"缪贤进曰："臣有舍人姓蔺名相如，此人勇士，且有智谋。"赵王即召蔺相如至，问曰："寡人欲求一人使秦，保护此璧。先生能为寡人一行乎？"相如曰："臣愿奉璧以往。若城入于赵，臣当以璧留秦；不然，臣请完璧归赵。"赵王即拜相如为大夫。相如奉璧西入咸阳。

秦昭襄王闻璧至，大喜，宣相如入见。相如奉上秦王。秦王展开锦袱观看，但见纯白无瑕，天成无迹，真希世之珍矣。因付左右群臣递相传示。蔺相如从旁伺候良久，并不见说起偿城之话，乃前奏曰："此璧有微瑕，臣请为大王指之。"秦王命左右以璧传与相如。相如得璧在手，连退数步，靠在殿柱之上，怒气勃不可遏，谓秦王曰："和氏之璧，天下之至宝也。今大王见臣，礼节甚倨，坐而受璧，左右传观，以此知大王无偿城之意矣。大王必欲迫臣，臣头今与璧俱碎于柱！"于是持其璧睨柱，欲以击柱。秦王谢曰："寡人岂敢失信于赵？"即召有司取地图来，指示十五城予赵。相如乃谓秦王曰："寡君临遣臣时，斋戒五日，拜而遣之。今大王亦宜斋戒五日，臣乃敢上璧。"秦王乃命斋戒五日，送相如于公馆安歇。相如抱璧至馆，乃命从者穿粗褐衣，装布袋缠璧于腰，从径路窃走。

过五日，秦王升殿，令诸侯使者皆会。蔺相如从容徐步而入，奏曰："秦自穆公以来，皆以诈术用事。臣今者唯恐见欺于王，已令从者怀璧从间道还赵矣。"秦王叱左右前缚相如。相如面不改色，奏曰："大王真欲得璧，先割十五城予赵，随一介之使，同臣往赵取璧。赵岂敢得城而留璧，负不信之名，以得罪于大王哉？臣自知罪当万死。请就鼎镬之烹，令诸侯皆知秦以欲璧之故，而诛赵使，曲直有所在矣。"秦王乃厚待相如，礼而归之。

蔺相如既归，赵王以为贤，拜上大夫。其后秦竟不予赵城，赵亦不与秦璧。秦王复遣使约赵王于西河外渑池之地，共为好会。廉颇与蔺相如共奏曰："臣相如愿保驾前往。臣颇愿辅太子居守。"平原君赵胜奏曰："请精选锐卒五千扈从，以防不虞。再用大军，离三十里屯扎，方保万全。"赵王使李牧率精兵五千扈从同行。平原君以大军继之。廉颇送至境上，谓赵王曰："今与王约：度往来道路，为期不过三十日耳。若过期不归，臣请立太子为王，以绝秦人之望。"赵王许诺。遂至渑池，秦王亦到，各归馆驿。

至期，两王以礼相见，置酒为欢。秦王曰："寡人窃闻赵王善于音乐，寡人有宝瑟在此，请赵王奏之。"赵王不敢辞，奏《湘灵》一曲。秦王乃召御史，使载其事。秦御史书曰："某年月日，秦王与赵王会于渑池，令赵王鼓瑟。"蔺相如前进曰："赵王闻秦王善于秦声，臣谨奉盆缶，请秦王击之。"秦王怒。相如即取盛酒瓦器，跪请于秦王之前，曰："今五步之内，相如得以颈血溅大王矣！"左右欲前执之。相如张目叱之，须发皆张。左右大骇，不觉倒退数步。秦王心惮相如，勉强击缶一声。相如召赵御史亦书于简曰："某年月日，赵王与秦王会于渑池，令秦王击缶。"秦诸臣意不平，请于赵王曰："请王割十五城为秦王寿。"相如亦请于秦王曰："礼尚往来。亦愿以秦之咸阳为赵王寿。"秦王乃命左右，更进酒献酬，假意尽欢而罢。秦王知赵设备甚密，乃益敬重赵王。使太子安国君之子，名异人者，为质于赵。

赵王辞秦王而归，恰三十日。乃拜蔺相如为上相，班在廉颇之右。廉颇怒曰："吾有攻城野战之大功，相如徒以口舌微劳，位居吾上。今见相如，必击杀之！"相如闻廉颇之言，每遇公朝，托病不往。偶一日，蔺相如出外，廉颇亦出，相如望见廉颇前导，忙使御者引车避匿傍巷中去。舍人等益忿，谏曰："廉将军口出恶言，君不能报，避之于朝，又避之于市，何畏之甚也？"相如固止之曰："诸君视廉将军孰若秦王？"诸舍人皆曰："不若也。"相如曰："夫以秦王之威，天下莫敢抗，而相如廷叱之，辱其群臣。

相如虽驽，独畏一廉将军哉？顾吾念之，强秦所以不敢加兵于赵者，徒以吾两人在也。今两虎共斗，势不俱生，秦人闻之，必乘间而侵赵。吾所以强颜引避者，国计为重，而私仇为轻也。”舍人等乃叹服。未几，虞卿闻蔺氏舍人述相如之语，乃往见廉颇，先颂其功，廉颇大喜。虞卿曰：“论功则无如将军矣。论量则还推蔺君。”因述相如对舍人之言。廉颇大惭，肉袒负荆，自造于蔺氏之门，谢曰：“鄙人志量浅狭，不知相国能宽容至此，死不足赎罪矣！”因长跪庭中。相如趋出引起。二人遂结为生死之交。

是时，秦大将军白起击破楚军，收郢都。大将魏冉复攻取黔中，楚益衰削。乃使太傅黄歇，侍太子熊完，入质于秦以求和。白起等复攻魏，至于大梁。魏献三城以和。秦封白起为武安君。复遣胡伤率师二十万伐韩，围阏与。韩釐王遣使求救于赵。赵惠文王乃选军五万，使赵奢帅之救韩。出邯郸东门三十里，传令立壁垒下寨。胡伤使亲近左右，直入赵军，谓赵奢曰：“将军能战，即速来！”赵奢曰：“寡君遣某为备，某何敢与秦战乎？”因具酒食厚款之，使周视壁垒。秦使者还报胡伤，胡伤大喜。赵奢既遣秦使，约三日，出令衔枚卷甲，昼夜兼行。二日一夜及韩境，复立军垒。胡伤大怒，悉起老营之众，前来迎敌。赵奢即命许历引军万人，屯据北山岭上。胡伤引军来争山，指挥军将四下寻路。忽赵奢引军杀到，许历驱万人，从山顶上趁势杀下。秦军大败而奔。赵王封奢为马服君。

赵奢子赵括，自少喜谈兵法。尝与父奢论兵，虽奢亦不能难也。其母喜曰：“将门出将矣！”奢蹴然不悦曰：“括自谓天下莫及，若为将，必果于自用，其败必矣。”后二岁，赵奢病笃，谓括曰：“兵凶战危，古人所戒。汝非将才，切不可妄居其位，自坏家门。”又嘱括母曰：“若赵王召括为将，汝必述吾遗命辞之。”言讫而终。赵王遂以括嗣马服君之职。

第九十七回
死范雎计逃秦国 假张禄廷辱魏使

话说大梁人范雎字叔，投于中大夫须贾门下，用为舍人。当初，乐毅纠合四国，一同伐齐，魏亦遣兵助燕。及齐襄王法章即位，魏王恐其报复，使须贾至齐修好。贾使范雎从行。齐襄王问于须贾曰："燕人残灭齐国，魏实与焉。今又以虚言来诱寡人，魏反复无常，使寡人何以为信？"须贾不能对。范雎从旁代答曰："大王之言差矣！先寡君之从于伐宋，本约三分宋国，上国背约，尽收其地，是齐之失信于敝邑也！济西之战，五国同仇，岂独敝邑？然敝邑不敢从燕于临淄，是敝邑之有礼于齐也。大王但知责人，不知自反，恐湣王之覆辙，又见于今矣。"齐襄王愕然起谢曰："是寡人之过也！"乃送须贾于公馆，厚其廪饩。使人阴说范雎曰："寡君慕先生人才，欲留先生于齐，万望勿弃！"范雎辞曰："臣与使者同出，而不与同入，不信无义，何以为人？"齐王益爱重之，复使人赐范雎黄金十斤及牛酒。雎固辞不受。使者再四致齐王之命，坚不肯去。雎不得已，乃受牛酒而还其金。

早有人报知须贾。既还魏，贾遂言于相国魏齐曰："齐王欲留舍人范雎为客卿，又赐以黄金、牛酒，疑以国中阴事告齐。"魏齐大怒，使人擒范雎，决脊一百，使招承通齐之语。范雎曰："臣实无私，有何可招？"魏齐益怒曰："为我笞杀此奴，勿留祸种！"狱卒鞭笞乱下，自辰至未，打得范雎遍体皆伤，血肉委地，胁骨亦断。雎大叫失声，闷绝而死。魏齐遂命狱卒以苇薄卷其尸，置之坑厕间。使宾客便溺其上。

看看天晚，范雎死而复苏，从苇薄中张目偷看，只有一卒在旁看守。范雎谓曰："吾伤重至此，绝无生理。汝能使我死于家中，以便殡殓。家有黄金数两，尽以相谢。"守卒贪其利，许之。时魏齐与宾客皆大醉，守卒禀曰："厕间死人腥臭甚，合当发出。"魏齐曰："可出之于郊外，使野鸢饱其余肉也。"守卒捱至黄昏人静，乃私负

范雎至其家。范雎命取黄金相谢，又卸下苇薄，付与守卒，使弃野外，以掩人之目。守卒去后，范雎徐谓其妻曰："魏齐恨我甚。明日复求吾尸不得，必及吾家。吾有八拜兄弟郑安平，在西门之陋巷，汝可乘夜送我至彼。俟吾创愈，当逃命于四方也。我去后，家中可发哀，如吾死一般，以绝其疑。"其妻依言，安排停当。次日，魏齐果然疑心范雎，恐其复苏，使人视其尸所在。守卒回报："弃野外无人之处，今惟苇薄在，想为犬豕衔去矣。"魏齐复使人瞯其家，举哀戴孝，方始坦然。

再说范雎在郑安平家，敷药将息，渐渐平复。遂更姓名曰张禄。过半岁，秦谒者王稽出使魏国，居于公馆。郑安平诈为驿卒，服侍王稽，应对敏捷，王稽爱之。因私问曰："汝知国有贤人，未出仕者乎？"安平曰："向有一范雎者，其人智谋之士，相国箠之至死。今臣里中有张禄先生，其才智不亚于范雎，君欲见其人否？"王稽曰："既有此人，何不请来相会？"郑安平乃使张禄亦扮作驿卒模样，深夜至公馆来谒。王稽略叩以天下大势。范雎指陈了了，如在目前。王稽喜曰："吾知先生非常人，能与

我西游于秦否?”范雎曰:“臣禄有仇于魏,不能安居,若能挈行,实乃至愿。”过五日,王稽辞别魏王,驱车至三亭冈无人之处,载张禄、郑安平同归。

不一日。已入秦界。望见一群车骑自西而来,范雎问曰:“来者谁人?”王稽曰:“丞相穰侯也。”范雎曰:“吾闻穰侯专秦权,妒贤嫉能。恐其见辱,我且匿车厢中以避之。”须臾,穰侯至,王稽下车迎谒。穰侯亦下车相见,各叙寒温。穰侯目视车中曰:“谒君得无与诸侯宾客俱来乎?此辈仗口舌游说人国,取富贵,全无实用。”王稽对曰:“不敢。”穰侯既别去,范雎曰:“臣潜窥穰侯之貌,其人性疑而见事迟。不久必悔,悔必复来,不若避之为安耳。”遂呼郑安平下车同走。王稽车仗在后,约行十里之程,果有二十骑从东如飞而来,言:“吾等奉丞相之命,恐大夫带有游客,故遣复行查看,大夫勿怪。”因遍索车中,并无外国之人,方才转身。王稽乃命催车前进,再行五六里,遇着了张禄、郑安平二人,邀使登车,一同竟入咸阳。

王稽朝见秦昭襄王,进曰:“魏有张禄先生,智谋出众。与臣言秦国之势,危于累卵,彼有策能安之。臣故载与俱来。”秦王曰:“诸侯客好为大言。姑使就客舍。”乃馆于下舍。逾年不召。忽一日,范雎出行市上,见穰侯方征兵出征,私问曰:“丞相将伐何国?”有一老者对曰:“欲伐齐纲、寿也。”范雎曰:“秦与齐东西悬绝,中间隔有韩、魏,且齐不犯秦,秦奈何涉远而伐之?”老者引范雎至僻处,言曰:“丞相欲自广其封耳。”范雎回舍,遂上书于秦王。秦王即使人以传车召至离宫相见。范雎先到,望见秦王车骑方来,佯为不知,故意趋入永巷。宦者前行逐之,曰:“王来。”范雎谬言曰:“秦独有太后、穰侯耳,安得有王!”前行不顾。

正争嚷间,秦王随后至。宦者述范雎之语。秦王亦不怒,遂迎之入于内宫,待以上客之礼。秦王屏去左右,长跪而请曰:“先生何以幸教寡人?”范雎曰:“唯唯。”如此三次。秦王曰:“先生以寡人为不足语耶?”范雎对曰:“非敢然也。昔者吕尚钓于渭滨,及遇文王,一言而拜为尚父,卒用其谋,灭商而有天下。箕子、比干身为贵戚,尽言极谏,商纣不听,或奴或诛,商遂以亡。此无他,信与不信之异也。今臣羁旅之臣,而所欲言者,皆兴亡大计,或关系人骨肉之间。不深言,则无救于秦;欲深言,则箕子、比干之祸随于后。所以王三问而不敢答者,未卜王心之信不信何如耳?”秦王复跪请曰:“寡人慕先生大才,故屏去左右,专意听教。事凡可言者,上及太后,下及大臣,愿先生尽言无隐。”范雎遂下拜,然后就坐开言曰:“秦地之险,天下莫

及。其甲兵之强，天下亦莫敌。为大王计，莫如远交而近攻。远交以离人之欢，近攻以广我之地。自近而远，如蚕食叶，天下不难尽矣。远交莫如齐、楚，近攻莫如韩、魏。既得韩、魏，齐、楚能独存乎？”秦王鼓掌称善，即拜范雎为客卿，号为张卿。用其计东伐韩、魏，止伐齐之师不行。穰侯与白起一相一将，见张禄骤然得宠，俱有不悦之意。惟秦王深信之。

范雎知秦王之心已固，请问，尽屏左右，进说曰：“臣前居山东时，闻秦但有太后、穰侯、华阳君、高陵君、泾阳君，不闻有秦王。今太后恃国母之尊，擅行不顾者四十余年。穰侯独相秦国，华阳辅之，泾阳、高陵各立门户，生杀自由，私家之富，十倍于公。大王拱手而享其空名，不亦危乎？恐千秋万岁而后，有秦国者，非王之子孙也！”秦王不觉毛骨悚然，遂于次日，收穰侯魏冉相印，使就国。明日，复逐华阳、高陵、泾阳三君于关外，安置太后于深宫，不许与闻政事。以范雎为丞相，封以应城，号为应侯。

是时，魏昭王已薨，子安釐王即位。闻知秦王新用张禄丞相之谋，欲伐魏国，急集群臣计议。相国魏齐曰：“闻丞相张禄，乃魏人也。倘遣使赍厚币，先通张相，后谒秦王，许以纳质讲和，可保万全。”安釐王乃使中大夫须贾出使于秦。须贾至咸阳，下于馆驿。范雎知之，遂换去鲜衣，装作寒酸落魄之状，来到馆驿，谒见须贾。须贾一见，大惊曰：“范叔固无恙乎？”范雎曰：“彼时将吾尸首掷于郊外，次早方苏，适遇有贾客过此，怜而救之。苟延一命，不敢回家，因间关来至秦国。”须贾曰：“范叔在秦，何以为生？”雎曰：“为佣糊口耳。”须贾不觉动了哀怜之意，留之同坐，索酒食赐之。时值冬天，范雎衣敝。须贾命取一绨袍与穿。范雎穿袍，再四称谢。因问：“大夫来此何事？”须贾曰：“今秦相张君方用事，吾欲通之，恨无其人。”范雎曰：“某之主人翁与丞相善，臣尝随主人翁至于相府。君若欲谒张君，某当同往。”须贾欣然登车，范雎执辔。街市之人，望见丞相御车而来，咸拱立两旁，亦或走避。既至府前，范雎曰：“某当先入，为大夫通之。”范雎径进府门去了。须贾候之良久，因问守门者曰：“向有吾故人范叔，入通相君，久而不出，子能为我召之乎？”守门者曰：“君所言范叔，何时进府？”须贾曰：“适间为我御车者是也。”门下人曰：“御车者乃丞相张君，何得言范叔乎？”须贾闻言，如梦中忽闻霹雳。只得脱袍解带，免冠徒跣，跪于门外。良久，门内传丞相召入。

须贾俯首膝行，直至阶前，连连叩首，口称："死罪！"范雎坐于堂上，曰："汝罪有三：汝以吾有私于齐，妄言于魏齐之前，致触其怒，汝罪一也；当魏齐发怒，加以笞辱，汝略不谏止，汝罪二也；及我昏愦，已弃厕中，汝复率宾客而溺我，汝罪三也。今本该断头沥血，以酬前恨。汝所以得不死者，以绨袍恋恋，尚有故人之情。故苟全汝命，汝宜知感。"须贾叩头称谢不已，匍匐而出。次日，范雎入见秦王，奏曰："臣有欺君之罪。臣实非张禄，乃魏人范雎也。从须贾使齐，齐王私馈臣金，臣坚却不受。须贾谤于相国魏齐，将臣捶击至死。幸而复苏，改名张禄，逃奔入秦。今须贾奉使而来，臣真姓名已露，便当仍旧，伏望吾王怜恕！"秦王曰："寡人不知卿之受冤如此。今须贾既到，便可斩首。"范雎奏曰："自古两国交兵，不斩来使，况求和乎？且忍心杀臣者，魏齐，不全关须贾之事。"秦王曰："魏齐之仇，寡人当为卿报之。"范雎谢恩而退。秦王准了魏国之和。

须贾入辞范雎，雎使舍人留须贾于门中，吩咐大排筵席。须贾独坐门房中，自辰至午，渐渐腹中空虚。少顷，只见各国使臣及本府有名宾客纷纷而到，径上堂阶。范雎出堂相见，叙礼已毕，送盏定位，竟不呼召须贾。须贾那时又饥又渴，又羞又恼。三杯之后，范雎开言："还有一个故人在此，适才倒忘了。"乃命设一小坐于堂下，唤魏客到，使两黥徒夹之以坐。席上不设酒食，但置炒熟料豆，两黥徒手捧而喂之，如喂马一般。众客甚不过意，问曰："丞相何恨之深也？"范雎将旧事诉说一遍。须贾不敢违抗，只得将料豆充饥。食毕，还要叩谢。范雎瞋目数之曰："秦王虽然许和，但魏齐之仇，不可不报。留汝蚁命，归告魏王，速斩魏齐头送来，将我家眷，送入秦邦，两国通好。不然，我亲自引兵来屠大梁，那时悔之晚矣。"唬得须贾魂不附体，喏喏连声而出。

第九十八回

质平原秦王索魏齐
败长平白起坑赵卒

话说须贾连夜奔回大梁，来见魏王，述范雎吩咐之语。魏王踌躇未决。魏齐闻知此信，弃了相印，连夜逃往赵国。魏王乃大饰车马，将黄金百镒，采帛千端，送范雎家眷至咸阳。又告明："魏齐闻风先遁，今在平原君府中。"秦王乃亲率师二十万，命王翦为大将，伐赵，拔三城。是时，赵惠文王方薨，太子丹立，是为孝成王。孝成王年少，惠文太后用事，闻秦兵深入，甚惧。时蔺相如病笃告老，虞卿代为相国。使大将廉颇率师御敌，相持不决。虞卿言于惠文太后曰："事急矣！臣请奉长安君为质于齐以求救。"太后许之。齐乃使田单为大将，发兵十万，前来救赵。秦王遂遣使谓平原君曰："秦之伐赵，为取魏齐耳。若能献出魏齐，即当退兵。"平原君对曰："魏齐不在臣家，大王无误听人言也。"秦王乃为书谢赵王，愿将所取三城。还归于赵，复修前好。赵王亦遣使答书。田单闻秦师已退，亦归齐去讫。秦王复遣人以一缄致平原君赵胜，曰："寡人闻君之高义，愿与君为十日之饮。"平原君将书来见赵王。赵王遂命赵胜同秦使西入咸阳。秦王一见，日日设宴相待。盘桓数日，秦王知平原君不肯负魏齐，遂留于馆舍。使人遗赵王书，索讨魏齐。

赵王得书大恐，乃发兵围平原君家，索取魏齐。魏齐逃出，往投相国虞卿。虞卿即解相印，为书以谢赵王，与魏齐共变服为贱者，逃出赵国。既至大梁，虞卿乃伏魏齐于郊外。虞卿徒步至信陵君之门，以刺通。信陵君方解发就沐，见刺，大惊曰："此赵之相国，安得无故至此？"使主客者辞以主人方沐，暂请入座，因叩其来魏之意。虞卿将魏齐得罪于秦始末，大略告诉一番。主客者复入言之。信陵君犹豫不决。虞卿闻信陵君有难色，大怒而去。信陵君急使舆人驾车疾驱郊外追之。再说魏齐待之良久，只见虞卿含泪而至曰："信陵君非丈夫也，乃畏秦而却我。吾当与君间道入楚。”魏齐曰：“吾以一时不察，得罪于范叔，一累平原君，再累吾子，我安用生为？”即引佩剑自刎。信陵君车骑随到，虞卿趋避他所，不与相见。信陵君见魏齐尸首，抚而哭之。时赵王遣飞骑四出追捕。知魏齐自刎，即奏知魏王，欲请其头，以赎平原君归国。信陵君不得已，乃取其首，用匣盛之，交封赵使。

赵王将魏齐之首，星夜送至咸阳，秦王以赐范雎。范雎命漆其头为溺器。秦王以礼送平原君还赵，赵用为相国。于是秦王用范雎之谋，先攻韩、魏，遣使约好于齐、楚。单说楚太子熊完为质于秦，秦覊之十六年不遣。适秦使者约好于楚，楚使者朱英至咸阳报聘。黄歇私见朱英，与之通谋。太子熊完乃微服为御者，与楚使者朱英执辔，竟出函谷关。过半月，黄歇度太子已出关久，乃求见秦王，叩首谢罪。秦王大怒，叱左右囚黄歇，将杀之。范雎谏曰：“杀黄歇不能复还太子，而徒绝楚欢，不如嘉其忠而归之。”秦王乃厚赐黄歇，遣之归楚。歇归三月，楚顷襄王薨，太子熊完立，是为考烈王。进太傅黄歇为相国，号春申君。时孟尝君虽死，而赵有平原君，魏有信陵君，方以养士相尚。黄歇亦招致宾客，食客常数千人。春申君用宾客之谋，北兼邹、鲁之地，用贤士荀卿为兰陵令，修举政法，练习兵士，楚国复强。

再说秦昭襄王已结齐、楚，乃使大将王龁帅师伐韩，拔野王城，上党往来路绝。上党守臣冯亭，遣使持书并上党地图，献于赵孝成王。赵王大喜，封冯亭以三万户，仍为守。秦大将王龁进兵围上党。冯亭坚守两月，赵援兵犹未至，乃率其吏民奔赵。时赵王拜廉颇为上将，率兵二十万来援上党。行至长平关，遇冯亭，方知上党已失。乃就金门山下，列营筑垒。别分兵一万，使冯亭守光狼城；又分兵二万，使盖负、盖同分领之，守东西二鄣城。廉颇传谕各垒用心把守，勿与秦战，且使军士掘地深数丈以注水。王龁大军已到，先分军攻二鄣城，盖负、盖同出战皆败没。王龁乘胜攻光狼城，冯亭复败走，奔金门山大营。秦兵又来攻垒，廉颇传令：“出战者，虽胜亦斩！”王龁攻之不入，乃移营逼之，去赵营仅五里。金门山下有流涧，王龁使军士将涧水筑断，欲使赵人无汲。谁知廉颇预掘深坎，注水有余，日用不乏。

秦、赵相持四个月，王龁遣使入告于秦王。秦王召范雎计议，范雎乃使心腹门客，从间道入邯郸，用千金贿赂赵王左右，布散流言曰：“赵将惟马服君最良，闻其子赵括勇过其父，若使为将，诚不可当。廉颇老而怯，屡战俱败，不日将出降矣。”赵王先闻连失三城，使人往长平催颇出战。廉颇主坚壁之谋，不肯出战。赵王已疑

其怯，及闻左右反间之言，信以为实。遂拜赵括为上将，使持节往代廉颇，复益劲军二十万。括归见其母，母乃上书谏曰：“括徒读父书，不知通变，非将才。括父尝曰：‘括若为将，必败赵兵！’愿王勿遣。”赵王曰：“寡人意已决矣。”母曰：“王既不听妾言，倘兵败，妾一家请无连坐。”赵王许之。赵括遂引军望长平进发。

再说秦王与范雎计议，更遣白起为上将，王龁副之，传令军中秘密其事。赵括至长平关，廉颇验过符节，即将军籍交付赵括。独引亲军百余人，回邯郸去讫。赵括将廉颇约束，尽行更改。时冯亭在军中，固谏不听。括又以自己所带将士，易去旧将。白起闻赵括更易廉颇之令，先使卒三于人出营挑战。赵括辄出万人来迎，秦军大败奔回。赵括使人至秦营下战书，白起使王龁批：“来日决战。”因退军十里，安营已定，召集诸将，吩咐如此恁般。

再说赵括吩咐军中，平明列阵前进。行不五里，遇见秦兵，赵括使先锋傅豹出马。秦将王贲接战，约三十合，王贲败走，傅豹追之。赵括复遣王容率军帮助。又遇秦将王陵，略战数合，王陵又败。赵括见赵兵连胜，自率大军来追。冯亭又谏曰：“秦人多诈，其败不可信也。”赵括不听，追奔十余里，及于秦壁。赵括传令一齐攻打，连打数日，秦军坚守不可入。赵括使人催取后军，忽报：“后营被秦将胡伤引兵冲出遏住。”赵括大怒，使人探听秦军行动，回报道：“西路军马不绝，东路无人。”赵括麾军从东路而转。行不上二三里，大将蒙骜一军从刺斜里杀出。王容接住蒙骜交锋。王翦一军又至，赵兵折伤颇众。赵括料难取胜，鸣金收军，就便择水草处安营，

坚壁自守。一面飞奏赵王求援，一面催取后队粮饷。谁知运粮之路，又被秦将引兵塞断。白起大军遮其前，胡伤、蒙骜等大军截其后。秦军每日传武安君将令，招赵括投降。赵括此时方知白起真在军中，唬得心胆俱裂。

再说秦王得武安君捷报，亲命驾来至河内，尽发民家壮丁，分路掠取赵人粮草，遏绝救兵。赵括被秦兵围困，凡四十六日，军中无粮，士卒自相杀食，赵括不能禁止。乃将军将分为四队，夺路杀出。谁知白起又预选射手，环赵垒埋伏。四队军马，冲突三四次，俱被射回。又过一月，赵括精选上等锐卒五千人，冒围突出。王翦、蒙骜二将齐上，赵括中箭而亡。赵军大乱，冯亭自刎而亡。白起使人揭赵括之首，往赵营招抚。营中军士尚二十余万，亦皆愿降。白起与王龁计议曰："今赵卒先后降者，总合来将近四十万之众，倘一旦有变，何以防之？"乃将降卒分为十营，使十将以统之，配以秦军二十万，各赐以牛酒。是夜，武安君密传一令于十将："起更时分，但是秦兵，都要用白布一片裹首。凡首无白布者，即系赵人，当尽杀之。"秦兵奉令，一齐发作。四十万军，一夜俱尽。通计长平之战，前后斩虏首共四十五万人，止存年少者二百四十人未杀，放归邯郸，使宣扬秦国之威。

第九十九回 武安君含冤死杜邮 吕不韦巧计归异人

话说赵孝成王闻赵括已死，赵军四十余万被武安君一夜坑杀，大惊，群臣无不悚惧。国中号痛之声不绝，惟赵括之母不哭。赵王以赵母有前言，不加诛，反赐粟帛以慰之。又使人谢廉颇。赵国正在惊惶之际，边吏又报道："秦兵攻下上党，武安君亲率大军前进，声言欲围邯郸。"赵王问群臣："谁能止秦兵者？"群臣莫应。适苏代客于平原君之所，自请入秦，往见应侯范雎。雎揖之上坐，问曰："先生何为而来？"苏代曰："为君而来。武安君用兵如神，今举兵而围邯郸，赵必亡矣。赵亡，则秦成帝业，武安君为佐命之元臣。君虽素贵，不能不居其下也。"范雎愕然前席曰："然则如何？"苏代曰："君不如许韩、赵割地以和于秦。夫割地以为君功，而又解武安君之兵柄。君之位，则安于泰山矣！"范雎大喜。明日即言于秦王曰："秦兵在外日久，宜休息。不如使人谕韩、赵，使割地以求和。"秦王许之。于是范雎复大出金帛，以赠苏代之行，使之往说韩、赵。韩、赵二王惧秦，皆听代计，各遣使求和于秦。秦王笑而受地，召武安君班师。自此白起与范雎有隙。

白起宣言于众曰："自长平之败，邯郸城中，一夜十惊，若乘胜往攻，不过一月可拔矣。"秦王闻之，大悔。乃复使起为将，欲使伐赵。白起适有病不能行，乃改命大将王陵。陵率军十万伐赵，围邯郸城。赵王使廉颇御之。颇设守甚严，王陵兵屡败。秦王乃益兵十万，命王龁往代王陵。王龁围邯郸，五月不能拔。武安君闻之，谓其客曰："吾固言邯郸未易攻，王不听吾言，今竟如何？"客有与应侯客善者，泄其语。应侯言于秦王，必欲使武安君为将。武安君遂伪称病笃。秦王大怒，削武安君爵士，贬为士伍，迁于阴密。武安君出咸阳西门，至于杜邮，暂歇，以待行李。应侯复言于秦王曰："白起大有怨言，其托病非真，恐适他国为秦害。"秦王乃遣使赐以利剑，令自裁。使者至杜邮，致秦王之命。武安君乃自刭而死。时周赧王之五十八年也。

秦王既杀白起，复发精兵五万，令郑安平将之，往助王龁，必攻下邯郸方已。赵王大惧，遣使分路求救于诸侯。平原君赵胜曰："魏，吾姻家，且素善，其救必至。楚大而远，非以合从说之不可，吾当亲往。"于是约其门下食客，欲得文武备具者二十人同往。三千余人内，选来选去，止得一十九人。平原君叹曰："得士之难如此哉？"有下坐客一人，出言曰："如臣者，不识可以备数乎？"平原君问其姓名，对曰："臣姓毛名遂，大梁人，客君门下三年矣。"平原君笑曰："夫贤士处世，譬如锥之处于囊中，其颖立露。今先生处胜门下三年，胜未有所闻，是先生于文武一无所长也。"毛遂曰："臣今日方请处囊中耳。使早处囊中，将突然尽脱而出，岂特露颖而已哉？"平原君异其言，乃使凑二十人之数。即日辞了赵王，望陈都进发。

既至，先通春申君黄歇，歇乃为之转通于楚考烈王。平原君黎明入朝，楚王与平原君坐于殿上，毛遂与十九人俱叙立于阶下。平原君从容言及合从却秦之事。楚王终有畏秦之心，迟疑不决。毛遂在阶下顾视日晷，已当午矣，乃按剑历阶而上。楚王怒问曰："彼何人？"平原君曰："此臣之客毛遂。"楚王叱之使去。毛遂走上几步，按剑而言曰："合从乃天下大事，天下人皆得议之！楚地五千余里，号为盟主。一旦秦人崛起，数败楚兵。白起小竖子，一战再战，鄢、郢尽没，被逼迁都。此百世之怨，三尺童子，犹以为羞，大王独不念乎？今日合从之议，为楚，非为赵也！"楚王曰："唯唯。"于是从约遂定。楚王命春申君将八万人救赵。

时魏安釐王遣大将晋鄙率兵十万救赵。秦王闻诸侯救至，亲至邯郸督战，使人谓魏王曰："诸侯有敢救者，必移兵先击之！"魏王大惧，遣使追及晋鄙军，戒以勿进。晋鄙乃屯于邺下。春申君亦屯兵于武关，观望不进。

却说秦王孙异人，为质于赵。那异人乃安国君之次子。安国君名柱，字子傒，昭襄王之太子也。安国君所宠楚妃，号为华阳夫人，未有子。异人之母曰夏姬，无宠，又早死。故异人质赵，久不通信。当王翦伐赵，赵王迁怒于质子，欲杀异人。平原君谏曰："异人无宠，杀之何益？"赵王乃安置异人于丛台，命大夫公孙乾为馆伴，使出入监守，又削其廪禄。时有阳翟人姓吕，名不韦，父子为贾，平日往来各国，贩贱卖贵，家累千金。其时适在邯郸，偶于途中望见异人，虽在落寞之中，不失贵介之气。不韦暗暗称奇，指问旁人曰："此何人也？"答曰："此乃秦王太子安国君之子，质于

赵国。”不韦私叹曰：“此奇货，可居也！”乃以百金结交公孙乾，因得见异人。

一日，公孙乾置酒请吕不韦，不韦曰：“座间别无他客，何不请王孙来同坐？”公孙乾即请异人与不韦相见。饮至半酣，公孙乾起身如厕，不韦低声而问异人曰：“秦王今老矣。太子所爱者华阳夫人，而夫人无子。殿下何不以此时求归秦国，事华阳夫人，求为之子，他日有立储之望。”异人含泪对曰：“恨未有脱身之计耳。”不韦曰：“某请以千金为殿下西游，往说太子及夫人，救殿下还朝，如何？”异人拜谢。自此不韦与异人时常相会，遂以五百金密付异人，使之买嘱左右。公孙乾上下俱受异人金帛，串做一家。

不韦复以五百金市买奇珍玩好，竟至咸阳。探得华阳夫人有姊，先买嘱其家左右，通话于夫人之姊，将金珠一函献上。姊大喜，自出堂，于帘内见客。不韦曰：“王孙日夜思念太子夫人，言自幼失母，夫人便是他嫡母，欲得回国奉养，以尽孝道。因秦兵屡次伐赵，赵王每每欲将王孙来斩，喜得臣民尽皆保奏，幸存一命。”姊曰：“臣民何故保他？”不韦曰：“王孙贤孝无比，每遇秦王太子及夫人寿诞，及元旦朔望之辰，必清斋沐浴，焚香西望拜祝，赵人无不知之。又且好学重贤，交结诸侯宾客，天下皆称其贤孝。”不韦又将金玉宝玩，约值五百金，献上曰：“王孙不得归侍太子夫人，有薄礼权表孝顺，相求王亲转达。”姊遂自入告于华阳夫人。夫人见珍玩，心中甚喜。夫人姊回复吕不韦，不韦因问曰：“夫人有子几人？”姊曰：“无有。”不韦曰：“夫人此时宜择诸子中贤孝者为子，百岁之后，所立子为王，终不失势。不然，他日一旦色衰爱弛，悔无及矣！今异人贤孝，夫人诚拔以为适子，夫人不世世有宠于秦乎？”姊复述其言于华阳夫人。夫人曰：“客言是也。”一夜，与安国君饮正欢，忽然涕泣。太子怪而问之，夫人曰：“妾不幸无子，君诸子中唯异人最贤。若得此子为嗣，妾身有托。”太子许之。夫人曰：“异人在赵，何以归之？”太子曰：“当乘间请于王也。”

时秦昭襄王方怒赵，太子言于王，王不听。不韦知王后之弟杨泉君方贵幸，复贿其门下，求见杨泉君。杨泉君即以不韦之言告于王后，王后因为秦王言之。秦王曰：“俟赵人请和，吾当迎此子归国耳。”太子召吕不韦问计，不韦叩首曰：“太子果立王孙为嗣，小人不惜千金家业，赂赵当权，必能救回。”太子与夫人俱大喜。不韦回至邯郸，次日，即备礼谒见公孙乾。然后见王孙异人，将王后及太子夫人一段说话，细细详述。异人大喜。

再说不韦向取下邯郸美女，号为赵姬，善于歌舞。知其怀娠两月，心生一计，因请异人和公孙乾来家饮酒。酒至半酣，唤赵姬出来，舒袖而舞，喜得公孙乾和异人目乱心迷，神摇魂荡。异人请于不韦曰："念某孤身质此，欲与公求得此姬为妻。未知身价几何？"不韦曰："吾为殿下谋归，千金家产尚且破尽，今何惜一女子。即当奉送。"异人再拜称谢。其夜，不韦向赵姬言曰："秦王孙十分爱你，求你为妻。王孙将来有秦王之分，汝得其宠，必为王后。天幸腹中生男，即为太子，我与你便是秦王之父母，富贵俱无穷矣。汝曲从吾计，不可泄漏！"二人遂对天设誓。次日，不韦以温车载赵姬与异人成亲。异人得了赵姬，如鱼似水，爱眷非常。约过一月有余，赵姬遂向异人曰："妾获侍殿下，天幸已怀胎矣。"异人不知来历，愈加欢喜。那赵姬直到十二个月周年，方才产下一儿。异人大喜，遂用赵姬之姓，名曰赵政。

至秦昭襄王五十年，赵政已长成三岁矣。时秦兵围邯郸甚急，不韦乃尽出黄金共六百斤，以三百斤遍赂南门守城将军，托言曰："某举家从阳翟来，行贾于此。只要做个方便人情，放我一家出城，感恩不浅。"守将许之。复以百斤献于公孙乾，述己欲回阳翟之意，反央公孙乾与南门守将说个方便。不韦预教异人将赵氏母子，密寄于母家。是日，置酒请公孙乾，将公孙乾灌得烂醉。至夜半，异人微服混在仆人之中，跟随不韦父子行至南门，守将私自开钥，放他出城而去。三人共仆从结队连夜奔走，至天明，被秦国游兵获住。游兵引至王龁大营，王龁问明来历，乃备车马，转送入行宫。秦昭襄王见了异人，不胜之喜。异人辞了秦王，与不韦父子登车，竟至咸阳。

第一百回

鲁仲连不肯帝秦 信陵君窃符救赵

话说吕不韦同着王孙异人，竟至咸阳。安国君与夫人并坐中堂以待之。不韦谓异人曰："华阳夫人乃楚女，殿下须用楚服入见，以表依恋之意。"异人从之。当下改换衣装，来至东宫，先拜安国君，次拜夫人。夫人见异人头顶南冠，足穿豹舄，短袍革带，骇而问曰："儿在邯郸，安得效楚人装束？"异人拜禀曰："不孝男日夜思想慈母，故特制楚服，以表忆念。"夫人大喜。安国君曰："吾儿可改名曰子楚。"异人拜谢。再说公孙乾直至天明酒醒，方知秦王孙一家已逃去，遂自刎而亡。

秦王自王孙逃回秦国，攻赵益急。赵君再遣使求魏进兵。客将军新垣衍献策曰："秦今日用兵侵伐不休，其意欲求为帝耳。诚令赵发使尊秦为帝，秦必喜而罢兵。"魏王即遣新垣衍随使者至邯郸，以此言奏知赵王。赵王与群臣议其可否，众议纷纷未决。时有齐人鲁仲连者，其时适在赵国围城之中，闻魏使请尊秦为帝，勃然不悦，乃求见平原君曰："君乃天下贤公子，乃委命于梁客耶？今新垣衍将军何在？吾当为君责而归之！"平原君遂邀鲁仲连俱至公馆，与衍相见。鲁仲连曰："魏未睹秦称帝之害也。秦乃弃礼义而上首功之国也。恃强挟诈，屠戮生灵。彼并为诸侯，而犹若此，倘肆然称帝，益济其虐。必将变易诸侯之大臣，夺其所憎，而树其所爱。又将使其子女谗妾为诸侯之室，魏王安能晏然而已乎？即将军又何以保其爵禄乎？"新垣衍再拜谢曰："先生真天下士也！衍请出复吾君，不敢再言帝秦矣。"秦王闻帝议不成，乃退屯于汾水，戒王龁用心准备。

再说新垣衍去后，平原君又使人至邺下求救于晋鄙，鄙以王命为辞。平原君乃为书让信陵君无忌。信陵君数请魏王求敕晋鄙进兵，魏王终不许。信陵君曰："吾义不可以负平原君。吾宁独赴赵，与之俱死！"乃具车骑百余乘，遍约宾客，欲直犯秦军。

行过夷门，与侯生辞别。侯生曰："公子勉之！"并无他语。信陵君怏怏而去，心中自念："今吾行就死地，而侯生无一言半辞为我谋，甚可怪也！"乃约住宾客，独引车还见侯生。

却说侯生立在门外，望见信陵君车骑，笑曰："嬴固策公子之必返矣。"乃屏去从人，私叩曰："闻如姬得幸于王。如姬之父，昔年为人所杀，如姬言于王，欲报父仇，求其人，三年不得。公子使客斩其仇头，以献如姬。此事果否？"信陵君曰："果有此事。"侯生曰："今晋鄙之兵符，在王卧内，惟如姬力能窃之。公子诚请于如姬，如姬必从。"信陵君再拜称谢。乃使所善内侍颜恩，以窃符之事，私乞于如姬。是夜，魏王饮酒酣卧，如姬即盗虎符授颜恩，转致信陵君之手。信陵君既得符，复往辞侯生。侯生曰："公子即合符，而晋鄙不信，复请于魏王，事不谐矣。臣之客朱亥，此天下力士，公子可与俱行。晋鄙若不听，即令朱亥击杀之。"于是与信陵君同诣朱亥家，言其故。朱亥笑曰："臣乃市屠小人，蒙公子数下顾。今公子有急，正亥效命之日也。"侯生曰："臣义当从行，以年老不能远涉，请以魂送公子。"即自刭于车前。信陵君十分悲悼，乃厚给其家，遂同朱亥登车望北而去。

却说魏王于卧室中失了兵符，过了三日之后，方才知觉。盘问如姬，只推不知。却教颜恩将宫娥内侍，凡直内寝者，逐一拷打。颜恩假意推问，又乱了一日。魏王忽然想着公子无忌，他手下宾客，鸡鸣狗盗者甚多，必然是他所为。使人召信陵君，回报："四五日前，已与宾客千余，车百乘出城，传闻救赵去矣。"魏王大怒，使将军卫庆，率军三千，星夜往追信陵去讫。

再说信陵君行至邺下，见晋鄙曰："大王以将军久暴露于外，遣无忌特来代劳。"因出虎符与晋鄙验之。晋鄙心下踌躇，乃曰："此军机大事，某还要再行奏请。"说犹未毕，朱亥厉声喝曰："元帅不奉王命，便是反叛了。"即于袖中出铁锤，向晋鄙当头一击，登时气绝。信陵君握符谓诸将曰："魏王有命，使某代晋鄙将军救赵。晋鄙不奉命，今已诛死。三军安心听令，不得妄动！"营中肃然。比及卫庆追至邺下，晋鄙已死。信陵君曰："君已至此，看我破秦之后，可还报吾王也。"卫庆只得先打密报，回复魏王。信陵君大犒三军，得精兵八万人。亲率宾客，身为士卒先，进击秦营。王龁不意魏兵卒至，仓卒拒战。魏兵贾勇而前，平原君亦开城接应，大战一场。王龁折兵一半，奔汾水大营。秦王传令解围而去。郑安平为魏兵所遏，乃投降于魏。春申君

闻秦师已解，亦班师而归。韩王乘机复取上党。

赵王亲携牛酒劳军，平原君负弩矢，为信陵君前驱。信陵君颇有自功之色。朱亥进曰："公子矫王命，夺晋鄙军以救赵，于赵虽有功，而于魏未为无罪。公子乃自以为功乎？"信陵君大惭。比入邯郸城，赵王亲扫除宫室，以迎信陵君，执主人之礼甚恭。信陵君自以得罪魏王，不敢归国，将兵符付将军卫庆，督兵回魏，而身留赵国。时赵有处士毛公者，隐于博徒；有薛公者，隐于卖浆之家。信陵君素闻其贤名，时时与毛、薛二公同游。平原君闻之，谓其夫人曰："令弟日逐从博徒卖浆者同游，交非其类，恐损名誉。"夫人述于信陵君。信陵君曰："无忌在国时，常闻赵有毛公、薛公，恨不得与之同游。今为之执鞭，尚恐其不屑于我，平原君乃以为羞，何云好士乎？"即日命宾客束装，欲适他国。平原君大惊，乃躬造馆舍，免冠顿首，谢其失言之罪。信陵君复留于赵。平原君门下士闻知其事，去而投信陵君者大半。四方宾客来游赵者，咸归信陵，不复闻平原君矣。

再说魏王接得卫庆密报，怒甚，便欲收信陵君家属，又欲尽诛其宾客之在国者。如姬乃跪而请曰："此贱妾之罪，妾当万死！妾父为人所杀，大王为一国之主，不能为妾报仇，而公子能报之。妾感公子深恩，故擅窃虎符，以成其志。赵与魏犹同室也，大王忘昔日之义，而公子赴同室之急。倘幸而却秦全赵，大王威名扬于远近，妾

虽碎尸万段，亦何所恨乎？”魏王怒气稍定，问曰：“汝虽窃符，必有传送之人。”如姬曰：“递送者，颜恩也。”魏王命左右缚颜恩至，恩曰：“奴婢不曾晓得什么兵符。”如姬目视颜恩曰：“向日我着你送花胜与信陵夫人，这盒内就是兵符了。”颜恩会意，乃大哭曰：“夫人吩咐，奴婢焉敢有违？那盒子重重封固，奴婢岂知就里？”魏王喝教将颜恩下于狱中，如姬贬入冷宫，一面使人探听消息。约过了二月有余，卫庆班师回朝，将兵符缴上，奏道：“信陵君大败秦军，不敢还国，已留身赵都。”魏王大喜，即使左右召如姬于冷宫，出颜恩于狱，俱恕其罪。

再说秦昭襄王兵败归国，太子安国君率王孙子楚出迎于郊，齐奏吕不韦之贤。秦王封为客卿，食邑千户。秦王闻郑安平降魏，大怒，族灭其家。

第一百一回
秦王灭周迁九鼎 廉颇败燕杀二将

话说郑安平乃是丞相范雎所荐，郑安平降魏，范雎法当从坐，于是席藁待罪。秦王曰："任安平者，本出寡人之意，与丞相无干。"再三抚慰，仍令复职。应侯甚不过意，欲说秦王灭周称帝，以此媚之。于是使张唐为大将，伐韩，欲先取阳城，以通三川之路。时周赧王一向微弱。韩、赵分周地为二，以雒邑之河南王城为西周，以巩附成周为东周，使两周公治之。赧王自成周迁于王城，依西周公以居，拱手而已。秦王攻下阳城，别遣将军嬴樛与张唐合兵，以攻西周。赧王无计可施，乃率群臣子侄，哭于文武之庙，三日，捧其所存舆图，亲诣秦军投献。嬴樛受其献，先使张唐护送赧王君臣子孙入秦奏捷，自引军入雒阳城，经略地界。赧王谒见秦王，顿首谢罪。秦王以梁城封赧王，降为周公，比于附庸。原日西周公降为家臣，东周公贬爵为君，是为东周君。赧王年老，既至梁城，不逾月病死。秦王命除其国。又命嬴樛发雒阳丁壮，毁周宗庙，运其祭器，并要搬运九鼎，安放咸阳，陈列于秦太庙之中。布告列国，俱要朝贡称贺。韩桓惠王首先入朝，稽首称臣。齐、楚、燕、赵皆遣国相入贺。独魏国使者，尚未见到。秦王命河东守王稽，引兵袭魏。王稽素与魏通，私受金钱，遂泄其事。魏王惧，遣使谢罪，亦使太子增为质于秦，委国听令。自此六国，俱宾服于秦。秦王究通魏之事，召王稽诛之。范雎益不自安。

时有燕人蔡泽者，博学善辩，自负甚高，乘敝车游说诸侯，无所遇。遂西入咸阳，谓旅邸主人曰："汝饭必百粱，肉必甘肥，俟吾为丞相时，当厚酬汝。"主人曰："客何人，乃望作丞相耶？"泽曰："吾姓蔡名泽，乃天下雄辩有智之士，特来求见秦王。秦王若一见我，必逐应侯而以吾代之。"主人笑其狂，为人述之。应侯门客闻其语，述于范雎。范雎乃使人往旅邸召蔡泽。蔡泽往见范雎。雎踞坐以待，厉声诘之曰："外边宣言，欲代我为丞相者是汝耶？"蔡泽端立于旁曰："正是。"范雎曰："汝有何辞说，可以夺我爵位？"蔡泽曰："夫四时之序，成功者退，将来者进。大丈夫处世，身名俱全者，上也；名可传而身死者，其次也；惟名辱而身全，斯为下耳。若夫秦有商君，楚有吴起，越有大夫种，皆功成而身不得其死。今君之功绩，不若商君、吴起、大夫种，然而君之禄位过盛，私家之富，倍于三子，如是而不思急流勇退，为自全计。彼三子者，且不能免祸，而况于君乎？苏秦、智伯之智，非不足以自庇，而竟以死者，惑于贪利不止也。君以匹夫，徒步知遇秦王，位为上相，富贵已极。犹然贪恋势利，进而不退，窃恐苏秦、智伯之祸，在所不免。君何不以此时归相印，择贤者而荐之？"范雎乃延之上坐，待以客礼。次日入朝，荐于秦王。秦王召蔡泽，问以兼并六国之计。蔡泽从容条对，深合秦王之意，即日拜为客卿。范雎因谢病，请归相印。秦王不准。雎遂称病笃不起。秦王乃拜蔡泽为丞相，以代范雎。雎老于应。

却说燕王喜即位，立其子丹为太子。时赵平原君赵胜卒，以廉颇为相国，封信平君。燕王喜使其相国栗腹，往吊平原君之丧，因以五百金为赵王酒资，约为兄弟。赵王如常礼相待，栗腹意不怿。归报燕王曰："赵自长平之败，壮者皆死。且相国新丧，廉颇已老，若出其不意，分兵伐之，赵可灭也。"燕王惑其言，使栗腹为大将，乐乘佐之，率兵十万攻鄗。使庆秦为副将，乐闲佐之，率兵十万攻代。赵王闻燕兵将至，集群臣问计。相国廉颇荐雁门李牧，其才可将。赵王用廉颇为大将，引兵五万，迎栗

腹于鄗。用李牧为副将，引兵五万，迎庆秦于代。

却说廉颇知栗腹在鄗，乃尽匿其丁壮于铁山，但以老弱列营。先出疲卒数千人挑战。栗腹亲自出阵，只一合，赵军不能抵挡，大败而走。栗腹指麾将士，追逐赵军。六七里，伏兵齐起。燕军大败，廉颇生擒栗腹。乐乘欲走，廉颇使人招之，乐乘遂奔赵军。恰好李牧救代得胜，斩了庆秦，遣人报捷。廉颇使乐乘为书招乐闲，闲亦降赵。廉颇长驱直入，燕王遣使乞和。乐闲谓廉颇曰："本倡伐赵之谋者，栗腹也。大夫将渠苦谏不听，被羁在狱。若欲许和，必须要燕王以将渠为相国，使他送款，方可。"廉颇从其说。燕王即召将渠于狱中，授相印。将渠谓燕王曰："乐乘、乐闲虽身投于赵，然其先世有大功于燕，大王宜归其妻子，使其不忘燕德，则和议可速成矣。"燕王从之。将渠乃如赵军，为燕王谢罪，并送还乐闲、乐乘家属。廉颇许和，因斩栗腹之首，并庆秦之尸，归之于燕，即日班师还赵。

再说秦昭襄王在位五十六年而薨，太子安国君柱立，是为孝文王，立子楚为太子。孝文王除丧之三日，大宴群臣，席散回宫而死。于是吕不韦同群臣奉子楚嗣位，是为庄襄王。奉华阳夫人为太后，立赵姬为王后，子赵政为太子，去赵字单名政。蔡泽知庄襄王深德吕不韦，欲以为相，乃托病以相印让之。不韦遂为丞相，封文信侯，食河南洛阳十万户。

再说东周君闻秦连丧二王，乃遣宾客往说诸国，欲合从以伐秦。吕不韦言于庄襄王曰："西周已灭，而东周一线若存，不如尽灭之，以绝人望。"秦王即用不韦为大将，率兵十万伐东周，执其君以归。周自武王受命，历八百七十三年，而祀绝予秦。秦王乘灭周之盛，复遣蒙骜袭韩，拔成皋、荥阳，置三川郡，地界直逼大梁矣。秦王再遣蒙骜攻赵，取榆次等三十七城，置太原郡。遂南定上党，因攻魏高都，不拔，秦王复遣王龁将兵五万助战。魏兵屡败，如姬言于魏王曰："秦所以欺魏者，以信陵君不在也。大王若召之于赵，使其合从列国，并力御秦，虽有蒙骜等百辈，何敢正眼视魏哉！"魏王不得已，遣颜恩为使，持相印，往赵迎信陵君。信陵君恨曰："魏王弃我于赵，今事急而召我，非中心念我也！"乃悬书于门下："有敢为魏王通使者死！"颜恩至魏半月，不得见公子。欲求门下客为言，俱辞不敢通。

第一百二回
华阴道信陵败蒙骜
胡卢河庞煖斩剧辛

话说颜恩欲见信陵君不得，正无奈何。适毛公和薛公来访公子，颜恩泣诉其事。二公入见信陵君曰："公子所以重于赵，名闻于诸侯者，徒以有魏也。即公子之能养士，致天下宾客者，亦借魏力也。设使秦一旦破大梁，夷先王之宗庙，公子复何面目寄食于赵也?"信陵君蹴然起立，即日命宾客束装，自入朝往辞赵王。赵王乃以上将军印授公子，使将军庞煖为副，起赵军十万助之。信陵君先使颜恩归魏报信，然后分遣宾客，致书于各国求救。燕、韩、楚三国，俱素重信陵之人品，悉遣大将引兵至魏。燕将将渠，韩将公孙婴，楚将景阳，惟齐国不肯发兵。魏王使卫庆悉起国中之师，出应公子。

时蒙骜围郏州，王龁围华州。信陵君乃使卫庆以魏师合楚师，筑为连垒，以拒蒙骜。虚插信陵君旗号，坚壁勿战。而身帅赵师十万，与燕、韩之兵，星驰华州。信陵君命赵将庞煖。引一支军往渭河，劫秦粮艘。使韩将公孙婴，燕将将渠，各引一支军，在少华山左右伺候，共击秦军。亲率精兵三万，伏于少华山下。庞煖引军先发，早有伏路秦兵报入王龁营中。王龁大惊，遂传令："留兵一半围城，余者悉随吾救渭。"将近少华山，山中闪出一队大军。王龁传令列成阵势。战不数合，又是一队大军到来，王龁急分兵迎敌。三国之兵，搅做一团。信陵君度秦兵已疲，引伏兵一齐杀出。王龁大败，引残兵败将，向路南而遁。信陵君引得胜之兵，仍分三队，来救郏州。

却说蒙骜谍探信陵君兵往华州，乃将老弱立营，虚建旗帜，与魏、楚二军相持。尽驱精锐，望华州一路迎来。谁知信陵君已破走了王龁，恰好在华阴界上相遇。信陵君当先冲敌，左有公孙婴，右有将渠，两下大杀一阵。蒙骜折兵万余，鸣金收军。这边魏将卫庆，楚将景阳，探知蒙骜不在军中，攻破秦营老弱，解了郏州之围，也望华

阴一路追袭而来。蒙骜腹背受敌，又大折一阵，急急望西退走。信陵君率诸军，直追至函谷关下。秦兵紧闭关门，不敢出应。信陵君方才班师。各国之兵，亦皆散回本国。魏安釐王闻信陵君大破秦军，不胜之喜，出城三十里迎接。拜为上相，国中大小政事，皆决于信陵君。信陵君之威名，震动天下。各国皆具厚币，求信陵君兵法。

却说蒙骜与王龁领着败兵，来见秦庄襄王。刚成君蔡泽进曰："诸国所以合从者，徒以公子无忌之故。今王遣一使修好于魏，且请无忌至秦面会，俟其入关，即执而杀之。"秦王用其谋，遣使至魏修好，并请信陵君。信陵君使朱亥为使，奉璧一双以谢秦。秦王大怒。蒙骜密奏曰："魏使者朱亥，乃魏之勇士，宜留为秦用。"秦王欲封朱亥官职，朱亥坚辞不受。秦王益怒，命拘于驿舍，绝其饮食。朱亥以手自探其喉，绝咽而死。刚成君蔡泽又进曰："信陵君有震主之嫌。大王若密遣细作至魏，访求晋鄙之党，奉以多金，使之布散流言，则魏王必疏无忌而夺其权。"秦王曰："卿计甚善。然魏太子增犹质吾国，寡人欲囚而杀之，何如？"蔡泽对曰："不若借太子使为反间于魏。"秦王大悟，待太子增加厚。一面遣细作持万金往魏国行事；一面使其宾客皆与太子增往来相善，因而密告太子曰："信陵君今为魏大将，诸侯兵皆属焉。信陵君若立，必使秦杀太子，以绝民望。太子何不致一书于魏王，使其请太子归国。"太子增乃为密书，书中备言诸侯归心信陵，欲拥立为王等语。于是秦王乃修书奉贺信陵君，另有金币等物。

却说信陵君闻秦使讲和，谓宾客曰："秦非有兵戎之事，何求于魏？此必有计！"言未毕，阍人报秦使者在门，言："秦王亦有书奉贺。"信陵君再三却之。恰好魏王遣使来到，要取秦王书来看。信陵君遂命驾车将秦王书币，原封不动，送上魏王，言："臣已再三辞之，不敢启封。今蒙王取览，只得呈上，但凭裁处。"魏王乃发书观之，览毕，付与信陵君观看。信陵君奏曰："此书乃离间我君臣，臣所以不受者，正虑书中不知何语，恐堕其术中耳。"魏王曰："公子既无此心，便可于寡人面前，作书复之。"即命左右取纸笔，付信陵君作回书。书付秦使，并金币带回。魏王亦遣使谢秦，并言："寡君年老，欲请太子增回国。"秦王许之。太子增既回魏，复言信陵不可专任。信陵君遂托病不朝，将相印兵符，俱缴还魏王，与宾客为长夜之饮。

再说秦庄襄王在位三年，得疾，丞相吕不韦入问疾。因使内侍以缄书密致王后，追述往日之誓。后遂召不韦与之私通。不韦以医药进王，王病一月而薨。不韦扶太子政即位，此时年仅一十三岁。尊庄襄后为太后，封其母弟成峤为长安君，国事皆决于不韦，号为尚父。秦王政元年，吕不韦知信陵君退废，使大将蒙骜同张唐伐赵，攻下晋阳。三年，再遣蒙骜同王龁攻韩，韩使公孙婴拒之。王龁帅其私属千人，直犯韩营。龁力战而死。蒙骜乘之，大败韩师，杀公孙婴，取韩十二城以归。自信陵君废，而赵、魏之好亦绝。赵孝成王使廉颇伐魏，围繁阳，未克，而孝成王薨。太子偃嗣位，是为悼襄王。时廉颇已克繁阳，乘胜进取。而大夫郭开，素以谄佞为廉颇所嫉，谮于悼襄王，言："廉颇已老，不任事，伐魏久而无功。"乃使武襄君乐乘，往代廉颇。廉颇怒曰："乐乘何人，而能代我？"遂勒兵攻乘，乘惧走归国。廉颇遂奔魏，魏王虽尊为客将，疑而不用。廉颇由是遂居大梁。

秦王政四年，魏信陵君得疾而亡。宾客自到从死者百余人，足见信陵君之能得士矣！明年，魏安釐王亦薨，太子增嗣位，是为景湣王。秦遣大将蒙骜攻魏，拔酸枣等二十城，置东郡。未几，又拔朝歌，又攻下濮阳。景湣王遣使与赵通好。赵悼襄王方欲使人往纠列国，重寻合从之约，忽边吏报道："燕国拜剧辛为大将，领兵十万，来犯北界。"赵王闻报，即召庞煖计议。煖曰："剧辛自恃宿将，必有轻敌之心。今李牧见守代郡，使引军南行，以断其后，臣以一军迎战，彼腹背受敌，可成擒矣。"赵王从计而行。

却说剧辛渡易水，直犯常山地界，兵势甚锐。庞煖帅大军屯于东垣，深沟高垒，以待其来。剧辛问帐下："谁敢挑战？"骁将栗元，乃栗腹之子，欲报父仇，欣然愿往。剧辛给锐卒万人，使犯赵师。庞煖使乐乘、乐闲张两翼以待，而亲率军迎战。两

下交锋，二十余合，两翼并进，俱用强弓劲弩乱射燕军。栗元不能抵当，回车便走。庞煖同二将从后掩杀，一万锐卒，折去三千有余。剧辛大怒，急催大军亲自接应。庞煖已自还营去了。剧辛攻垒不能入，乃使人下书，约明日于阵前，单车相见。至次日，庞煖先乘单车立于阵前，请剧将军会面。剧辛亦乘单车而出。庞煖在车中欠身曰："且喜将军齿发无恙。"剧辛曰："某已衰老，君亦苍颜。人生如白驹过隙，信然也。"庞煖曰："老将军年逾六十，孤立于衰王之庭，犹贪恋兵权，持凶器而行危事，欲何为乎？"剧辛曰："某受燕王三世厚恩，粉骨难报，趁吾余年，欲为国家雪栗腹之耻！"两下在军前反复酬答，庞煖忽大呼曰："有人得剧辛之首者，赏三百金！"剧辛大怒，把令旗一麾，栗元便引军杀出。这里乐乘、乐闲双车接战，两下混杀一场，燕军比赵损折更多，天晚各鸣金收兵。

剧辛回营，闷闷不悦，正自踌躇，忽有守营军士报道："赵国遣人下书，见在辕门之外，未敢擅投。"剧辛命取书到，发而观之，略曰："代州守李牧，引军袭督亢，截君之后。君宜速归，不然无及。某以昔日交情，不敢不告。"剧辛曰："庞煖欲摇动我军心耳！"命以书还其使人，来日再决死战。赵使者已去，剧辛密传军令，虚扎营寨，连夜撤回。谁知庞煖探听燕营虚设，同乐乘、乐闲分三路追来。剧辛且战且走，行至龙泉河，探子报道："前面旌旗塞路，闻说是代郡军马。"剧辛不敢北进，引兵东行。庞煖追及，大战于胡卢河。剧辛兵败，自刎而亡。栗元被乐闲擒而斩之，赵兵大胜。庞煖约会李牧，一齐征进，取武遂、方城之地。燕王亲诣将渠之门，求其为使，伏罪乞和。庞煖看将渠面情，班师奏凯而回。李牧仍守代郡去讫。赵悼襄王郊迎庞煖，庞煖曰："燕人已服，宜及此时合从列国，并力图秦。"

第一百三回
李国舅争权除黄歇 樊於期传檄讨秦王

话说庞煖欲合从列国，为并力图秦之计。除齐附秦外，韩、魏、楚、燕各出锐师，共推春申君黄歇为上将。歇分兵五路，直攻渭南，不克，围之。秦丞相吕不韦使将军蒙骜、王翦、桓齮、李信、内史腾各将兵五万人，分应五国。不韦自为大将，兼统其军，离潼关五十里分为五屯。王翦言于不韦曰："三晋近秦，习与秦战。而楚在南方，其来独远。诚选五营之锐，合以攻楚。楚之一军破，余四军将望风而溃矣。"不韦以为然。于是使五屯设垒建帜如常，暗地各抽精兵一万，约以四鼓齐起，往袭楚寨。时李信以粮草稽迟，欲斩督粮牙将甘回，众将告求得免，但鞭背百余。甘回挟恨，夜奔楚军，以王翦之计告之。春申君大惊，遂即时传令，拔寨俱起，夜驰五十余里。比及秦兵到时，楚寨已撤矣。四国闻楚先撤，亦各班师。

再说春申君奔回郢城，考烈王责让黄歇，歇惭惧不容。时有魏人朱英，客于春申君之门，说曰："今两周已并于秦，而秦方修怨于魏。魏旦暮亡，则陈、许为通道，恐秦、楚之争，从此方始。君何不劝楚王东徙寿春，去秦较远，绝长淮以自固，可以少安。"黄歇言于考烈王，乃择日迁都。

再说考烈王在位已久，尚无子息。有赵人李园，亦在春申君门下。有妹李嫣色美，欲进于楚王，恐久后以无子失宠，乃心生一计。将其妹先献春申君。未三月，即便怀孕。李园遂教以说词，如此这般。夜间侍寝之际，李嫣进言于黄歇曰："楚王之贵幸君，虽兄弟不如也。今王未有子，千秋百岁后，将更立兄弟。君贵，用事久，多失礼于王之兄弟。兄弟诚立，祸且及身矣。"黄歇愕然曰："卿言是也。今当奈何？"李嫣曰："妾今自觉有孕矣。诚以君之重，而进妾于楚王，王必幸妾。妾赖天佑生男，异日必为嫡嗣，则是君之子为王也。"黄歇如梦初觉。次日，入言于楚王。楚王即宣

取李嫣入宫。嫣善媚，楚王大宠爱之。及产期，双生二男。楚王喜不可言，遂立李嫣为王后，长子捍为太子。李园为国舅，贵幸用事。园为人多诈术，想起其妹怀娠之事，惟春申君知之，欲灭其口。乃使人各处访求勇力之士，收置门下。

朱英闻而疑之，乃入见春申君曰："李园，王之舅也，而君位在其上，外虽柔顺，内实不甘。闻其阴蓄死士，为日已久。楚王一薨，李园必先入据权，而杀君以灭口。此无妄之祸也。李园以妹故，宫中声息，朝夕相通。而君宅于城外，动辄后时。诚以郎中令相处，某得领袖诸郎，李园先入，臣为君杀之。"黄歇笑曰："足下且退，容吾察之。如有用足下之处，即来相请。"朱英去三日，不见春申君动静，知其言不见用，乃不辞而去。朱英去十七日，而考烈王薨。李园闻信，先入宫中，吩咐秘不发丧，密令死士伏于棘门之内。捱至日没，方使人徐报黄歇。黄歇大惊，不谋于宾客，即刻驾车而行。方进棘门，两边死士突出，遂斩黄歇之头。然后发丧，拥立太子捍嗣位，是为楚幽王。李园自立为相国，传令尽灭春申君之族。

再说吕不韦愤五国之攻秦，乃使蒙骜同张唐督兵五万伐赵，令长安君成峤同樊於期率兵五万为后继。赵使相国庞煖为大将，率军十万拒敌。却说长安君成峤，年方十七岁，不谙军务，召樊於期议之。於期素恶不韦纳妾盗国之事，言："今王非先王骨血，惟君乃是适子。文信侯今日以兵权托君，非好意也。若蒙骜兵败无功，将借此以为君罪。今蒙骜兵困于赵，急未能归，而君手握重兵。若传檄以宣淫人之罪，臣民谁不愿奉适嗣以主社稷者！"成峤愤然按剑作色曰："惟将军善图之！"樊於期草就檄文，四下传布。秦人多信其为实。张唐知长安君已反，星夜奔往咸阳告变。秦王政见檄文大怒，乃拜王翦为大将，率军

十万，往讨长安君。再说蒙骜接得檄文，大惊。乃传令班师，亲自断后，缓缓而行。庞煖探听秦军移动，预选精兵三万，伏于太行山林木深处。秦兵大溃。蒙骜身带重伤，赵军围之数重，乱箭射死。

再说张唐、王翦等兵至屯留，成峤大惧。王翦访帐下："何人与长安君相识？"有末将杨端和，乃屯留人，自言："曾在长安君门下为客。"王翦曰："我修书一封与汝，汝可送与长安君，劝他早图归顺。俟交锋之时，乘其收军，汝可效敌军打扮，混入城中。只看攻城至急，便往见长安君。"端和领计。王翦再召桓齮引一军攻长子城，王贲引一军攻壶关城，王翦自攻屯留。三处攻打，使他不能接应。樊於期抽选精兵万余，开门出战。王翦佯让一阵，退军十里，屯于伏龙山。於期得胜入城，杨端和已混入去了。

第一百四回
甘罗童年取高位 嫪毐伪腐乱秦宫

话说王翦退军十里，吩咐深沟高垒，不许出战。却发军二万，往助桓齮、王贲，攻下长子、壶关二城。樊於期大惊，乃立屯于城外。王翦使桓齮、王贲各引一军，分作左右埋伏，却教辛胜引五千人马，前去搦战。樊於期率军开营出迎。略战数合，辛胜倒退。樊於期恃勇前进，约行五里，桓齮、王贲两路伏兵杀出，於期大败。急收军回，王翦兵已布满城下。於期杀开一条血路，城中开门接入去了。王翦合兵围城，攻打甚急。杨端和乘夜求见长安君成峤，告曰："秦之强，君所知也。君乃欲以孤城抗之，必无幸矣。樊於期恃匹夫之勇，欲以君行侥幸之事。王将军亦知君为樊於期所诱，有密书一封，托致于君。"遂将书呈上。成峤看毕，流泪而言曰："足下且暂劳作伴，所言俟从容再议。"次日，樊於期出南门，与秦兵交锋。杨端和劝成峤登城观战。樊於期鏖战良久，奔回城下。杨端和仗剑立于成峤之旁，厉声曰："长安君已全城归降矣！樊将军请自便。"袖中出一旗，旗上有个"降"字。左右皆端和亲戚，便将降旗竖起，不由成峤做主。樊於期复杀开一条血路，遥望燕国而去。杨端和使成峤开门，以纳秦兵。王翦将成峤幽于公馆，遣辛胜往咸阳报捷。秦王政遣使命王翦即枭斩成峤于屯留。一面悬赏格购樊於期："有能擒献者，赏以五城。"成峤闻不蒙赦，自缢于馆舍。

是时秦王政年已长成，既定长安君之乱，乃谋复蒙骜之仇，集群臣议伐赵。刚成君蔡泽进曰："赵者，燕之世仇也。某请出使于燕，使燕王效质称臣，然后与燕共伐赵。"秦王即遣蔡泽往燕。燕王听其言，遂使太子丹为质于秦，因请大臣一人，以为燕相。吕不韦欲遣张唐，张唐托病不肯行。不韦驾车亲自往请，张唐坚执不从。不韦门下客有甘罗者，乃是甘茂之孙，时年仅十二岁，往见张唐，曰："君之功，自谓比武安君何如?”唐曰:“某功不及十之一也。”甘罗曰:“昔应侯欲使武安君攻赵,武安君不肯行。应侯一怒,而武安君遂死于杜邮。今文信侯自请君相燕,而君不肯行。君之死期不远矣。”张唐悚然有惧色,乃因甘罗以请罪于不韦,即日治装。将行,甘罗谓不韦曰:“愿假臣车五乘,为张唐先报赵。”不韦入言于秦王。秦王给以良车十乘,仆从百人,从之使赵。赵悼襄王见甘罗年少,暗暗称奇,问曰:“先生下辱敝邑,有何见教?”甘罗曰:“秦之亲燕,欲相与攻赵,而广河间之地也。大王不如割五城献秦,以广河间。臣请言于寡君,绝燕之好,而与赵为欢。夫以强赵攻弱燕,而秦不为救,此其所得,岂止五城而已哉?”赵王大悦,以五城地图付之,使还报秦王。秦王喜,乃止张唐不遣。赵乃命庞煖、李牧合兵伐燕,取上谷三十城,以十一城归秦。秦王封甘罗为上卿。

却说吕不韦得宠于庄襄后,出入宫闱,素无忌惮。及见秦王年长,英明过人,始有惧意。奈太后不时宣召人甘泉宫,不韦欲进一人以自代。市人嫪毐,偶犯淫罪,不韦曲赦之。欲进于太后,乃使人发其旧罪,论以腐刑。因以百金分赂主刑官吏,诈为阉割,拔其须眉。嫪毐遂杂于内侍之中以进,太后留侍宫中。不韦乃幸得自脱。太后与嫪毐相处如夫妇。未几怀妊,太后诈称病,使嫪毐行金赂卜者,使诈言宫中有祟,当避西方二百里之外。于是太后徙雍城,嫪毐为御而往。嫪毐与太后益相亲不忌,两

年之中，连生二子，筑密室藏而育之。太后私与毐约，异日王崩，以其子为后。太后奏称嫪毐代王侍养有功，请封以土地。秦王乃封毐为长信侯，予以山阳之地。

秦王政九年春，秦王以郊祀之期，至雍朝见太后。临行，使大将王翦同吕不韦守国。桓齮引兵三万，屯于岐山。时秦王已二十二岁，犹未冠。太后命于德公之庙，行冠礼，佩剑，赐百官大酺五日。嫪毐与左右贵臣，赌博饮酒。至第四日，嫪毐与中大夫颜泄连博失利，直前扭颜泄，批其颊。泄亦摘去嫪毐冠缨。毐怒甚，大叱曰："吾乃今王之假父也！尔敢与我抗乎？"颜泄惧，走出，恰遇秦王政从太后处饮酒出宫。颜泄伏地叩头，号泣请死。秦王政令左右扶至祈年宫，然后问之。颜泄述了一遍，因奏："嫪毐实非宦者，诈为腐刑，私侍太后。今产下二子，在于宫中，不久谋篡秦国。"秦王政大怒，密以兵符往召桓齮，使引兵至雍。

有内史肆、佐弋竭二人，急奔嫪毐府中告之。毐大惊，夜叩大郑宫，求见太后，诉以如此这般："今日之计，除非攻祈年宫，杀却今王，我夫妻尚可相保。愿借太后玺，假作御宝用之。"太后遂出玺付毒。毐伪作秦王御书，加以太后玺文，遍召宫骑卫卒。次日午牌，嫪毐与内史肆、佐弋竭分将其众，围祈年宫。秦王政登台，问各军犯驾之意。答曰："长信侯传言行宫有贼，特来救驾。"秦王曰："长信侯便是贼！宫中有何贼耶？"宫骑卫卒等闻之，一半散去，一半胆大的，便反戈与宾客舍人相斗。嫪毐兵败，夺路斩开东门出走，正遇桓齮大兵，束手就缚。秦王政乃亲往大郑宫搜索，得缪毒奸生二子于密室之中，使左右置于布囊中扑杀之。狱吏献嫪毐招词，言："毐伪腐入宫，皆出文信侯吕不韦之计。"秦王命车裂嫪毐于东门之外，夷其三族。肆、竭等皆枭首示众。太后用玺党逆，不可为国母，迁居于棫阳宫。秦王政回驾咸阳，赦吕不韦不诛，但免相，收其印绶。是年夏四月，天发大寒，降霜雪，百姓多冻死。大夫陈忠进谏曰："天下无无母之子，宜迎归咸阳，以尽孝道。"秦王大怒，命剥去其衣，置其身于蒺藜之上，而捶杀之，陈其尸于阙下，榜曰："有以太后事来谏者，视此！"

第一百五回
茅焦解衣谏秦王 李牧坚壁却桓齮

话说秦大夫陈忠死后，相继而谏者不止，秦王辄戮之，陈尸阙下，前后凡诛杀二十七人。时有沧州人茅焦，适游咸阳，愤然曰："子而囚母，天地反复矣。吾明早叩阍入谏秦王。"次早，茅焦来至阙下，伏尸大呼曰："臣齐客茅焦，愿上谏大王！"秦王使内侍出问曰："客所谏者，得无涉王太后语耶？客不见阙下死人累累耶？何不畏死若是！"茅焦曰："古圣贤谁人不死，臣又何畏哉？"内侍复还报。秦王按剑而坐，怒气勃勃不可遏，连呼："召狂夫来就烹！"内侍往召茅焦。茅焦至阶下，再拜叩头奏曰："今天下之所以尊秦者，非独威力使然，亦以大王为天下之雄主，忠臣烈士，毕集秦庭故也。今大王车裂假父，有不仁之心；囊扑两弟，有不友之名；迁母于棫阳宫，有不孝之行；诛戮谏士，陈尸阙下，有桀纣之治。所行如此，何以服天下乎？怨谤日腾，忠谋结舌，中外离心，诸侯将叛。惜哉！秦之帝业垂成，而败之自大王也。臣言已毕，请就烹！"乃起立解衣趋镬。秦王急走下殿，扶住茅焦，命左右去汤镬，

收起榜文。又命内侍与茅焦穿衣，延之坐。即命司里收取二十七人之尸，各具棺椰，同葬于龙首山。是日秦王亲自发驾，往迎太后。

秦王乃拜茅焦为太傅，爵上卿。又恐不韦复与宫闱相通，遣出都城，往河南本国居住。列国闻文信侯就国，争欲请之。秦王恐其用于他国，乃手书一缄，以赐不韦。吕不韦接书读讫，遂置鸩于酒中，服之而死。门下客盗载其尸，偷葬于北邙山下。秦王闻不韦已死，求其尸不得，乃尽逐其宾客。因下令大索国中，凡他方游客，不许留居咸阳，已仕者削其官，三日内皆要逐出境外。有楚国上蔡人李斯，乃名贤荀卿之弟子，向游秦国，事吕不韦为舍人。不韦荐于秦王，拜为客卿。今日逐客令下，李斯亦在逐中。斯于途中写就表章，托言机密事，使邮传上之秦王。秦王览其书，大悟，遂除逐客之令，使人驰车往追李斯。斯乃还入咸阳，秦王命复其官。

李斯因说秦王曰："韩近秦而弱，请先取韩，以惧诸国。"秦王从其计。时韩桓惠王已薨，太子安即位。有公子非者，善于刑名法律之学，数上书于韩王安，韩王不能用。及秦兵伐韩，公子非乃自请于韩王，愿为使聘秦，以求息兵。韩王从之。公子非西见秦王，言韩王愿纳地为东藩。秦王大喜。非因说之曰："臣有计可以破天下之从，而遂秦兼并之谋。"因献其所著《说难》《孤愤》等书，五十余万言。秦王读而善之，欲用为客卿。李斯忌其才，谮于秦王曰："秦攻韩，韩王急而遣非入秦，安知不如苏秦反间之计？非不可任也。不如杀之，以剪韩之翼。"秦王乃囚韩非，将杀之。是夜，非以冠缨自勒其喉而死。韩王闻非死，益惧，请以国内附称臣。秦王乃罢兵。

秦王一日与李斯议事，夸韩非之才，惜其已死。李斯乃进曰："臣举一人，姓尉名缭，大梁人也，其才胜韩非十倍。"秦王乃以宾礼召之，置之上座，呼为先生。尉缭因进说曰："夫列国散则易尽，合则难攻。今国家之计，皆决于豪臣，豪臣岂尽忠智，不过多得财物为乐耳。大王若厚赂其豪臣，以乱其谋，则诸侯可尽矣。"秦王大悦，即拜为太尉。其弟子皆拜大夫。秦王复问尉缭以并兼次第。尉缭曰："韩弱易攻，宜先。其次莫如赵、魏。三晋既尽，即举兵而加楚。楚亡，燕、齐又安往乎？"秦王曰："赵王尝置酒咸阳宫，未有加兵之名，奈何？"尉缭曰："王若患伐赵无名，请先加兵于魏。赵王有宠臣郭开者，贪得无厌。臣遣弟子王敖往说魏王，使赂郭开而请救于赵王，赵必出兵。吾因以为赵罪，移兵击之。"秦王乃命大将桓齮，率兵十万，出函谷关，声言伐魏。复遣尉缭弟子王敖往魏，付以黄金五万斤，恣其所用。王敖至魏，说魏王曰：“韩、赵联袂而事秦，秦兵至魏，魏其危矣。大王何不割邺城以赂赵，而求救于赵？赵如发兵守邺，是赵代魏为守也。”魏王从其言，以邺郡三城地界，并国书付与王敖，使往赵国求救。王敖先以黄金三千斤交结郭开，然后言三城之事。郭开言于悼襄王，悼襄王使扈辄率师五万，往受其地。秦王遂命桓齮进兵攻邺。扈辄兵败，遣人告急于赵王。

赵王聚群臣共议，众皆曰：“廉颇尚在魏国，何不召之?”郭开与廉颇有仇，乃谮于赵王曰：“廉将军年近七旬。大王姑使人觇视，倘其未衰，召之未晚。”赵王乃遣内侍唐玖以猰貐名甲一副，良马四匹劳问，因而察之。郭开密邀唐玖至家，出黄金二十镒为寿，告以如此恁般。唐玖往魏国，见了廉颇，致赵王之命。廉颇知是秦兵犯赵，乃留唐玖同食，故意在他面前施逞精神，一饭斗米俱尽，啖肉十余斤。唐玖回至邯郸，谬谓赵王曰：“廉将军有脾疾，与臣同坐，须臾间遗矢三次矣。”赵王遂不复召，但益发军以助扈辄。其后楚王闻知廉颇在魏，使人召之。颇复奔楚为楚将，以楚兵不如赵，郁郁不得志而死。秦王更催桓齮进兵。赵悼襄王忧惧，一疾而薨。太子迁即位。桓齮乘赵丧，袭破赵军，斩扈辄，进逼邯郸。赵王迁闻代守李牧之能，乃使人乘急传，持大将军印召牧。李牧列营于肥累，置壁垒，坚守不战。桓齮乃分兵一半，往袭甘泉市。赵葱请救之。李牧曰：“彼方有事甘泉市，其营必虚。”遂分兵三路，夜袭其营。营中不意赵兵猝到，遂大溃败。败兵奔往甘泉市，报知桓齮。桓齮悉兵来战。李牧张两翼以待之。桓齮大败，走归咸阳。赵王以李牧有却秦之功，亦封为武安君，食邑万户。

第一百六回

王敖反间杀李牧 田光刎颈荐荆轲

话说赵王迁五年，代中地震，邯郸大旱。郭开蒙蔽，不使赵王闻之。时秦王再遣大将王翦、杨端和分道伐赵。燕太子丹阴使人致书于燕王，使为战守之备。又教燕王诈称有疾，使人请太子归国。燕王遣使至秦，秦王政不肯遣。太子丹乃易服毁面，为人佣仆，赚出函谷关，星夜往燕国去讫。

再说赵武安君李牧，大军屯于灰泉山，连营数里。秦两路车马，皆不敢进。秦王复遣王敖至王翦军中。王敖谓翦曰："李牧北边名将，未易取胜。将军姑与通和，某自有计。"王翦果使人往赵营讲和。李牧亦使人报之。王敖至赵，再打郭开关节，言："李牧与秦私自讲和，约破赵之日，分王代郡。若以此言进于赵王，使以他将易去李牧。某言于秦王，君之功劳不小。"郭开已有外心，遂密奏赵王。赵王信以为实然，谋于郭开。郭开奏曰："大王诚遣使持兵符，即军中拜赵葱为大将，替回李牧。"赵王从其言，遣司马尚持节至灰泉山军中，宣赵王之命。李牧叹曰："吾尝恨乐毅、廉颇为赵将不终，不意今日乃及自己！赵葱不堪代将，吾不可以将印授之。"乃悬印于幕中，中夜微服遁去。赵葱怒李牧不肯授印，乃遣力士急捕李牧，缚而斩之。

却说秦兵闻李牧死，军中皆酌酒相贺。王翦、杨端和两路军马，刻期并进。赵葱与颜聚正计议，忽哨马报："王翦攻狼孟甚急，破在旦夕。"赵葱遂传令拔寨俱起，往救狼孟。王翦预伏兵大谷，只等赵葱兵过一半，放起号炮，伏兵一齐杀出。赵葱兵败，为王翦所杀。颜聚收拾败军，奔回邯郸。秦兵遂拔狼孟，攻取下邑。杨端和亦收取常山余地，进围邯郸。秦王命内史腾移兵往韩受地。韩王安大惧，尽献其城，入为秦臣。秦以韩地为颍川郡。此秦王政之十七年也。自此，六国只存其五矣。

再说秦兵围邯郸，赵王迁欲遣使邻邦求救。郭开进曰："韩王已入臣，燕、魏方自保不暇，安能相救？以臣愚见，不如全城归顺，不失封侯之位。”王迁欲听之。公子嘉伏地痛哭曰：“臣愿与颜聚竭力效死。万一城破，代郡数百里，尚可为国，奈何束手为人俘囚乎？”赵王无计可施，惟饮酒取乐而已。郭开欲约会秦兵献城，奈公子嘉率其宗族宾客，帮助颜聚加意防守，水泄不漏。其时岁值连荒，城外民人逃尽。秦兵野无所掠，惟城中广有积粟，食用不乏，急切不下。遂退兵五十里外，以就粮运。城中见秦兵退去，防范稍弛，日启门一次，通出入。郭开遣心腹出城，将密书一封，送入秦寨。王翦得书，即遣人驰报秦王。秦王亲率精兵三万，来至邯郸，昼夜攻打。城上望见大旆有“秦王”字，飞报赵王。赵王愈恐，曰：“寡人欲降秦，恐见杀如何？”郭开曰：“若以和氏之璧，并邯郸地图出献，秦王必喜。”赵王遂依其言。颜聚闻报赵王已出西门，送款于秦，大惊。公子嘉即率其宗族数百人，同颜聚奔出北门，星夜往代。颜聚劝公子嘉自立为代王，以令其众。

再说秦王政准赵王迁之降，长驱入邯郸城，居赵王之宫。赵王以臣礼拜见，秦王坐而受之。明日，秦王出令，以赵地为巨鹿郡，置守。安置赵王于房陵，封郭开为上卿。赵王方悟郭开卖国之罪，遂发病不起。

再说燕太子丹逃回燕国，恨秦王甚，乃散家财，大聚宾客，谋为报秦之举。访得勇士夏扶、宋意，皆厚待之。有秦舞阳，年十三，白昼杀仇人于都市。太子赦其罪，收致门下。秦将樊於期得罪奔燕，匿深山中。至是闻太子好客，亦出身自归。丹待为上宾，于易水之东，筑一城以居之，名曰樊馆。太傅鞠武曰：“所识有田光先生，其人智深而勇沉，且多识异人。太子必欲图秦，非田光先生不可。”即驾车往见田光，与田光同造太子宫中。

太子丹闻田光至，亲出宫迎接，执辔下车，再拜致敬，跪拂其席。屏左右，避席而请曰：“闻先生智勇足备，能奋奇策，救燕须臾之亡乎？”田光对曰：“鞠太傅但知臣盛

壮之时，不知臣已衰老矣。太子自审门下客，可用者有几人？光请相之。”太子丹乃悉召夏扶、宋意、秦舞阳至。田光一一相过，谓太子曰：“臣窃观太子客，俱无可用者。怒形于面，何以济事？臣所知有荆卿者，乃神勇之人，喜怒不形，似为胜之。荆卿名轲，本庆氏，齐大夫庆封之后也。性嗜酒。燕人高渐离者，善击筑。轲爱之，日与饮于燕市中。酒酣，渐离击筑，荆卿和而歌之。其人沉深有谋略，光万不如也。”太子丹曰：“丹未得交于荆卿，愿因先生而致之。”乃送田光出门，以自己所乘之车奉之，使内侍为御。光将上车，太子嘱曰：“丹所言，国之大事也，愿先生勿泄于他人。”田光笑曰：“老臣不敢。”

田光上车，访荆轲于酒市，邀轲至其家中，谓曰：“荆卿尝叹天下无知己，光亦以为然。然光老矣，不足为知己驱驰。荆卿方壮盛，亦有意一试胸中之奇乎？”荆轲曰：“岂不愿之，但不遇其人耳。”田光曰：“太子丹折节重客，燕国莫不闻之。今者不知光之衰老，乃以燕、秦之事谋及于光。光与卿相善，知卿之才，荐以自代，愿卿即过太子宫。”荆轲曰：“先生有命，轲敢不从！”田光欲激荆轲之志，乃叹曰：“今太子以国事告光，而嘱光勿泄，是疑光也。光请以死自明，愿足下急往报于太子。”遂拔剑自刎而死。

荆轲方悲泣，而太子复遣使来视：“荆先生来否？”荆轲知其诚，即乘田光来车，至太子宫。太子接待荆轲，与田光无二。既相见，问：“田先生何不同来？”荆轲曰：“光闻太子有私嘱之语，欲以死明其不言，已伏剑死矣！”太子丹抚膺恸哭，良久收泪。纳轲于上座，曰：“田先生不以丹为不肖，使丹得见荆卿，天与之幸，愿荆卿勿见鄙弃。”荆轲曰：“太子所以忧秦者，何也？”丹曰：“秦譬犹虎狼，吞噬无厌。今韩王尽已纳地为郡县矣。王翦大兵复破赵，虏其王。赵亡，次必及燕。燕小弱，数困于兵。丹恐举国之众，不当秦之一将。诸侯畏秦之强，无肯合从者。丹窃有愚计，诚得天下之勇士，伪使于秦，诱以重利。秦王贪得，必相近，因乘间劫之，使悉反诸侯侵地。倘不从，则刺杀之。彼大将握重兵，各不相下，君亡国乱，然后连合楚、魏，共立韩、赵之后，并力破秦，此乾坤再造之时也！”荆轲沉思良久，对曰：“此国之大事也，臣驽下，恐不足当任使。”太子丹前顿首固请曰：“以荆卿高义，丹愿委命于卿，幸毋让！”荆轲再三谦逊，然后许诺。于是尊荆轲为上卿，于樊馆之右，复筑一城，名曰荆馆，以奉荆轲。太子丹日造门下问安，供以太牢。间进车骑美女，恣其所欲，唯恐其意之不适也。一日，太子丹请荆轲与樊於期相会，出所幸美人奉酒，复使美人鼓琴娱客。荆轲见其两手如玉，赞曰：“美哉手也！”席散，丹使内侍以玉盘送物于轲，轲启视之，乃断美人之手。自明于轲，无所吝惜。轲叹曰：“太子遇轲厚，乃至此乎？当以死报之！”

第一百七回
献地图荆轲闹秦庭 论兵法王翦代李信

话说荆轲平日，常与人论剑术，少所许可，惟心服榆次人盖聂，与之深结为友。至是，轲欲西入秦劫秦王，使人访求盖聂。欲邀请至燕，与之商议。因盖聂游踪未定，一时不能来到。太子丹知荆轲是个豪杰，不敢催促。忽边人报道："秦王遣太将王翦，北略地至燕南界。代王嘉遣使相约，一同发兵，共守上谷以拒秦。"太子丹大惧，言于荆轲。荆轲曰："臣思之熟矣！夫樊将军得罪于秦，秦王购其首。而督亢膏腴之地，秦人所欲。诚得樊将军之首，与督亢之地图，奉献秦王，彼必喜而见臣。"丹曰："樊将军穷困来归，何忍杀之？"荆轲知太子丹不忍，乃私见樊於期曰："将军得祸于秦，可谓深矣。今有一言，可以解燕国之患，报将军之仇者，将军肯听之乎？"樊於期曰："苟报秦仇，虽粉骨碎身，某所不恤。"荆轲曰："某之愚计，欲前刺秦王，而恐其不得近也。诚得将军之首，以献于秦。秦王必喜而见臣，臣伺机杀之，则将军之仇报，而燕亦得免于灭亡之患矣。"樊於期奋臂顿足，大呼曰："此臣之日夜切齿腐心而恨其无策者也，今乃得闻明教。"即拔佩剑刎其喉。太子丹闻报，驰车至，伏尸而哭极哀，命厚葬其身，而以其首置木函中。

荆轲曰："太子曾觅利匕首乎？"太子丹曰："有赵人徐夫人匕首，甚利，丹以百金得之，使工人染以毒药。装以待荆卿久矣！未知荆卿行期何日？"荆轲曰："臣有所善客盖聂未至，欲俟之以为副。"太子丹曰："足下之客，如海中之萍。丹之门下，有勇士数人，惟秦舞阳为最，或可以副行乎？"荆轲乃叹曰："臣所以迟迟，欲俟吾客，本图万全。太子既不能待，请行矣。"于是太子丹草就国书，只说献督亢之地并樊将军之首，俱付荆轲。秦舞阳为副使，同行。临发之日，太子丹与相厚宾客知其事者，俱白衣素冠，送至易水之上，设宴饯行。高渐离亦持豚肩斗酒而至。酒行数巡，高渐

离击筑，荆轲和而歌，歌曰：“风萧萧兮易水寒，壮士一去兮不复还！”太子丹复引卮酒，跪进于轲。轲一吸而尽，腾跃上车，催鞭疾驰，竟不反顾。

荆轲既至咸阳，知中庶子蒙嘉有宠于秦王，先以千金赂之，求为先容。秦王闻樊於期已诛，大喜，召使者至咸阳宫相见。荆轲藏匕首于袖，捧樊於期头函，秦舞阳捧督亢舆地图匣，相随而进。将次升阶，秦舞阳面白如死人，似有振恐之状。侍臣曰：“使者色变为何？”荆轲回顾舞阳而笑，上前叩首谢曰：“一介秦舞阳，乃北番蛮夷之鄙人。生平未尝见天子，故不胜振慑悚息。愿大王宽宥其罪。”秦王传旨，止许正使一人上殿。左右叱舞阳下阶。秦王命取头函验之，果是樊於期之首。秦王不疑，谓荆轲曰：“取舞阳所持地图来，与寡人观之。”荆轲从舞阳手中取过图函，亲自呈上。秦王展图，方欲观看。荆轲匕首已露，不能掩藏，当下未免着忙。左手把秦王之袖，右手执匕首刺其胸。未及身，秦王大惊，奋身而起，袖绝。荆轲持匕首在后紧追。秦王不能脱身，绕柱而走。

原来秦法：群臣侍殿上者，不许持尺寸之兵。今仓卒变起，群臣皆以手共搏轲。有侍医夏无且，亦以药囊击轲。轲奋臂一挥，药囊俱碎。秦王所佩宝剑，长八尺，欲拔剑击轲。剑长，鞘不能脱。有小内侍赵高急唤曰：“大王何不背剑而拔之？”秦王悟，把剑推在背后，拔剑在手，直前来砍荆轲，断其左股。荆轲扑身倒于左边铜柱之

旁，乃举匕首以掷秦王。秦王闪开，那匕首在秦王耳边过去，直刺入右边铜柱之中。秦王复以剑击轲，轲连被八创，倚柱而笑，骂曰："幸哉汝也！吾欲劫汝，反诸侯侵地。不意事之不就，被汝幸免，岂非天乎？然汝恃强力，吞并诸侯，享国亦岂长久耶？"左右争上前攒杀之。秦舞阳在殿下，被众人击杀。此秦王政二十年事也。

秦王心战目眩，呆坐半日，神色方才稍定。命取荆轲、秦舞阳之尸，及樊於期之首，同焚于市中。燕国从者皆枭首，分悬国门。秦王怒气未息，乃益发兵，使王贲将之，助其父王翦攻燕。燕太子丹悉众迎战于易水之西。燕兵大败，夏扶、宋意皆战死。丹奔蓟城，鞠武被杀。王翦合兵围之，十月城破。燕王喜谓太子丹曰："今日破国亡家，尽由于汝！"丹对曰："韩、赵之灭，岂亦丹罪耶？今城中精兵，尚有二万，辽东负山阻河，犹足固守，父王宜速往！"燕王喜登车开东门而出。太子丹尽驱其精兵，护送燕王东行，退保辽东。王翦攻下蓟城，告捷于咸阳。王翦积劳成病，一面上表告老。秦王使将军李信代领其众，以追燕王父子。燕王遣使求救于代王嘉。嘉乃报燕王书，略曰："王能杀丹以谢于秦，秦怒必解。燕之社稷，幸得血食。"燕王喜犹豫未忍。太子丹惧诛，自匿于桃花岛。李信屯兵首山，使人持书数太子丹之罪。燕王喜大惧，佯召太子丹计事，以酒灌醉，缢杀之，然后断其首。燕王将太子丹之首，函送李信军中，为书谢罪。李信驰奏秦王。秦王谋于尉缭，尉缭奏曰："燕栖于辽，赵栖于代，譬之游魂，不久自散。今日之计，宜先下魏，次及荆楚。二国既定，燕、代可不劳而下。"秦王乃诏李信收兵回国。再命王贲为大将，引军十万，出函谷关攻魏。

时魏景湣王已薨，太子假立三年矣。魏王假使人结好齐王，说以利害。齐自君王后薨，其弟后胜为相国用事，多受秦黄金，力言："秦必不负齐，今若与魏合从，必触秦怒。"齐王建惑其言，遂辞魏使。王贲连战皆胜，进围大梁。值天道多雨，王贲乃命军士于西北开渠，引黄河、汴河之水，筑堤壅其下流。及渠成，雨一连十日不止，水势浩大，贲命决堤通沟。城被浸三日，颓坏者数处，秦兵遂乘之而入。魏王假为王贲所虏，上囚车，与宫属俱送至咸阳。假中途病死。王贲尽取魏地，为三川郡。时秦王政二十二年事也。是年，秦王复谋伐楚，问于李信曰："将军度伐楚之役，用几何人而足？"李信对曰："不过用二十万人。"复召老将王翦问之。翦对曰："信以二十万人攻楚，必败。以臣愚见，非六十万人不可。"秦王遂命李信为大将，率兵二十万伐楚。信年少骁勇，一鼓攻下平舆城，于是引兵而西，攻下申城。

却说楚幽王立十年而薨，无子。群臣乃立宗人公子犹，是为哀王。哀王立二月，其庶兄负刍，袭杀哀王，遂自立为王。负刍在位三年，闻秦兵深入楚地，乃拜项燕为大将，率兵二十余万，水陆并进。探知李信兵出申城，自率大军迎于西陵，使副将屈定设七伏于鲁台山诸处。李信恃勇前进，遇项燕，两下交锋，战酣之际，七路伏兵俱起。李信大败而走。项燕逐之，凡三日三夜不息，杀都尉七人，军士死者无算。李信率残兵退保冥阨，项燕复攻破之。李信弃城而遁。项燕追及平舆，尽复故地。秦王闻报，大怒，尽削李信官邑，亲自命驾造频阳，来见王翦，问曰："将军策李信以二十万人攻楚必败，今果辱秦军矣。将军虽病，能为寡人强起，将兵一行乎?"王翦再拜谢曰："老臣罢病悖乱，心力俱衰，惟大王更择贤将而任之。"秦王曰："此行非将军不可，将军幸勿却!"王翦对曰："大王必不得已而用臣，非六十万人不可。"秦王遂载王翦入朝，即日拜为大将，以六十万授之，用蒙武为副。

临行，秦王亲至坝上设饯。王翦引卮，为秦王寿曰："大王饮此，臣有所请。"秦王一饮而尽，问曰："将军何言?"王翦出一简于袖中，所开写咸阳美田宅数处，求秦王："臣老矣，大王虽以封侯劳臣，譬如风中之烛，光耀几时?不如及臣目中，多给美田宅，为子孙业，世世受大王之恩耳。"秦王大笑，许之。既至函谷关，复遣使者求园池数处。蒙武曰："老将军之请乞，不太多乎?"王翦密告曰："秦王性强厉而多疑，今以精甲六十万畀我，是空国而托我也。我多请田宅园池，为子孙业，所以安秦王之心耳。"

第一百八回
兼六国混一舆图
号始皇建立郡县

话说王翦代李信为大将，率军六十万，声言伐楚。项燕守东冈以拒之，见秦兵众多，遣使驰报楚王。楚王复起兵二十万，使将军景骐将之，以助项燕。却说王翦兵屯于天中山，坚壁固守。项燕日使人挑战，终不出。王翦休士洗沐，日椎牛设飨，亲与士卒同饮食。将吏感恩，愿为效力，屡屡请战，辄以醇酒灌之。相持岁余，项燕终不得一战，遂不为战备。王翦忽一日大享将士，言："今日与诸君破楚。"将士皆摩拳擦掌，争先奋勇。乃选骁勇有力者，约二万人，别为一军，为冲锋。而分军数道，吩咐楚军一败，各自分头略地。项燕不意王翦猝至，仓皇出战。壮士畜力多时，一人足敌百人。楚兵大败，屈定战死，项燕与景骐率败兵东走。翦乘胜追逐，攻下西陵，荆襄大震。王翦率大军径趋淮南，直捣寿春。项燕往淮上募兵未回，王翦乘虚急攻，城遂破。景骐自刎于城楼，楚王负刍被虏。

再说项燕募得二万五千人，来至徐城，适遇楚王之同母弟昌平君逃难奔来，言："寿春已破，楚王掳去，不知死活。"项燕乃率其众渡江，奉昌平君为楚王，居于兰陵，缮兵城守。

王翦令蒙武造船于鹦鹉洲。逾年船成，顺流而下，守江军士不能御，秦兵遂登陆。大军围兰陵，四面列营，军声震天。项燕筑门固守。王翦用云梯仰攻，项燕用火箭射之，烧其梯。王翦筑垒与城齐，攻城愈急。昌平君亲自巡城，为流矢所中，夜半身死。项燕泣曰："吾所以偷生在此，为芈氏一脉未绝也。今日尚何望乎？"乃仰天长号者三，引剑自刎而死。城中大乱，秦兵遂登城启门。王翦整军而入，抚定居民，复率大军南下。兵过姑苏，守臣以城降。遂渡浙江，略定越地。并定豫章之地，立九江、会稽二郡。楚之祀遂绝。此秦王政二十四年事也。

王翦班师回咸阳，秦王赐黄金千镒。翦告老，秦王乃拜其子王贲为大将，攻燕王于辽东。王贲虏燕王喜，送入咸阳。遂移师西攻代。代王嘉兵败自杀，遂尽得云中、雁门之地。此秦王政二十五年事。自此六国遂亡其五，惟齐尚在。

却说齐王建听相国后胜之言，不救韩、魏，每灭一国，反遣使入秦称贺。秦复以黄金厚赂使者，使者归，备述秦王相待之厚。齐王遂不修战备。及闻五国尽灭，始发兵守其西界。却不提防王贲兵过吴桥，直犯济南。齐自王建即位，四十四年不被兵革，从不曾演习武艺。王贲长驱直捣，如入无人之境。后胜束手无计，只得劝王建迎降。王贲兵不血刃，两月之间尽得山东之地。秦王闻捷，传令诛后胜，押送王建至共城。时秦王政之二十六年也。

时六国悉并于秦，天下一统。秦王以六国曾并称王号，其名不尊。乃采上古君号，惟三皇五帝，功德在三王之上。惟秦德兼三皇，功迈五帝，遂兼二号称“皇帝”。追尊其父庄襄王为太上皇。又以为周公作谥法，子得议父，臣得议君，为非礼，今后除谥法不用：“朕为始皇帝，后世以数计之，二世，三世，以至于百千万世，传之无穷。”天子自称曰“朕”，臣下奏事称“陛下”。召良工琢和氏之璧为传国玺，其文曰：“受命于天，既寿永昌。”又推终始五德之传，以为周得火德，惟水能灭火，秦应水德之运，衣服旌旗皆尚黑。水数六，故器物尺寸，俱用六数。以十月朔为正月，朝贺皆于是月。“正”“政”音同，皇帝御讳不可犯，改“正”字音为“征”。

尉缭见始皇意气盈满，纷更不休，与弟子王敖一夕遁去，不知所往。始皇问于群臣，群臣皆曰：“尉缭佐陛下定四海，亦望裂土分封。今陛下尊号已定，而论功之典不行，彼失意，是以去耳。”始皇曰：“周室分茅之制尚可行乎？”李斯曰：“周封国数百，其后子孙，自相争杀无已。今陛下混一海内，皆为郡县，虽有功臣，厚其禄俸，无尺土一民之擅，绝兵革之原，岂非久安长治之术哉？”始皇从其议，乃分天下为三十六郡。是时北边有胡患，故渔阳、上谷等郡，辖地最少，设戍镇守。南方水乡安靖，故九江、会稽等郡，辖地最多。皆出李斯调度。每郡置守、尉一人，监御史一人。收天下甲兵，聚于咸阳销之，铸金人十二，置宫庭中。徙天下豪富于咸阳，共二十万户。仿六国宫室，建造离宫六所。又作阿房之宫。进李斯为丞相，赵高为郎中令。诸将帅有功者，各封万户，其他或数千户，俱准其所入之赋，官为给之。于是焚书坑儒，游巡无度，筑万里长城以拒胡。百姓嗷嗷，不得聊生。及二世，暴虐更甚，而陈胜、吴广之徒，群起而亡之矣。